NALINI SINGH

IM GRAUSAMEN LICHT DER SONNE

THRILLER

Aus dem amerikanischen Englisch
von Katharina Naumann

Die amerikanische Originalausgabe erschien 2019 unter dem Titel
»A Madness of Sunshine« bei Berkeley, New York.

Besuchen Sie uns im Internet:
www.knaur.de

Aus Verantwortung für die Umwelt hat sich die Verlagsgruppe
Droemer Knaur zu einer nachhaltigen Buchproduktion verpflichtet.
Der bewusste Umgang mit unseren Ressourcen, der Schutz unseres Klimas
und der Natur gehören zu unseren obersten Unternehmenszielen.
Gemeinsam mit unseren Partnern und Lieferanten setzen wir uns
für eine klimaneutrale Buchproduktion ein, die den Erwerb von
Klimazertifikaten zur Kompensation des CO_2-Ausstoßes einschließt.
Weitere Informationen finden Sie unter: www.klimaneutralerverlag.de

Deutsche Erstausgabe Juni 2020
Knaur Verlag
© 2019 Nalini Singh
© 2020 der deutschsprachigen Ausgabe Knaur Verlag
Ein Imprint der Verlagsgruppe
Droemer Knaur GmbH & Co. KG, München
Alle Rechte vorbehalten. Das Werk darf – auch teilweise – nur mit
Genehmigung des Verlags wiedergegeben werden.
Redaktion: Christoph Hardebusch
Covergestaltung: ZERO Werbeagentur, München
Coverabbildung: PixxWerk, München, unter Verwendung von
Motiven von shutterstock.com
Satz: Adobe InDesign im Verlag
Druck und Bindung: CPI books GmbH, Leck
ISBN 978-3-426-22716-9

2   4   5   3

DER ERSTE STURZ

Sonnenschein.
Das war sie.
Sonnenschein.
Hell. Etwas, das lebte. Etwas, das brennen konnte.
Und dieses Herz, es schlug nur für sie.
Es hätte für sie morden können.
Für die Liebe. Für den Sonnenschein.

1

Sie kam zweihundertundsiebzehn Tage nach der Beerdigung ihres Ehemanns zurück. Seine schwangere Geliebte hatte während der Beisetzung so laut geschluchzt, dass sie sich übergeben musste. Anahera hatte mit steinernem Gesichtsausdruck auf den glänzenden Mahagonisarg hinabgestarrt. Sie hatte ihn ausgesucht, weil sie wusste, dass Edward genau so etwas gewollt hätte. Schlichte Eleganz und Geld, das man nicht herzeigte, das war Edward gewesen. Der Schein war wichtiger gewesen als alles andere.

Seine Freunde hatten sie mitleidig angesehen, weil sie glaubten, dass ihr Kummer so groß sei, dass sie nicht einmal mehr weinen konnte.

Und die ganze Zeit hatte Edwards Geliebte geschluchzt.

Niemand kannte sie.

Anahera hatte nicht erklärt, wer diese Frau war.

Und sie hatte nicht geweint. Damals nicht. Und danach auch nicht.

Jetzt fuhr sie in dem dunkelgrünen Jeep, den sie unbesehen über das Internet gekauft und zum Flughafen hatte bringen lassen, zum letzten Halt auf ihrer langen Flugreise aus London.

Christchurch, Neuseeland.

Ein Land am Ende der Welt. So weit im Süden, dass sie nicht überrascht war, als ihr Pilot auf ein Frachtflugzeug zeigte, das für eine Forschungsstation in der Antarktis beladen wurde.

Wie viele Stunden war es her, seit sie durch das Abflugsgate in Heathrow gegangen war?

Sechsunddreißig? Achtunddreißig?

Irgendwann zwischen gestern und morgen hatte sie den Überblick verloren. Zwischen dem grauen Nieselregen einer Stadt voller Theater und Museen und dem kalten Sonnenlicht eines kaum zivilisierten Landes, das irgendwo im Ozean schwamm.

Edward hatte Städte gemocht.

Er und Anahera waren nie zusammen durch diese so ursprüngliche und ungezähmte Landschaft gefahren deren Bäume aus uralten Samen gewachsen waren, und deren Farne riesig und hoch standen und das Lied der Heimkehr sangen.

Tauti maki, hoki mai.

Und dieser Moment, ein Flüstern am Ende ihrer Reise, als sie auf einer zerklüfteten Klippe stand und auf die aufgewühlte See unter sich schaute. Nebel senkte sich auf die Baumkronen, ein leichter, feiner Regen fiel und löste sich auf, bevor er sie erreichte.

Dunkelgraues Wasser krachte gegen harten schwarzen Felsen und spritzte schaumig weiß empor, nur um unter der Gewalt der nächsten hohen Welle wieder zu verschwinden. Das Wasser erstreckte sich endlos, eine aufgewühlte Weite, die so ganz anders war als die europäischen Strände, die sie mit Edward besucht hatte. Man konnte hier nicht im Wasser schwimmen, es sei denn, man wollte in die kalten Arme des Ozeans hinausgezogen werden, aber seine Schönheit berührte Anaheras Herz, ließ es sich schmerzhaft zusammenziehen.

Sie hätte ewig zuschauen können, würde das vielleicht auch tun, sobald sie wieder in der Hütte war. Josie hatte ihr gesagt, dass sie noch stand – und dass niemand die Fensterscheiben eingeschlagen hatte.

Vielleicht aus Respekt. Oder aus Angst.

Für manche war die Hütte ein Geisterort.

Für Josie war es der Ort, an dem Anahera und sie einst auf der Veranda gesessen und gelacht hatten, zwei Neunzehnjährige, die noch ihr ganzes Leben vor sich hatten. Ihre beste Freundin aus der Highschool war der einzige Mensch, mit dem Anahera seit ihrer Abreise aus Golden Cove den Kontakt gehalten hatte, und sie hatte Josie gesagt, sie solle sich keine Sorge um die Hütte machen und müsse nicht darauf aufpassen.

Denn Anahera würde niemals wiederkommen.

Sie wandte sich von der Klippe ab, stieg in ihren Jeep und startete den Motor.

Sie fuhr Richtung Inland, fort von den krachenden Wellen – es war nur noch ein Traumbild, das Meer, verborgen hinter den Bäumen – und die nächsten zehn Minuten durch das Nichts. Das Schild überraschte sie. Golden Cove hatte kein Ortsschild gehabt, als sie damals fortging. Nur einen alten Gummistiefel auf einem Zaunpfahl, den Nikau Martin dorthin gestellt hatte, als sie elf waren.

Aus irgendeinem Grund hatten die Erwachsenen ihn nie heruntergenommen.

Aber jetzt war der Stiefel fort, und an seiner Stelle stand ein leuchtendes Schild mit der Aufschrift: HAERE MAI, und darunter in verschlungenen Buchstaben GOLDEN COVE, und darunter wiederum WILLKOMMEN. Sie fuhr daran vorbei, blieb dann stehen und schaute sich um. Von dieser Seite aus waren auf dem Schild die Worte HA-ERE RĀ zu sehen, darunter GOLDEN COVE, und darunter wiederum AUF WIEDERSEHEN.

Endlich schaffte sie es, das Unbehagen des Ungewohnten abzuschütteln. Sie fuhr weiter die leere Straße entlang.

Der Motor ihres Autos stotterte und ruckte dann.

»Wehe, du streikst jetzt«, sagte sie und schlug auf das Armaturenbrett. Aber der Jeep hatte keine Lust, auf sie zu hören. Er zischte und stotterte erneut und erstarb dann.

Anahera schaffte es noch, ihn an den Straßenrand zu lenken, stellte den Automatik-Schalter auf Parken und schaltete den Motor aus. Immerhin war das hier keine Katastrophe. Von hier aus würde sie nur zwanzig Minuten zu Fuß bis nach Golden Cove brauchen. Sie würde ihre beiden Gepäckstücke im Kofferraum lassen – aber vielleicht auch nicht. Immerhin waren es Rollkoffer. Und es passte ja, dass das zornige Mädchen, das eine Staubwolke hinterlassen hatte, als es dieses Städtchen verließ, staubig und erschöpft von der Reise zurückkehrte.

Das Schicksal hatte wirklich Sinn für Humor.

In der Ferne war der Motor eines Autos zu hören, wurde langsam lauter. Vor all den Jahren, als sie noch nicht die kahle Leere von Neuseelands Westküste hinter sich gelassen hatte, hätte Anahera sich nichts dabei gedacht, aus dem Auto zu springen und den Lastwagen oder das Auto herbeizuwinken.

Trotz ihrer Kindheit und der kalten Dunkelheit ihres vierzehnten Sommers war sie in dem Bewusstsein aufgewachsen, dass diese wilde Landschaft sicher war, denn die, die darin lebten, waren alles Leute, die sie kannte. Aber die große weite Welt hatte ihr beigebracht, dass man niemandem trauen konnte. Also blieb sie in ihrem verriegelten Fahrzeug sitzen und sah zu, wie ein großer SUV in ihrem Rückspiegel größer wurde.

Er war weiß und hatte einen Kuhfänger vorn am Kühler. Das war nicht ungewöhnlich – ungewöhnlich war das auffällige blau-gelbe Schachbrettmuster an den Seiten, ein Muster, das sie erkennen konnte, weil der SUV jetzt neben ihr stand, immerhin noch weit genug entfernt, dass sie ihre Tür hätte öffnen können, wenn sie es gemusst hätte.

Das Wort POLIZEI stand in weißen Blockbuchstaben auf blauem Grund. Seit wann, überlegte sie, brauchte Golden Cove eine Polizei? Das Städtchen war zu klein, die Einwohner hatten sich immer auf die Polizeiwache in Greymouth, der nächsten großen Stadt, verlassen, wobei »groß« hier an der Westküste ein relativer Begriff war. Die Einwohnerzahl der gesamten Küstenlinie lag ungefähr bei einunddreißigtausend, jedenfalls war es so gewesen, als sie es das letzte Mal nachgeschlagen hatte.

Sie ließ vorsichtig ihr Fenster herunter, und der andere Fahrer tat dasselbe mit seinem Beifahrerfenster, damit sie miteinander sprechen konnten. Der Mann war in den Dreißigern. Er hatte einen ausgeprägten, hart wirkenden Kiefer, und tiefe Furchen hatten sich in sein Gesicht gegraben, als hätte er Dinge gesehen, die er nicht vergessen konnte – keine guten Dinge.

Sein Haar war dunkel, seine Haut hatte die hellbraune Tönung, die es schwierig machte zu bestimmen, ob er nur von der Sonne gebräunt war oder ob er Vorfahren mit ähnlichem Erbgut hatte wie sie. Seine Augen konnte sie hinter der undurchdringlichen, dunklen Sonnenbrille nicht erkennen, aber sie nahm an, dass sie ebenso hart waren wie sein Kiefer. »Alles in Ordnung?«, fragte er.

Sie bemerkte, dass er keine Uniform trug. Andererseits, wenn er wirklich in Golden Cove stationiert war, würde ihn wohl keiner der Bewohner anzeigen, weil er die Kleidungsvorschriften brach. »Ärger mit dem Auto«, antwortete sie. »Aber ich kann den Rest des Weges zu Fuß gehen.« Sie hatte nicht die Absicht, zu einem unbekannten Mann auf einer verlassenen Straße mitten im dunkelgrünen Urwald ins Auto zu steigen.

»Ich schau mir das mal an.« Bevor sie antworten konnte, stellte er sein Auto vor ihres und stieg aus. Sie sah sofort, dass er ein großer Mann war: breite Schultern, starke, lange Beine, ebenso starke Arme. Aber alles an ihm war hart, als hätte man alles Weiche an ihm eingeschmolzen.

Mit einem unangenehmen Druck im Magen ließ sie ihr

Fenster ein wenig hochfahren, aber er trat nicht zu ihr an die Tür. Stattdessen machte er ihr ein Zeichen, sie solle die Kühlerhaube öffnen. Anahera hatte nichts zu verlieren, also kam sie der Aufforderung nach.

Er verschwand hinter der Haube, und sie versuchte, sich vorzustellen, wie es sein würde, nach all der Zeit in die Hütte zu kommen. Sie schaffte es nicht. Sie erinnerte sich nur an das letzte Bild, an den Fußboden, von dem das Blut gescheuert, und an die Leiter, die weggebracht worden war, um in einer Müllpresse zerdrückt zu werden.

Der Polizist schaute um die Haube herum. »Versuchen Sie es jetzt mal.«

Sie tat es ohne jede Hoffnung, aber der Motor sprang an. Sie rief ihm ein Danke zu, aber er lächelte nicht, löste die Stütze für die Kühlerhaube und schloss sie. Dann trat er endlich an ihr Fenster. »Sieht nicht nach einem größeren Schaden aus«, sagte er, »aber wenn Sie noch weiter an der Westküste entlangfahren wollen, sollten Sie das Auto vorher in eine Werkstatt bringen.«

Es war ein guter Rat; die Straßen hier waren eine Herausforderung. An ihrem Zustand lag es nicht – dafür, dass sie im Nirgendwo lagen, waren sie sogar ganz gut. Aber sie waren leer. Lange Strecken, die durch nichts als Wildnis und Wasser führten; wenn man dort irgendwo eine Panne hatte, kam vielleicht erst Stunden später jemand vorbei. Und was den Handyempfang anging: Die Berge ließen kaum Funksignale durch.

»Ich fahre nach Cove«, sagte sie. »Arbeitet Peter noch in der Werkstatt?« Vielleicht hatte ihr alter Schulkamerad ja längst größere und bessere Dinge zu tun.

Der Polizist zog eine Braue hoch und nickte. »Es ist keine Urlaubssaison. Sind Sie hier, weil Sie an einem Schreibseminar mit Shane Hennessy teilnehmen wollen?«

Josie hatte Anahera von dem berühmten irischen Schriftsteller erzählt, der nach Golden Cove gezogen war. »Nein«, antwortete Anahera. »Ich komme wieder nach Hause. Noch mal danke.« Sie ließ das Fenster wieder hochfahren, bevor er sie weiter ausfragen konnte.

Aber dieser Mann ließ sich nicht so einfach abspeisen. Er klopfte höflich gegen das Glas, nachdem er seine Sonnenbrille abgenommen hatte. Zum Vorschein kamen schiefergraue Augen, so dunkel wie die Wolken, die sich am Horizont ballten.

Sie ließ ihr Fenster ein Stückchen herunter, und er sagte: »Ich fahre hinter Ihnen her, damit Sie sicher ankommen.«

»Wenn's sein muss«, erwiderte sie, ohne genau zu wissen, warum sie ihm gegenüber so feindselig war, obwohl er ihr gerade geholfen hatte.

Vielleicht lag es daran, dass sie jetzt in die Vergangenheit fuhr.

Sie startete den Motor.

Im Rückspiegel sah sie, dass sich der Polizist Zeit ließ, zurück in sein Auto zu steigen. Dann bog sie um eine Kurve, und er war fort. Aber bald erschien sein SUV wieder hinter ihr, und ihre kleine Kolonne fuhr in das Städtchen, das auf einer goldenen Illusion gegründet war.

Die ersten Siedler hatten gehofft, hier Gold zu finden, Reichtümer, eine Zukunft. Stattdessen stießen sie hier nur auf eine karge, erbarmungslose Landschaft, in der das Wasser ebenso trügerisch war wie die Felsen, von denen so viele von ihnen in den Abgrund gestürzt waren.

2

Will folgte dem unbekannten Fahrzeug die von Bäumen beschattete Straße entlang, die nach Golden Cove führte. Von hier aus konnte man nirgends anders hin. Der selbsternannte Wirtschaftsrat des Städtchens hatte vielleicht ein paar Ortsschilder aufgestellt, aber im Winter hätten Fremde den Ort, den Will seit drei Monaten sein Zuhause nannte, trotzdem niemals gefunden. Es war daher keine Überraschung, dass er die dunkeläugige Frau mit dem lockigen schwarzen Haar und den auffälligen Wangenknochen unter der mittelbraunen Haut nicht kannte.

Ihre Haut war zwar weich, aber ihr Blick alt.

Ende zwanzig oder Anfang dreißig, nahm er an, vermutlich ein Kind Golden Coves, das sofort das Weite gesucht hatte, als es volljährig wurde, und jetzt zurückkam, um seine Eltern oder Großeltern zu besuchen. Man hätte annehmen können, dass Golden Cove eine Seniorenstadt wäre, zumal die Jüngeren eigentlich alle nur darauf warteten zu gehen – aber das war das Merkwürdige an dem Städtchen: Es schien sich seine verlorenen Kinder immer wieder zurückzuholen.

Peter Jacobs, der Werkstattbesitzer, den die Besucherin erwähnt hatte, war sechs Jahre lang Teil eines Formel-1-Teams gewesen und durch die Welt gereist, bis er wieder in Golden Cove gelandet war. Als man ihn fragte, warum er sein glamouröses Leben gegen die Familienwerkstatt, seinen alternden Vater und einen missgünstigen jüngeren Bruder eingetauscht hatte, zuckte er nur die Achseln und sagte, man habe eben irgendwann die Nase voll von Ferraris und wolle wieder am Meer wohnen.

Peter war aber erst seit einem Jahr wieder da, und die

Frau im Auto hatte gefragt, ob Peter »noch« in der Werkstatt arbeite, was bedeutete, dass sie das letzte Mal vor mindestens sieben Jahren in Golden Cove gewesen sein konnte.

Will blinzelte nachdenklich: Die Frau und Peter waren vielleicht sogar gleich alt, zumindest ungefähr. Vielleicht sogar Schulkameraden. Und was, fragte er sich, ging ihn das an? Es war ja nicht so, als hätte man ihn als Detective nach Golden Cove versetzt. Er hatte vielleicht den Rang dafür, aber die Stelle als einziger Polizist der Gemeinde hatte er bekommen, weil er zu einem Problem geworden war – doch gleichzeitig zu ausgezeichnet und zu alt, um einfach gefeuert zu werden. Also hatten sie ihn auf die Weide von Golden Cove gestellt und dort vergessen.

Das war in Ordnung für Will. Bevor sie ihm diesen Job angeboten hatten, hatte er ohnehin kündigen wollen. Da er nach der Kündigung jeden beliebigen Job angenommen hätte, fand er, dass er ebenso gut die Ein-Mann-Polizeiwache in einer riesigen, aber sehr dünn besiedelten Gegend spielen konnte.

In seinem Gebiet gab es weit mehr Bäume als Menschen.

Die meisten Leute in Golden Cove ließen ihn in Ruhe, und wenn er eingreifen musste, dann meist, um eine Kneipenprügelei oder einen Nachbarschaftsstreit zu schlichten. Gestern hatte er einen Betrunkenen mit den Handschellen an einen Stuhl fesseln müssen, bis der Mann nüchtern genug war, um nach Hause gebracht zu werden.

Will hatte kein Gefängnis.

Und bisher hatte es in Golden Cove keine Probleme gegeben, die eine formelle Anklage gerechtfertigt hätten. Im Sommer, wenn die Touristen kamen, um hier die in den letzten Jahren von der Region verstärkt beworbenen Abenteuerurlaube zu verbringen, würde er vermutlich weit mehr Probleme haben. Das war der Grund dafür, dass das Städtchen sich jetzt überhaupt einen Polizisten leistete. Die regionale Tourismusbehörde hatte beinahe der Schlag getroffen, als ein paar Touristen nachts in Golden Cove verprügelt worden waren.

Es war eben nicht gut fürs Geschäft, wenn die Urlaubsgäste Fotos von Veilchen und gebrochenen Rippen posteten statt von der kargen Landschaft, gefährlichen Bergtouren oder der lokalen Küche.

Also hatte Golden Cove jetzt Will.

Das erste kleine Häuschen tauchte auf der rechten Straßenseite auf, samt weißem Lattenzaun und robusten Wildblumen in einem hübsch gepflegten Garten. Mrs Keith saß im Schaukelstuhl auf der Veranda, ihre Leibesfülle quoll über sein weißes Holz, und ihr Gesicht war ein blasser Vollmond, umrahmt von einem toupierten schwarzen Heiligenschein. Sie hatte den Mund mit pinkfarbenem Lippenstift bemalt und hob die dicken, beringten Finger zum Gruß.

Will wusste nicht, ob die kurz angebundene Frau im Jeep zurückwinkte, aber er tat es.

Das nächste Haus stand auf der linken Seite. Es war so heruntergekommen, wie das von Mrs Keith makellos war. Von der Fassade blätterte die blaue Farbe, und ein Auto ohne Lenkrad rostete in einem Vorgarten vor sich hin, in dem das Gras wadenhoch stand. Auf der Treppe saß ein gut aussehender Mann mit einer Zigarette in der Hand und tätowierter nussbrauner Gesichtshaut, einem kompletten *tā moko*, das vielleicht traditionell war, aber Fremden oft Angst machte. Es half nicht, dass Nikau Martin immer nur zerrissene schwarze Jeans, klobige Stiefel und T-Shirts mit dem Hells-Angels-Logo darauf trug.

Jetzt gerade folgte der dunkle Blick des Mannes dem grünen Jeep.

Will blieb vor dem klapprigen Gartentor stehen.

Nikau stand auf, schlenderte herbei und sprang lässig über den Zaun. Er stützte die Arme in den offenen Fensterrahmen von Wills SUV und sagte: »Ich hätte nie gedacht, dass ich Anahera mal wieder in der Stadt sehen würde.«

Anahera.

Will schmeckte dem Namen hinterher und konnte sich nicht recht entscheiden, ob er zu ihr passte oder nicht. Sein Māori war ein wenig eingerostet, aber er glaubte, dass der Name »Engel« bedeutete. Diese misstrauische Frau mit den wachsamen Augen war ihm gar nicht engelhaft vorgekommen. »Kennst du sie?«

»Sind zusammen zur Schule gegangen.« Nikau nahm einen Zug von seiner Zigarette und wandte den Kopf ab, damit der Rauch nicht in Wills Auto drang. »Sie ist hier mit einundzwanzig abgehauen. Ich erinnere mich genau daran, denn zwei Monate später habe ich Keira geheiratet.«

Will war sich nur allzu bewusst, dass Nikaus Ex-Frau sein wunder Punkt war, also überging er die Bemerkung und sagte: »Weißt du, wo sie die ganze Zeit war?«

»London, hab ich gehört. Josie hatte Kontakt zu ihr.«

Will fand es schwierig, Josie und Anahera in seinem Kopf zusammenzubringen. Die Besitzerin des Cafés der Stadt war so weich, wie Anahera hart war, so Heim und Herd, wie Anahera gefährliche Stürme und sintflutartiger Regen war. »Wollen wir heute Abend ein Bierchen trinken?«

Der Mann, der sich kleidete und benahm wie ein Gangster, aber vermutlich gebildeter war als alle anderen in der Stadt, nickte. »Um acht? Ich hab da ein paar Großstädter, die aus Greymouth kommen – sie wollen die alten Goldgräberhütten sehen.«

»Dann lass sie mal nicht in einen der Schächte fallen.« Der andere Mann lachte, Will winkte zum Abschied und fuhr weiter.

Etwa hundert Meter hinter Nikaus Haus standen die Häuser dichter beieinander, einige in gutem Zustand, andere nicht, und eins stand weiter entfernt auf einer Anhöhe, als herrschte es über die anderen. Immerhin auf dieser Seite der unsichtbaren Trennlinie.

Dann kam das Stadtzentrum.

Es war nicht mehr ganz so winzig wie vordem, denn seit dem Boom des Abenteuertourismus machten die Einheimischen das Beste aus den Adrenalinjunkies, die während der Urlaubssaison hier einfielen. Jetzt gab es die Polizeiwache, außerdem einen kleinen Supermarkt, der Lebensmittel und andere unverzichtbare Dinge sowie Souvenirs verkaufte, den Pub, der vermutlich existierte, seit der erste Goldgräber seinen Stiefel auf die Erde von Golden Cove gesetzt hatte, ein Café, eine zweistöckige Pension, eine Tierarztpraxis, ein Restaurant, das öffnete, wenn das Café schloss, und die Praxis des hiesigen Arztes – die hier alle entweder den »Operationssaal« oder »die Klinik« nannten.

Am anderen Ende der Hauptstraße stand eine Kirche mit weißem Turm, ein Outdoor-Shop war das letzte Geschäft davor. Dem Laden gegenüber waren die Feuerwehr und das Touristenbüro. Letzteres fungierte als Ausgangspunkt für alle Reisen und Touren, die von Golden Cove aus unternommen wurden. Die Liste der Aktivitäten, die hier angeboten wurden, war lang. Aber, wie der hiesige Wirtschaftsrat betonte, nahm Golden Cove auch einen »herausragenden Platz in der Kunstszene« ein. Immerhin konnte man auf eine Töpferwerkstatt verweisen, die eine etwa fünfzigjährige Einheimische hier eröffnet hatte, nachdem sie sich in Italien einen Namen gemacht hatte.

Das war es so ziemlich.

Es gab noch ein paar andere Unternehmen, die zu Hause oder in Garagen geführt wurden, aber das hier war Golden

Coves Hauptstraße. Die Post wurde regelmäßig ausgeliefert, aber die Stadt hatte kein eigenes Postamt – wenn man etwas verschicken wollte, konnte der Supermarkt Marken und Verpackungsmaterial verkaufen. Den nächsten Laden für Landwirtschaftsbedarf gab es in der Nachbarstadt.

Jetzt, da die Herbstkälte schwer in der Luft lag und die Wellen viel zu gefährlich selbst für Extrem-Surfer waren, waren in der Straße keine rostigen Touristenautos oder schmutzigen Mietwagen mehr zu sehen. Das einzige neue Fahrzeug war der dunkelgrüne Jeep. Er parkte vor dem Golden Cove Café.

3

Anahera hatte gesehen, dass der Polizist vor Nikaus Haus angehalten hatte. Sie hätte dort auch anhalten sollen. Sie und Nik waren Freunde gewesen – bevor die Entfernung, die Bitterkeit und die Trauer sie auf unterschiedliche Weise verändert hatten. Aber sie wollte nicht, dass Nikau Martin der Erste war, den sie in Golden Cove begrüßte.

Vor Josies Café stieg sie aus, schloss die Autotür hinter sich, atmete die salzige Luft ein und trat in die fröhliche Wärme eines Cafés, das so gar nicht in diese graue Landschaft voller Wolken und Nebel passte.

»Ana!«

Strahlend schlang Josie die Arme um Anahera, die sie in dem Raum beinahe übersehen hätte. Ihre Freundin war gut fünfzehn Zentimeter kleiner als sie, aber ihre geringe Körpergröße hatte die Naturgewalt namens Josephine Wilson noch nie aufhalten können. Nein, jetzt hieß sie ja Josephine Taufa. Anahera war aus Gründen, über die sie lieber nicht nachdenken wollte, weil sie zu schmerzhaft waren, nicht zu Josies Hochzeit gekommen, also schob sie das beiseite und umarmte die weiche und kurvige Gestalt der besten Freundin, die sie je gehabt hatte.

Josies harter Bauch drückte sich gegen Anaheras.

Als sie sich voneinander lösten, winkte Josie einen kleinen Jungen herbei, der an einem der Tische saß und malte. »Niam ist schon drei, kannst du dir das vorstellen?« Sie vergrub ihre Finger im dichten schwarzen Haar des Kindes. »Du kennst doch Anahera, Niam – du hast doch gesehen, wie ich auf dem Laptop mit ihr gesprochen habe.«

Der Junge hatte einen warmen braunen Hautton, den er

von seinem aus Tonga stammenden Vater geerbt hatte. Er lächelte Anahera schüchtern an und rannte dann wieder zu seinem Tisch, um weiterzumalen.

»Komm, setz dich«, sagte Josie, nahm Anaheras Hand und zog sie mit sich. »Im Café ist es heute ruhig, weil das Wetter schlecht werden soll, da können wir ein bisschen plaudern.«

Anahera setzte sich mit ihr an einen Tisch am Fenster. Sie hatte keine Eile, zur Hütte zu fahren. Sie würde noch viel zu viel Zeit allein mit ihren Erinnerungen verbringen, die so dunkel und brutal waren. »Ich habe dir etwas mitgebracht«, sagte sie zu ihrer Freundin. »Es ist aber im Koffer.«

»Du bist das Geschenk, Ana.« Josies Stimme war so warm und sanft wie immer. »Ich freue mich so, dass du wieder zu Hause bist.«

Zu Hause.

So ein belasteter Begriff.

Anaheras Blick fiel auf die beeindruckenden Fotos an der linken Wand des Cafés. Josie schaute lächelnd über ihre Schulter und sagte: »Miri, könntest du uns zwei Cappuccini machen? Einen entkoffeinierten für mich.«

Erst da merkte Anahera, dass ihre Freundin nicht allein im Café arbeitete. Ein schlankes, langbeiniges Mädchen mit einem so strahlenden Gesicht, dass es einem das Herz stocken ließ, lächelte von ihrem Platz hinter dem Tresen zurück. Anahera spürte instinktiv Angst um sie in sich aufsteigen.

»Für dich doch immer, Jo«, antwortete das Mädchen und ging mit der Eleganz einer Tänzerin zur Kaffeemaschine. »*Kia ora*, Ana.«

Anahera erwiderte den Gruß mit einem Winken. Es war so lange her, dass sie mit Menschen zusammen gewesen war, denen *kia ora* so leicht von den Lippen ging wie Hallo, dass ihr die Worte im Hals stecken blieben, eingerostet und alt.

»Wollt ihr auch Kuchen?«, fragte Miri. »Wir haben noch von dem Karottenkuchen mit dem Frischkäse.«

»Ja, dräng ihn uns nur auf«, lachte Josie und wandte sich wieder an Anahera. »Miri arbeitet schon eine ganze Weile für mich. Ich habe es bei einem unserer Telefonate erwähnt, weißt du noch? Aber noch sechs Wochen, dann genießt sie die Großstadtlichter von Wellington. Sie macht ein Praktikum.«

»Du bist doch Tante Matties Mädchen.« Anaheras Hirn hatte ein wenig gebraucht, um die Verbindung zwischen diesem hinreißenden Wesen und dem dünnen Kind namens Miriama Hinewai Tutaia herzustellen, das sie vor so vielen Jahren gekannt hatte und das jetzt hier bei Josie arbeitete. Als wäre die Zeit einfach so an ihr vorbeigerauscht, als sie kurz mal nicht hingesehen hatte.

»Tantchen hat noch Babyfotos von dir«, warnte Miriama mit einem Glitzern im Blick. »Keine Sorge, ich habe ihr gesagt, dass es nicht in Ordnung ist, sie zu rahmen und an die Wohnzimmerwand zu hängen. Kann aber nicht versprechen, dass sie sie nicht hervorholt, wenn du sie besuchst.«

Anahera lachte, und die Angst verging, die in einem lange vergangenen Sommer wurzelte. Menschen, die genetisch so gesegnet waren wie Miriama, gaben sich oft keine Mühe, Humor zu zeigen – oder auch nur Höflichkeit. Aber vielleicht war es genau dieser Unterschied, der Miriama so besonders machte. Das Mädchen war jetzt eine umwerfende Schönheit, aber dieselbe Knochenstruktur hatte sie als Kind ziemlich merkwürdig aussehen lassen – als wären Teile von ihr bereits in Erwachsenengröße, während andere noch wachsen mussten.

»Wo machst du das Praktikum denn?«, fragte Anahera und versuchte, die blassen Erinnerungen an die Bilder der inzwischen Neunzehnjährigen zu beleben, aber viel gab es da nicht. In diesem Alter waren zehn Jahre Unterschied einfach zu viel gewesen.

Ein so strahlendes Lächeln, als käme die Sonne hinter den Wolken hervor. »Bei einem Kollektiv professioneller Reisefotografen, die Anfänger unterstützen. Ich darf mit ihnen reisen und von ihnen lernen.«

»Die da sind von ihr.« In Josies Tonfall schwang Stolz mit, als sie auf die Fotos an den Wänden des Cafés zeigte.

Auf allen waren Bewohner von Golden Cove zu sehen, aufgenommen in Momenten, in denen sie lachten oder sich freuten. Nikau, der das Gesicht ein wenig geneigt hielt, grinste und sich mit der Hand durchs Haar fuhr. Die schwarzen Bögen seines *tā moko* waren ganz deutlich im Sonnenlicht zu erkennen. Mrs Keith, die den Kopf zurückwarf und so sehr lachte, dass man es beinahe zu hören meinte. Josie, die sanft lächelnd auf ihren Babybauch herunterschaute, den sie mit der Hand stützte.

»Sie sind wunderbar.« Jeder konnte die triste Landschaft der Westküste fotografieren – die Landschaft schrie geradezu danach, sie schien praktisch zu *posieren*. Aber Nikau zu einem Lächeln wie diesem zu bringen, obwohl er inzwischen, wie Josie ihr erzählt hatte, noch spröder und wütender geworden war – dazu brauchte man Können und Geduld. Miriama hatte nicht nur das geschafft, sondern auch noch die beeindruckenden Farben des Augenblicks eingefangen.

Und es entging Anahera nicht, dass Miriama ihre Modelle vor Hintergründen abgelichtet hatte, welche die Frage nach öffentlichen und privaten Gesichtern, nach der Wahrhaftigkeit des Glücks selbst stellten: zerknülltes Papier auf einem Fußboden, ein mit Puppen vollgestopftes Zimmer, ein einsamer Strand. »Du hast wirklich Talent.«

»Danke schön«, sagte Miriama erfreut und brachte die beiden Kaffees. »Mein Lieblingsbild ist das von Josie. Es ist ziemlich schwierig, den Ozean in den Schatten zu stellen, aber sie schafft das mit links.«

»Du musst mir keinen Honig ums Maul schmieren«, sagte Josie stirnrunzelnd. »Du bittest ja nicht um eine Gehaltserhöhung.«

Die junge Māori-Frau mit den tiefdunklen Augen und dem zu einem Dutt zusammengesteckten Haar beugte sich herunter, um ihre sonnengeküssten Arme um Josie zu schlingen. »Ich hab dich lieb, Jo. Tut mir leid, dass ich so eine untreue Tomate bin und in die große Stadt abhaue.«

»Solange du dich an mich erinnerst, wenn du reich und berühmt bist«, erwiderte Josie und tätschelte dem Mädchen mit schwesterlicher Zuneigung den Arm.

»Immer. Ich hole euch jetzt den Kuchen.« Sie brachte ihnen zwei großzügige Stücke. »Soll ich das letzte Stück unserem großen, schweigsamen und geheimnisvollen Kerl bringen?« Sie wackelte mit den Augenbrauen. »Du weißt ja, dass er eine Schwäche für Süßes hat. Und er bezahlt immer.«

Josie nickte. »Der Polizist«, erklärte sie, als Miriama gegangen war.

»Ich glaube, ich habe ihn schon kennengelernt.« Anahera erzählte Josie von ihrer Panne. »Seit wann habt ihr denn hier Polizei?«

»Seit drei Monaten. Er heißt Will. Kommt aus Christchurch.«

»Christchurch?« Das war die größte Stadt auf der Südinsel. »Was hat er denn verbrochen, dass man ihn nach Golden Cove verbannt hat?«

Josie zuckte die Achseln. »Keine Ahnung – aber ich habe mal seinen Namen in der Zeitung gesehen. In Christchurch hat er wohl besonders komplizierte Fälle gelöst, also muss es ziemlich schlimm gewesen sein.« Sie wandte sich kurz ab, um ihren Sohn zu rufen. »Schätzchen, möchtest du Kuchen?«

Niam schüttelte den Kopf und malte weiter.

»Es ist *so* schön, dass du wieder da bist, Ana«, sagte Josie. »Ich habe meine beste Freundin so vermisst. Endlich ist es wieder so, wie es sein sollte.«

Anahera lächelte, obwohl sie wusste, dass es unmöglich war, dass alles wieder so wurde wie früher. »Es ist schön, wieder hier zu sein«, sagte sie.

Wenn sie ehrlich war, wusste sie nicht, wohin sie sonst sollte. Und hier hatte sie immerhin Josie.

»Wirst du London vermissen?«, fragte Josie und schluckte einen Bissen Kuchen herunter. »Du hattest dort ein so glamouröses Leben. All diese Premieren und Shows, deine Auftritte in diesen riesigen Konzerthallen.« Ihr Gesicht glühte vor Begeisterung. »Ich habe allen die Artikel gezeigt. Meine Freundin, die Starpianistin!«

Anahera aß einen Bissen, um über eine Antwort nachzudenken, die Josies Illusionen nicht auf einen Schlag zunichtemachte. »Mein lieber Schwan!«, rief sie in ehrlicher Überraschung aus. »Dieser *Kuchen!*«

»Ich weiß – der ist toll, oder? Julia ist eine Zauberin.«

»Julia *Lee?* Ist die nicht Juristin geworden?«

Josie gab ihr einen kurzen Abriss der Lebensereignisse der Frau, kam dann aber wieder auf ihre Frage zurück. »Wirst du, oder? London vermissen?« In ihrem Blick lag noch eine Frage, die sie nicht stellte – Anahera hatte vorab gesagt, dass sie nicht über Edward sprechen wollte, und Josie war eine so gute Freundin, dass sie das respektierte.

»Es war schön, solange es anhielt«, sagte Anahera.

Es *war* schön, bis sie herausfand, dass ihr ganzes Leben eine einzige Lüge war, dass sie sechs Jahre lang nur eine Statistin im Leben eines anderen gewesen war. »Die Musik ... ja, das war wunderbar.« Obwohl die Musik jetzt wie tot für sie war. »Und ich konnte die tollsten Shows sehen und so viele unfassbar talentierte Menschen kennenlernen.«

Anahera hatte immer gescherzt, dass das Theater Edwards Geliebte sei. Sie hatte sich nie vorstellen können, eine Rivalin aus Fleisch und Blut zu haben. »Aber ein Mädchen kann nicht von Premieren und Konzerthallen leben, wenn ihre *whānau* hier ist.« Anaheras Ehemann war tot, ihre Mutter ebenfalls, weshalb Josie der einzige Mensch war, den sie noch als Familie empfand.

Manchmal ging es eben nicht um Blutsverwandtschaft.

Wenn Josie sie am Grab von Edward gesehen hätte, wüsste sie jetzt, dass etwas ganz und gar nicht in Ordnung war, mal abgesehen davon, dass Anaheras junger und begabter Theaterautor-Ehemann tot war.

Die kleine Glocke über der Tür klingelte.

Als Anahera den Kopf wandte, sah sie, wie Miriama wieder hereinkam. Sie reckte die Daumen. »Er hat den Kuchen genommen, und wir sind fünf Dollar reicher.«

»Sie ist wunderschön«, sagte Anahera leise zu Josie, als die junge Frau den Verkauf in die Kasse tippte.

Josie hörte die Frage, die in dieser Feststellung lag. »Zum Glück ist sie den üblichen Kleinstadtfallen ausgewichen – sie wird noch vor dem Winter aus Golden Cove heraus sein.« Ein leises Murmeln. »Wenn sie jemals zurückkommt, dann so wie du, aus eigener Entscheidung.«

Anahera wusste, dass Josies Worte auf sie selbst nicht zutrafen. Ihre Freundin führte genau das Leben, das sie schon mit vierzehn hatte führen wollen: verheiratet mit Tom Taufa, Mutter seiner Kinder und Besitzerin eines Cafés.

»Hey, Jo, macht es dir etwas aus, wenn ich heute ein bisschen früher gehe?«

Josie nickte Miriama zu. »Gehst du joggen?«

»Ich muss mir ein bisschen die Beine vertreten.«

Als das Mädchen gegangen war, warf Anahera einen Blick auf ihre Armbanduhr. »Ich gehe dann auch mal lieber los«, stellte sie fest. »Ich möchte noch ein bisschen etwas in der Hütte tun, solange es noch hell ist.«

Josie runzelte die Brauen. »Ana, ich hätte nicht gedacht, dass du es ernst meinst und wirklich dort übernachten willst, sonst hätte ich Tom gebeten, die Hütte ein bisschen auf Vordermann zu bringen. Ich habe mein Gästezimmer für dich hergerichtet.«

Anaheras kaltes, hartes Herz drohte zu zerspringen. »Ich muss dorthin«, sagte sie nur.

4

Josie hatte ihr eine Kiste mit Lebensmitteln gepackt, denn trotz ihrer Hoffnung auf einen gemeinsamen Abend kannte sie Anahera gut genug, um zu wissen, dass sie dennoch fahren würde.

Anahera packte die Vorräte gerade in ihren Jeep, als sie es in ihrem Nacken prickeln spürte. Sie schaute sich um und sah den Polizisten, der sie beobachtete. Der wohl ein Auge auf die Fremde in der Stadt hielt.

Wie hätte dieser Stadtpolizist auch wissen sollen, dass sich Golden Cove in jede ihrer Körperzellen eingebrannt hatte, dass sie immer von dieser winzigen Stadt am Ufer des Ozeans geträumt hatte, der so erbarmungslos war, dass er mehr Seelen als der Teufel auf dem Gewissen hatte – selbst als sie in einem weichen Bett in einem teuren Reihenhaus in London schlief, vor dessen Fenstern gepflegtes Gras im geteilten Stadtgarten wuchs und in dessen Schränken Designerkleider hingen.

Als sie die Kiste verstaut hatte, drehte sie sich um, um Josie erneut zu umarmen, stieg in den Jeep, um in Richtung ebenjenes erbarmungslosen Ozeans zu fahren, und als sie an einer schmalen Straße vorbeikam, die ins Landesinnere führte, schaute sie absichtlich nicht hin.

Dort gab es nichts für sie zu sehen.

Der dichte alte Wald am Rand der Stadt schloss sich etwa fünf Minuten lang um sie, bis er wieder spärlicher wurde und man zwischen den Bäumen das Meer sehen konnte. Aber die Hütte auf der anderen Seite des Waldes am Rande der Klippe stand im Schatten eines riesigen Rātā-Baumes. Nur an den hellsten Tagen drang das Sonnenlicht durch sein Laub, aber das war schon in Ordnung. Am Strand gab es genügend Sonne, wenn man es den gefährlich engen Pfad hinunter geschafft hatte.

Sie parkte den Jeep an der Seite der Hütte, blieb noch eine Weile sitzen und starrte vor sich hin, aber nichts änderte sich. Niemand war hier. Niemand würde mit breitem Lächeln herauskommen und sie zu einer Tasse Tee hereinwinken. Niemand würde sie zu einem Strandspaziergang einladen. Und zu Weihnachten, wenn der Rātā so rot wie frisches Blut blühte, würde niemand in seinem Schatten sitzen.

Sie schluckte den Kloß in ihrem Hals herunter und zwang sich dann, die Fahrertür zu öffnen und auszusteigen. Ihr Gepäck ließ sie im Auto, ging die paar Schritte zur Hütte hinüber und stieg die Stufen zur kleinen Veranda empor. Blätter raschelten unter ihren Füßen, und sie sah eine Spinne mit pelzigen, langen Beinen über das Holz eilen. Dicke Spinnweben hingen am Dachvorsprung, ein zarteres am Türknauf.

Sie drehte es gegen einen Widerstand und öffnete die Tür.

Und trat in tausend Erinnerungen.

5

Will nahm einen tiefen Schluck von seinem Bier. Nikau neben ihm drehte seine Flasche zwischen den Händen. »Die ist schon toll, oder?«, sagte der andere Mann.

Will musste nicht fragen, wen Nikau meinte; er hatte schnell gelernt, dass es nur eine Frau in der Stadt gab, über die die Männer in diesem Tonfall sprachen. »Sie ist ein bisschen jung für dich, Nik.« Er schaute zu Miriama Hinewai Tutaia hinüber, die dort Hof hielt. Ihr Haar reichte ihr bis über die Taille, und die Männer umschwärmten sie wie Bienen den Honigtopf.

Eine Frau, die so anziehend auf Männer wirkte, hatte normalerweise nicht viele Freundinnen, aber Miriama schon. Frauen umschwärmten sie ebenfalls, versuchten, ihre Aufmerksamkeit auf sich zu ziehen, sie zum Lachen zu bringen. Sie behandelte sie mit großzügiger Eleganz, gab immer so viel, dass sich niemand ausgeschlossen fühlte, dass niemand das Gefühl bekam, nicht auszureichen. Und so, dass der schwarzhaarige Mann mit der dünnen Drahtbrille, der seinen Arm besitzergreifend um ihre Taille gelegt hatte, sich als der Wichtigste von allen fühlte. »Dr. de Souza ist dir außerdem zuvorgekommen.«

»Du weißt schon, dass der noch älter ist als ich?«

»Nur ein paar Jahre.« Viel zu jung, um als Hausarzt in einem abgelegenen Städtchen an der Westküste zu enden, aber als Will Dominic de Souzas Hintergrund überprüft hatte, tauchten keine dunklen Flecken auf, keine schwierigen Geschichten. Offenbar war der Mann tatsächlich aus dem Grund hier, den er angegeben hatte: In einer großen

Stadt wäre er der Assistenzarzt in einer großen Praxis gewesen, aber in Golden Cove war er sein eigener Chef.

»Früher oder später hat sie ihn sowieso satt«, prophezeite Nikau. »Eine Frau mit so viel *Leben* in sich wird doch nicht mit einem Hinterwäldlerarzt glücklich. Sie wird es wilder wollen, und das kann ich ihr bieten.«

»Ich sag's dir ja ungern, aber der Hinterwäldlerarzt wohnt in einem schönen Teil der Stadt und besitzt ein schickes europäisches Auto. Hast du dir schon mal den Zustand deines Hauses angesehen?«

Nikau zuckte die Achseln. »Wenn Miriama nur Geld wollte, hätte sie sich mit einem der reichen Touristen eingelassen, die hier vorbeikommen.«

Das konnte Will nicht bestreiten. Er war zwar erst drei Monate hier, hatte aber schon mehr als einen Touristen nach einem einzigen Blick auf Miriama praktisch auf die Knie fallen sehen. Und das waren nicht nur junge Rucksacktouristen; nach Golden Cove kamen auch die reichen Urlauber, die sich für die teuren Töpferwaren interessierten und im frisch renovierten Bed and Breakfast wohnten, das neuerdings in einem schicken Reiseführer als »geheimes Juwel« gepriesen wurde.

»Ich habe gehört, sie verlässt die Stadt.« So war das in dieser Stadt: Die Gerüchte verbreiteten sich, und man glaubte, alles über jeden zu wissen. Aber es gab dennoch Geheimnisse hier. Eine dicke Schicht Lava brodelte unter der Oberfläche. Will spürte sie, und damals, als er noch Detective gewesen war und grub und wühlte und forschte, hätte er darin herumgestochert. Aber andererseits: Wenn er noch dieser Mann wäre, wäre er nicht hier, also waren diese Überlegungen müßig.

»Noch sechs Wochen.« Nikau trank einen Schluck von seinem Bier. »Massenweise Zeit.«

Will schnaubte und betrachtete die Flaschen hinter der Bar. Hier gab es keine schicke Beleuchtung, keine gläsernen Regale. Die Bar bestand aus dunklem, stabilem Holz, und die Flaschen standen aufgereiht wie Soldaten da. »Du wirst dich an ihr verbrennen.« Will war dankbar dafür, dass er sich von Miriama nicht angezogen fühlte; für ihn war sie zu jung, zu leuchtend, zu unschuldig.

Will hatte seine eigene Unschuld schon vor so langer Zeit verloren, dass er sich kaum noch an ihren Geschmack erinnerte.

»Ein Mann verbrennt sich gern hin und wieder.« Nikau drehte sich wieder zu ihm um. »Was ist mit dir? Wie lange wirst du noch die Einladungen ablehnen, die du bekommst?«

»Sagen wir, ich bin nicht in der Stimmung.« Es gab nicht viel, wofür er in Stimmung war, nicht einmal das Leben.

»Aber einen Schwanz hast du schon noch?«

»Als ich das letzte Mal nachgesehen habe, schon.«

»Dann bist du in Stimmung. Greif dir Miss Tierney mit den großen blauen Augen und den dicken Titten und wälz dich mit ihr in den Laken. Sie wirft dir schon die ganze Zeit diese ›Komm schon, Cowboy‹-Blicke zu.«

Will hatte nichts gegen die Lehrerin, die in der Nachbarstadt arbeitete, aber er hatte keine Lust, mit ihr ins Bett zu gehen, und schon gar nicht, mit ihr zusammen zu sein. Es war, als wäre dieser Teil von ihm vor dreizehn Monaten abgeschaltet worden. Will wusste nicht einmal genau, ob er ihn wieder einschalten wollte. Er beschloss, das Thema zu wechseln, und fragte: »Erzählst du mir eigentlich irgendwann, was du eigentlich in Golden Cove machst?« Will hatte ein paar Recherchen über den anderen Mann angestellt, nachdem er die Stelle als Polizist angetreten hatte – Nikau hatte auf ihn so gewirkt, als könnte er Probleme machen, und Will hatte wissen wollen, wie schlimm sie werden würden.

Was er entdeckt hatte, war etwas ganz anderes.

»Feldforschung«, lautete die scherzhafte Antwort. »Da wir gerade davon sprechen«, sagte er und drehte sich auf seinem Barhocker um, »dein Schwanz ist vielleicht im Urlaub, aber meiner nicht.« Ein Schlag auf Wills Schulter. »Ist Christine Tierney tabu?«

»Nur, wenn sie es sagt. Ich habe damit nichts zu tun.« Er hob seine Flasche. »Viel Glück.« Er trank den Rest seines Biers aus und stellte die Flasche auf das fleckige und zerkratzte Holz der Theke, um dann aufzustehen. »Ich gehe nach Hause.«

Nikau schüttelte den Kopf und schlenderte zu der Frauengruppe hinüber, in der auch Christine Tierney saß. Trotz Nikaus Frage nach Christine war sich Will nicht ganz sicher, wen Nikau tatsächlich im Auge hatte – und er war sich auch nicht sicher, ob das Nik nicht vielleicht egal war.

Da er wusste, dass Nikau zu Fuß nach Hause gehen wollte, verabschiedete er sich von einigen anderen Gästen und verließ dann die Bar. Der Wind war kalt, das Salzwasser hing schwer in der Luft. Er ging zur Straße, die ihn zum östlichen Teil der Stadt führen würde.

In seinem ersten Monat hier hatte er im Bed and Breakfast gewohnt, bis es ihm auf die Nerven ging, dass die Wirtin immer haargenau im Bilde darüber gewesen war, was er gerade tat. Also mietete er ein Haus, das einem Paar gehörte, das Golden Cove verlassen hatte, aber keinen Käufer für seinen Besitz hatte finden können. Nicht viele Menschen wollten dauerhaft an einen so abgelegenen Ort ziehen.

Ein paar Jugendliche lungerten vor dem geschlossenen Touristenbüro herum. Er überquerte die leere Straße, und sie schienen sofort Haltung anzunehmen. Er roch Tabak, beschloss aber, nichts dazu zu sagen. Das echte Problem waren die härteren Drogen – und in der Stadt gab es genug davon.

»Ich glaube, ihr geht jetzt besser nach Hause«, sagte er leise. »Ich habe gehört, ihr habt morgen Prüfung.« Die Jugendlichen mussten eine Stunde lang mit dem Bus zur nächsten Highschool fahren, was aber nicht bedeutete, dass man hier in der Stadt nicht genau über ihren Lehrplan Bescheid wusste.

Die Jugendlichen scharrten mit den Füßen. »Das wird total leicht«, murmelte einer von ihnen, aber als Will seinen Blick auffing, senkte der Junge den Kopf.

»Ich bringe euch nach Hause«, sagte Will, obwohl er wusste, dass zwei von ihnen ziemlich weit von ihm entfernt wohnten.

Die Jugendlichen waren von der Begleitung nicht gerade begeistert, aber sie waren noch jung genug, dass sie sich ohne Widerrede fügten. Er wusste, dass Golden Cove klein war, dass es unwahrscheinlich war, dass sie in die Art von Schwierigkeiten gerieten, mit denen Großstadtkinder zurechtkommen mussten, aber andererseits hatten die schlimmsten Ungeheuer oft ein vertrautes Gesicht. Es konnte natürlich sein, dass er sie direkt in die wahre Gefahrenzone zurückbrachte, aber er kannte die Eltern dieser Jugendlichen: Ein Elternpaar war ziemlich desinteressiert, ihnen war es egal, was ihre Kinder so trieben, aber der Rest gab sich trotz magerer Einkommen redlich Mühe.

Erst als hinter allen die Haustüren zugefallen waren, ging er weiter, den Blick auf die Bäume gerichtet, die das Meer verbargen. Es war ihm zu Ohren gekommen, dass das neue Gesicht in der Stadt, Anahera Spencer-Ashby, früher Anahera Rawiri, in eine der Hütten auf den Klippen gezogen war, die früher ihrer Mutter gehört hatte.

Als er das letzte Mal dort gewesen war, war ihm die Hütte nicht sicher vorgekommen, daher hatte er sich ein wenig erkundigt. Die Stadt war zu klein, um einen Bürgermeister zu haben, aber die Vorsitzende des Wirtschaftsrates hatte ihm versichert, dass die Hütte solide gebaut war. »Wird aber wohl ziemlich schmutzig darin sein«, hatte Evelyn Triskell mit einem Schaudern angemerkt, das den straffen Dutt auf ihrem Kopf verrutschen zu lassen drohte. »Vermutlich sind da überall Spinnen. Anahera ist viel mutiger als ich.«

Beinahe ohne nachzudenken, lenkte Will seine Schritte in Richtung Hütte. Es war ein weiter Weg dorthin, aber er hatte massenweise Zeit – er schlief ohnehin nicht viel –, und die Nacht war kühl, der Himmel über ihm voller Sterne. Er blieb auf dem Schotterweg stehen, der hinauf zur Hütte führte, und konnte sie von hier aus deutlich sehen. Licht drang aus dem Fenster zum Weg.

Ein Umriss bewegte sich hinter dem Fenster, eindeutig weiblich.

Sie hielt mitten in ihrer Bewegung inne und schaute in die Dunkelheit hinaus, als ob sie ihn spürte. Er wusste, dass sie ihn hier draußen in der Schwärze nicht sehen konnte, und fragte sich, wer sie wohl noch beobachtete. Sie musste sich unbedingt Vorhänge besorgen, dachte er, als sie das Licht ausschaltete, sodass sie wieder beide gleich viel sehen konnten.

Beruhigt, dass sie in Sicherheit war, wandte er sich um und ging. Das Donnern der Meereswellen war sein einziger Begleiter, und ihr Rhythmus ein dunkles Pulsieren.

6

Anahera wachte vom melodischen Gesang der Tuis vor dem Fenster auf. Die geschwätzigen Vögel aus der Familie der Honigfresser sangen und zwitscherten beim ersten Dämmern miteinander. Für Anahera waren das zutiefst vertraute Geräusche. Sie hatte gestern nicht viel geschafft, aber immerhin hatte sie das Zimmer für sich zurechtmachen können, das ihr Kinderzimmer in dem kleinen Häuschen gewesen war – sie hatte es nicht über sich gebracht, in das größere Schlafzimmer zu ziehen.

Denn das hatte ihrer Mutter gehört.

Der Metallrahmen ihres alten Bettes hatte die Jahre überlebt, aber die Laken und Steppdecken, einschließlich der Matratze, stammten von Josie. Ihr Mann hatte sie Anahera zwei Stunden nach ihrer Ankunft in der Hütte gebracht. Abgesehen von seinem kurzen Bart, war Tom Taufa immer noch genauso wie in Anaheras Erinnerung – groß und heiser und durch und durch praktisch veranlagt.

Josie hatte außerdem ein Kissen und einen kleinen Teppich mitgeschickt, den sie vor das Bett legen sollte, dazu Teller, Tassen und ein paar Haushaltsgerätschaften. Anahera war sehr froh, so eine Freundin zu haben, denn wenn sie ehrlich war, hatte sie die Reise hierher nicht richtig durchdacht. Ihre Habseligkeiten befanden sich noch auf einem Containerschiff irgendwo auf dem Nordatlantik. Sie hatte einen Koffer voller Kleider mitgebracht, ebenso ein paar andere Kleinigkeiten, die ihr irgendwie wichtig vorgekommen waren, aber die Dinge, die wirklich nützlich waren, hatte sie vergessen.

Offenbar war ihr Kopf immer noch nicht dort, wo er sein sollte.

Sie verdrängte ihre Erinnerungen, lag zehn Minuten regungslos im Bett und hörte den Vögeln zu. Der frische, zitronige Duft der Laken und der Decke hüllte sie ein. Erst als ihre Augen zu brennen begannen, merkte sie, dass sie auf das leise Klopfen ihrer Mutter an der Tür wartete, darauf, dass Haeata mit einer Tasse Kaffee für ihre Langschläfer-Tochter hereinkam. Dass sie sich auf ihre Bettkante setzte, das silbrig schwarze Haar ganz zerzaust vom Spaziergang am Strand, den sie bereits hinter sich hatte, die Haut kühl, aber mit warmem und fröhlichem Blick.

Anahera schluckte hart und setzte sich auf. Sie schaute aus dem Fenster. Gestern Nacht hatte sie das Gefühl gehabt, dass sie jemand von dort aus beobachtete. »Vorhänge«, murmelte sie. Es gab in der Stadt keine Geschäfte, in denen man Einrichtungs- und Haushaltswaren kaufen konnte, aber wenn Josie keine alten Decken hatte, die sie fürs Erste benutzen konnte, würde sie einfach zur nächsten Stadt hinüberfahren und sich dort eindecken. Sie hatte keine Ahnung, was mit den alten Vorhängen passiert war. Vielleicht waren sie einfach verrottet, bis die Kinder, die die Hütte vermutlich als Klubhaus und Treffpunkt benutzt hatten, sie abgerissen hatten.

Immerhin hatten die Kinder keine Graffiti hinterlassen, weder drinnen noch draußen.

Sie duschte schnell und beschloss, ein paar neue Schlösser anzubringen – und einen Klempner herzubestellen, der vielleicht etwas gegen das dünne Rinnsal unternehmen konnte, das aus dem Duschkopf kam. Letzteres würde einfach sein – Tom war Klempner und arbeitete in der gesamten Gegend, aber gestern Abend hatte er gesagt, dass er in nächster Zeit lieber in der Nähe von Golden Cove bleiben würde, weil Josies Schwangerschaft schon so weit fortgeschritten war.

Das Einzige, worum sie sich keine Sorgen machen musste,

36

war Elektrizität. Sie hatte daran gedacht, den Stromversorger noch von London aus zu benachrichtigen. Und da die Lichter angingen und das Rinnsal aus der Dusche immerhin warm gewesen war, hatten die Drähte und Leitungen offenbar die Jahre überlebt, in denen sie nicht benutzt worden und die Hütte kalt und dunkel geblieben war.

Sie zog Shorts und ein weites T-Shirt über und machte sich einen Kaffee mit der Stempelkanne, die sie aus London mitgebracht hatte; den Kaffee hatte sie noch auf dem Flughafen gekauft. »Du hast eben deine Prioritäten, Ana«, murmelte sie. Dabei hatte sie die Glas- und Metallkanne nicht einmal besonders gut eingepackt, aber dennoch war sie unversehrt angekommen.

Dafür, dass sie völlig willkürlich gepackt hatte, war es pures Glück, dass sie die richtigen Kleider dabeihatte. Sogar genügend, um mit der Umkehrung der Jahreszeiten klarzukommen: Sie war an einem regnerischen Frühlingstag ins Flugzeug gestiegen und in der ersten Herbstkälte wieder ausgestiegen.

Sie trug ihre dampfende Kaffeetasse hinaus auf die Veranda und schaute zu, wie die Sonne den Himmel färbte, rubinrot und tieforange und knallpink mit zarten, vergoldeten Streifen.

Einen solchen Sonnenaufgang gab es in London nicht.

Das Knirschen von Reifen auf dem Schotter ließ sie aufschauen. Ein kleiner, zerbeulter Truck fuhr heran. Er war vielleicht früher einmal schwarz gewesen, aber jetzt bestand er nur noch aus Dellen und Rissen. Das Gesicht, das aus dem offenen Fahrerfenster schaute, als der Truck neben ihrem eigenen Auto anhielt, war bekannt – aber auch neu.

Er stieg aus.

»Nikau«, sagte sie und stieg die Treppe hinunter, um zu ihm zu gehen. »Immer früh auf den Beinen.«

»Ich dachte mir, dass du bestimmt Jetlag hast.« Er stemmte die Hände in die Hüften und sah sie von der Seite aus an. Das *moko*, das er sich vor fünf Jahren hatte stechen lassen, bestand aus geschwungenen Linien und Kurven, die sicher von seiner *whakapapa*, seiner Abstammung und seinem Platz in der Welt erzählten. Nikau schätzte *tikaka* Māori zu sehr, als dass er sich leichtfertig für irgendeine Zeichnung entschieden hätte.

»Also«, sagte er und wechselte in die Sprache, die sie nicht mehr gesprochen hatte, seit sie von hier fortgegangen war. »Du bist wirklich wiedergekommen. Das hätte ich nie gedacht.«

Anahera wandte den Blick zum Horizont und zum Sonnenaufgang, der mit derselben wütenden Schönheit »Heimat« schrie, mit der er von den Toten flüsterte. Sie sprach erst, als sein letztes Echo verblasst war. »Das Letzte, was ich gehört habe« – damit wandte sie sich zu Nikau –, »war, dass du auf internationalen akademischen Konferenzen über die Māori-Kultur referiert hast.« Die Worte kamen ihr heute leichter von den Lippen. Die Sprache war so ein großer Teil ihres Selbst, dass sie nicht einmal acht Jahre Schweigen hatten auslöschen können.

»Tja, nun, Shit happens.« Nikaus Gesicht wurde hart. Er schaute zurück, nicht auf den Schotterweg, sondern auf etwas, das weit entfernt lag. »Ich nehme an, Josie hat dir von mir und Keira erzählt?«

»Tut mir leid wegen der Scheidung.« Sie hatte sich immer gewundert, was Nikau in Keira sah, aber er hatte sie zweifellos geliebt. Sie waren unzertrennlich gewesen, seit sie siebzehn Jahre alt gewesen waren: der stille, eindringliche und wissbegierige Nik mit der wunderschönen, aber irgendwie … leeren Keira. Keira schien immer nur ein Echo der anderen zu sein, keine vollständige Person.

Nikau sah sie an. Sein Blick war merkwürdig ausdruckslos. »Mehr hast du dazu nicht zu sagen?«

»Ich weiß nicht genau, was du erwartest.« Anahera besaß nicht die emotionale Geduld, zwischen den Zeilen einer weiteren schlechten Ehe zu lesen. »Ich bin deine Freundin. Es tut mir leid, dass deine Ehe zerbrochen ist. Ich weiß, dass du sie geliebt hast.«

Nikau sah sie eine weitere verstörende Sekunde an, dann atmete er aus und fuhr sich mit der Hand durchs Haar. »Mist, tut mir leid. Josie hat vermutlich die schmutzigen Details ausgelassen.«

Die Antwort auf seine Bitterkeit lag in ihrem eigenen kalten Zorn. »Hat sie dich betrogen?«

»Schlimmer. Sie hat sich ein Jahr nach unserer Trennung mit diesem Arsch zusammengetan.« Wieder ein Blick in die Ferne. »Sie haben vor vierzehn Monaten geheiratet.«

Dieser Arsch, zusammen mit der Richtung von Nikaus bösem Blick, machte klar, wer Keiras neuer Ehemann sein musste. »Daniel May?«

Ein hartes Nicken.

Sie kannten sich schon ihr ganzes Leben, Anahera und Josie, Keira und Daniel, Vincent und Nikau. Es hatte noch andere gegeben – Tom, Peter, Christine –, aber diese drei waren gekommen und wieder verschwunden. Aber sie sechs waren eine beständige, eng verwobene Clique gewesen, die sich nachts traf, um Lagerfeuer am Strand zu machen. Sie hatten sich in den Ferien, wenn alle wieder in Golden Cove waren, immer wieder gefunden. Es war egal gewesen, dass Daniel May und Vincent Baker aufs Internat gingen, weil sie aus den beiden reichsten Familien der Stadt stammten, während Nikau und Anahera zu den Ärmsten gehörten.

Und dann waren sie erwachsen geworden.

»Das ist scheiße, Nik.« Was hätte sie sonst sagen sollen?

Daniel hatte das Geld und den Einfluss seines Vaters genutzt, um ein internationales Austausch-Stipendium zu »erringen«, für das Nikau weit besser qualifiziert gewesen war und das er auch weit mehr verdient hatte. Für Daniel war dieses Stipendium nur eine weitere Zeile in seinem Lebenslauf. Für den jugendlichen Nikau wäre es der einzige Weg gewesen, irgendwann einmal aus dem Land herauszukommen.

Das war die Art von Verrat, die man nie vergessen oder vergeben konnte. »Was ist denn mit Vincent?«, fragte Anahera. »Hat er sich in ein Arschloch verwandelt, während ich fort war? Ich habe ihn auf meiner Online-Freundesliste, aber eigentlich habe ich mich seit Monaten nicht mehr eingeloggt.«

Nikau, dessen Kälte jetzt schmolz, lachte bellend. »Nein«, sagte er. »Vincent ist immer noch Vincent.«

Was auch bedeutete, dass der gut aussehende Baker-Spross immer noch die Erwartungen seiner Familie erfüllte. »Auf den letzten Fotos, die ich von ihm gesehen habe, sah er glücklich aus – mit seiner Frau und den Kindern.«

»Ja, ich glaube, er ist wirklich glücklich. Wer hätte das gedacht, was?« Er zuckte die Achseln. »Eigentlich müsste er der Gestörteste von uns allen sein, bei dem Druck, den seine Eltern auf ihn ausüben.«

Anahera nickte; ihr hatte Vincent immer leidgetan – aber er schien die strengen Grenzen seines Lebens zu mögen, darin sogar zu gedeihen. »Sie waren sicher nicht die besten Eltern, aber er und sein Bruder vermissen sie bestimmt trotzdem.«

»Ja, das Feuer hat das alte Haus der Bakers vollkommen zerstört. Sie hatten keine Überlebenschance. Ich war auf der Beerdigung. Vin hat eine sehr schöne Rede gehalten.«

Anahera hatte von Vincent nichts weniger als das erwartet. »Na komm, ich schenke dir einen Kaffee ein.« Nik hatte sich verändert, sie ebenfalls, aber sie spürte, dass sie sich mit diesem zornigen Mann, der früher so ein hoffnungsvoller Junge gewesen war, immer noch wohlfühlte.

Nikau setzte sich auf einen wackeligen Stuhl, den er auf die Veranda zog. Anahera gab ihm einen Becher Kaffee und lehnte sich mit dem Gesäß an das Geländer der Veranda – nachdem sie kurz geprüft hatte, ob es standhielt. In diesem Moment hörten sie ein weiteres Auto den Schotterweg hinauffahren. »Der Londoner Verkehr ist nichts gegen Golden Cove.«

Halb hatte sie eine fröhliche Josie in Toms Klempner-Truck erwartet, aber es war der Polizei-SUV, der eine Sekunde später in Sicht kam. Der langbeinige Polizist mit den breiten Schultern und dem zu schmalen Gesicht stieg kurz darauf aus.

»Will.« Nikau hob seinen Kaffeebecher. »Bist du gekommen, um dich nach dem Wohlergehen unserer Heimkehrerin zu erkundigen?«

»Nik. Ms Spencer-Ashby.«

Seine Worte waren wie ein Schlag in die Magengrube. »Anahera reicht.« Rawiri oder Spencer-Ashby, sie wollte keinen der beiden Nachnamen. »Möchten Sie Kaffee? Ich glaube, ich trinke noch einen Becher.«

»Danke, aber gerade nicht.« Unmöglich, in diesen Augen, diesem grimmigen Gesicht zu lesen. »Ich wollte eigentlich dafür sorgen, dass Sie wissen, an wen Sie sich wenden können, wenn Sie Hilfe brauchen: Ich weiß, dass kein Telefon an dieser Adresse gemeldet ist.«

Anahera war sich nicht sicher, ob sie das amüsierte oder nicht; es war lange her, dass sie eine Festnetzleitung benutzt hatte. »Ich habe ein Handy, wie die meisten in diesem Universum.«

Sein Gesichtsausdruck veränderte sich nicht. »Könnten Sie mal das Funksignal hier checken?«

»Warum?«

Kein Lächeln. »Weil ich sonst wohl jeden Morgen hier vorbeikommen muss, um mich nach Ihrem Wohlergehen zu erkundigen.«

Nikau lachte, aber als er Anahera ansah, war sein Tonfall wieder ernst. »Will hat recht, Ana. Du solltest das nachprüfen. Diese Hütte hier steht mitten im Nirgendwo.«

Anahera verdrehte die Augen, ging in die Hütte und holte ihr Handy. Sie schaltete es ein, trat auf die Veranda – und fluchte. Immerhin sagte der Polizist nicht »Hab ich doch gesagt«. Stattdessen sagte er: »Ich schlage vor, Sie wechseln zu einem anderen Telefonanbieter.« Er nannte ihr eine Firma. »Deren Signal dringt in jede noch so abgelegene Ecke von Golden Cove.«

»Das Gute ist, dass deren Tarife billig sind«, fügte Nikau hinzu. »Ich kann dir mein Handy leihen, bis du gewechselt hast.«

Anahera winkte ab. »Das wird schon. Hier gibt es nichts zu stehlen, und wir wissen alle, dass kleine Einbrüche ganz an der Spitze der Kriminalstatistik von Golden Cove stehen.« Manche stahlen aus Langeweile, andere aus Armut.

»Es geht ja nicht nur um Verbrechen«, wandte der Polizist ein. »Wenn Sie hier einen Unfall haben, kann es sein, dass Sie erst nach Tagen gefunden werden.«

Anahera spürte, wie sie blass wurde. Sie hielt das Handy fest umklammert und starrte den Polizisten an. »Sie sind jetzt hier fertig. Soweit ich weiß, sind Polizisten keine Babysitter.«

7

Will fragte sich, was er falsch gemacht hatte. Anahera war plötzlich eiskalt geworden, aber auch Nikaus Gesicht wirkte von einem Herzschlag zum anderen feindselig. In Gedanken ließ er die Unterhaltung erneut ablaufen. Seine Bemerkung über einen möglichen Unfall war der Auslöser gewesen. Offenbar hatte er hier einen wunden Punkt berührt. Das passierte, wenn alle in einer kleinen Stadt etwas wussten, aber niemand darüber sprach: Ungeschickte Außenstehende trampelten dann mitten ins Fettnäpfchen.

»Stimmt«, sagte er sanft. »Ich war immer ein schrecklicher Babysitter. Habe die Kinder meiner Nachbarn den ganzen Abend lang Süßigkeiten essen lassen.« Er nickte Anahera zu, deren Gesicht versteinert wirkte, dann Nikau. »Einen schönen Tag noch.«

Er spürte, dass ihre Blicke ihm folgten, als er in sein Auto stieg, beide dunkel, beide undurchdringlich.

Es war gut, dass er sich nie eingeredet hatte, Nikau zu verstehen; ihre Freundschaft war oberflächlich und beruhte auf ihrer Vorliebe für denselben Sport, eine ordentliche Joggingtour durch den Wald und hin und wieder ein Bier. Will wusste, dass Nikau wütend und verletzt war, weil seine Ex den reichen und protzigen Daniel May geheiratet hatte, und dass Nikau eben wegen jener Ex überhaupt in Golden Cove wohnte.

Das war ungefähr alles, was er über das Privatleben von Nikau Martin wusste.

Nik wusste sogar noch weniger von Will.

Will fuhr rückwärts den Weg hinunter, weil er nicht

wenden konnte, so, wie Nikau geparkt hatte, und er wusste, dass sie ihn beobachteten. Zuschauten, wie der Außenstehende fortfuhr. Er hatte sich nie Illusionen darüber gemacht – an einem Ort wie diesem blieb man jahrzehntelang Außenseiter, egal, wie sehr man sich bemühte.

Natürlich riss sich Will nicht gerade darum, irgendwo dazuzugehören.

Weshalb er genau der Richtige für den Job als einziger Polizist in Golden Cove war.

8

Anahera fuhr nach dem Frühstück in die Werkstatt, innerlich noch immer ganz kalt. Peter, der wie immer nicht lächelte und sich nur ein ganz kleines bisschen merkwürdig benahm, ohne dass man genau hätte sagen können, warum, begrüßte sie: »Hallo, Ana«, und machte sich daran, ihren Motor zu inspizieren.

Nichts Ernsthaftes, lautete das Ergebnis. Er tauschte ein kleines Teil aus, sagte ihr, ihr Jeep sei eine gute Investition, und winkte ab, als sie bezahlen wollte. »Nächstes Mal kostet es aber was.«

»Danke, Peter.« Sie hatte Gewissensbisse, als sie das sagte. Sie hatte sich nie dazu bringen können, ihn wirklich zu mögen, obwohl sie sich bemüht hatte; er war immer nett und hatte nie etwas getan, weshalb sie ihn *nicht* mögen könnte ... aber die Härchen in ihrem Nacken stellten sich jedes Mal auf, wenn sie allein war mit dem schlaksigen Rothaarigen. »Einen schönen Tag noch.«

Er nickte und stand reglos im Werkstatteingang, als sie fortfuhr. Sie hatte das Gefühl, dass sie sein Blick aus den schlammgrünen Augen verfolgte, bis sie auf die Hauptstraße bog. Sie entdeckte das Auto des Polizisten, das aus der Stadt herausfuhr, und versuchte zu raten, wen er wohl aufsuchte. Ein paar Leute aus Golden Cove wohnten weit draußen in der Wildnis, darunter gab es auch einige, die nicht viel Lust auf Gesellschaft hatten. Aber sie nahm an, dass das sein Job war – sein Gesicht auch in den Schatten zu zeigen, damit die Leute nicht vergaßen, dass das Gesetz nicht schlief.

Sie fragte sich, ob das wohl funktionierte.

Sie parkte den Jeep vor dem Café und stieg aus. Aber sie

fand nur Miriama darin. »Jo sagt, ihre Fußgelenke seien heute wie Baumstämme«, informierte sie das Mädchen mit einem sonnigen Lächeln. »Ich habe ihr gesagt, sie soll zu Hause bleiben und sich ein bisschen pflegen. Tom hat den Kleinen mit zur Arbeit genommen. Weil das Wetter so schlimm ist, bleibt es vermutlich ruhig, bis später die Fischerboote hereinkommen.«

Anahera hatte die Veränderung des Wetters beinahe nicht bemerkt – an der Westküste war es oft klar und heiter, sogar im Winter, aber aus irgendeinem geografischen Grund kam in Golden Cove alles Wasser herunter, das sich in der Atmosphäre ansammelte. Heute war der Himmel von einem stürmischen Grau, der Regen ein dunkler Nebel, der den Morgen in eine Nacht zu verwandeln drohte. »Wer ist denn gerade zum Fischen draußen?«

»Die üblichen Verrückten«, erwiderte Miriama und verdrehte die Augen, aber ihr Blick war dennoch warm und voller Zuneigung. »Kev und Tamati und Boris.«

»Die kenne ich alle, abgesehen von Boris.«

»Ein Rucksacktourist, den es hierher verschlagen hat und der dann geblieben ist. Schon ein Jahr lang.« Miriama schüttelte den Kopf. »Er kommt aus Sankt Petersburg. Hat beschlossen, dass er die Ruhe in Golden Cove lieber mag.«

»Wenn er hier schon einen Winter überlebt hat, schafft er es vielleicht sogar.«

»Er betont ständig, dass er ja Russe sei – ›Die Russen kennen sich mit dem Winter aus. Das hier ist gar nichts‹.« Sie sprach das mit einem starken russischen Akzent aus, grinste und ging an die Kaffeemaschine. »Was willst du trinken?«

»Einen Kaffee, schwarz«, erwiderte Anahera. »Und noch einen entkoffeinierten Cappuccino. Beide zum Mitnehmen.«

Miriama machte die Kaffees und sagte: »Grüß Jo von mir.« Sie malte ein Smiley auf den Becher für Josie.

»Mach ich. Danke, Miri.« Der Jeep hatte keine Getränkehalter, aber dank des Papphalters, den Miriama ihr gegeben hatte, schaffte es Anahera unfallfrei mit den Bechern zu Josie. Das Haus ihrer Freundin war klein, mit Schindeln verkleidet und schlohweiß gestrichen, mit blaugrünen Fensterrahmen. Josie hatte heimische Farne an den Seitenmauern gepflanzt und robuste Blumen im Vorgarten.

Anahera ging zur Tür und drehte den Knauf. Wie erwartet, bewegte er sich. »Es gibt einen Grund dafür, dass die Leute Schlösser an ihren Haustüren haben!«, rief sie, damit sich Josie nicht erschreckte, wenn sie sie plötzlich im Haus sah.

»Wehe, du hast mir keinen Cappuccino mitgebracht!«

Anahera lächelte und ging ins Wohnzimmer, wo Josie auf dem Sofa saß und Vorhänge in fröhlichem Gelb mit weißen Gänseblümchen darauf faltete. Ihr stockte der Atem. »Wo …« Sie nahm einen verzweifelten Schluck vom Kaffee, um ihre ausgetrocknete Kehle zu befeuchten. »Wo hast du die denn her?«

»Ich habe sie für dich gerettet.« Josie lächelte unsicher. »Tut mir leid. War das nicht richtig? Ich hatte Angst, dass sie in der Hütte schimmeln und kaputtgehen.«

Mit pochendem Herzen stellte Anahera die beiden Kaffeebecher auf den kleinen Holztisch vor Josie. »Ich dachte, sie wären weg«, flüsterte sie und nahm einen der frisch gewaschenen und gebügelten Vorhänge in die Hand.

Josie legte die Hand auf Anaheras Schulter. »Deine Mum hat sich solche Mühe damit gemacht, sie zu nähen. Ich konnte es nicht übers Herz bringen, sie einfach verrotten zu lassen.«

Anahera hatte das Gefühl, einen harten Stein im Hals zu haben, und nickte. Sie hatte alles zurückgelassen, außer dem kleinen geschnitzten Grünstein, den sie an einer dün nen Schnur unter ihrem schwarzen Pullover trug, und die Erinnerungen in ihrem Herzen. Sie hatte geglaubt, keine Gegenstände zu brauchen, um sich an die Frau zu erinnern, die sie *so* sehr geliebt hatte und deren Umarmung sie bis heute vermisste. Doch diese Vorhänge schienen mit der Stimme ihrer Mutter zu singen. »Mit ihrer kleinen Nähmaschine«, brachte sie mühsam hervor.

»Die habe ich auch noch«, flüsterte Josie. »Du kannst sie haben.«

Anahera schüttelte den Kopf. »Sie hätte gewollt, dass du sie bekommst.« Deshalb hatte Anahera die Maschine ihrer besten Freundin geschenkt. »Ich kann ja gar nicht nähen. Jedenfalls nicht so wie sie.« Sie legte die Hand auf Josies und drückte sie. »Danke.«

Josie musterte sie aus ihren umflorten Augen. »Besuchst du deinen Dad?«

Stahl in ihrem Rückgrat, schwarzes Eis in ihrem Herzen. »Nein.« Sie hatte diese Entscheidung im Alter von einundzwanzig gefällt, und dabei würde es auch bleiben.

»Er ist schon seit Jahren trocken.«

»Das ist gut. Aber es hat nichts mit mir zu tun.«

Und dann saßen sie da, versunken in Erinnerungen an eine Frau mit Anaheras Gesichtszügen, aber mit silbrigen Strähnen und Traurigkeit in ihrem Blick.

Sie betrachtete ihr Gesicht im Spiegel und versuchte zu überprüfen, ob man es erkennen konnte.

Aber nein, sie sah aus wie immer.

Sie runzelte die Stirn, setzte sich auf das schmale Einzelbett und beugte sich vor, um ihre Laufschuhe mit den orangefarbenen Streifen an den Seiten zu schnüren. Sie liebte es, darin zu laufen. Vielleicht hätte sie ein so teures Geschenk nicht annehmen sollen, aber die Schuhe davor waren derart abge-

laufen gewesen, dass sie schon überlegt hatte, lieber barfuß zu laufen.

Es gab nichts Schlimmeres als schlechte Schuhe, fand sie.

Sie stand auf und schloss die Zimmertür hinter sich, um dann so leise wie möglich den Flur entlangzuschleichen. Aber er hörte sie. Er hörte sie immer. Er trat in die Tür des Wohnzimmers, kratzte sich am weichen, weißen Fleisch seines Bauches und grinste sie anzüglich an. »Gehst du laufen?«

»Sag Tantchen, dass ich in einer Stunde wieder zurück bin.« Sie war inzwischen Expertin darin, seinen gierigen Händen auszuweichen, und war schon an der Haustür, bevor er seinen ungewaschenen Körper in ihre Nähe bringen konnte. Sie verstand nicht, wie ihre Tante es zulassen konnte, dass er sie anfasste, aber andererseits hatte Tantchen Komplexe wegen ihres Gewichts.

Männer wie er nutzten das aus – und Tantchens Freundlichkeit.

Sie machte ihre Dehnübungen nicht mehr vor dem Haus, wie früher, bevor er eingezogen war. Stattdessen ging sie ein wenig weiter zu einem Grünstreifen vor einem verlassenen Gebäude, das schon zerfiel. Sie dehnte sich und ließ ihre Gedanken wandern. Wo sollte sie heute laufen? Durch das üppige Grün der alten Bäume und Farne? An der Hauptstraße der Stadt entlang? Da war es um diese Jahreszeit recht ruhig. Das Schlimmste, was sie dort erwartete, waren ein paar Pfiffe oder dumme Bemerkungen von Leuten, die sie kannten.

Oder sollte sie an den Klippen über dem Strand entlanglaufen? Vielleicht direkt am Strand?

Es war das Licht, das ihr die Entscheidung abnahm, es war so prachtvoll und klar, jetzt, da Nebel und Dunst von der Sonne weggebrannt waren. Sie würde dieses Licht noch mindestens zwei Stunden genießen können, und Tantchen würde sich keine Sorgen machen, wenn sie ein wenig später nach Hause kam.

Sie fing langsam an zu traben, dann immer schneller, bis sie durch die Landschaft nur so flog. Ihre Beine waren dafür gemacht. Manchmal überlegte sie, wie es wohl wäre, damit ihren Lebensunterhalt zu verdienen, Leichtathletin zu werden. Aber dann wäre es nicht mehr die reine Freude. Und sie liebte das Laufen zu sehr, als dass sie es sich hätte verderben wollen.

Sie lief.

Als sie die Gestalt in der Ferne sah, lange nachdem sie ihr Tempo gefunden hatte, wäre sie beinahe gestolpert. Es gab nicht viele Menschen in Golden Cove, die regelmäßig liefen, und diejenigen, die es taten, benutzten meist andere Strecken. Und diese Person stand reglos da, trug nicht einmal Lauf- oder Wanderkleidung. Ihre Füße brachten sie näher und näher heran, bis sie das Profil, diese Augen, den Mund erkannte.

»Oh«, sagte sie und blieb erschrocken stehen. Sie fragte sich, ob das ein Zeichen war. »Dich hätte ich hier nicht erwartet.«

9

Will saß an seinem Küchentisch und starrte auf den Brief, den er gerade vom Polizeipräsidenten bekommen hatte, als sein Telefon klingelte. Er zögerte nicht, es aufzunehmen, als er die Nummer erkannte. »Matilda«, sagte er. »Brauchen Sie Hilfe?«

Wenn man Matilda Tutaia kennenlernte, kam man nicht auf die Idee, dass sie es zulassen könnte, sich von einem Mann schlagen zu lassen, aber Will war bereits zwei Mal zu ihrem Haus gerufen worden. Beide Male hatte sie ihren arbeitslosen Freund rauswerfen müssen, bis er sich verdammt noch mal endlich wieder beruhigt hatte.

So ein Jammer, dass sie das Arschloch immer wieder zurücknahm.

»Es ist Miriama.« Matildas Stimme klang deutlich höher als sonst. »Sie ist vor dem Abendessen laufen gegangen und immer noch nicht wieder zu Hause, obwohl sie wusste, dass ich heute ihr Leibgericht koche. Zu Steve hat sie gesagt, dass sie in einer Stunde wieder zurück sein wolle. Jetzt sind es schon vier Stunden.«

Will war schon aufgestanden. Die wahrscheinlichste Erklärung war, dass Miriama Freunde getroffen und vergessen hatte, Matilda Bescheid zu sagen … aber das passte nicht zu der Beziehung der beiden Frauen zueinander. Miriama hatte Respekt vor ihrer Tante. »Wissen Sie denn, welche Strecke sie gelaufen ist?« Die junge Frau konnte auch einen Unfall gehabt haben, lag vielleicht irgendwo auf einem verlassenen Weg und wartete, dass sie jemand fand.

»Ich frage mal Steve.«

»Warten Sie, das mache ich selbst, wenn ich komme.«

Das Arschloch hatte Angst vor Will und würde ihn nicht anlügen. »Bin schon auf dem Weg.« Er legte auf, bevor Matilda antworten konnte, und nahm seine Schlüssel.

Er brauchte weniger als sieben Minuten zu ihrem Haus. Matilda stand im Vorgarten. Sie war eine Frau mit kurzem dunklem Haar. Im Laufe der Jahre war sie dicker geworden. Sie trug graue Jogginghosen und ein großes pinkfarbenes T-Shirt, auf dem die Daten einer längst vergangenen Spendenaktion abgedruckt waren, und beobachtete verzweifelt die Straße. »Ich weiß, dass Steve Probleme hat«, sagte sie, als Will zu ihr trat, »aber er würde meiner Miri niemals wehtun.«

Will dachte daran, dass er Steve mehrmals dabei erwischt hatte, wie er Miriama anstarrte. In seinem Blick lagen List und die Überlegung, wie seine Chancen wohl standen. Aber Matilda war blind, wenn es um ihren Freund ging. »Ich will nur sichergehen, dass ich alle Informationen bekomme, die ich brauche«, sagte er. »Haben Sie schon ihre Freunde angerufen?«

»Das habe ich als Erstes gemacht, nachdem auf ihrem Handy nur die Nachricht kam, dass sich das Gerät außer Reichweite befindet oder abgeschaltet ist. Ich dachte, dass sie vielleicht nach dem Laufen einen Tee getrunken und sich verplaudert hat. Das macht sie manchmal, wissen Sie. Und die Leute mögen es, wenn sie da ist. Sie wird ständig eingeladen, vorbeizukommen.«

»Wer hat sie denn zuletzt gesehen?«

»Tania, auf dem Weg zur Küstenstraße. Sie sagt, Miriama habe ihr im Vorbeilaufen zugewinkt. Das muss so Viertel vor sechs gewesen sein. Danach hat sie keiner mehr gesehen.«

Will legte die Hand auf Matildas Schulter. »Kommen Sie, wir sprechen jetzt mit Steve.«

Steve befand sich exakt dort, wo Will ihn erwartet hatte – im dunkelbraunen Sessel, der in der Mitte durchgesessen war. Auf den Armen trug er Narben von ausgedrückten Zigaretten. Der Blick des Mannes war auf den Fernseher gerichtet, und er hatte ein Bier in der Hand. Er lachte über etwas im Fernsehen. Als Matilda eintrat und ihm den Blick verstellte, sagte er: »Hau ab, du alte Schlampe!«

»Sie machen besser den Fernseher aus«, sagte Will hinter ihr.

Steve erstarrte, als er seine Stimme hörte, und schaute hoch. »Hey, ich habe nichts getan.«

Da Steve ganz offensichtlich die Kontrolle über seine Gliedmaßen verloren hatte, griff Will nach der Fernbedienung und schaltete selbst den Fernseher aus. »So«, sagte er zu dem anderen Mann, »jetzt erzählen Sie mir mal, was passiert ist.«

Steves Adamsapfel hüpfte auf und nieder. »Nichts ist passiert! Das Mädchen ist zum Laufen gegangen, wie sie es ständig tut, und sie trug ihre schwarzen Laufhosen mit den pinkfarbenen Streifen an der Seite und dieses enge, orangefarbene Top und diese Schuhe, die sie sich nicht leisten kann – wenn Sie sie finden, sollten Sie sie lieber mal fragen, wovon sie sich die gekauft hat!«

»Steve!« Matildas Stimme klang härter, als Will sie je gehört hatte. »Ich schwöre bei Gott, wenn Miri etwas passiert ist und du davon weißt, dann bringe ich dich eigenhändig um.«

Steve zog die Brauen zusammen. Die Schatten unter seinen Augen stachen dunkel von seiner blassen Haut ab. »Ich habe meine Shows geschaut, bis du um zehn nach sechs nach Hause gekommen bist. Ist ja nicht so, dass ich ihr hinterherrennen könnte.«

»Was hat sie Ihnen gesagt, als sie gegangen ist?«, fragte

Will, denn wenn Steve um zehn nach sechs hier gewesen war und Tania Meikle Miriama um Viertel vor sechs gesehen hatte, war es sehr unwahrscheinlich, dass Steve ihr etwas hatte antun können. Der Mann fuhr kein Auto und war ungefähr so flink wie eine hinkende Schnecke. Auf keinen Fall hätte er es so schnell bis zum Zuhause der Meikles geschafft.

»Sie sagte nur, dass sie in einer Stunde wieder zu Hause sein würde und dass ich das Matilda sagen solle.« Ein mürrischer Blick zu der Frau, die er eigentlich lieben sollte. »Und das hab ich gemacht, nicht wahr? Genau, wie deine tolle *Miri* es befohlen hat.«

»Abgesehen von den Schuhen und den Kleidern, die Sie beschrieben haben – trug sie sonst noch etwas? Schmuck?«

Steve kratzte sich den Bauch. »Ne, ich glaub nicht. Hatte ihren iPod dabei, den trägt sie immer an den Arm geschnallt, und ihr Handy in diesem Taschendings hinten an ihrer Laufhose.«

»Violette Sterne«, platzte Matilda heraus. »Sie hat Aufkleber auf ihren geklebt, violette Sterne. Sie benutzt es mit schwarzen Ohrhörern. Und ihre Schuhe sind auch schwarz, mit orangefarbenen Streifen.« Sie rieb sich die Stirn. »Ich habe ihr eine neue Handyhülle besorgt. Schwarz mit silbernen Punkten.«

Will notierte sich die Einzelheiten und wandte sich wieder an Steve. »Haben Sie aus dem Fenster gesehen, wohin sie gelaufen ist?«

»Ne, das Spiel hatte schon angefangen. War mir wurscht.«

Will spürte, dass er nichts Sinnvolles mehr aus dem Mann herausbekommen würde. Er fragte Matilda nach Miriamas Handymodell und ihrer Nummer. »Sie müssen mir aufschreiben, wen Sie angerufen haben und was die Leute gesagt haben. Ich fahre jetzt hinaus zu Tanias Haus und dann die Küstenstraße entlang.« Hätte er Kollegen, könnte er einen von ihnen bei Matilda abstellen, aber er war allein – und Miriama zu finden, ging vor.

Matilda suchte nach Stift und Papier, und er ging zu seinem SUV, um zwei Anrufe zu machen. Zuerst rief er Miriama an. Er bekam genau dieselbe Nachricht, die Matilda gehört hatte, also befand sich Miriama entweder irgendwo in einem Funkloch, der Akku war leer, oder das Handy war zerstört worden.

Dann wählte er Nikaus Nummer. »Nik, du musst die Freiwillige Feuerwehr und alle anderen alarmieren, die mir bei einer Fahndung helfen können.« Vielleicht war er voreilig, aber Wills Instinkt sagte, er müsse sich beeilen. »Miriama ist nach einer Joggingrunde nicht nach Hause gekommen. Vielleicht liegt sie irgendwo verletzt auf dem Weg.«

»Mist. Ich rufe sie sofort zusammen.«

»Die sollen sich alle vor der Feuerwache versammeln.« Das relativ große Gebäude, in dem das einzige und alte Löschfahrzeug stand, lag zentral, war leicht zu finden und hatte genügend Platz, um die Freiwilligen darin zu versammeln und ihnen Instruktionen zu geben, wenn das Wetter umschlug. »Ich komme auch dorthin, sobald ich noch etwas geklärt habe. Ich rufe an, wenn ich eine Spur finde.«

»Soll ich die Buschmänner holen?«

Will dachte kurz darüber nach. Das ungesellige Völkchen, das am liebsten tief in der Wildnis rund um Golden Cove wohnte, wäre von unschätzbarer Hilfe, falls Miriama auf einem Waldpfad gelaufen war. »Ja.« Er würde großen Ärger bekommen, wenn das hier ein Fehlalarm war, aber damit würde er leben können.

»Ruf alle zusammen«, sagte er und versuchte, nicht auf die Stimme in seinem Unterbewusstsein zu hören, die flüsterte, dass seine Reaktion gar nichts mit Miriama zu tun habe, sondern er nur versuche, einen Fehler auszubügeln, der in glutheißen Flammen aufgegangen war.

Die Narben auf seinem Rücken fühlten sich plötzlich ganz hart an.

10

Das Licht auf der Veranda des Hauses der Familie Meikle brannte, und als er aus seinem Auto stieg, hörte er laute Musik aus dem oberen Fenster. Vermutlich war das Tania Meikles jugendliche Schwester. Tania selbst öffnete auf sein Klopfen die Haustür. Die Vierundzwanzigjährige hatte sich ein blondes Kleinkind auf die Hüfte gesetzt. Sorgenfalten hatten sich in ihr Gesicht gegraben. »Sie haben sie noch nicht gefunden?«

»Nein. Können Sie mir sagen, was Sie genau gesehen haben?«

Sie schob sich eine hellbraune Strähne hinter das Ohr. »Kommen Sie rein.«

Er versuchte, nicht auf die bunten Bauklötze zu treten, die auf dem Fußboden verstreut lagen. »Wann kommt Gary zurück?« Tanias Mann verdiente auf Hochseefischkuttern seinen Lebensunterhalt.

»In einem Monat. Kann es kaum erwarten.« Tania versuchte, den kleinen Jungen auf die Füße zu stellen, aber er weinte und hielt sich an ihr fest.

Sie hob das rotgesichtige Kind wieder auf ihre Hüfte und wiegte es, damit es aufhörte zu weinen. »Ich habe nicht viel gesehen, wissen Sie? Es war alles wie immer. Miri, die auf ihren langen Beinen vorbeirennt. Ich habe sie gerufen, und sie hat gewinkt.« Ein zittriges Lächeln, das ihre blassblauen Augen kaum erreichte. »Ich dachte darüber nach, noch eine Weile sitzen zu bleiben und sie zu bitten, reinzukommen, wenn sie auf demselben Weg zurückkäme, aber der Kleine war unruhig, also habe ich ihn zum Spielen reingebracht und vergessen, auf Miri zu warten.«

In diesem Moment beschloss der Junge, erneut zu weinen.

»Komm, ich nehme ihn dir ab.« Es war eine junge Frauenstimme. »Er will vermutlich nur ein bisschen herumgetragen werden.«

»Danke, Schätzchen.« Tania gab den Jungen ihrer jüngeren Schwester. Sie war nicht groß und hatte lockiges, hellbraunes Haar. »Alice, hast du heute Miriama gesehen?«, fragte Tania das Mädchen, das jetzt mit ihrem Neffen auf dem Arm durch das Wohnzimmer ging.

»Ja, als du nach ihr gerufen hast.« Sie verdrehte die Augen. »Hat mein Gespräch mit Lisa echt gestört, aber egal.«

»Warst du oben in deinem Zimmer?«, fragte Will.

Alice machte ein paar Geräusche für das Baby und nickte. »Jepp.«

»Von dort aus kannst du mehr sehen als deine Schwester. Hast du gesehen, wohin Miriama lief?«

Alice rümpfte die Nase und brachte das Baby zum Lachen. »Die Küstenstraße entlang. Ich habe ihr ein bisschen hinterhergeschaut, weil sie toll aussieht, wenn sie sich bewegt. Wie eine Tänzerin oder so.« Sie wurde rot und zuckte die Achseln. »Dann hat mir Lisa von diesem Deppen erzählt, in den sie verknallt ist, und ich war abgelenkt.«

»Kann es sein, dass Miriama von der Straße in einen der Buschpfade eingebogen ist?« Was die Einheimischen lässig »den Busch« nannten, war alter Urwald, tiefdunkel und schwieriges Gelände, wenn man von den wenigen Fußpfaden abwich.

»Vielleicht, kann sein«, antwortete Alice. »Aber eigentlich lief sie ziemlich geradeaus.« Ein Blick zu Tania, und ihre jugendliche Unbekümmertheit fiel in sich zusammen. »Tans? Ist Miri was passiert?«

»Hoffentlich nicht«, antwortete Tania und strich ihrer

Schwester über den Rücken. »Tut mir leid, dass wir nicht helfen konnten«, sagte sie zu Will. »Ich mache mir solche Sorgen.«

Will stellte Tania noch ein paar Fragen über Miriamas Lieblingslaufstrecken, dann verabschiedete er sich, fuhr langsam die Küstenstraße herunter und suchte sie ab. Aber er fand nichts. Miriama war bunt angezogen gewesen; wenn sie irgendwo verletzt lag, wenn ein Auto sie angefahren hatte, musste er sie eigentlich sehen. Allerdings war es jetzt dunkel, und hier gab es natürlich keine Straßenlaternen. Und wenn sie tatsächlich zum Strand hinuntergelaufen war, dann konnte er nur zu Fuß nach ihr suchen.

Mit zusammengebissenen Zähnen wendete er und fuhr zur Feuerwache, die schon geöffnet war. Er hoffte halb, dass die zusammengerufenen Freiwilligen Miriama irgendwo gefunden hatten – die Nachricht hätte sich wie ein Lauffeuer in der Stadt verbreitet. Wenn sie in irgendjemandes Küche oder Wohnzimmer saß, würde sie auftauchen. Aber die Freiwilligen liefen aufgeregt herum, als er ankam.

»Keine Spur von ihr?«, fragte er Nikau.

Der andere schüttelte den Kopf. »Ich habe allen gesagt, sie sollten herumtelefonieren. Nichts. Konnte Dominic de Souza nicht erreichen – die Ansage auf seiner Mailbox lautet, dass er zu einer der abgelegenen Farmen gerufen worden sei und dass man den Notdienst rufen solle, wenn es einen dringenden Fall gäbe. Er befindet sich vermutlich außerhalb des Mobilfunknetzes.«

Will nickte. »Von jetzt an müssen wir annehmen, dass Miriama in Not ist und Hilfe braucht.«

Er und Nikau wussten beide, dass es einen deutlich unangenehmeren Grund für Miriamas Verschwinden geben konnte, aber Will musste zunächst von der wahrscheinlichsten Möglichkeit ausgehen. In Golden Cove gab es nicht viel Kriminalität, hauptsächlich Fälle von häuslicher Gewalt, Jugendliche, die sich aufspielen wollten, und kleinere Diebstähle. Unfälle dagegen waren an der Tagesordnung. Die raue Landschaft verzieh keine Fehler.

»Okay«, sagte er zu den Versammelten. »Hört mal zu.«

Er wartete, bis das Murmeln erstarb und alle ihn ansahen. Dann begann er mit einer detaillierten Beschreibung von Miriamas Kleidung. »Haltet die Augen offen, ob ihr ihre Kleidung, ihre Schuhe, ihr Handy oder ihren iPod findet. Meldet sofort, wenn ihr etwas davon seht. Wir sagen dann, was relevant ist und was nicht.«

Ein paar Leute machten sich Notizen, aber die meisten würden sich auch so erinnern; ebenso wie Will hatten vermutlich alle Miriama schon oft in ihrem Lauf-Outfit gesehen. »Ich beauftrage Nikau damit, die Suche zu koordinieren, weil er die Gegend verdammt viel besser kennt als ich.« Will ging fast jeden Tag mit Nikau laufen, aber er hatte dennoch erst einen kleinen Teil der Wildnis erkundet, die Golden Cove umgab. »Aber vorher möchte ich darum bitten, dass ihr selbst alle nötigen Vorsichtsmaßnahmen ergreift – wir können Miriama nicht helfen, wenn einer von euch sich verletzt.«

Es war wichtig, das noch einmal zu betonen, denn viele der Freiwilligen waren hartgesottene Kerle, die kein Risiko scheuten. »Je mehr Zeit wir damit verschwenden müssen, einen von euch zu retten«, sagte er, »desto weniger Zeit haben wir, Miriama zu helfen.« Einige nickten, und er wusste, dass der Druck der Kameraden den Rest erledigen würde. Sie würden aufeinander achten und dafür sorgen, dass keiner von ihnen Dummheiten machte.

Nikau trat vor. »Was Will aus lauter Höflichkeit nicht gesagt hat, ist: Benehmt euch einfach nicht wie Arschlöcher.« Seine Stimme klang hart. »Als Erstes brauchen wir jemanden, der als Basis hierbleibt.«

Eine Frauenstimme meldete sich. »Das kann ich machen.«

Will erkannte sofort Matilda, die ganz hinten stand. »Ich bin zu fett und langsam, als dass ich da draußen eine echte Hilfe sein könnte«, sagte sie unverblümt und drückte Will einen Zettel in die Hand. »Aber ich weiß, wie man so etwas organisiert. Ist ja nicht das erste Mal, dass einer von uns Probleme hat.«

Nikau hatte keine Einwände, und Will begriff einmal mehr, dass er noch viel über Golden Cove lernen musste. Er hätte nie gedacht, dass Matilda, die so sanft war und einen Hang zu gewalttätigen Männern hatte, ein derartiges Rückgrat entwickeln konnte.

Er überflog ihren Zettel mit den Namen der Leute, die sie angerufen hatte, und was sie gesagt hatten. Nikau teilte das Gebiet in Bereiche ein, wobei er sich auf das Gebiet konzentrierte, wo man Miriama zuletzt gesehen hatte. Aber da es die Möglichkeit gab, dass die junge Frau eine andere Strecke zurück genommen hatte, schickte er außerdem einige Freiwillige in die andere Richtung. »Haben alle Taschenlampen und Handys, die auch dort funktionieren?«

Alle nickten.

»Seid ihr angemessen angezogen?«, fragte Nikau, und obwohl die Antwort beinahe überflüssig wirkte, wusste Will, warum Nik sie stellte – das Wetter in dieser Gegend konnte von einer Minute zur anderen umschlagen. Wenn ein Freiwilliger es fertigbrachte, sich zu verletzen und in der Dunkelheit liegen zu bleiben, musste der Rest des Suchtrupps sicher sein können, dass er nicht erfror.

Genau das machte ihm Sorgen, wenn er an Miriama dachte; wenn sie wegen einer Verletzung die Orientierung verloren hatte und in der Wildnis herumirrte, dann waren nicht nur mögliche Verletzungen, sondern auch die Kälte ihr Feind. Sie trug nur ihre Laufkleidung, hatte keine Jacke oder sonst etwas, das sie vor den Elementen schützen konnte.

Er sah dieselbe ernste Erkenntnis in den Blicken der um ihn Versammelten. Es war der stille Vincent Baker, ein erstaunlich anständiger Kerl, obwohl er mit einem silbernen Löffel im Mund auf die Welt gekommen war, der sagte: »Wir passen auf.« Mit angespanntem Gesichtsausdruck fragte er: »Was sollen wir denn tun, wenn wir sie finden, aber kein Funknetz haben? Wenn es bewölkt ist, kann der Kontakt abreißen.«

»Deshalb schicken wir euch paarweise raus«, sagte Nikau. »Einer von euch bleibt dann bei ihr, der andere geht zurück, bis er entweder ein Funksignal hat oder jemand anderen trifft, der telefonieren kann. Dann leitet ihr die Nachricht weiter und kehrt zu eurem Partner zurück. Ich will nicht, dass einer von euch über einen langen Zeitraum allein da draußen bleibt. Verstanden?«

Alle nickten; Nikau hatte vielleicht einen zweifelhaften Ruf in der Stadt, aber niemand hätte je bestritten, dass er sich in und um Golden Cove herum bestens auskannte.

»Dann los«, sagte er in das Schweigen hinein. »Wenn ihr müde werdet, kommt ihr zurück. Egal was passiert, im Morgengrauen treffen wir uns hier wieder. Wenn ihr früher zurückmüsst, sagt Matilda Bescheid, damit wir keine Zeit damit verschwenden, nach euch zu suchen.«

Jetzt ließ sich Matilda vernehmen. »Ich rufe euch jetzt einzeln auf. Wenn euer Name nicht auf der Liste ist, dann meldet euch bei mir, bevor ihr geht.«

Drei Minuten später schwärmten die Suchtrupps aus.

Nikau hatte sich und seinem Partner einen der schwierigsten und gefährlichsten Wege ausgesucht. Will hatte er kein Gebiet zugeteilt – darauf hatten sie sich geeinigt, als sie früher einmal über derartige Situationen gesprochen hatten. Will musste flexibel bleiben und schnell reagieren können.

Nikau gab ihm eine Kopie seiner Liste. »Fährst du zu Ana?«

Will nickte. »Wenn Miriama die Küstenstraße entlanggelaufen oder zum Strand hinuntergejoggt ist, hat sie sie möglicherweise gesehen.«

Nikau stemmte die Hände in die Hüften und nickte. »Hör mal«, sagte er, »tut mir leid wegen heute Morgen. Du kannst ja nichts dafür, dass du es nicht wusstest.« Damit trabte er davon, um zu seinem Partner in den Truck zu steigen, mit dem er zu ihrem Suchgebiet fahren würde.

Natürlich nahm Nikau an, dass Will ein wenig recherchiert hatte, um herauszufinden, was Anahera und Nikau am Morgen so verstimmt haben könnte. Er hatte recht.

Will stieg in seinen SUV und fuhr in Richtung Anaheras Hütte los, genau in dem Moment, als Matilda in den Eingang der Feuerwehr trat. Sie war eine starke Frau, die ein paar schlechte Entscheidungen getroffen hatte, aber wusste, wie man liebte. In seinem Rückspiegel wurde sie im Licht der Feuerwehrstation hinter ihr immer kleiner.

11

Scheinwerfer durchschnitten die tiefe Dunkelheit zu beiden Seiten der Straße. Stimmen drangen durch die Nacht, sie alle riefen Miriamas Namen. Will entdeckte einige Freiwillige auf der Straße, die in den Gräben nach Spuren von Miriama suchten. Vielleicht war sie tatsächlich von einem Auto angefahren worden.

Etwas weiter war alles in das rote Licht von Autorücklichtern getaucht. Die Leute, die die Suche am Küstenstreifen übernommen hatten, hatten hier ihre Fahrzeuge abgestellt. Nikau hatte hier entweder Fischer, ehemalige Angehörige der Navy oder Leute eingeteilt, die in dieser Gegend wohnten. Sie hatten Respekt vor dem Ozean, ohne Angst vor ihm zu haben.

Will bog nach links auf die Schotterstraße ab, die zu Anaheras Hütte führte. Die anderen fuhren geradeaus weiter, aber er wusste, dass sie in einer halben Minute wieder würden stehen bleiben müssen. Weiter kam man mit dem Auto nicht; danach mussten die Freiwilligen zu Fuß weitergehen und dabei immer aufpassen, nicht zu nah an den Rand der Klippen zu geraten, es sei denn, sie wollten einen der schmalen Pfade nehmen, die zum Strand hinunterführten.

Auch das würde gefährlich sein, aber die Leute hatten es schon oft gemacht. So dunkel und ungezähmt und erbarmungslos die Natur hier auch war – das hier war ihr Zuhause.

Seine Scheinwerfer fielen auf Anahera, die auf der Schotterpiste ging. Sie hatte eine Taschenlampe dabei, die sie nicht angeschaltet hatte, und trug Jeans, Stiefel und eine schwere Outdoor-Jacke. Er hielt neben ihr an und stieg aus. Sie war diejenige, die zuerst sprach. »Was ist passiert? Ich hatte den Eindruck, dass irgendetwas geschehen sein muss, weil auf der Hauptstraße so viel los ist. Und sagen Sie jetzt bloß nicht, dass Sie es mir ja gesagt haben. Ich habe schon einen Antrag für den Telefonanbieter-Wechsel gestellt.«

Will wollte ohnehin keine Zeit verschwenden. »Miriama wird vermisst. Zuletzt wurde sie gesehen, als sie joggen ging, und vermutlich ist sie hier entlanggekommen. Haben Sie sie gesehen?«

Die Haut schien sich straff über den zarten Knochen ihres Gesichts zu spannen, als Anahera den Kopf schüttelte. »Ich habe den größten Teil des Nachmittags drinnen verbracht und geputzt. Wann wäre sie denn hier vorbeigekommen?« Er beantwortete ihre Frage, und sie schüttelte den Kopf. »Um die Zeit bin ich spazieren gegangen, um meinen Kopf frei zu bekommen. Da habe ich sie wohl gerade verpasst.«

»Kann es sein, dass sie an Ihrem Haus vorbei an den Klippen entlanggelaufen ist?« Das hier war theoretisch Privatbesitz, aber niemand in Golden Cove scherte sich besonders um derlei Dinge – die Einzigen, die Wert darauf legten, waren Daniel und Keira May in ihrer Villa auf dem Hügel. Vincent Baker besaß ein ähnlich großes Stück Land, aber er hatte keine Probleme damit, Wanderer die Wege nutzen zu lassen, die über seinen Besitz führten.

»Ich habe einen ausgetretenen Pfad im Gras entdeckt. Ich glaube, dort laufen die Leute entlang«, sagte Anahera. »Schauen wir ihn uns mal an.«

Sie stieg in sein Auto, und sie fuhren das letzte Stück zur Hütte. Mit ihren Taschenlampen und im Licht der Scheinwerfer untersuchten sie den Bereich um die Hütte herum. Will fand den Pfad, den Anahera meinte, aber an dieser

Stelle wuchs zu wenig Gras, um sagen zu können, ob dort vor Kurzem jemand entlanggelaufen war. Dennoch folgten Anahera und er dem Pfad, bis sie zu der Stelle kamen, wo es steil die Klippe hinunter zum Strand hinab ging.

Der Weg oben auf den Klippen war so gefährlich, dass sie ihn in der Dunkelheit nicht untersuchen konnten. Das Risiko war zu hoch. Anahera und er versuchten dennoch, so gut es ging, diesen Teil der Klippen mit ihren Taschenlampen zu beleuchten, aber das Gras wuchs hier höher und dichter, und ihre schwachen Lichter schafften es nicht, die pechschwarze Dunkelheit zu durchdringen. »Wir müssen wohl bis zur Morgendämmerung warten.«

Anahera presste die Lippen zusammen und nickte.

Er rief die Freiwilligen an, die in dieser Gegend suchten, und sagte ihnen, dass er den Bereich mit Anahera bereits abgesucht habe und sie sich auf die anderen Teile des ihnen zugeteilten Gebiets konzentrieren sollten.

»Ich gehe hinunter zum Strand«, sagte Anahera, als er aufgelegt hatte. »Schaffen Sie es, hinunterzuklettern?«

Will nickte nur. Die Einwohner von Golden Cove hielten ihn für ein typisches Großstadtgewächs, das sich hier nicht auskannte, und er hatte sich keine Mühe gegeben, sie eines Besseren zu belehren. »Gehen Sie vor«, sagte er. »Ich war hier noch nie.«

»Ich brauche Ihre Erlaubnis nicht«, erwiderte Anahera, aber ihre Worte klangen wenig leidenschaftlich. Offenbar konzentrierte sie all ihre Aufmerksamkeit auf die Suche nach Miriama. Sie kletterten schweigend hinunter und gelangten ganz an den Rand des Suchgebiets.

Nach fünfzig weiteren Metern kamen sie zu einer Stelle, an der das Wasser den Sand überspülte und sich in einen schäumenden Strudel verwandelte, umgeben von Felsen, die so schwarz glänzten wie Obsidian und zerklüftet waren wie Glasscherben. Jeder hier hielt sich von diesem Ort fern – für jemanden, der in dieses Wasser fiel, gab es schlicht keine Hoffnung; er würde gegen die Felsen geschleudert und vom Meer hinausgesogen, lange bevor Rettung kam.

Miriama war hier aufgewachsen, sie musste von der Gefahr wissen. Sie wäre niemals hier entlanggelaufen oder hätte sich gefährlich nah an die Klippe begeben. Dennoch mussten Anahera und er nachschauen. Sie ließen die Kegel ihrer Taschenlampen über den Sand gleiten und suchten nach Fußspuren. Die Flut kam, aber sie war noch nicht ganz den Strand hinaufgeklettert, und doch sahen sie nur die weichen Wellen des Sandes.

Keine Spur von Menschen, keine Spur von irgendwas, nur der Zorn der Natur war zu spüren.

Dann standen sie am Rand des Strudels. Die schwarzen Wellen krachten nur wenige Meter entfernt gegen die Felsen. Der weiße Schaum leuchtete zornig im Licht der Taschenlampen, in seiner Mitte gähnte ein brutaler schwarzer Schlund.

Schweigend drehten sie um und gingen am Strand zurück, so vorsichtig, wie sie konnten, immer in der Hoffnung, vielleicht doch noch etwas zu entdecken, irgendetwas, das auf Miriama hinwies.

»Beinahe hoffe ich, dass wir hier nichts finden«, sagte Anahera in das angespannte Schweigen hinein. »Das hier ist wahrscheinlich der gefährlichste Teil des Strandes.«

»Nach dem, was sie über ihre Laufstrecken erzählt hat«, sagte Will, »lief Miriama am liebsten die Strecke auf der anderen Seite der Klippen.« Dort hatten Generationen von Läufern einen gut ausgetretenen Pfad geschaffen, und man konnte von dort aus über den Teil der Bucht schauen, an dem die Einwohner oft Lagerfeuer entzündeten oder Picknicks abhielten. Niemand schwamm hier im Wasser, weil es hier viel zu wild war – selbst die Extremsurfer hielten sich lieber an der nächstgelegenen Bucht auf –, aber es war dennoch ein wunderschöner Ort, an dem man gern den Tag verbrachte.

»Gut.« Anahera sagte in den nächsten zehn Minuten kein weiteres Wort, und die beiden konzentrierten sich wieder auf die Suche. »Hatte sie einen Freund?«, fragte sie schließlich.

»Ja, Dominic de Souza, den Arzt.« Er sagte ihr, was ihm Nikau erzählt hatte. »Es ist vielleicht ganz gut, dass er noch nichts weiß, zumal er auf Dienstreise ist.« Das Letzte, was sie gebrauchen konnten, war, dass der junge Arzt einen Verkehrsunfall verursachte, weil er so schnell nach Hause fahren wollte.

»Ich frage nur«, fuhr Anahera fort, »weil hier viele Männer wütend sind über ihr Leben, sich dann betrinken und es an ihren Frauen auslassen.«

Will überlegte, was er dazu sagen sollte – sie musste eigentlich davon ausgehen, dass er Informationen über sie eingeholt hatte. Aber andererseits: Welches Recht hatte er, den Tod ihrer Mutter zu erwähnen oder die Tatsache, dass es Anahera gewesen war, die Haeata Rawiri drei Tage nach ihrem tödlichen Sturz gefunden hatte?

»Hoffentlich müssen wir nicht in diese Richtung ermitteln«, sagte er schließlich, denn sonst bedeutete das, dass sie Miriama entweder gar nicht finden würden – oder tot.

12

Anahera ging mit einem sorgenvollen Druck im Magen und dem schweigsamen Polizisten an ihrer Seite den Strand entlang. Außer dem Rauschen der Wellen und den entfernten Rufen der anderen Sucher war nichts zu hören.

Sie und der Polizist riefen auch immer wieder Miriamas Namen, in der Hoffnung, dass sie antwortete. Vielleicht war sie tatsächlich ausgeglitten und hatte sich das Bein gebrochen, oder sie war unglücklich mit dem Kopf aufgeschlagen, und ihre Rufe würden sie aus der Bewusstlosigkeit wecken. Aber sie verließen sich nicht darauf und kletterten auf jeden Felsen, hinter dem sich ein menschlicher Körper verbergen konnte. Sie suchten sogar im Treibgut, für den Fall, dass Miriama am Strand gefallen und von Sand bedeckt worden war, sodass man ihren verletzten Körper nicht sofort entdeckte.

Aber sie hatten nichts gefunden, bis sie auf den freiwilligen Suchtrupp trafen, der von der anderen Seite des Strandes auf sie zukam. »Irgendwas gesehen?«, fragte Anahera, bevor sie erkannte, wen sie vor sich hatte. Die Dunkelheit, sein volleres Gesicht, sein dichter weißer Bart – er war kaum wiederzuerkennen, bis sie direkt vor ihm stand.

Sie wich dem Blick ihres Vaters aus und fixierte stattdessen den ergrauten Mann neben ihm: Matthew, einer der Männer, die schon so lange in Golden Cove lebten, dass sie bereits zum Fundament der Stadt gehörten.

Matthew hatte Fältchen um die Augen und tiefe Furchen im tiefbraunen Gesicht, weil er seine Jahre in der Sonne verbracht hatte. Jetzt schüttelte er den Kopf. »Keine Spur von ihr«, sagte er mit seiner Raucherstimme, an die sie sich gut erinnerte. »Aber wir haben hier auch kein Netz. Vielleicht haben die anderen sie gefunden.«

Der Polizist neben ihr holte sein Handy heraus. Er schüttelte den Kopf. »Ich habe hier Netz, und bisher hat sich niemand gemeldet.«

Alle schwiegen.

»Dann sollten wir den Strand wohl lieber noch mal absuchen«, sagte Matthew schließlich. »Es ist verdammt dunkel, jetzt, da es so bewölkt ist. Vielleicht haben wir etwas übersehen.«

»Die Flut kommt«, fügte mit grollender Stimme der Mann hinzu, der einst ein gewalttätiger und betrunkener Teil von Anaheras Leben gewesen war.

Der Polizist nickte. »Jason hat recht. Aber wir haben noch Zeit, hinter den Felsen nachzusehen. Vielleicht ist Miriama von den Klippen gefallen.«

Die beiden Teams teilten sich und begannen mit ihrer trostlosen Arbeit. Falls Miriama wirklich von den Klippen gefallen war, würde sie in schlimmem Zustand sein, besonders, wenn sie auf den Felsen gelandet war. Aber es war immer noch möglich, dass sie den Sturz überlebt hatte. Sie mussten sie nur rechtzeitig finden.

Anahera kletterte über Felsen und glitt zwei Mal beinahe aus. Beim dritten Mal packten sie starke Hände um die Taille und stellten sie sanft wieder auf den Boden.

»Vorsichtig«, sagte der Polizist mit sanfter Stimme.

Anahera verengte die Augen. Sie hätte ihn am liebsten angefahren, obwohl sie wusste, dass er nichts mit allem zu tun hatte. Er war ein Außenstehender. Woher sollte er die Geheimnisse kennen, die die Einwohner dieser Stadt aneinanderfesselten? Wie konnte er die Wunden begreifen, die der Mann, den sie gerade getroffen hatten, mit seinen großen Fäusten und grausamen Worten in sie hineingehämmert hatte? Wie konnte er die Kälte in ihrem Blut erspüren, als eine blasse, verstörende Erinnerung in ihr zum Leben erwachte, die nichts mit ihren Eltern zu tun hatte?

Das konnte er nicht. Sie durfte nicht so streng mit ihm sein. Aber er war der Einzige, der gerade da war, und sie hatte das Gefühl, explodieren zu müssen, wenn sie nicht etwas von der Anspannung abgeben konnte, die in ihr wuchs und wuchs und wuchs. »Ich klettere schon auf diesen Felsen herum, seit ich drei bin, und bin schon etliche Male gefallen«, sagte sie. »Ich schaff das schon alleine.«

Er ließ den Lichtkegel seiner Taschenlampe in die Spalte zwischen zwei Felsen gleiten, kniete nieder und schaute hinein. »Eigentlich«, sagte er, »sind Sie jahrelang fort gewesen. Und diese Zeit haben Sie in einer großen Stadt verbracht, also sollten Sie sich vielleicht ein wenig Zeit nehmen, um sich wieder an die Gegend zu gewöhnen.« Keine Verärgerung in seinem Tonfall, der so ruhig war, dass er entweder ein Psychopath war, der nichts fühlte – oder ein Mann, der zu viel fühlte und sich alle Mühe gab, es zu unterdrücken.

Nikau hatte ihr gesagt, dass Will in Ordnung sei, nachdem er heute Morgen von ihnen fortgefahren war. Sie selbst hatte das in seiner entschlossenen Suche nach Miriama erkannt. Die meisten Außenstehenden hätten wohl mit den Schultern gezuckt und auf den nächsten Morgen gewartet, in der Hoffnung, dass Miriama einfach wieder auftauchte. Will aber hatte eine engmaschige Suchaktion organisiert. Und in diesem Augenblick kroch er unter Felsen herum, die eine flache Höhle bildeten, und das, obwohl die Wellen bereits an seinen Füßen leckten.

Sie hielt den Strahl ihrer Taschenlampe auf ihn, damit er möglichst gut sehen konnte.

»Nichts.« Er richtete sich auf, klopfte den Sand von seiner Jacke und richtete seine eigene Taschenlampe aufs Meer. »Wir müssen wieder nach oben.«

Anahera hätte ihm gern widersprochen, aber er hatte recht. Wenn sie noch länger am Strand blieben, riskierten sie, bald in der Falle zu sitzen. Die Wellen waren so heftig, dass sie vermutlich nicht einmal den nächsten Morgen erleben würden, selbst wenn sie es schafften, auf die höchsten Felsen zu klettern. »Folgen Sie mir.« Sie führte ihn auf den nächstgelegenen Pfad.

Trotz seiner Bemerkungen über ihre jahrelange Abwesenheit änderten sich manche Dinge nie; diese Felsen waren bereits unendlich lange vor ihrer Geburt hier gewesen und würden es vermutlich noch ebenso lange nach ihrem Tod sein. Der Pfad befand sich exakt an der Stelle, an die sie sich erinnerte.

Anahera begann vorsichtig, emporzuklettern – nach oben zu klettern war tatsächlich einfacher, als hinunterzusteigen, aber ein falscher Tritt, und sie würde fallen. Es gab hier nicht viel, woran man sich festhalten konnte, vielleicht ein paar Grasbüschel oder hier und da einen Felsvorsprung. Als Kind hatte sie nie darüber nachgedacht, sie hatte einfach angenommen, sicher zu sein, weil ihre Mutter und ihr Vater sie immer im Blick hatten.

Wenn es ihr schlecht ging, wünschte sie sich manchmal zurück in ihre sorglose Kindheit, als sie die Wahrheit noch nicht gekannt hatte, als sie nicht verstanden hatte, dass ihre glückliche Familie ein Trugbild war, das eines Tages verblassen und verschwinden würde. Bis sie begriff, dass diese Jahre ein Gefängnis für ihre Mutter gewesen waren und dass sie ihre Mutter wieder hinter seine Gitterstäbe bringen würde, wenn sie zurückginge.

Sie hörte ein Scharren hinter sich und drehte sich um. »Alles okay?«

Er hielt das Licht seiner Taschenlampe hinter sich, und sie begriff, dass er auf dem Pfad direkt über dem Strand stand. »Ich wollte nur sichergehen, dass sonst niemand mehr am Strand ist.«

Daran hatte Anahera nicht gedacht – sie war einfach davon ausgegangen, dass die Einheimischen nicht so dumm wären. Aber Menschen waren eben Menschen, und im Moment schlugen die Gefühle aller hohe Wellen. Sie trat zu ihm und hielt nach anderen Lichtpunkten Ausschau, aber sie sah nur Freiwillige, die ebenfalls vom Strand aus nach oben kletterten. »Ich sehe nichts«, sagte sie. »Sie?«

Er schaltete seine Taschenlampe aus und suchte erneut den Strand mit seinem Blick ab. »Nein«, antwortete er, schaltete seine Taschenlampe wieder ein und drehte sich wieder um. »Klettern wir weiter. Ich muss den Bericht von Matilda haben, damit ich weiß, welche Gebiete bereits durchkämmt wurden und welche nicht. Den Suchtrupps vom Strand können dann neue Bereiche zugewiesen werden.«

Anahera stieg schnell den Pfad hinauf, sie spürte, dass der Polizist ihr auf den Fersen war. Sein Atem ging regelmäßig, und sein Schritt war fest. Er war kein totaler Stadtmensch, dachte sie. Immerhin war er schon mal geklettert.

Als sie oben angekommen waren, gingen sie zu seinem Wagen und stiegen ein. Als sie auf die Hauptstraße bogen, sahen sie einige andere Freiwillige, die ebenfalls auf dem Weg zur Stadt waren, und als sie bei der Feuerwehr ankamen, hatten sich dort bereits mindestens fünfzehn andere gemeldet.

»Niemand hat Neuigkeiten«, sagte Matilda mit fester Stimme. Sie hatte ihre Angst gut im Griff.

Hinter ihr hing ein Whiteboard, auf das jemand eine detaillierte Beschreibung von Miriamas Kleidung, ihren

Schuhen, dem Handy und dem iPod geschrieben hatte. Ohrringe oder eine Armbanduhr standen nicht auf der Liste. Anahera konnte sich nicht daran erinnern, ob das Mädchen Ohrlöcher trug. Aber die anderen Gegenstände waren gut wiederzuerkennen, fand sie.

»Die, die im Busch suchen, sind noch draußen«, fuhr Matilda fort, »aber wir haben noch niemanden, der den Rest der Stadt absucht. Was, wenn sie von einem Auto angefahren wurde?«

Anahera wusste, dass das unwahrscheinlich war. *Irgendwer* hätte Miriama auf jeden Fall gesehen, wenn sie auf oder an einer Straße gelegen hätte, zumal die Freiwilligen aus allen Ecken Golden Coves zur Feuerwehr gekommen waren.

Der Polizist dämpfte Matildas Hoffnungen jedoch nicht. »Es kann nicht schaden, wenn einige Freiwillige durch die Straßen fahren, die Miriama vielleicht überquert hat«, sagte er.

Vincent, der gerade zurückgekommen war und zu ihnen trat, hob die Hand. »Das kann ich machen.« Sein blondes Haar, das in der Sonne golden glänzte, war jetzt vom Wind zerzaust und viel wilder als auf den Fotos für die Wohltätigkeitsorganisation der Familie oder für sein Unternehmen. »Mein Auto hat besondere Hochleistungsscheinwerfer, mit denen man gut in der Dunkelheit sehen kann.«

»Ich fahre mit Vincent«, sagte seine Suchpartnerin. Ihr Gesicht wirkte lebhaft, aber ihr Blick war wachsam. »Vier Augen sehen mehr als zwei.«

Anahera lächelte angespannt, als Vincent an ihr vorbeiging. So hatte sie ihren früheren Schulkameraden nicht wiedersehen wollen. Aber Vincent schien sie gar nicht zu bemerken. Vermutlich plante er bereits seine Route, um möglichst viel von seinem Gebiet zu durchkämmen. So war

Vincent – er war immer der Schlauste von ihnen gewesen, hatte die großartigsten Aufsätze abgegeben und war der Beste in Mathematik gewesen.

Es war ein Wunder, dass sie ihn alle so sehr gemocht hatten. Aber Vincent hatte diese besondere Art – er war so still und gleichzeitig entspannt, dass er sich überall anpassen konnte. Als Freund war er verlässlich. Als sie elf Jahre alt waren, kurz bevor er ins Internat geschickt wurde, hatte er Anahera seine kompletten Mathehausaufgaben abschreiben lassen, weil sie sich nach einer ganzen Nacht, in der sich ihre Eltern ununterbrochen angeschrien hatten, nicht mehr hatte konzentrieren können.

Sie war an den Strand gegangen, um dort zur Ruhe zu kommen, aber es stellte sich heraus, dass sie das Geschrei mitgebracht hatte und ihr Kopf noch ganz voll von den Gewalttätigkeiten war. Schließlich ließ sie sich auf einer Klippe nieder, von der aus sie die Wellen beobachten konnte. Bis zum Morgengrauen blieb sie dort. Vielleicht hatte Miriama auch einen dieser Tage gehabt; vielleicht saß sie nur irgendwo und wartete auf den Morgen.

»Lass mich mal die Liste mit den Suchgebieten sehen«, sagte der Polizist zu Matilda. Er überflog sie und verteilte dann weitere Suchgebiete, die selten benutzte Pfade und Teile der Stadt einschlossen, die Nikau als noch nicht durchkämmt markiert hatte. »Wenn ich jemandem ein Gebiet zugeteilt habe, in dem er sich nicht auskennt, dann sagt es bitte gleich. Es ist nicht gut für Miriama, wenn ihr irgendwo durch die Gegend irrt.«

Zwei Teams meldeten sich und tauschten ihre Gebiete.

»Sie sind die Einzige ohne Partner, abgesehen von mir«, sagte er zu Anahera und nickte dann leicht in Richtung Eingang.

Sie folgte ihm. Sein schneller Seitenblick auf Matilda, die

mit einem Freiwilligen sprach, entging ihr nicht. Ganz offenbar wollte der Polizist nicht, dass Matilda hörte, was er sagen wollte. »Was?«, fragte sie leise, als sie außer Hörweite waren.

»Ich muss einen Anruf machen, dann will ich mir diese inoffizielle Müllkippe vor der Stadt ansehen. Haben Sie Lust, mitzukommen?«

Anaheras Magen zog sich schmerzhaft zusammen, aber sie nickte. »Erstaunlich, dass die Müllkippe noch da ist«, sagte sie, als sie wieder im SUV saßen. »Ich weiß noch, dass sich die Wichtigtuer hier in der Stadt zum millionsten Mal darüber aufgeregt haben, als ich ging.« Als Erwachsene verstand sie ihre Empörung; diese Müllkippe war ein echter Schandfleck in einer ansonsten herrlichen Landschaft.

Übrigens genauso wie Nikaus Haus, an dem sie auf ihrem Weg aus der Stadt vorbeifuhren. Was zum Teufel wollte Nik nur damit bezwecken, das Haus derart verfallen zu lassen?

»Es ärgert den neuen Ehemann seiner Ex kolossal«, sagte der Polizist leise, als hätte er ihre Gedanken erraten. »Der neue Ehemann besitzt vier Grundstücke um Niks Grundstück herum, die er zu verkaufen versucht.«

Anahera rührte sich nicht. Sie würde vorsichtig sein müssen mit diesem Mann. Sie hatte ihre Vergangenheit zusammen mit London hinter sich gelassen und wollte nicht, dass er darin herumwühlte. Dieser Teil ihres Lebens war abgeschlossen und würde in dem Loch bleiben, in dem sie ihn vergraben hatte, im selben Loch, in dem auch Edwards sterbliche Überreste lagen.

13

Nikau wusste immer, wie man seinen Groll pflegt.« Ana-hera war früher einmal aus Versehen in seine Sandburg getreten, als sie fünf oder sechs Jahre alt gewesen waren. Das hatte er ihr zwei Monate lang nicht verziehen.

»Was die Müllkippe angeht«, erklärte der Polizist, »so hat der Wirtschaftsrat vor einigen Jahren eine Müllentsor-gungsfirma beauftragt, die sie beseitigen sollte, aber die Leute nahmen das offenbar als Einladung, noch mehr Müll dort abzuladen. Jetzt versucht der Rat, den Besitzer des Grundstücks zu kontaktieren, um es ihm abzukaufen, da-mit die Stadt etwas tun kann, um das Müllabladen ein für alle Mal zu stoppen.«

Anahera schüttelte den Kopf. »Abgesehen davon, dass das sicher nicht billig wird, liegt das Grundstück auch viel zu weit draußen, als dass man darauf irgendein öffentliches Gebäude errichten könnte.« Einige der Bewohner Golden Coves wohnten vielleicht tief in den dunklen Wäldern, aber alle lebenswichtigen Dienstleistungen befanden sich in der Stadt. Nur so konnte eine so kleine und abgelegene Sied-lung funktionieren.

»Es gibt das Gerücht, dass dort ein Gewächshaus errich-tet werden soll.« Der Polizist fuhr mit einem solch konzen-trierten Ernst durch die Nacht, dass sie wusste, dass ihm nichts entging. »In der Gegend gibt es schon ein paar kleine Biobauern, die langsam Profit machen, und sie haben Inte-resse daran gezeigt, sich am Kauf unter gewissen Umstän-den finanziell zu beteiligen.«

Anaheras Gesicht begann zu brennen, als hätte man ihr Ohrfeigen verpasst. Wann war das passiert? Biolebensmittel aus Golden Cove? Aber es war eine Tatsache, dass sie schon sehr lange fort war. Die Zeit stand selbst in Golden Cove nicht still. Und Josie konnte ihr ja nicht alles erzählen.

»Sind es Einheimische?«, fragte sie. »Die Biobauern?«

»Eine von ihnen ja. Susan Perdue.«

Anahera erinnerte sich vage an Susan. Sie gehörte einer anderen Generation an und war schon Mutter zweier Kinder gewesen, als Anahera die Stadt verlassen hatte. »Ihre Kinder müssen jetzt schon fast erwachsen sein.«

»Vierzehn und sechzehn.«

Anahera beugte sich vor, weil sie ein Licht zwischen den Bäumen am Straßenrand sah. »Ist das nicht das alte Haus der Familie Baxter?«

»Der Vater von Shane Hennessy hat es geerbt, aber er wollte nichts damit zu tun haben. Jetzt gehört es Shane.«

»Ach ja, ich erinnere mich. Josie hat es erwähnt, als er dort einzog.«

Statt daran vorbeizufahren, bog der Polizist in die Einfahrt ein, die in Anaheras Erinnerung auf ein baufälliges, von Gras umwuchertes Gebäude zuführen musste.

»Shane geht nicht immer ans Telefon. Lässt sich nicht gern bei der Arbeit stören.«

Obwohl keinerlei Verurteilung in seinem Tonfall mitschwang, kam es Anahera vor, als höre sie einen Hauch Zynismus darin. Sie war neugierig auf den neuen Besitzer. Will hielt an, und sie stieg aus. Das alte Haus war von Grund auf renoviert worden und wirkte unerwartet hübsch. Die zerbrochenen und gähnend schwarzen Löcher in der Fassade waren Bleiglasfenstern gewichen, die Fassade war weiß angemalt.

Vor dem Haus gab es außerdem eine neue Veranda, auf der einige weiße Schaukelstühle standen. Zwei hübsche junge Frauen saßen auf zweien von ihnen.

»Oh, hallo«, sagte eine von ihnen heiter. »Shane schreibt, daher hat er jetzt keine Zeit für euch. Aber wir freuen uns über Besuch.«

»Unterbrecht ihn«, sagte der Polizist so ausdruckslos, dass das fröhliche Mädchen blass wurde. »Es ist wichtig.«

Die Mädchen wechselten einen überraschten Blick.

Weil keine von ihnen Anstalten machte, ins Haus zu gehen, übernahm Will das selbst. Anahera blieb draußen stehen und sah die beiden Mädchen an. Sie trugen kurze Shorts und Flanellhemden. Die eine war blond und lebhaft, die andere dunkeläugig und sinnlich, mit einem Augenbrauenpiercing. Beide hatten den naiven Blick von Kindern, die noch feucht hinter den Ohren waren. Neunzehn, höchstens zwanzig. »Ihr seid Shanes Schülerinnen?«

Die Blonde nickte. Die Dunkeläugige musterte Anahera von Kopf bis Fuß, als fragte sie sich, ob sie eine Konkurrenz darstellte. Sie wirkte widerstandsfähiger als die andere und würde sicher besser durchs Leben kommen als das blonde kleine Häschen. Es sei denn natürlich, das Häschen hatte so viel Glück, jemanden zu finden, der ihre großäugige Naivität bewahren wollte.

»Wir haben solches Glück.« Das Häschen legte tatsächlich begeistert die Handflächen aneinander. »Shane ist einer der bekanntesten Schriftsteller der Welt, und wir dürfen bei ihm wohnen.« Die Freude sprach aus jedem ihrer Worte. »Mein Buch nimmt Formen an, wie ich sie mir nie erträumt hätte.«

Ein Mann in den Dreißigern folgte Will auf die Veranda, bevor Anahera darauf etwas erwidern konnte. Shane Hennessy hatte wirres, schwarzes Haar und Bartstoppeln im Gesicht und wirkte wie der Inbegriff des leidenden Künstlers. Er hatte weiche, volle Lippen, sahnig weiße, makellose Haut und war sechs, sieben Zentimeter kleiner als der Poli-

79

zist. Sein Körperbau deutete darauf hin, dass sich unter den zerrissenen Jeans und dem schwarzen Hemd Muskeln wölbten – unter dem schwarzen Hemd, das er an den Ärmeln nachlässig hochgekrempelt trug. Nur dass es nicht nachlässig war. Er wusste, dass er gut aussah, und nutzte das weidlich aus.

Edward war genauso gewesen, nur dass sie viel zu lange gebraucht hatte, um die Wahrheit zu erkennen.

»Tut mir leid, Will«, sagte der leidende Künstler mit einem irischen Akzent, der so wunderschön war, dass er einfach nicht echt sein konnte. Er sah Anahera an und schenkte ihr dann sogar einen zweiten Blick; offenbar erfüllte sie eine Liste grundsätzlicher Kriterien und verdiente eine nähere Inspektion. »Seit dem Mittagessen halten mich meine Romanfiguren in Atem – die Mädchen wissen, was ich meine. Ich hätte nicht einmal ein vorbeifliegendes Schwein bemerkt, und schon gar nicht ein Mädchen aus der Stadt.«

Anahera sah, wie sich Wills Gesicht anspannte und seine Schultern strafften. »Dann los«, sagte sie zu ihm, bevor er dem angeberischen Arschloch noch einen Faustschlag verpasste. »Wir müssen weiter.«

Er nickte kurz, war aber noch nicht fertig. »Hat eine von euch heute Miriama hier vorbeilaufen sehen?«, fragte er die beiden Groupies.

Die Mädchen schüttelten den Kopf. Dann schauten sie Shane Hennessy an, als warteten sie darauf, dass er ihnen sagte, was sie als Nächstes tun sollten.

Anaheras Haut begann zu prickeln.

Sie war froh, das Haus verlassen zu können. »Ist es bei ihm immer so?«, fragte sie, als sie aus der Ausfahrt fuhren und wieder auf die Straße in Richtung Müllkippe bogen. »Dass er mit einem Harem zusammenwohnt?«

»Ich weiß aus zuverlässiger Quelle, dass die Leute, die an

Shanes Schreibseminaren teilnehmen, immer jung, weiblich und hübsch sind. So ein merkwürdiger Zufall.«

Anahera schnaubte. »Sie haben aber ein Talent zur Untertreibung.«

Er antwortete nicht. Die Scheinwerfer seines SUV durchschnitten die Tintenschwärze vor ihnen. Er wurde kurz vor dem Feldweg langsamer, der zu dem unbebauten, nie erschlossenen Stück Land führte, das zu einer Müllkippe geworden war.

Die Touristen bekamen diesen Teil von Golden Cove niemals zu Gesicht. Sie sahen nicht die glänzenden schwarzen Mülltüten, die von wilden Katzen aufgerissen worden waren, hatten keine Ahnung von den abgestellten Sofas und – »Ist das etwa ein Kühlschrank?« Sie spürte, wie sie wütend wurde. »Selbst das blödeste Arschloch weiß, dass man die Türen abmontieren muss, bevor man einen Kühlschrank entsorgt.«

Mit grimmigem Gesichtsausdruck stoppte der Polizist sein Auto vor der Müllkippe. »Der war letztes Mal noch nicht hier – und das war gestern, kurz bevor ich Sie auf der Straße gesehen habe. Ich habe Werkzeug im Auto.« Natürlich würde er sich darum kümmern, bevor sie wieder wegfuhren.

Aber erst mussten sie nach Miriama suchen. Plötzlich kam Anahera ein schrecklicher Gedanke. Mit pochendem Herzen ging sie durch den Müll zum Kühlschrank, der gestern noch nicht da gewesen und offenbar gerade aufgetaucht war, als ein Mädchen aus der Stadt verschwand.

»Warten Sie«, sagte der Polizist. »Wir müssen erst Beweismittel sichern, falls …« Er ließ den erschütternden Satz unvollendet. Stattdessen zog er sich dünne Gummihandschuhe über, die er in einer Schachtel im Kofferraum seines SUV aufbewahrte.

Anaheras Puls wurde schneller, als er auf den Kühlschrank zuging. Bilder von Miriamas sonnigem Lächeln erschienen vor ihrem inneren Auge. *Bitte, Gott, wenn du irgendein Erbarmen hast, dann lass sie nicht dort in der Kälte und im Dunkeln sein.* Um sie herum stieg ein übler süßlicher Gestank auf, von dem sich ihr normalerweise sofort der Magen umgedreht hätte, aber in diesem Moment sah sie nur noch das zerkratzte Weiß des zerbeulten Kühlschranks.

»Richten Sie den Strahl Ihrer Taschenlampe auf die Tür.« Wieder sprach der Polizist nicht aus, was sie beide dachten: Wenn Miriama darin war, war sie tot. Sie wurde schon zu lange vermisst, und in diesen Geräten bekam man nicht viel Luft.

14

Er berührte den Griff des Kühlschranks absichtlich nicht, um mögliche Fingerabdrücke nicht zu verunreinigen, sondern legte seine behandschuhten Hände vorsichtig auf die untere Kante der Tür, um sie so zu öffnen. Anaheras Herz hämmerte wie eine Trommel, als die Tür aufschwang.

Dahinter war nur Leere.

Sie atmete heftig aus und beugte sich vor, wobei sie sich auf ihre Knie stützte. »Scheiße«, sagte sie. »*Scheiße.*« Es war die pure Erleichterung, die ihre Muskeln zittern ließ, vermischt mit einer großen Dosis Adrenalin.

Der Polizist hatte sich wieder aufgerichtet und öffnete das Gefrierfach, und sie fragte sich, wonach er darin wohl suchte – man konnte darin wohl kaum eine Frau verstauen. Dann ging ihr auf, dass aber durchaus ein Arm oder ein Fuß hineinpasste, und verdammt, warum dachte sie das überhaupt? Vermutlich, weil sie mit einem Polizisten hier war, der so dachte. Und sie fragte sich, was er wohl schon gesehen hatte, dass er solche Grausamkeiten für möglich hielt.

»Ich hänge die Türen aus, bevor wir gehen«, sagte er. Das Gefrierfach war glücklicherweise leer gewesen, abgesehen von einer einsamen Tüte Erbsen. »Wir werden diesen Bereich systematisch absuchen müssen. Wir beginnen vom Auto aus und gehen mitten hindurch, circa dreißig Zentimeter voneinander entfernt, dann wieder zurück und so fort, bis wir alles durchsucht haben.«

Anahera folgte ihm zum Startpunkt, und sie begannen mit ihrer methodischen Suche. Als das Licht seiner Taschenlampe über weiße Knochen glitt, erstarrten sie beide, aber es stellte sich heraus, dass es sich dabei nur um das Skelett einer lange verendeten Katze handelte.

Ihre Knochen schimmerten im Licht der Taschenlampe, zart und vollkommen.

Sie machten weiter. Immerhin waren sie noch nicht auf Blut gestoßen. Anahera versuchte, nicht an das andere Mal zu denken, als sie eine Leiche gefunden hatte. Damals hatte es Blut gegeben, alt und geronnen und getrocknet. Und andere Dinge.

Drei Tage lang tot war im Sommer eine lange Zeit.

»Was erwarten Sie denn zu finden?«, fragte sie.

»Nichts«, erwiderte er. »Einem Polizisten, der etwas erwartet, entgehen die Dinge, die direkt vor seiner Nase liegen. Aber selbst, wenn wir Miriama hier nicht finden, wäre schon eine Spur gut – ein Schuh, der iPod, ein Stück Stoff von ihrer Kleidung. Denn dann hätten wir immerhin eine Richtung und wüssten, worauf wir die Suche konzentrieren müssten.«

Anahera nickte, und sie machten weiter, Stück für Stück für Stück. Drei lange Stunden später standen sie wieder am SUV und hatten nichts gefunden. Ohne ein Wort ging der Polizist zum Kofferraum und holte sein Werkzeug heraus. Sie hielt die Taschenlampe auf den Kühlschrank, damit er sah, was er da tat. Er brauchte nicht lang, um die Türen auszuhängen. So konnte kein abenteuerlustiges Kind oder ein Tier hineingeraten und womöglich nicht wieder herauskommen.

Dann hielt er den Strahl seiner eigenen Taschenlampe auf die Seriennummer und machte mit seinem Handy ein Foto davon.

Als Will und Anahera bei der Feuerwache ankamen, waren es immer noch vier Stunden, bis es hell werden würde. Nikau war allein im Gebäude. »Ich habe Mattie nach Hause geschickt«, sagte er. »Eine der anderen Frauen ist mit ihr gegangen, sie bleibt über Nacht bei ihr. Dieser Flachwichser, mit dem sie zusammen ist, ist ja keine Hilfe.«

Will nickte. »Haben die Suchtrupps etwas gefunden?«

»Nein. Ich habe allen gesagt, sie sollen nach Hause gehen und wiederkommen, wenn es hell ist. Es nützt ja nichts, wenn wir dieselben Gebiete immer und immer wieder in der Dunkelheit durchkämmen.«

»Ich habe telefoniert«, sagte Will. Er hatte das schon vor der Fahrt zur Müllkippe erledigt. »Wir bekommen keine Verstärkung aus der Luft. Sie haben zwei verschwundene Kinder draußen vor Greymouth.« Eine erwachsene Frau, die weniger als vierundzwanzig Stunden lang verschwunden war, war nichts gegen zwei Kinder unter zehn, die seit Schulschluss am Tag davor niemand mehr gesehen hatte. Da half auch Wills schlimmes Bauchgefühl nichts, das ihm sagte, dass Miriama in echten Schwierigkeiten steckte.

»Daniel hat einen Hubschrauber«, presste Nikau mühsam hervor. »Wenn du ihn darum bittest, lässt sich Seine Herrschaft vielleicht herbei, uns zu helfen.«

»Sieh zu, dass du eine Mütze voll Schlaf bekommst, Nik.« Mit ihm über Daniel zu sprechen, würde nicht gut ausgehen. »Morgen früh brauchen wir all deine Kräfte.«

Mit zusammengebissenen Zähnen und blutunterlaufenen Augen verabschiedete sich Nik knapp, um dann nach Hause zu gehen.

Anahera sprach erst wieder, als Nikau außer Hörweite war. »Sie wollen mit Daniel sprechen, nicht wahr?«

Der Polizist warf einen Blick auf seine Armbanduhr und sagte: »Jetzt kann ich auch noch bis zum Morgen warten. Vermutlich habe ich eine größere Chance, dass er mit uns zusammenarbeitet, wenn ich ihn nicht gerade um zwei Uhr nachts wecke.«

»Daniel war nicht immer ein Arsch«, fühlte sich Anahera verpflichtet zu sagen. »Wenn Sie Ihre Informationen über ihn allerdings von Nik beziehen, na ja, die beiden haben eine lange gemeinsame Geschichte …«

»Nein. Ich habe bereits selbst mit Mr May zu tun gehabt.« Dabei beließ er es, und sie wusste, dass sie nichts mehr aus ihm herausbekommen würde.

Er sah sie mit harten grauen Augen an. »Ich setze Sie zu Hause ab, aber ich muss vorher bei der Polizeiwache vorbeifahren und eine Auskunftsanfrage an Miriamas Mobilfunk-Provider schicken.«

»Um zu überprüfen, ob ihr Handy noch aktiv ist?«

»Oder um zu erfahren, wann es zuletzt aktiv war«, sagte Will. »Ich nehme an, Sie wollen bei der Suche morgen früh dabei sein?«

»Natürlich.« Sie würde nicht ruhig weitermachen können, wenn sie wusste, dass Miriama da draußen irgendwo allein war, vermutlich verletzt. »Und Sie?«

»Ich auch.« Der Polizist begann, die Lichter in der Feuerwache auszuschalten. »Und hoffen wir, wenigstens eine kleine Spur von ihr zu finden. Denn selbst in der Dunkelheit kann man eine ganze Frau wohl kaum übersehen.«

Das letzte Licht verlosch.

15

Will fuhr zwanzig Minuten vor Sonnenaufgang zum Anwesen der Mays. Der Himmel war stahlgrau mit rauchig grauen Streifen. Er wollte mit Daniel sprechen, bevor die Sonne über den Horizont stieg, damit der Hubschrauber so schnell wie möglich in die Luft steigen konnte, wenn Daniel zustimmte.

Wenn Daniel seine Bitte ablehnte, gab es noch ein paar Strippen, die Will ziehen konnte, einige Freunde, die einspringen würden. Das Problem war nur, dass die meisten von ihnen nicht in der Nähe der Küste wohnten. Sie würden Zeit brauchen, um hierherzufliegen, und sein Instinkt sagte ihm, dass er keine hatte. Er hörte nicht auf das kleine Stimmchen in seinem Kopf, das ihm einflüsterte, es sei schon zu spät.

Er stand vor dem Tor vor der langen Einfahrt zum Haus und drückte zwei Mal auf die Klingel. Die Männerstimme, die sich meldete, klang hellwach und deutlich verärgert. »Nein, das hier ist kein öffentlicher Weg, und nein, Sie können hier nicht wandern.«

»Mr May«, sagte Will, bevor Daniel die Verbindung unterbrechen konnte, »hier ist Detective Gallagher. Ich muss dringend mit Ihnen sprechen.«

Er war ein wenig überrascht, dass sich das Tor sofort in Bewegung setzte. Er wartete nicht ab, bis es vollständig geöffnet war, sondern fuhr gleich durch die erste passende Lücke.

Wie alle Grundstücke hier in der Gegend war auch dieses Anwesen von üppigen einheimischen Farnen und uralten Bäumen umgeben, die das Sonnenlicht abhielten, sodass hier ein grünliches Licht herrschte, das ein wenig an einen Regenwald erinnerte. Am Horizont ließ sich bereits der Sonnenaufgang erahnen, sodass alles in weiche und dunstige Grautöne getaucht war. Es sah ein wenig gruselig aus, aber es war auch wunderschön, solange man sich dessen bewusst war, dass diese Landschaft einen umbringen konnte, wenn man nicht aufpasste.

Das Haus, das aus dem gräulichen Grün auftauchte, war nicht die protzige Monstrosität, die man von einem Mann erwarten würde, der seinen Reichtum gern herzeigte, aber Daniel May hatte dieses Haus auch nicht gebaut, sondern seine Eltern, die beide vor ein paar Jahren im Abstand von zwölf Monaten verstorben waren. Das Haus war eine elegante Konstruktion aus Glas und honigfarbenem Holz und ragte gerade eben über die Baumwipfel, sodass man vom Dach aus den Ozean sehen konnte. Ansonsten fügte es sich harmonisch in die Landschaft ein.

Der Hubschrauber-Landeplatz lag auf der rechten Seite des Anwesens, in einigem Abstand zum Haus selbst. Dazwischen gab es einen Tennisplatz und einen Pool. Ein Gästehaus von der Größe eines durchschnittlichen Einfamilienhauses stand links vom Haupthaus. Nichts davon machte Daniel in der Stadt zum Außenseiter; die Familie Baker war ähnlich wohlhabend, wenn auch aus anderer Quelle, und jeder mochte sie. Es war nicht das Geld, das Daniel von den anderen in Golden Cove trennte, es war Daniel selbst.

Will stellte sein Auto ab und stieg aus. Daniel war bereits aus dem Haus getreten und ging auf ihn zu, ein schlanker Mann von fast eins neunzig Körpergröße mit schulterlangem, braunem Haar, das er zurückgebunden hatte. Seine Gesichtszüge waren fein, seine Volkszugehörigkeit war schwierig zu erkennen. Die Einheimischen sagten, Daniels

Mutter sei Koreanerin gewesen, sein Vater weiß – englischer Herkunft. May senior war angeblich sehr stolz darauf gewesen, dass die Geschichte der Familie bis zu den ersten Siedlern in dieser Gegend zurückverfolgt werden konnte.

Trotz der frühen Stunde trug Daniel gebügelte schwarze Hosen und ein himbeerfarbenes Hemd. Die Farbe hätte an einem erwachsenen Mann lächerlich aussehen können, aber Daniel konnte sie tragen. »Worum geht's?«, fragte er mit gerunzelter Stirn und einem dampfenden Kaffeebecher in der Hand. »Hat es mit den Taschenlampen zu tun, die ich gestern Nacht am Strand gesehen habe?«

Will gefiel es nicht besonders, wenn man mit ihm sprach wie mit einer Hilfskraft, aber da er die Unterstützung dieses Mannes benötigte, bemühte er sich um Höflichkeit. »Miriama wird vermisst.«

»Vermisst?« Daniel nahm einen Schluck von seinem Kaffee, ohne Will welchen anzubieten. »Ganz sicher, dass sie nicht einfach irgendwohin gefahren ist, wo man mehr erleben kann? Das Mädchen ist viel zu schön, um hier in dieser toten Stadt zu versauern.«

»Sie verschwand, als sie laufen war.« Will war nie besonders aufbrausend gewesen – nicht bis zur Nacht des Feuers. Später war sein Temperament wieder abgekühlt, und er kam mit Daniels selbstgefälliger Überheblichkeit zurecht, ohne die Kontrolle zu verlieren. »Ich bin gekommen, um Sie zu fragen, ob Sie uns mit Ihrem Hubschrauber aushelfen könnten.«

»Ich habe heute Meetings außerhalb der Stadt. Was ist mit den Polizeihubschraubern?«

»Es gibt gerade einen anderen Fall, in dem Kinder vermisst werden.« Er hatte bei seinem Vorgesetzten angerufen, und man hatte ihm gesagt, dass die Hubschrauber beim ersten Morgenlicht erneut in die Luft gehen würden, gemeinsam mit einer Armee von Freiwilligen. Will war zwar frustriert deswegen, aber gleichzeitig fand er es auch richtig – die Kinder hatten nun mal Priorität.

»Wenn Sie nicht helfen wollen, sagen Sie es einfach. Ich werde dann ein paar Privathubschrauber von draußen organisieren, aber die brauchen Zeit, bis sie hier sind.«

Er nahm an, dass es das Wort »von draußen« war, das schließlich half – Daniel rümpfte vielleicht die Nase über die Stadt und schwänzte alle Veranstaltungen, zu denen man ihn einlud, wobei er deutlich machte, dass ihm die meisten Einwohner nicht einmal die Stiefel lecken durften, aber er hielt sich gleichzeitig für den wichtigsten Mann in Golden Cove. Es war *seine* Stadt, er konnte die Vorstellung nicht ertragen, dass Leute von draußen kommen und seinen Platz einnehmen würden.

Das war natürlich Teil seines Problems mit Will. Daniel hatte erwartet, dass sich Will widerstandslos in die Reihe seiner Untertanen einfügen würde. In seinem ersten Monat hier hatte Will eine Einladung zum Abendessen von Daniel und seiner ewig schmollenden Ehefrau angenommen. In einem Ort, der so klein und abgelegen war, musste der einzige Polizist sich Mühe geben, Verbindungen aufzubauen, auch wenn er lieber in Ruhe gelassen wurde.

Am Ende des Abends hatte Daniel ihn zu seinem Auto begleitet und Will klargemacht, dass er erwartete, dass Will ihn über alles unterrichtete, was in Golden Cove vor sich ging. »Verstanden?«, hatte er in seinem arroganten Herr-an-Diener-Ton hinzugesetzt. »Das hier ist meine Stadt, und ich habe gern den Finger an ihrem Puls. Sie werden merken, dass ich denen gegenüber, die tun, was ich will, sehr großzügig sein kann.«

Will hatte schlicht erwidert: »Ich tu dann mal so, als hätte ich das nicht gehört«, und war gefahren.

Zwei Tage später hatte er einen Anruf von einem freundlichen Vorgesetzten erhalten, der ihm geraten hatte, besser aufzupassen. Daniel hatte, wie sich herausstellte, versucht, Will feuern zu lassen. »Sei einfach vorsichtig«, hatte der ältere Kollege gesagt. »May wohnt vielleicht in Golden Cove, aber er hat überallhin Verbindungen.«

Jetzt verzog der selbst ernannte Herr von Golden Cove das Gesicht. »Ich fliege den Hubschrauber.« Eine Pause entstand, dann fügte er hinzu: »Ich brauche einen, der Ausschau hält. Wenn Sie wollen, können Sie das sein.«

Will schaute zum Horizont und sah durch die Bäume den ersten Streifen Tageslicht. »Ich mache ein paar Anrufe und informiere die anderen Suchtrupps.« Während er damit beschäftigt war, ging Daniel zurück ins Haus, um seiner Frau und seiner Sekretärin zu sagen, dass er erst später wieder da sein würde.

»Nik«, sagte Will, »du musst erst einmal die gesamten Suchtrupps organisieren. Sucht noch einmal überall, wo wir gestern Nacht gesucht haben, wenn es geht, sogar noch gründlicher, und vergesst nicht die Müllkippe und ähnliche Orte.«

»Kein Problem.«

Will starrte hinaus zu den Bäumen, durch die jetzt das flammend orangefarbene Licht der aufgehenden Sonne drang. »Und sage allen, dass ich wissen will, ob jemand gestern Nachmittag irgendetwas bemerkt hat.« Will brauchte dringend etwas, womit er seine Ermittlungen beginnen konnte – ein Stück von Miriamas Kleidung, die Beschreibung eines Fremden in der Stadt, den Bericht über einen Einheimischen, der mit Miriama gesehen wurde, *irgendwas*.

»Wo bist du?«

»Ich steige gleich zu Daniel in den Hubschrauber.«

Eine angespannte Pause, dann sagte Nikau: »Ich sorge dafür, dass die anderen Bescheid geben, wenn sie etwas auf dem Boden entdecken, was man noch einmal aus der Vogelperspektive anschauen sollte.«

»Ich weiß nicht, ob ich im Hubschrauber Empfang habe«, sagte Will, »aber wenn ihr etwas Wichtiges entdeckt, dann sollen sich alle Leute am Strand versammeln und winken. Das werden wir auf jeden Fall sehen.«

»Du wirst Empfang haben.«

Erst als Nikau aufgelegt hatte, fragte sich Will, warum er sich da so sicher war. Er wusste genau, dass Nik niemals mit Daniel geflogen war, und da Daniel der Einzige war, der sich mit der schlanken schwarzen Maschine auskannte …

Genau.

Es musste Keira gewesen sein, die vom Hubschrauber aus ihren Ex-Mann angerufen hatte, entweder auf Daniels Betreiben, oder sie hatte Nikau heimlich eine Nachricht geschickt, während ihr Mann im Cockpit beschäftigt gewesen war. Beides war nicht besonders gut für Nikaus bereits ziemlich verkorkste Psyche.

Daniel tauchte wieder auf. Jetzt trug er Jeans und ein langärmeliges weißes Hemd, das vermutlich fünf Mal so viel kostete, wie die meisten Leute in der Stadt monatlich verdienten. Keiner von ihnen sagte ein Wort, als sie zum Hubschrauber gingen. Will hatte bereits das Fernglas aus dem SUV geholt – in einer derart zerklüfteten Landschaft war es immer gut, es zur Hand zu haben.

Im Hubschrauber setzte Will das Headset auf, über das er mit Daniel sprechen konnte. Dann bat er ihn, erst der Küstenlinie zu folgen, um dann ins Landesinnere zu schwenken und über die Gebiete zu fliegen, wo Miriama höchstwahrscheinlich gelaufen war.

Die letzten Sonnenstrahlen drangen durch den Dunst,

als sie abhoben. Will sah eine kleine und kurvige Frau mit blond gesträhntem, braunem Haar auf der Veranda der Villa. Sie hob ihr elegantes Gesicht, um dem Hubschrauber hinterherzusehen, dabei hielt sie sich am Geländer der Veranda fest. Sie trug ein rotes Negligé, und der Wind der Rotorblätter ließ die mit Spitzen besetzte Seide so an ihrem Körper kleben, dass so mancher Mann angesichts ihrer üppigen Formen auf die Knie gesunken wäre.

Dann war der Helikopter in der Luft und neigte sich so zur Seite, dass man Keira May nicht mehr sehen konnte. Will verdrängte den Gedanken an Daniels Frau und Nikaus Besessenheit von ihr und hob das Fernglas an die Augen, um die Landschaft abzusuchen. Von hier oben wirkte sie sogar noch karger und härter. Gezackte schwarze Felsen, die sich wie riesige Scherben aus dem Sand erhoben, schäumendes Wasser, das keine Gefangenen machte, und eine Wildnis, die so dicht war, dass man kaum durch die Laubkronen hindurchsehen konnte.

Daniel senkte den Hubschrauber ab, damit Will sehen konnte, was sich auf dem Boden befand. Die größte Hoffnung lag auf Miriamas bunter Laufkleidung.

»Habt ihr es schon auf der anderen Seite des Strudels versucht?«

Will wandte den Blick nicht von den Bäumen unter ihm, immer in der Hoffnung, etwas Knallpinkes oder Orangefarbenes zu entdecken. »Was ist denn auf der anderen Seite des Strudels?«

»Eine Art Höhle in den Felsen«, antwortete der andere. Seine Stimme hallte in den Kopfhörern. »Als Jugendliche haben wir dort oft Zeit verbracht. Es ist während der Ebbe sicher dort.«

Daniel flog einen Bogen über ein besonders dichtes Waldstück, damit Will besser sehen konnte. »Es gibt einen

Pfad direkt über der Höhle, der kaum genutzt wird. Als ich zum letzten Mal darüber geflogen bin, war er vollkommen zugewachsen, aber Miriama läuft gern, und sie läuft gut. Vielleicht ist sie dort entlanggerannt – das ist eindeutig eine schwierigere Strecke.«

Will überlegte, wie lange Miriama gelaufen sein musste, um dorthin zu kommen, und er wusste, dass die Strecke viel zu weit war, aber sie mussten dennoch jede Möglichkeit nachprüfen. Es konnte ja sein, dass sie ihren Lauf so sehr genossen hatte, dass sie einfach immer weitergelaufen war. »Dann los.«

Von oben wirkte der Strudel wie der Schlund der Hölle. Das Wasser darin krachte und schäumte so heftig, dass man das Gefühl hatte, er wäre bodenlos. Wenn Miriama irgendwo hier hingefallen war, dann war sie für immer verschwunden, das wusste Will, und ihm wurde kalt bis auf die Knochen. Dennoch suchte er die Umgebung mit dem Fernglas ab.

Aber hätte er nicht auf die von Daniel beschriebene Felsformation geachtet, dann hätte er sie verpasst, so gut fügte sie sich in die benachbarten Felsen ein. Dann bemerkte er, dass Daniel nicht der Einzige war, der an diese Stelle gedacht hatte. Ein Mann stand vor dem steinernen Bogen, eine Hand auf den Fels gelegt.

Nikau.

Obwohl das Geräusch des Hubschraubers ihn hochschauen ließ, winkte Nikau nicht. Stattdessen duckte er sich unter den Felsbogen, um dahinter zu verschwinden. »Wir sollten uns auf die Klippen konzentrieren«, sagte Will zu Daniel. »Nikau kann sich um die Höhle kümmern.«

Obwohl sich die Falten um seinen Mund vertieften, widersprach Daniel nicht. Sie flogen über die Klippen zurück zur anderen Seite des Strudels. Der größte Teil des Waldes hier war seit Jahren unberührt, aber Will erkannte doch eine kleine Stelle, an der etwas anders aussah. Über sein Handy bat er den Suchtrupp in der Nähe, sich das mal anzusehen.

»Das sieht eindeutig so aus, als wäre jemand hier gewesen«, bestätigte der Mann. »Aber Erde ist nicht aufgewühlt, als wäre Miriama hier hinuntergestürzt.« Eine kurze Pause. »Es ist fast, als wäre ein Wildschweinjäger hier aus den Bäumen hinter mir getreten und hätte sich hier hingestellt, um die Aussicht zu genießen.«

»Gut, lassen wir es dabei«, sagte Will. »Ich will es mir selbst ansehen.«

Er legte auf, dachte wieder an die Höhle und runzelte die Stirn. Diese Höhle war genau die Art von geheimem Ort, den Jugendliche liebten. Eigentlich hätten alle Jugendlichen in einem Städtchen wie diesem von der Höhle wissen müssen, aber aus irgendeinem Grund war sie verlassen. Vergessen.

Er fragte sich, welche Geheimnisse sie wohl barg, welche Geheimnisse Daniel an Nikau banden und Nikau an Anahera.

16

Anahera stapfte neben Vincent den Waldweg entlang. Sie hörten, wie sich das Geräusch des Hubschraubers in der Ferne verlor. Nikau hatte Vincent und sie als Suchteam eingeteilt, weil sie als Erste an der Feuerwache aufgetaucht waren. Peter Jacobs war ungefähr zur gleichen Zeit gekommen, aber zum Glück hatte Nikau den Werkstattbesitzer mit einem der erfahreneren Jäger zusammengetan.

»Du siehst nicht gut aus, Vincent.« Immer sein voller Name oder Vin, niemals Vinnie; er reagierte einfach nicht, wenn jemand versuchte, ihn so zu nennen. »Kennst du Miriama gut?«

»Ich trinke gern Kaffee, das weißt du.« Ein selbstironisches Lächeln, das seine faszinierend gelbbraunen Augen nicht erreichte. »Wenn ich in Golden Cove bin und von zu Hause aus arbeite, sehe ich sie so ziemlich jeden Morgen und jeden Nachmittag. Sie hat dieses Lächeln. So strahlend. Es ist so viel Leben in ihr.«

Anahera dachte erneut an das anmutige Wesen, das sie gerade erst kennengelernt hatte, und spürte, wie ihr ganz kalt ums Herz wurde. Die Welt zerstörte gern alles, was so wunderschön und hell war, dass es leuchtete. »Kann es sein, dass sie einfach weggelaufen ist?«

»Matilda sagt, dass all ihre Sachen noch in ihrem Zimmer sind. Ihre Brieftasche, ihre Lieblingsjeans. Sie hat nur ihr Handy und den iPod mitgenommen – mehr nimmt sie zum Laufen normalerweise nicht mit.«

Anahera hatte sich genau vor dieser Antwort gefürchtet. Sie spähte verzweifelt in das Dickicht in der Hoffnung, dort plötzlich etwas fröhlich Orangefarbenes oder leuchtend

Pinkfarbenes zu entdecken. Aber sie sah nur gesundes Grün und Braun. Die Farnwedel wurden von der sanften Morgensonne angeleuchtet, die an einigen Stellen durch die Laubkronen drang.

Sie hatte das hier so vermisst, diese urtümliche Landschaft, die so anders war als überall sonst auf der Welt, aber sie wusste auch, dass die Schönheit, die sie umgab, tödlich sein konnte. Mehr als nur ein Wanderer war in den Jahren verschwunden, in denen sie in Golden Cove gewohnt hatte. Die Touristen kamen, sahen die harmlose Üppigkeit des Busches und hörten nicht auf die Warnungen, auf keinen Fall von den Pfaden abzuweichen.

Sie gingen »nur ein paar Schritte« ins Unterholz, um ein Foto zu machen oder einem Vogel nachzugehen, und im nächsten Moment drehten sie sich um, gerieten in Panik und fanden nicht mehr den Weg zurück durch das dichte Gebüsch. Wenn die Wanderer schlau waren und mit dem Touristenbüro eine Strecke ausgearbeitet hatten, dann wurde nach ihnen gesucht, wenn sie sich nicht zur verabredeten Zeit zurückmeldeten. Aber viel zu viele waren nicht schlau.

Mit etwas Glück schafften es die meisten dann doch noch aus dem Wald oder wurden von Einheimischen gefunden, die in der Wildnis hausten.

Mindestens drei hatten kein Glück gehabt. Alle innerhalb eines heißen Sommers. Und sie alle waren Frauen aus weit entfernten Gegenden der Welt gewesen.

Ihre Leichen waren nie gefunden worden – wen diese Landschaft hier einmal packte, den gab sie nicht mehr her. Tatsächlich war der einzige Hinweis darauf, dass die erste Frau überhaupt in Golden Cove gewesen war, eine spezielle Wasserflasche mit Aufklebern aus der ganzen Welt gewesen. Man hatte sie gefunden, als man nach einer anderen Wanderin suchte, die verschwunden war, aber tatsächlich ihre Tour mit dem Touristenbüro abgesprochen hatte.

Nur ein paar Tage später hatte ein hiesiger Jäger, der bei der Suche half, einen halb im Fluss vergrabenen Rucksack gefunden; er gehörte der zweiten vermissten Frau, für die die Suchaktion gestartet worden war.

Damals nahm man an, dass die beiden entweder verletzt waren oder sich verirrt hatten. Eine Tragödie, aber das passierte nun mal in einer Gegend mit derart dichten Wäldern. Das Wetter tat das Seinige. Es war damals wie heute gewesen – es wirkte sonnig, aber die Wettervorhersage sagte einen Sturm voraus, der sich bereits über dem Meer bildete. Es würde in ein paar Stunden dunkel und nass und kalt werden.

Anahera erinnerte sich an die Nachricht über die beiden vermissten Frauen, aber so etwas geschah oft in dieser Gegend, und sie war eine Jugendliche gewesen, die den Sommer genoss.

Aber die dritte vermisste Wanderin … danach war die Sonne verschwunden.

Das goldene Namensarmband, das an ihrem Treffpunkt gefunden wurde, die Schwärme von Polizeibeamten, der Strand, an dem meterweise Absperrband flatterte, all das hatte ihre Kindheit mit einem einzigen Schlag beendet.

Anahera schüttelte die gruseligen Erinnerungen ab, die sie seit einem Jahrzehnt verdrängt hatte, und warf Vincent einen Blick zu. »Erzähl mir von Miriama. Ich kannte sie als kleines Mädchen – wie ist sie als Frau?«

»Unglaublich talentiert. Und sie hat ein noch größeres Herz«, sagte Vincent auf seine zurückhaltende, aber intensive Art. »Ich habe sie nie ohne ein Lächeln im Gesicht gesehen. Sie lebt das Leben, wie man es leben sollte – ohne Begrenzungen, ohne zu versuchen, sich in eine Schublade zu zwängen, wie es so viele Menschen tun. Sie ist authentisch, ehrlich, wunderschön im tiefsten Sinn des Wortes.«

Anahera fragte sich, ob Vincent wohl von sich selbst und seinem perfekten Leben mit zwei perfekten Kindern und einer rassigen Frau sprach, die die perfekte Partnerin für seine Wohltätigkeitsaktivitäten war. Außerdem wirkte es ein bisschen so, als wäre er in Miriama verliebt – aber war das überraschend? Miriama hatte diese Ausstrahlung, die die Menschen anzog.

Die meisten Männer in der Stadt waren vermutlich ein bisschen in sie verliebt.

»Ich glaube, wir sollten geradeaus weitergehen«, sagte sie, als sie an eine Weggabelung kamen. Nik hatte ihnen gesagt, dass dieser Weg nur selten genutzt wurde – er war ein wenig zu uneben, um darauf gut laufen zu können –, aber Josie hatte gesagt, dass Miriama in der Highschool auch Wettkämpfe gelaufen war. »Die Herausforderung hat ihr vielleicht gefallen.«

Vincent nickte, und sie gingen hintereinander weiter. Hier war es dunkler, das Laub dichter, der Busch wilder. Er schluckte jeden Laut, und doch kam es ihnen vor, als flüsterten die Bäume miteinander, als erzählten sie sich Geheimnisse, welche die Menschen niemals verstehen würden. Anaheras Waden begannen nach einer Weile zu schmerzen, ein Zeichen dafür, dass sie nicht mehr so fit war wie früher.

Durch die Straßen ihres Londoner Viertels zu joggen, hatte sie in keiner Weise auf die Westküste vorbereitet. Ihr Körper würde Zeit brauchen, um sich daran zu erinnern, dass ihm dieses Land im Blut lag. Was bedeutete, dass der Polizist recht gehabt hatte mit seiner Warnung. Sie durfte nicht glauben, alles tun zu können, was sie früher tun konnte – und irgendwie ärgerte sie das.

Armer Polizist, dachte sie. Er bekam all ihre Wut, all ihren kalten Zorn ab.

»So tief hinein ins Dickicht wäre sie nicht gelaufen«, sagte Vincent hinter ihr mit Überzeugung. »Es ist zu weit. Sie hätte es nicht vor Einbruch der Dunkelheit zurückgeschafft, und sie ist klug genug, nicht nach Sonnenuntergang auf diesen Strecken zu laufen. Man kann ganz schnell nicht einmal mehr die Hand vor Augen erkennen.«

Anahera nickte, drehte sich um, und sie gingen zurück zur Weggabelung. Von dort aus nahmen sie die linke Abzweigung und kamen zu dem Gebiet, das die anderen bereits durchkämmt hatten.

Die Mittagszeit kam und ging, der Hubschrauber landete, aber immer noch gab es keinen Hinweis darauf, was mit einem strahlenden, lachenden Mädchen namens Miriama geschehen war.

17

Will rieb sich das Gesicht. Er saß in seiner hastig errichteten Polizeiwache; der Raum war gerade eben groß genug für seinen Schreibtisch und einen Aktenschrank. Er hatte den Suchtrupps gesagt, sie sollten an diesem Nachmittag freimachen. Gemeinsam hatten sie jeden Quadratmeter abgesucht, den Miriama zu Fuß hätte erreichen können. Darunter war Will auch an die auffällige Stelle an den Klippen über dem Strudel gelangt, aber es war genauso, wie der Freiwillige gesagt hatte: Hier war jemand entlanggegangen, aber es gab keinerlei Hinweis auf irgendetwas, das nicht ins Bild passte.

Keine Schleifspuren, kein Blut, keine Grasbüschel, die bei der verzweifelten Suche nach Halt herausgerissen waren. Nichts, abgesehen von ein paar heruntergetretenen Gräsern und geknickten Zweigen – ebenso in den Bäumen dahinter. Er war zudem den Buschpfad entlanggegangen, der in der Nähe begann, aber den hatten schon einige Teams abgesucht, und man konnte nichts sehen außer zertretenen Blättern.

Will war inzwischen auch zu der Überzeugung gekommen, dass Miriama zu klug war, um so dicht an der Kante über dem tödlichen Strudel zu laufen.

Natürlich war ihm bewusst, dass die Freiwilligen seinem Befehl nicht nachkommen würden, die Suche einzustellen, aber er hatte ihn geben müssen, um seine Vorgesetzten davon überzeugen zu können, diesen Fall als vorrangig zu behandeln.

»Sir«, sagte er ins Telefon, »wir nehmen jetzt entweder Ertrinken an – was unwahrscheinlich ist, weil sie die Gegend sehr gut kannte – oder aber eine Entführung.«

»Will, ich kenne das Mädchen«, erwiderte der Commander. »Sie ist schon öfters von zu Hause weggelaufen.«

Scheiße.

Will hatte gehofft, dass niemand mehr an Miriamas Geschichte dachte. »Aber damals war sie fünfzehn, und ihre Tante hatte einen Freund, der sich ein bisschen zu sehr für sie interessierte.« Es war Mrs Keith gewesen, die ihm das erzählt hatte, nachdem sie ihn vor ein paar Monaten ins Haus gebeten hatte.

Miriama war auf der Straße an ihnen vorbeigelaufen, als sie sich unterhalten hatten, und hatte ihnen zugewinkt. Mrs Keith hatte gesagt: »Nun sieh sie dir an. Wie eine Blüte, die kurz davor ist, sich zu öffnen. Gut, dass dieser nichtsnutzige Dreckskerl sie nicht kaputt gemacht hat.«

Will musste sie nur ansehen, und schon erzählte sie ihm alles. »Mattie ist eine liebe Frau. Eine gute Freundin. Aber sie hat einen schrecklichen Geschmack, was Männer angeht.« Ein tadelndes Kopfschütteln, das ihre Hängebäckchen in Bewegung setzte. »Man hätte glauben können, dass sie ein wenig vernünftiger geworden wäre, nachdem Miriama als ganz kleines Mädchen zu ihr kam – ihre Mutter war Matties Schwester, wissen Sie. Ist in die Großstadt gegangen, hat ein paar schlechte Entscheidungen getroffen.«

Ein Blick voll ehrlicher Traurigkeit. Ihre Augen waren von einem unglaublich schönen Blau in ihrem fleischigen Gesicht. »Sie war ein wunderbares Mädchen. Sie hat sich in einem Motel eine Überdosis gesetzt, und die arme kleine Miriama saß mehr als zwei Tage lang bei ihrer Mutter, bevor man sie fand.« Sie hustete und nahm einen Schluck aus dem Weinglas, das auf dem Tischchen neben ihr stand. »Selbstverständlich hat Mattie ihre Nichte zu sich genommen. Sie hatte schon die ganze Zeit versucht, Kahurangi – so hieß ihre Schwester – dazu zu bringen, Miriama bei ihr zu lassen.«

Noch ein kleiner Schluck. »Wissen Sie, dass Matties erster Vorname Atarangi ist?«, fragte Mrs Keith. »Ihre Ma hatte eine gute Freundin, die Matilda hieß, daher ist das jetzt ihr Mittelname. Aber Sie wissen ja, wie das mit Namen so ist. Aus irgendeinem Grund haben sie plötzlich alle nur noch Matilda genannt. Eigentlich schade. Atarangi ist so ein hübscher Name.«

Will saß auf der Veranda und hörte zu, nicht, weil er besonders an Klatsch und Tratsch oder an Matildas Vornamen interessiert war, sondern weil er bereits begriffen hatte, dass Mrs Keith einsam war. Nikau, der manchmal zu ihr kam, um ihren Zaun zu reparieren oder die Dachrinne zu säubern, hatte ihm erzählt, dass sie früher zwei, drei Mal die Woche in die Stadt ging, aber inzwischen zu dick war, um die Strecke zu überwinden. Sie hatte eine der Frauen aus der Stadt angeheuert, die ihr Haus blitzsauber hielt und ihr morgens mit der Frisur und dem Make-up half, aber sonst war sie an die Veranda gefesselt, von der aus sie zusah, wie das Leben an ihr vorbeistrich.

Und vielleicht ans Schlafzimmer, wo sie womöglich Lastwagenfahrern und Waldarbeitern gewisse intime Dienste anbot – so ging jedenfalls das Gerücht. Wenn sie es tat, dann ging es Will nichts an. Wenn es ihre Einsamkeit und die anderer Menschen linderte, dann sollte es eben so sein. Und wenn die Geschichte auf Mrs Keiths Mist gewachsen war, um ihrem Leben in den Augen der anderen ein wenig Glanz zu verleihen, dann war das eine harmlose Sache. Ihr jedenfalls schien das Gerücht nichts auszumachen. Aus den Anspielungen, die sie in ihren Unterhaltungen mit Will fallen ließ, schloss Will, dass sie ihren Ruf genoss.

»Aber«, sagte sie an jenem Tag, »Mattie, die gute Seele, ist einfach blind, was Männer angeht.«

Ein Seufzen. »Na ja, Sie sehen ja, wie es gekommen ist.

Miriama bekam Brüste und lange Beine, und der nutzlose Kerl, den Mattie damals hatte, fing an, sie zu betatschen. Das Mädchen riss ein paarmal nach Christchurch aus, um vor ihm zu fliehen, bis die arme Mattie endlich begriff, was da vor sich ging, und ihn rauswarf. Sie schlug sich nicht ein einziges Mal auf die Seite dieses Mistkerls, das muss man sagen, und das ist auch der Grund, aus dem Miriama sich nicht von ihr abwandte. Sie schafft es einfach nicht, sich die Guten herauszupicken.«

»Wie dem auch sei«, sagte Wills Vorgesetzter jetzt, »Miriama folgt da einem Muster. Kannst du eindeutig ausschließen, dass sie nicht einfach mit jemandem aus der Stadt gefahren ist?«

Wills freie Hand ballte sich. »Sie trug Laufkleidung. Kein Geld, keine Kleider zum Wechseln.«

»Du weißt genau wie ich, dass man diese Dinge leicht ersetzen kann, wenn man die richtigen Freunde hat«, sagte der andere. »Jedenfalls können wir jetzt nicht viel tun. Du hast schon das Gebiet gründlich abgesucht, sogar aus der Luft, und du sagst, dass keiner der Einheimischen irgendwelche merkwürdigen Aktivitäten oder Leute beobachtet hat?«

»Ja.« Er gab es äußerst ungern zu, aber sein Commander hatte recht – es gab buchstäblich nichts, was die größeren Polizeistationen tun konnten, was er mithilfe von Golden Cove nicht selbst tun konnte. »Ich werde sie als vermisst listen und eine aktualisierte Meldung herausgeben.« Er hatte bereits alle seine Kollegen angerufen und sie gebeten, nach Miriama Ausschau zu halten, und er hatte seine Kontakte zur Presse aktiviert, damit die Geschichte so viel Aufmerksamkeit wie möglich bekam.

»Jetzt, da deine Suche zu nichts geführt hat«, sagte sein Vorgesetzter, »werde ich unser Presseteam beauftragen, eine offizielle Mitteilung mit dem neuen Foto herauszugeben, das du uns geschickt hast. Sie ist wirklich eine Schönheit, daher besteht die Chance, dass es eines der größeren Presseorgane aufnimmt.« Es lag keinerlei Zynismus in der Stimme des Mannes, nur Pragmatismus. »Vielleicht bekommt ihr sogar landesweite Aufmerksamkeit, wegen dieses Fotografenpraktikums, das sie in ein paar Wochen antreten soll. Wenn dein Mädchen die Stadt verlassen hat, wird sie jemand sehen.«

Will legte auf und überlegte, was er als Nächstes tun sollte. Selbst wenn Miriama das Opfer eines Verbrechens geworden und nicht nur verunglückt war, bedeutete es nicht, dass es keine Hoffnung gab, sie doch noch lebend zu finden. Ihr Entführer konnte sie gefangen halten, vielleicht hatte er sie außer Gefecht gesetzt, sodass sie nicht fliehen oder um Hilfe schreien konnte.

Erst, wenn Will ihre Leiche oder einen anderen unumstößlichen Beweis für ihren Tod hatte, würde er aufhören, sie als vermisst zu behandeln. Und alle Vermisstenfälle begannen mit der Vernehmung derjenigen Personen, die der Vermissten am nächsten standen.

Er hatte bereits mit Matilda und Steve gesprochen. Es war an der Zeit, sich in Ruhe mit Dr. Dominic de Souza zusammenzusetzen.

Nachdem er Anahera und die anderen in den frühen Morgenstunden nach Hause geschickt hatte, war Will auf die Hauptstraße gefahren und hatte dort gewartet. Dominic de Souzas Auto war ungefähr fünfundzwanzig Minuten später aufgetaucht; bis dahin hatte Will bereits mit der Familie gesprochen, die den jungen Arzt gebeten hatte, zu ihrem abgelegenen Haus zu kommen. Es war die Mutter gewesen, die angerufen hatte – und zwar direkt, als die Sechs-Uhr-Nachrichten im Fernsehen begonnen hatten.

Ungefähr eine Viertelstunde, nachdem Tania Meikle Miriama hatte vorbeilaufen sehen.

Also hatte der Arzt tatsächlich ein schmales Zeitfenster gehabt, in dem er seiner Freundin etwas hätte antun können. Allerdings hatte Will vorher mit Mrs Keith gesprochen, und sie war sich sicher, Dominics Auto um etwa zehn nach sechs, spätestens zwölf nach sechs vorbeifahren gesehen zu haben. Was bedeutete, dass er direkt nach dem Anruf der Mutter aufgebrochen sein musste.

Das verengte das Fenster der Zeit, für die es keine Zeugen gab. Man brauchte viel länger als ein paar Minuten, um eine starke junge Frau zu überwältigen oder zu verletzen, ihren Körper zu entsorgen oder zu verstecken und dann die Kleider zu wechseln. Und vorher musste Dominic sie noch finden. Normalerweise war der Freund immer der Hauptverdächtige, aber Dominics Alibi wirkte solide. Überdies war er vollkommen zusammengebrochen, als Will ihm von Miriamas Verschwinden erzählte.

Angst und Schock konnten vorgespielt werden, aber Will hatte schon einiges an Erfahrung. Dominics Reaktion war echtes, nacktes Gefühl gewesen. Er war am Boden zerstört. Blaue Flecken oder Kratzer an den Armen und im Gesicht waren auch nicht zu sehen – und Miriama hätte sich sicher gewehrt.

»Ich weiß nicht, was ich tun soll«, sagte Dominic, als er Will die Tür zur Praxis öffnete. Das Braun seiner Iris stach deutlich vom Weiß seiner blutunterlaufenen Augen ab. Sein Kinn war voller dunkler Bartstoppeln. »Nikau sagt, ich soll da draußen nicht herumstolpern, sondern mich lieber hinsetzen und darüber nachdenken, ob Miri irgendetwas gesagt hat, was uns zu ihr führen kann.«

Will nickte. Er wusste, dass Dominic nicht gerade ein Naturbursche war, und so verwirrt, wie er im Moment war, wäre er vermutlich eher eine Belastung als eine Hilfe. »Können wir reden?«

»Ja, klar.« Der Arzt wirkte verloren, als er ihn in den Behandlungsraum führte. Will setzte sich auf den Patientenstuhl und ließ Dominic auf dem Arztstuhl Platz nehmen, in der Hoffnung, dass die vertraute Umgebung ihm half, sich zu beruhigen.

Das weiße Hemd des Arztes war zerknittert, seine schwarzen Hosen ebenfalls. Womöglich trug er dieselbe Kleidung wie am frühen Morgen, als Will ihn auf der Straße anhielt, aber genau konnte Will es nicht sagen – Dominic trug bei der Arbeit immer dasselbe, beinahe wie eine Uniform.

»Wann haben Sie Miriama zum letzten Mal gesehen?«

»Gestern zum Mittagessen.« Dominic beugte sich vor, um sich auf die Oberschenkel zu stützen. Die Haut auf seinen Unterarmen war von einem warmen und tiefen Braun.

Evelyn Triskell hatte ungefragt erzählt, dass Dominics Vater indischer Herkunft war und seine Mutter eine Māori von einem kleineren *iwi* auf der Nordinsel. Es war schwierig zu sagen, welche der beiden Kulturen in Dominic die Oberhand hatte; für einen Mann, der aus zwei so alten und reichen Kulturen kam, war seine Persönlichkeit merkwürdig farblos.

»Ich bin ins Café gegangen«, fügte der Arzt hinzu, »und habe Josie gefragt, ob ich ihr Miri für eine Stunde entführen dürfe. Es war nicht allzu viel los – in dieser Jahreszeit ist es das nie –, und Josie hatte gerade einen freien Vormittag gehabt.«

Will ließ Dominic reden; immerhin sprach er wieder in vollständigen Sätzen.

»Jedenfalls sagte Josie Ja, sie sagte sogar, es mache nichts aus, wenn wir ein bisschen später zurückkämen. Sie neckte uns, wir sollten uns nicht beim Fummeln erwischen lassen.«

Er brachte ein zittriges Lächeln zustande. »Ich hatte uns einen Picknickkorb mit Sandwiches und diesen winzigen Quiche-Dingern aus der Feinkostabteilung des Supermarkts vorbereitet. Miri mag sie so« – ein plötzlicher, harter Schluchzer, dann fasste er sich wieder –, »und wir sind damit zu dem Aussichtspunkt am Oststrand gefahren.«

»Klingt wie eine schöne Verabredung.«

Dominic schob seine Brille hoch. »Ich will nicht, dass sie es bereut, mit mir zusammen zu sein. Ich will, dass sie spürt, dass sie das Allerschönste in meinem Leben ist.«

»In welcher Stimmung war sie denn?«

»In guter. Sie war glücklich. Sie freute sich über das Picknick und aß drei von den kleinen Quiches.« Er fuhr mit der Hand durch die wirren schwarzen Strähnen seines Haars und starrte auf den strapazierfähigen beigefarbenen Teppich. »Sie war *so* glücklich, so strahlend. Ich küsste sie, und sie lächelte, und ich hatte das Gefühl, dass etwas von ihrem Strahlen auf mich überging.«

Will betrachtete die zitternde Gestalt des Mannes und legte ihm eine Hand auf die Schulter. »Dominic, noch nicht in Panik geraten«, sagte er, obwohl er wusste, dass er das Unmögliche forderte. »Wir wissen noch gar nichts.«

»Ja.« Er schniefte. »Ja. Ich muss mir das immer wieder sagen.« Er hob den Kopf und sagte: »Ich weiß nicht, was ich Ihnen noch erzählen soll. Ich zermartere mir schon die ganze Zeit das Hirn, aber mir fällt einfach nichts ein, was helfen könnte.«

Will ließ Dominics Schulter wieder los. »Was ist mit ihrem bevorstehenden Umzug nach Wellington? Haben Sie darüber gesprochen?«

»Sicher. Wir haben beschlossen, dass sie in den Ferien hierherkommt, und ich fliege an den Wochenenden zu ihr. Wir wissen, dass das nicht einfach wird, aber wir wollen unbedingt, dass es funktioniert.« Er schluckte. »Ich bin so stolz auf sie, dass sie dieses Praktikum bekommen hat.«

»Gab es da Neid? Ich weiß, dass Kyle Baker auch in der näheren Auswahl war.« Vincents jüngerer Bruder war der Star der Stadt und der Favorit für das Praktikum gewesen.

Dominics Gesicht verhärtete sich. »Dieser Trottel Kyle hat versucht, es so aussehen zu lassen, als hätte Miri das Praktikum nur wegen ihres Aussehens bekommen. Aber ihr Talent ist um Meilen größer als seins. Und die Jury bestand nur aus Leuten, die nicht aus der Stadt kommen – sie haben Kyle nicht bevorzugt, nur weil alle glauben, dass er der vielversprechendste junge Mann der Stadt ist, der Star, der nichts falsch machen kann.«

Will hatte schon selbst erlebt, wie die allgemeine Meinung zugunsten Kyles ausschlug; er hatte ihn und einen anderen Neunzehnjährigen dabei erwischt, wie sie mit Farbdosen ein Gebäude besprühten. Die Leute aus der Stadt hatten alle den anderen Jungen dafür verantwortlich gemacht, behauptet, er habe Kyle dazu verleitet, und Will gebeten, ein Auge zuzudrücken, damit Kyle keinen Eintrag ins Vorstrafenregister bekam, das vielleicht seine Zukunft zerstörte.

Will hatte die beiden jungen Männer verwarnt und ihnen klargemacht, dass er kein zweites Mal so nachsichtig sein würde. Kyle war voller Reue gewesen und hatte sogar seinem Kumpel gesagt, er solle den Mund halten, als er widersprach. Er hatte definitiv nicht verwöhnt gewirkt oder so, als glaubte er, mehr Rechte zu haben als andere, aber das konnte auch nur bedeuten, dass er wusste, wie man mit Menschen umging. Es konnte aber auch sein, dass Dominic ihn einfach nicht leiden konnte, weil er so ein harter Konkurrent für Miriama war. »Gab es sonst noch jemanden, der Miriama Probleme bereitete?«

Dominic starrte weiterhin reglos den Teppich an. »Sie wissen doch, wie die Männer sie ansehen. Ich habe mich inzwischen daran gewöhnt. Das musste ich, weil ich mit ihr zusammen sein will, wissen Sie? Aber ich glaube, manchmal stört es sie. Nikau Martin starrt sie die ganze Zeit an.« Er verzog das Gesicht. »Der glaubt, er könnte jede kriegen, aber Miriama hat einfach kein Interesse. Sie mag weder Zorn noch Bitterkeit.«

Will erinnerte sich an die Nacht im Pub und Nikaus offenes – manche hätten es vielleicht lüsternes – Interesse an ihr. Dominic hatte auch recht, was Miriamas Wirkung auf die meisten Männer der Stadt anging. Es war möglich, dass sie, ohne es zu merken, die Aufmerksamkeit des Falschen auf sich gezogen hatte. Und so klein, wie Golden Cove war, kannte sie den Mann vermutlich und hatte keine Gefahr vermutet.

Aber es gab noch andere Möglichkeiten, und er wäre ein schlechter Polizist, wenn er sie überging. Und für einen schlechten Polizisten hatte ihn noch niemand gehalten, trotz seiner Fehler, die zu zwei Todesfällen geführt hatten. Wills Polizeiarbeit war immer glänzend gewesen; es war seine Menschenkenntnis gewesen, die ihn im Stich gelassen hatte. Aber diesmal würde er so lange graben und wühlen, bis er jedes einzelne Geheimnis in dieser Stadt kannte.

18

Haben Sie sich in letzter Zeit gestritten?«

Dominic schaute abrupt auf. »Ich würde ihr *niemals* wehtun!«

»Das sage ich auch gar nicht«, sagte Will. »Ich frage mich nur, ob Miriama vielleicht die Sorte Frau ist, die Ihnen einen Denkzettel verpassen will.«

Dominic legte seine Stirn in tiefe Falten und schüttelte den Kopf. »Nein«, erwiderte er. »Das gehört zu den Dingen, die ich an ihr am meisten liebe – sie ist immer direkt und ehrlich.« Er senkte erneut den Blick zum Teppich, und seine Schultern sackten herab. »Ich musste mir bei meiner Miri nie um Lügen Sorgen machen. Wenn sie sauer auf mich ist, sagt sie mir einfach, ich solle verschwinden. Sie würde nie einfach so wegrennen und mir Sorgen bereiten. Vor allem würde sie ihrer Tante niemals Sorgen machen wollen.«

Dominic schaute hoch und atmete zittrig aus. »Sie ist auch ganz eng mit Josie vom Café. So kurz vor ihrem Geburtstermin würde Miri ihr niemals Stress bereiten wollen. Sie hat sogar davon gesprochen, stricken lernen zu wollen, um Socken für das Baby machen zu können.«

Das passte alles zu dem, was Will über Miriama wusste. »Gibt es noch etwas, was ich wissen sollte? Es macht nichts, wenn es Ihnen wie eine Winzigkeit vorkommt.«

»Ich kam mir noch nie so nutzlos vor«, sagte der Arzt leise. »Meine Eltern sind so stolz auf mich, weil ich eine so gute Ausbildung habe, aber welchen Wert haben meine Noten jetzt? Ich habe keine Ahnung, wie man im Busch nach jemandem sucht. Nik und die anderen, sie sind da draußen und suchen nach ihr, und ich sitze hier warm und trocken und helfe kein bisschen.«

»Sie helfen, indem Sie mit mir sprechen.« Will machte sich langsam Sorgen um Dominics psychischen Zustand. Soweit er wusste, hatte Dominic keinerlei Familie in der Stadt. Er hatte die Stelle als Arzt in der Stadt erst vor einem Jahr angetreten, nachdem der vorherige Arzt seine Praxis aus Altersgründen aufgegeben hatte. »Eine Frage habe ich noch.«

Mit hängendem Kopf, sodass sein Haar das Gesicht verdeckte, nahm der Arzt seine Brille ab und fragte: »Was denn?« Es klang leise, abgehackt, gebrochen.

»Wie lange sind Sie schon mit Miriama zusammen?« Will versuchte, ausdruckslos zu klingen, um die Gefühle des Mannes nicht noch weiter in Aufruhr zu bringen. »War sie vor Ihnen mit jemandem zusammen?«

»Vor einer Woche haben wir unser Dreimonatiges gefeiert. Ich habe mich sofort in sie verliebt, als ich sie zum ersten Mal sah, aber ich brauchte mehr als ein halbes Jahr, bis ich den Mut hatte, sie anzusprechen – ich meine, sie war noch so jung. Ich kann kaum glauben, dass sie erst neunzehneinhalb ist, sie ist so stark und weiß genau, was sie will.«

Der Mann setzte seine Brille wieder auf. »Noch sechs Monate, sagte ich beim Mittagessen zu ihr. Dann ist sie zwanzig, und ich komme mir nicht mehr wie so ein Kinderschänder vor.« Er fuhr sich erneut mit der Hand durchs Haar, stand auf und begann, im Raum auf und ab zu gehen. »Die ersten beiden Male, als ich sie bat, mit mir auszugehen, lehnte sie ab, aber vor ein paar Monaten versuchte ich es trotzdem noch einmal. Als sie Ja sagte, glaubte ich zu träumen.«

Er blieb am Schreibtisch stehen und schaute aus dem Fenster. »Ich glaube, sie war schon vor mir mit jemandem zusammen, aber ich weiß nicht, mit wem. Ich bin mir ziemlich sicher, dass es jemand von außerhalb war – sie verschwand immer übers Wochenende und kam strahlend wieder zurück. Aber sie müssen sich getrennt haben ... und dann sah sie mich endlich.«

Will verließ kurz darauf die Praxis und blieb davor stehen, um Pastor Mark anzurufen. »Dr. de Souza«, sagte er, »könnte ein wenig Beistand gebrauchen.«

Genau, wie er erwartet hatte, war der Pastor sofort bereit zu helfen.

Danach fuhr Will zur Feuerwache. Der Himmel war inzwischen von einer dichten grauen Wolkenschicht bedeckt. Das bisschen Sonnenlicht, das hindurchdrang, war schwach. Als er zur Wache kam, schenkte Matilda heißen Kaffee für die Freiwilligen aus, die gerade eine Pause einlegten. Ein Blick in ihre Gesichter, und er wusste, dass es keine guten Nachrichten gab.

Matilda lächelte ihn zittrig an, als er zu ihr trat. »Sie haben nichts gefunden«, sagte sie, und es klang hoffnungsvoll.

Will verstand, warum sie sich darüber freute, aber er konnte ihre Hoffnung nicht teilen, zumal die Wettervorhersage für den Nachmittag Regenfälle prognostizierte. *Falls* Miriama irgendwo verletzt lag, würden Kälte und Nässe ihrem Körper gefährlich zusetzen.

Er stellte sich vor die Karte, die jemand an die Wand neben das Whiteboard geheftet hatte, und überflog die Gebiete, die mit einem Doppel-X markiert waren, was bedeutete, dass man sie zwei Mal abgesucht hatte. »Ist einer hier gewesen?« Er richtete die Frage an einen erfahrenen Jäger, der außerhalb der Stadt wohnte, und tippte mit dem Finger auf ein Gebiet, das weit entfernt von der Stelle war, wo man Miriama zuletzt gesehen hatte, aber als beliebter Treffpunkt für die Jugendlichen der Stadt galt.

Es gab die entfernte Möglichkeit, dass Miriama einen Freund getroffen hatte und dorthin gegangen war, bis irgendetwas schiefgegangen war. Wenn es so war, war es schlimm genug, dass der Freund sich nicht gemeldet hatte. Er wusste, dass das alles weit hergeholt war, aber sie mussten sichergehen.

Der Jäger sah sich die Stelle an, auf die Will zeigte, und nickte. »Ja, das sollten wir uns ansehen. Vielleicht hat sie sich betrunken und schläft sich dort aus.« Er sagte es laut genug, dass Matilda es hören musste. Der Mann mit dem dichten Vollbart versuchte, die Frau zu trösten.

Aber als die Freiwilligen wieder in ihren Autos saßen und zu ihren Bereichen ausschwärmten, schüttelte Matilda den Kopf. »Das würde Miriama niemals tun. Mein Mädchen trinkt nicht so – ich hatte immer Angst, dass sie sich langweilen und dann trinken oder gar Drogen nehmen würde, wie es so viele Jugendliche in der Stadt tun, aber Miriama hatte immer große Träume.«

Sie setzte sich, die Hände um einen Kaffeebecher gelegt, und sprach weiter. »Als Kind hatte sie meistens den Kopf in den Wolken, sie träumte von all den Ländern, die sie sehen wollte. Sie hatte sogar ein kleines Notizbuch, in das sie Bilder klebte, die sie aus alten Zeitschriften ausschnitt – den Eiffelturm, die Pyramiden, Uluru …«

Matildas Gesichtsausdruck war jetzt voller Glauben, voller Hoffnung. »Das Notizbuch habe ich noch. Ich werde es ihr als Überraschung in die Tasche legen, wenn sie zum Praktikum aufbricht. Mein Mädchen hat so viel Talent – es wird ihr die Welt öffnen, sie an all die Orte bringen, die sie in ihrem kleinen Notizbuch verzeichnet hat.«

Will setzte sich auf einen harten Plastikstuhl neben Matilda. »Ich muss dir ein paar Fragen stellen.«

Ihr Gesicht wurde unter der braunen Haut ganz blass.

»Ich weiß nichts«, sagte er sofort. »Aber während Nik die Suche organisiert, will ich noch andere Möglichkeiten abklopfen. Für alle Fälle.«

Matilda schob ihren unangetasteten Kaffeebecher Will zu. »Ich mache guten Kaffee.«

Er nahm einen Schluck, um so normal zu wirken, wie es ging. Dann sagte er leise: »Die Sache ist die, Matilda. Miriama ist eine wunderschöne junge Frau, und obwohl wir unser Land im Vergleich zum Rest der Welt für sicher halten, gibt es trotzdem auch hier Verbrecher.«

Er hatte befürchtet, dass seine ehrlichen Worte Matilda nur noch mehr erschüttern würden, aber sie straffte die Schultern und sah ihm direkt in die Augen. Da war nun eine Nähe zwischen ihnen. »Du nimmst das ernst«, sagte sie. »Du behandelst sie nicht wie irgendeine dumme Neunzehnjährige, die sich nicht mal die Mühe macht, ihrer Tante Bescheid zu sagen, dass sie geht.«

»Das Mädchen, das ich kenne, ist nicht so.« Will hielt den Blickkontakt mit ihr. »Ich weiß, dass sie als Kind weggerannt ist, aber damals hatte sie ihre Gründe dafür.«

Matilda ballte die Hände, die in ihrem Schoß lagen. »Meine Schuld«, sagte sie. »Aber das liebe Mädchen hat es mir nie angelastet. Sie hatte immer so viel *ahora* im Herzen.«

»Wie freundlich wäre Miriama zu einem Fremden?«, fragte er, um die Bewohner von Golden Cove fürs Erste aus seinen Mutmaßungen herauszuhalten. »Ich habe gesehen, dass Einheimische Anhalter mitgenommen haben, ohne auch nur darüber nachzudenken. Und die meisten Leute hier sind daran gewöhnt, Touristen zu helfen. Würde sie das auch tun?«

Matilda nickte langsam. »Ein normaler Tourist, der ins Café kommt oder sie vielleicht auf der Hauptstraße etwas fragt«, sagte sie, »ja, dem würde Miriama helfen.«

Will nickte und nahm noch einen Schluck vom Kaffee, um Matilda zu zeigen, dass er zuhörte, dass er da war. Er musste es fragen, aber in Wirklichkeit hielt er die Touristen-Theorie für nicht besonders überzeugend; wären Fremde in der Stadt gewesen, hätte es irgendjemand Will innerhalb einer Stunde nach Miriamas Verschwinden gesagt. Die Einheimischen mochten das Geld, das die Touristen hierließen, aber sie vergaßen nie, dass sie nicht hierhergehörten.

Mrs Keith hätte ein unbekanntes Fahrzeug auf jeden Fall bemerkt. Aber um sicherzugehen, musste er auch den Bus überprüfen, der zwei Mal am Tag durch Golden Cove fuhr, für den Fall, dass ein Passagier hier ausgestiegen war. Er erwartete nicht, dass es so war. Die Bushaltestelle befand sich mitten in der Stadt, direkt vor dem Touristenbüro – ein neues Gesicht wäre bemerkt und begrüßt worden, besonders nach all dem Murren über die wenigen Touristen in der letzten Zeit, seit das Wetter so wechselhaft war.

»Aber«, fuhr Matilda fort, »sie würde sicher nicht anhalten, wenn ein Auto neben ihr auf der Landstraße herführe. Sie würde auch nicht kommen, wenn man sie zum Strand herunterwinkte.« Sie rieb sich die feuchten Wangen, über die leise und langsam Tränen rannen. »Weißt du, als diese drei Wanderinnen verschwanden, eine nach der anderen, dachten alle, sie wären nur dumm gewesen und hätten die Wanderung durch den Busch für einen netten Nachmittagsspaziergang gehalten.«

Letzteres war ein ständiges Problem im ganzen Land – die Leute sahen die wunderschöne Landschaft und wollten sie erkunden. Was sie nicht begriffen, war, dass diese Schönheit Zähne hatte – man musste bereit sein, mit plötzlicher Kälte und Regen und Hagel zurechtzukommen, mit Wegen an steilen Klippen ohne Geländer und isolierten Gebieten, in denen man im Umkreis von vielen Meilen der einzige Mensch war.

»Wann war das denn, vor fünfzehn Jahren?« Will war damals noch Polizist auf Probe und ziemlich feucht hinter den Ohren gewesen. Man hatte ihn an der Suche beteiligt, weil er viel Kletter- und Wandererfahrung in der Gegend besaß.

Er konnte sich noch gut an die Fernsehspots über verantwortungslose Camper und Wanderer erinnern, die groß angelegte Suchaktionen und hohe Rettungskosten verursachten; die Spots wurden zu einer kleinen Medien-Sensation, weil die politischen Parteien den Streit darum für sich nutzten.

In all dem Lärm war die Erfolglosigkeit der Suche nach den verschwundenen Frauen untergegangen. »Sie haben die vermissten Wanderinnen nie gefunden, oder?«

»Es waren alles Frauen.« Matildas Stimme klang rau.

Wills Haut begann zu prickeln. Es war, als striche ein geisterhafter Finger über seinen Nacken.

19

Ich habe noch nie gehört, dass das für etwas anderes als Zufall gehalten wurde. Zufall und Leichtsinn.«

»Die Polizei hat es nie laut ausgesprochen«, erwiderte Matilda. »Jedenfalls nicht öffentlich. Aber der Mann, mit dem ich damals zusammen war, war Junior Detective. Vielleicht einer der wenigen guten Kerle, mit denen ich je ausgegangen bin.« Sie verstummte, und ihr Schweigen hing schwer in der Luft.

Reue, begriff Will, hatte einen Geschmack. Scharf und bitter.

»Jedenfalls«, fuhr Matilda fort und atmete tief durch, »hat er mir erzählt, dass die Cops nicht sicher waren, dass es sich wirklich um Unfälle handelte. Drei Frauen gingen von Golden Cove aus in den Busch und kamen nie wieder, und das in einem einzigen Sommer. Sie machten sich noch mehr Sorgen, weil weder die Hunde noch die Suchtrupps oder die Jäger je eine Leiche fanden. Damals nicht. Seitdem nicht.«

Wenn Matilda recht hatte, hatten wirklich alle darüber Stillschweigen bewahrt. Keiner seiner Vorgesetzten hatte je die Möglichkeit eines Verbrechens erwähnt. Er nahm sich vor, die Detectives zu befragen, die damals in den Fall involviert waren, und sagte: »Hatten die Ermittler denn eine spezielle Theorie?«

Matilda nickte. »Sie dachten, dass es vielleicht ein Serienvergewaltiger war wie damals in Auckland in derselben Zeit, nur dass der die Frauen hinterher alle umgebracht hat. Aber dann passierte nichts mehr, keine Frau verschwand mehr auf diese Weise, und schließlich glaubten sie, dass das alles nur ein schrecklicher Zufall gewesen sein musste. Ich meine, es war Hochsaison für Wanderer, als es passierte, und wir haben eigentlich nicht diese Sorte Mörder in dieser Gegend.«

Will hatte sich immer schon gefragt, ob das stimmte, denn es war natürlich möglich, dass es Serienkiller auch in Neuseeland gab, auch wenn nie eine Leiche gefunden wurde. Wenn man eine Leiche in einem dünn besiedelten Landstrich mit dichten Wäldern, zerklüfteten Bergen, tiefen Seen und Flüssen voller Gletscherwasser verschwinden lassen wollte, war die Landschaft selbst dein Verbündeter. »Haben sich die Leute in der Stadt dasselbe gefragt?«

»Es gab Gerüchte«, bestätigte Matilda, »besonders, nachdem sie das Armband von dem einen Mädchen unten am Strand fanden, an der Stelle, wo sich die Jugendlichen immer trafen.«

Sein Instinkt erwachte. »Du meinst die Höhle auf der anderen Seite des Strudels?«

Ein Nicken. »Die armen Kleinen sind nie wieder dorthin gegangen. Aber da die Polizei weder Blut noch sonst etwas fand, dachten die Leute, dass das Mädchen desorientiert aus dem Busch gestolpert sein musste und ertrank.«

»Aber du sahst das anders?«

»Ich werde nie vergessen, was mein Polizisten-Freund sagte, und ich habe Miriama immer und immer wieder gesagt, dass sie niemals, unter keinen Umständen einem Mann trauen soll, der sie anspricht, wenn sie allein ist.« Matilda schluckte hart und fügte noch einen letzten Satz hinzu: »Und damals, als sie nach Christchurch fortlief, haben ihr einige Männer Angst eingejagt, die versuchten, sie auszunutzen. Erwachsene Männer, die an mein süßes kleines Mädchen heranwollten.«

»Sie ist zugänglich, aber nicht naiv.«

»Ja, du verstehst, was ich sagen will. Erst letzten Monat hat mir mein Mädchen gesagt, dass sie es in der großen Stadt schon schaffen wird, dass sie nichts von dem vergessen hat, was ich ihr gesagt habe. Wie man sicher durchs Leben kommt.«

Will wusste, dass Matilda die Frage nicht würde hören wollen, aber er musste sie dennoch stellen: »Wäre sie auch so vorsichtig, wenn sie einen Mann oder eine Frau träfe, den oder die sie gut kennt?«

Er sah die Antwort in Matildas trostlosem Gesicht; wie die meisten Menschen, die in einer Kleinstadt lebten, glaubte Miriama sicherlich auch, die Bösen von den Guten unterscheiden zu können – und es war unwahrscheinlich, dass sie auch nur auf die Idee gekommen wäre, einer ihrer Nachbarn könnte ihr Gewalt antun. Aber Golden Cove war nicht immun gegen die harte Realität, dass die meisten Gewalttaten von Bekannten oder Verwandten verübt wurden.

Bei Sexualstraftaten oder anderen Verbrechen gegen Frauen war die Zahl sogar noch höher. Niemand war gefährlicher für eine Frau als ein Mann, der vorgab, sie zu lieben.

Will hatte unbewusst die Hand zur Faust geballt, ihm war übel. Er schluckte die Galle herunter, bevor sie in seiner Kehle brannte, stellte den Kaffeebecher wieder ab und fing Matildas besorgten Blick auf. »Dominic hat mir erzählt, dass er glaubt, Miriama wäre mit jemandem zusammen gewesen, bevor sie zusammenkamen. Mit jemandem von außerhalb. Weißt du, wer das war?«

»Sie hatte tatsächlich jemanden und fuhr immer nach Christchurch, um sich mit ihm zu treffen« – tiefe Furchen bildeten sich auf Matildas Stirn –, »aber sie lachte nur, wenn ich sie nach ihm fragte. Sie sagte, sie wolle mir ir-

120

gendwann alles erzählen, wenn sie sicher sei, dass er ihr nicht das Herz brechen würde.«

Geheimnisse waren nie gut. Will hatte das immer und immer wieder erfahren müssen.

»Ich habe mich für sie gefreut.« Matildas Mundwinkel hoben sich, dann teilten sich ihre Lippen. »Wie sie lächelte … Ich dachte, sie hätte einen Mann gefunden, den sie so sehr liebte, dass sie ihr Glück nicht beschreien wollte.« Sie nahm den Kaffee, den Will ihr eingeschenkt hatte. »Aber dann hörte sie auf, nach Christchurch zu fahren, und fing an, mit Dr. de Souza auszugehen … darüber habe ich mich auch gefreut. Ich meine, ein Mädchen kann es weit schlechter treffen, als sich einen Arzt zu angeln.«

Ungeschminktes Gefühl lag in ihrer Stimme, als sie fortfuhr: »Erst neulich dachte ich noch, dass mein Mädchen ihr Leben im Griff hat – sie macht die Ausbildung, die sie immer verdient hat, und die Beziehung mit Dr. de Souza ist ernst. Ich weiß, dass das vermutlich bedeutet, dass sie irgendwann weit weg von hier lebt, weil – ein junger Mann wie er, der will doch nicht immer hier draußen bleiben, oder? Und meine Miri wollte immer fliegen.«

Dunkle Augen voller Schmerz sahen Will an. »Dr. de Souza hat mich gebeten, einen ihrer billigen kleinen Modeschmuck-Ringe für ihn zu stehlen. Er wollte sichergehen, die richtige Größe zu kaufen.«

»Er will sie fragen, ob sie ihn heiraten will?«

»Ich weiß nicht, ob er es tun will, bevor sie in die große Stadt geht, oder ob er wartet, bis sie wiederkommt, wenn sie das erste Mal freihat«, sagte Matilda. »Aber er liebt Miri wie verrückt.«

»Und du machst dir keine Sorgen, dass sie zu jung zum Heiraten sein könnte?«

»Miriama war nie jung, weder im Kopf noch im Herzen.« Matildas Gesicht verzog sich, aber sie schaffte es, ihre Tränen hinunterzuschlucken. »Vielleicht liegt es daran, dass sie noch so klein war, als ihre Welt plötzlich so hässlich wurde. Wenn ich daran denke, wie sie in diesem Motel-Zimmer bei Kahurangi saß ...« Jetzt flossen die Tränen wieder.

Sie wischte sie mit dem Handrücken ab, nahm einen stärkenden Schluck Kaffee und redete weiter. »Miri hat ältere Männer immer gemocht. Nicht solche, die so alt waren, dass sie ihr Vater hätten sein können, aber solche, die schon gesetzter waren, so solide wie ein Kauri-Baum im Wind. Sie hat sehr für einige Lehrer in der Schule geschwärmt, aber ich habe sie so erzogen, dass daraus nie etwas wurde.«

Will war Zeuge gewesen, wie ein viel älterer Mann – Mitte fünfzig oder sogar noch älter – Miriama angesprochen hatte. Später hatte er herausgefunden, dass derselbe Mann Miriamas Lehrer in der Highschool gewesen war. Sie war jetzt erst neunzehneinhalb Jahre alt. Es lag nahe anzunehmen, dass einige Männer, ob Miriama nun ihre Schülerin gewesen war oder nicht, jederzeit etwas mit ihr angefangen hätten, wenn sie auch nur ein bisschen Interesse gezeigt hätte.

»Die anderen Jungen und Männer, mit denen sie ausging«, sagte Matilda, »von denen sahen sie viele als Trophäe, als wäre sie ein Haustier oder ein Stück Töpferware aus Sitas schickem Laden. Aber Dr. de Souza, der liebt sie wirklich. Ich weiß, dass er sie immer gut behandeln wird.«

Will fragte sich, warum Dominic ihm nichts davon gesagt hatte, dass er Miriama einen Heiratsantrag hatte machen wollen – andererseits, warum sollte ein Mann daran denken, wenn seine Freundin vermisst wurde? Dominic betete vermutlich darum, dass sie lebendig und gesund wieder auftauchte, damit er seinen Heiratsantrag exakt so machen konnte, wie er ihn geplant hatte. »Ist Miriama denn mit sonst noch jemandem in Golden Cove ausgegangen?«

»Eigentlich nicht.« Matilda umklammerte den Kaffeebecher. »Sie hat mitbekommen, wie unangenehm es sein kann, wenn sich die Leute in einer so kleinen Stadt wie dieser trennen. Sie hatte Glück und musste das mit ihrem ersten Freund nicht erleben. Das war Te Ariki, Ngaios Junge. Er und Miriama waren zwei Jahre lang zusammen und trennten sich, als sie beide fünfzehn oder sechzehn waren. Aber ohne jeden Groll.«

Will kannte einen Te Ariki in Golden Cove. »Ist das der, der mit den großen Fischerbooten rausfährt?«

Matilda nickte. »Du kennst ihn vermutlich, weil er zur Übertreibung neigt, wenn er mit dem Lohn in der Tasche wieder an Land kommt.« Sie lächelte liebevoll. »Aber Schlimmeres als das tut er nie, Will. Den größten Teil seines Lohns gibt er seiner Mutter, damit die Kleinen was zu essen haben, dann feiert er heftig mit den anderen, fährt raus und arbeitet noch härter. Immer, wenn er in der Stadt ist, trinken Miri und er etwas zusammen.«

Will dachte an das Gespräch mit dem Arzt. »Weiß Dominic von ihrer Beziehung?«

»Miriama hat ihn das letzte Mal eingeladen mitzukommen, als sie Te Ariki traf.« Matilda sah Will an. »Ich glaube, Dr. de Souza war eifersüchtig, bis er sie zusammen erlebte, so wie die meisten Männer sind, wenn sie glauben, dass ein alter Liebhaber versucht, sich zwischen sie und ihre Frau zu drängen. Aber so ist das bei Te Ariki nicht.«

Trotz Matildas liebevoller Sicht auf Te Ariki nahm sich Will vor, mit dem Fischer zu sprechen. Es war immerhin möglich, dass Te Ariki seine Meinung geändert hatte, als er bemerkte, wie ernst es zwischen Dominic und Miriama wurde.

»Fällt dir noch etwas ein, Matilda? Auch wenn es etwas ist, worüber du nicht gern sprichst? Ich muss es trotzdem wissen.«

Matilda seufzte. »Du denkst an Steve, aber der könnte meinem Mädchen wirklich niemals wehtun – er war im Haus, als ich kurz nach sechs nach Hause kam, und ist nicht mehr rausgegangen.« Sie starrte erschöpft die zerkratzte Wand vor ihnen an. »Ich weiß, dass er sie auf eine Art ansieht, die nicht in Ordnung ist, aber Miriama ist stark. Sie kann sich verteidigen, wenn er den Verstand verliert und etwas versucht.«

Will fand es wirklich schwierig, Matilda zu verstehen. Es stimmte, dass sie Miriama mit jeder Faser ihres Körpers liebte. Aber es stimmte ebenfalls, dass sie nicht in der Lage schien, die Hauptbedrohung für ihre geliebte Nichte auszuschalten.

In diesem Fall schien Steve allerdings ein unumstößliches Alibi zu haben. Ob sie nun blind für Steves Charakter war oder nicht, Matilda würde niemals für ihn lügen, solange Miriama vermisst wurde. »Irgendwelche Geheimnisse in der Vergangenheit?«, fragte er. Sein Hirn versuchte, die flüchtige Gestalt dieses geheimnisvollen Ex-Liebhabers zu fassen zu bekommen. »Irgendetwas, das zurückgekehrt sein kann, um Miriama zu finden?«

Matilda fragte ihn nicht, warum er so tief in einem Vermisstenfall nachforschte, der aller Wahrscheinlichkeit mit einem Unfall zu tun hatte; immerhin war sie diejenige gewesen, die die vermissten Wanderinnen aufgebracht hatte. Ein Teil von ihr wusste, dass es nicht gut aussah für das Mädchen, das sie wie ihr eigenes aufgezogen hatte.

»Sie war in letzter Zeit ein bisschen abgelenkt«, antwortete sie. »Aber das wäre wohl jede, wenn sie weiß, dass sie bald nach Wellington zieht. Ich glaube, sie muss sich nur noch über einiges klar werden. Mein Mädchen wird etwas aus sich machen. Sie wird nach Hause kommen, und dann wird sie fliegen.«

20

Das Letzte, was Will von ihr sah, als er aus der Feuerwache in die Kälte eines vollkommen lichtlosen Tages trat, war, dass sie die Hände vors Gesicht schlug und leise weinte. Er wäre beinahe umgekehrt, aber irgendetwas an ihrer Haltung sagte ihm, dass sie seine Gesellschaft nicht schätzen würde.

Ihre Trauer war privat, ihre Sorge ein einsames Licht in der Dunkelheit.

Und obwohl Matilda froh war, dass er nach ihrer Nichte suchte, blieb Will ein Außenstehender. Ganz anders als die dunkeläugige Frau, die aus dem kleinen schwarzen Truck sprang, der gerade vor der Feuerwache hielt.

Anahera trug dieselbe Strickmütze, die er schon gestern an ihr gesehen hatte, eine dunkelgraue, die handgestrickt aussah. Außerdem einen olivgrünen Anorak. »Irgendwelche Neuigkeiten?«, fragte sie. Ihr Suchpartner, ein schlaksiger Jugendlicher, der mit Matilda im Supermarkt arbeitete, ging um das Auto herum und trat zu ihnen.

Will schüttelte den Kopf. »Ihr solltet eure Suchstrecke eintragen.« Er wartete, bis der Jugendliche zur Wand mit den Karten ging, um genau das zu tun, und senkte die Stimme. »Ich glaube, dass Matilda jemanden zum Reden braucht.« Steve war noch nicht aufgetaucht, und Will nahm auch nicht an, dass sich das ändern würde. »Kennen Sie sie gut genug?«

Anaheras Augen wurden dunkel, es war, als zöge ein Sturm über den Horizont. »Sie war früher eine Freundin meiner Mutter. Ich versuche es, vielleicht lässt sie sich von mir trösten. Wenn nicht, kann ich Josie anrufen und sie jemanden suchen lassen, dem sie vertraut.«

Will nickte und wollte gerade gehen, um herauszufinden, ob Te Ariki in der Stadt oder auf See war, als Anahera ihre Hand auf seinen Unterarm legte, um ihn aufzuhalten. »Warum suchen Sie nicht?« Es war kein Vorwurf, sondern eine Frage.

»Jemand muss sich um die anderen Ermittlungsansätze kümmern«, antwortete er leise und sah, wie sich ihr Gesicht veränderte, als sie die harte Bedeutung seiner Worte begriff.

Sie ließ die Hand von seinem Unterarm fallen und vergrub sie in der Anoraktasche. »Ein paar Jäger haben ihre Hunde mitgebracht, und Matilda hat ein paar Kleidungsstücke gefunden, die Miriama in den Wäschekorb gelegt hatte, sodass die Hunde die Fährte aufnehmen konnten, aber sie haben sie alle irgendwo auf dem Küstenweg verloren.«

Will spürte, wie sich sein Puls beschleunigte. »Habt ihr noch einmal den Strand und die Klippen abgesucht?«

»Ja.« Anahera biss die Zähne zusammen. Dann sagte sie: »Nichts. Da ist nichts. Es ist, als hätte sie sich in Luft aufgelöst.« Sie riss sich die Strickmütze vom Kopf, sodass ihr das Haar den Rücken herabfiel. Die Mütze knüllte sie in der Hand. »Bitte sagen Sie mir, ob ich noch etwas tun kann, irgendetwas, das Miriama vielleicht hilft.«

Will wollte schon sagen, dass das Polizeisache sei, aber dann fand er, dass er damit eine mögliche Hilfskraft verprellte. »Sie sind eine Einheimische«, sagte er, »und weil Sie jahrelang fort waren, wird es niemand merkwürdig finden, wenn Sie bestimmte Fragen stellen. Diese Fragen kenne ich noch nicht, aber wenn, wollen Sie sie dann für mich stellen?«

Anaheras Blick war unergründlich. »Ja. Glauben Sie wirklich, dass einer Miriama etwas angetan hat?«

»Alle haben ihre verborgenen Winkel im Leben, selbst die Menschen, von denen wir glauben, dass wir sie in- und auswendig kennen.«

Anahera wandte den Blick ab und setzte sich die Mütze wieder auf. »Ich halte die Ohren auf. Die anderen Suchtrupps kommen sicher wieder herein, wenn es zu regnen beginnt. Wir haben bereits jedes mögliche Gebiet abgesucht, die meisten sogar zwei Mal. Langsam wissen wir nicht mehr, wo wir noch suchen sollen. Alle werden Theorien haben und reden wollen, aber vermutlich reden sie offener, wenn Sie nicht dabei sind.«

Will nickte knapp. »Ich komme dann nach Anbruch der Dunkelheit zu Ihrer Hütte, dann können Sie mir das Neueste berichten. Vorher schaffe ich es nicht.« Er musste nicht nur die wenigen fadenscheinigen Spuren verfolgen, die er hatte, sondern auch Streife fahren, wenn es regnete. Hin und wieder wurden die Jugendlichen leichtsinnig; er hatte schon eine Gruppe von ihnen zu einer recht sicheren Surfstelle hinuntergehen sehen – relativ sicher an ruhigen, sonnigen Tagen mit Erwachsenen am Strand, die zusahen und jederzeit eingreifen konnten.

Nach Einbruch der Dunkelheit wurde es normalerweise ruhiger. In tiefer Dunkelheit, in Kälte und Regen war es für die Jugendlichen weit weniger attraktiv, herumzuschleichen und Unfug zu treiben. »Hier ist meine Nummer, falls Sie vorher etwas zu berichten haben.«

Anahera nahm seine Visitenkarte und steckte sie in die Tasche. »Wenn Sie jemand sieht und mich nach Ihrem Besuch fragt, sage ich ihnen, dass Sie mir mit dem Mobilfunk-Anbieterwechsel auf die Nerven gehen.«

»Das ist nicht witzig.« Sie wäre vollkommen isoliert da draußen, falls etwas passierte.

Anahera zog eine Augenbraue hoch. »Deshalb *bin* ich ja schon bei dem neuen Anbieter. Aber das ist doch eine gute Erklärung.«

Und damit ging sie in die Feuerwache.

Anahera atmete auf der Schwelle tief durch. Es machte ihr weit mehr aus, als sie geglaubt hatte, Matilda mit dem Gesicht in den Händen vergraben dasitzen zu sehen. Abgehackte Schluchzer schüttelten ihren Körper, der von einer so tröstlichen Massigkeit war.

Anahera erinnerte sich daran, wie sie als Kind in die Umarmung dieses Körpers gerannt war und das Gesicht in Matildas weichem Bauch vergraben hatte. Vielleicht war sie so glücklich in ihren Armen gewesen, weil ihre Mutter denselben Leibesumfang gehabt hatte, mit breiten Hüften und weichen Kurven. Und vielleicht lag es daran, dass sie Matilda nicht mehr hatte umarmen können, seit sie in die Hütte getreten und Haeatas toten Körper gefunden hatte.

»Tantchen«, sagte sie in dem respektvollen Ton, in dem sie immer mit der besten Freundin ihrer Mutter gesprochen hatte. »Ich bin's, Ana.«

Sie zog einen Stuhl heran, um sich Matilda gegenüberzusetzen, und legte die Hand aufs Knie der schluchzenden Frau. »Die ganze Stadt tut, was sie kann.« Die Lees – Julias Eltern und die Besitzer des Supermarktes – wollten Sandwiches für die freiwilligen Suchtrupps bringen. Zwei alte Frauen hatten gerade Handtücher gebracht, damit sich diejenigen abtrocknen konnten, die in den Regen geraten waren. »Unser Detective auch. Ich habe bei der Suche Tom getroffen. Er sagt, dass Miriamas Gesicht auf jeder Nachrichtenseite ist.«

Sie war überrascht gewesen, dass der Polizist entschlossen handelte – sie hatte erwartet, dass er Zeit schinden und sich damit an seinen Vorgesetzten dafür rächen würde, dass sie ihn für irgendeinen Dienstverstoß in das schwarze Karriereloch von Golden Cove verbannt hatten. Aber er tat nur seine Arbeit, er schaute buchstäblich unter jedem Stein nach.

Matilda hob das tränenüberströmte Gesicht. »Ana«, flüsterte sie, als sähe sie sie zum ersten Mal. »*Taku kōtiro*, Ana. Gar nicht mehr so klein.« Ihr Lächeln war mehr ein Reflex und weit entfernt von der Welle von Wärme, an die sich Anahera erinnerte. »Du warst aber lange weg, mein Mädchen.«

»Ich war in London.« Natürlich wusste Matilda das, aber nichts zu sagen, schien ihr auch nicht richtig. »Miriama war noch ganz dünn und hatte ständig aufgeschlagene Knie, als ich fortging.«

Das Lächeln wurde eine Spur tiefer. »Du hättest sie mit dreizehn sehen sollen. Wie dieses Mädchen immer schimpfte, dass sie viel zu dünn sei. Sie wurde einfach nicht dicker, obwohl sie ständig Donuts und Chips in sich hineinstopfte.«

»Am Ende hat es ja doch funktioniert.«

Ein Lachen ließ Matildas Gesicht aufleuchten. »Aber das war nicht das miese Essen. Das hat sie aufgegeben und fing stattdessen mit dem Laufen an. Sie sagte, wenn sie schon aussähe wie eine Läuferin, könnte sie auch eine sein.« Sie wischte sich die Tränen aus dem Gesicht, setzte sich auf, und dann fügte sie auf Māori hinzu: »Ich weiß nicht, ob es die Kraft war, die von ihrem Training kam, oder ob sich ihr Körper einfach so entwickelte, weil das an der Reihe war, aber … Du hast sie ja selbst gesehen. Meine wunderschöne Miriama.«

»Sie leuchtet von innen.« Sie hatte tatsächlich etwas Umwerfendes an sich, von dem der Polizist offenbar glaubte, dass es die falschen Männer anzog, aber es lag ebenso auf der Hand, dass Matilda nicht darüber nachdenken wollte – sie wollte und musste über ihr Mädchen sprechen, über all die wunderbaren Dinge, die Miriama getan hatte und in Zukunft tun würde.

Anahera hörte mit einer Geduld zu, die ihre Mutter erstaunt hätte. Als sie noch klein gewesen war, hatte Ana niemals still sitzen können; sie hatte immer eine Million Dinge auf einmal erledigen, so viele Träume verwirklichen wollen. Dieser unschuldige und hoffnungsvolle Teil von Anahera hatte irgendwie ihren Vater und die Hölle ihres Zuhauses überlebt, aber nicht die kalte Hütte und die tote Frau auf deren Fußboden, die sie am meisten auf der ganzen Welt liebte.

Anahera hatte Edward teilweise auch deshalb geheiratet, weil er ein winziges Fünkchen in ihr entzündet hatte, als wäre ihre Hoffnung aus dem Winterschlaf erwacht. Und dann hatte er das kleine Flämmchen mit einem Verrat wieder ausgepustet, den sie nicht hatte kommen sehen.

»Das Einzige, was mir bei Miriama immer Sorgen macht«, sagte Matilda jetzt, »ist, dass sie so viel will. Keinen Schmuck oder Autos. Nein, mein Mädchen will *Leben*. Sie will die Welt sehen, all die Orte, die sie in den Zeitschriften bewundert.«

»Sie wird dich nicht vergessen«, versicherte Anahera der älteren Frau. »Sie wird dich immer besuchen.« Anahera war der lebende Beweis für ihre Worte. Golden Cove ließ die Seinigen nicht so einfach los.

»Ah, Ana, das verstehst du nicht.« Matilda schüttelte den Kopf. »Ich hatte immer Angst, dass ein Mann sie mit seinen großen Versprechungen einwickeln würde, ihre Träume wahr werden zu lassen, und dass sie ihm glauben und dann fallen gelassen werden würde.«

»Dafür ist sie zu klug«, sagte Anahera.

»Ja. Und jetzt ist sie mit Dr. de Souza zusammen, also kann ich aufhören, mir Sorgen zu machen.« Matilda beugte sich vor und strich mit den Fingerspitzen über Anaheras Wange. »Es tut mir leid wegen deines Mannes. Ich hatte solche Hoffnungen für dich, für meine Ana, die so weit weg geflogen ist.«

Und dann gefallen ist, dachte Anahera. Gefallen und zerschmettert, während eine andere um Anaheras Ehemann weinte, einen Mann, der ihr versprochen hatte, sie für immer zu lieben und zu ehren, einen Mann, der ihr eine eigene Familie versprochen hatte.

So viele Träume. So viele Versprechen. So viele Lügen.

Miriama war klüger gewesen als Anahera.

21

Will konnte Te Arikis Namen schon nach einer halben Stunde von seiner Liste streichen. Der Onkel des jungen Mannes bestätigte, dass Te Ariki seit vier Tagen auf einem Fischkutter war.

Er beschloss, als Nächstes mit Miriamas Konkurrenten um das Stipendium zu sprechen, um diese Möglichkeit auszuloten, bevor er weitermachte, aber es war nicht so leicht, Kyle Baker ausfindig zu machen, weil Vincents jüngerer Bruder mit einem Suchtrupp draußen war. Will fand ihn endlich am Strand. Kyle stand einfach da und starrte auf die hohen Wellen hinaus.

Will hatte in dieser abgelegenen Stadt längst damit aufgehört, Uniform zu tragen. Stattdessen trug er Arbeitsstiefel und Jeans zusammen mit einem Hemd, über das er jetzt eine wasserdichte Jacke gezogen hatte. Er hatte keinerlei Schwierigkeiten, die Klippe hinunterzuklettern.

Kyle hörte ihn nicht, bis Will direkt neben ihm stand. Er schreckte zusammen und sah Will mit seinen blassblauen Augen an, die so sehr denen seines Bruders ähnelten. Aber anders als Vincent war sein Haar nicht von einem leuchtenden Goldton, sondern hellbraun, durchzogen von blonden Strähnen. »Ich glaube, der Ozean hat sie geholt«, sagte er ruhig. »Das tut er manchmal. Er holt sich Menschen. Wir werden sie niemals finden.«

»Du scheinst dir ja sehr sicher zu sein.«

Kyle lächelte, als hätte Will einen Witz gemacht. »Ich habe ihr nichts angetan«, sagte er. »Das musste ich gar nicht. Ich wusste ja, dass sie sich ihr Leben früher oder später selbst versauen würde.«

Also hatte Dominic de Souza recht gehabt. Kyle Baker hatte offenbar mehr mit Daniel May gemeinsam als sein eigener Bruder – und er hatte beschlossen, dass es sich nicht lohnte, bei Will seinen Charme spielen zu lassen. Bestimmt deshalb, weil Will bei der Sache mit den Graffiti ein Auge zugedrückt hatte.

»Du hast also keine besonders hohe Meinung von Miriamas Intelligenz?«, fragte er ruhig.

Kyle zuckte die Schultern. Seine etwas zu langen Strähnen hingen ihm auf eine Weise in die Stirn, die die Mädchen in der Stadt zum Schwärmen brachte. »Hören Sie, nichts für ungut, aber Matilda sucht sich nun mal gern Volltrottel aus. Vielleicht sind sie die Einzigen, die sich mit einem so verbrauchten alten Huhn einlassen, aber egal.« Wieder lächelte er. »Mit so einem Vorbild – glauben Sie da wirklich, dass Miriama ihre Ausbildung beendet hätte und die weltberühmte Reisefotografin geworden wäre, die sie werden wollte?«

Hätte. Wollte.

»Du glaubst also nicht, dass Menschen über ihre Herkunft hinauswachsen können?«

»Machen Sie Witze? Sehen Sie sich doch Anahera Rawiri an. Alle dachten, sie hätte es geschafft, sie lebte in London, aber jetzt ist sie mit eingezogenem Schwanz zurückgekommen und schläft in derselben heruntergekommenen Hütte, in der ihre Mutter verreckt ist.«

Will spürte, wie die Wut in seinem Nacken kribbelte. Er erstickte sie so schnell, wie sie aufgeflammt war, versagte ihr den Sauerstoff, den sie brauchte. Als er das letzte Mal dem roten Nebel des Zorns nachgegeben hatte, hatte er beinahe jemanden zu Tode geprügelt.

Will wusste immer noch nicht, ob es richtig gewesen war, dieses Monster am Leben zu lassen, aber er konnte ja nicht jedes Arschloch töten, das ihm über den Weg lief – denn auf der Welt wimmelte es leider von ihnen. »Wie hätte Miriama denn ihr Leben verpfuscht, deiner Meinung nach?«

»Sie hätte sich mit irgendeinem Trottel eingelassen, der sie geschlagen und sie geschwängert hätte, und dann hätte sie bis zu ihrem Tod hier in diesem Kaff gelebt.« Kyles Lächeln wurde nicht schwächer. »Sieht aus, als hätte ich mich mit meiner Prognose für sie doch geirrt, immerhin ist sie ertrunken, als sie noch erfolgreich war.«

»Reden wir mal über diesen Erfolg.« Der Wind riss an Wills Haar. »Ihr habt euch beide für dieses Praktikum beworben, aber sie hat es bekommen.«

Das Lächeln veränderte sich nicht, aber Kyles Stimme wurde eiskalt. »Die Jury ist auf ihre Titten und ihren Arsch reingefallen.«

»Das muss dich ja schwer geärgert haben.« Geld war das eine, aber es war etwas ganz anderes, ein so hoch angesehenes Praktikum zu bekommen. Kyle konnte sich den Zugang zu dem Business nicht erkaufen, das Miriama so warm willkommen geheißen hatte. »Dass jemand wie Miriama von Leuten angenommen wird, die du als deinesgleichen ansiehst.«

»Ich wusste, dass ich meinen Weg trotzdem machen würde«, sagte Kyle. »Ich habe die Motivation und das Stehvermögen.« Wieder ein Lächeln, diesmal erreichte es seine Augen. »Außerdem sind die Leute gern in meiner Nähe.« Es war, als hätte er einen Schalter umgelegt. Kyle war plötzlich wieder der Goldjunge der Stadt, höflich und bodenständig. »Selbst Sie würden mich mögen, wenn Sie mich mögen wollten.«

Schade, dass man niemanden verhaften konnte, nur weil er ein Psychopath war. Denn viele Psychopathen verübten in ihrem ganzen Leben kein einziges Verbrechen, sondern wurden stattdessen erfolgreich auf Gebieten, bei denen Mitgefühl hinderlich war. Vielleicht würde Kyle einer von denen werden.

Aber vielleicht hatte er auch längst getötet.

»Mochte Miriama dich?« Er benutzte absichtlich die Vergangenheitsform, um sich Kyles Denkweise anzupassen.

Kyle grinste höhnisch und schaltete sein Charisma so leicht wieder aus, wie er es angeschaltet hatte. »Zu diesem Stück Scheiße musste ich mich nun wirklich nicht herablassen. Ich habe viel besseres Fleisch, das nach mir lechzt.«

Jetzt übertrieb er aber, dachte Will, und drückte sich absichtlich grob aus, um Will zu provozieren. Warum? Was brachte ihm das? War es möglich, dass der Neunzehnjährige einen Grund wollte, um sich bei Wills Vorgesetzten über ihn zu beschweren?

Angesichts von Wills Vergangenheit würde so eine Beschwerde zu seiner Suspendierung oder zu seinem Rauswurf führen.

Und ohne Will würde Miriamas Fall langsam unter den Radar fallen, noch eine Frau, die in ein abenteuerlicheres Leben gestartet war. Es würde nicht böswillig sein, es war auch nicht so, dass seine Kollegen schlecht waren in dem, was sie taten, aber sie kannten Miriama eben nicht, sie hatten nicht das Licht in ihrem Gesichtsausdruck gesehen, wenn sie von ihrem bevorstehenden Praktikum sprach.

Will hatte das letzte Mal mit ihr gesprochen, als sie ihm ein Stück Karottenkuchen gebracht hatte. Es kam ihm vor, als wäre seitdem eine Ewigkeit vergangen. Er hatte zu ihr gesagt, dass sie ihn mäste. Sie hatte lachend erwidert, dass das unmöglich sei, bei all den »langen, heftigen Spaziergängen«, die er am Strand machte. »Wir müssen darauf achten, dass Sie nicht verkümmern, obwohl Sie ein Cop sind.«

Er hatte bis dahin nicht gewusst, dass ihn jemand dabei

beobachtet hatte, wie er kurz vor der Morgendämmerung den Strand entlanggegangen war. Sie hatte ihn vermutlich von ihrer Laufstrecke auf den Klippen aus gesehen, eine langbeinige junge Frau, die große Träume hatte und auf gutem Weg war, sie trotz ihres tristen Starts in die Welt auch zu erreichen.

»Willst du mir sonst noch was sagen?«, fragte er jetzt den jugendlichen Psychopathen vor ihm.

»Verschwenden Sie einfach nicht Ihre Zeit. Sie haben ja gar nicht das Geld dafür.«

»Danke für den Rat«, erwiderte Will bewusst sanft.

Kyles Gesicht spannte sich eine Spur an, dann wandte er sich ab und starrte wieder aufs Wasser.

»Ach übrigens, Kyle.« Er wartete ab, bis sich Vincents Bruder erneut zu ihm umgedreht hatte, bis er weitersprach. »Vielleicht solltest du mit Anahera über ihr Versagen sprechen.«

Er ging, bevor Kyle ihm noch weitere Fragen stellen konnte. Will erlaubte sich ein leichtes Lächeln. Es verging mit dem nächsten Windstoß, mit dem Sand zwischen seinen Zähnen … und dem Geist eines dreijährigen Jungen, der in sein Ohr flüsterte.

22

Der Regen begann gegen vier Uhr nachmittags. Bis alle wieder zurück in der Feuerwache waren, dauerte es noch eine Stunde. Die Abgehärtetsten unter den Freiwilligen blieben bis zum letzten Moment draußen. Obwohl Anahera acht Jahre fort gewesen war, erkannte sie ziemlich jeden wieder.

Die einzigen Ausnahmen waren die drei Fremden, die während ihrer Abwesenheit hierhergezogen waren. Obwohl er so ein ichbezogenes und überhebliches Arschloch war, hatte sich Shane Hennessy erstaunlicherweise dennoch an der Suche beteiligt, gemeinsam mit einem Einheimischen, der die Gegend kannte wie seine Westentasche. Der gefühlvolle, launische Schriftsteller, der direkt einem Schauerroman entsprungen zu sein schien, war nass bis auf die Knochen, als er hereinkam.

Anahera reichte ihm einen Becher heißen Kaffee. Sie half Matilda bei der Kaffeeausgabe. Die andere Frau hatte sich erholt, brühte frischen Kaffee auf und forderte alle auf, ihre Suchgebiete auf der Karte einzutragen, die Nikau aufgehängt hatte.

»Danke«, sagte Shane lächelnd, wobei er einen so heftigen irischen Akzent hören ließ, dass Anahera beinahe die samtig grünen Hügel sehen konnte. »Es schüttet ganz schön, nicht wahr? Aber das ist eben der Zorn der Wildnis.«

»Du kommst mir gar nicht vor wie ein Naturbursche.«

»In meiner Kindheit bin ich schon über so manchen Hügel gewandert.«

Wenn er den irischen Akzent noch etwas mehr betonte,

würde sie in Kleeblättern ertrinken. Aber Anahera spielte mit. »Kennst du Miriama?«

Sein Lächeln vertiefte sich, und in beiden Wangen bildeten sich Grübchen. »Ich nehme an, du meinst im biblischen Sinn?« Seine Augen funkelten. »Aber, o weh, sie ist zu schlau für mich. Nicht dass ich nicht versucht hätte, an diese spezielle Wäsche zu gehen.«

Widerwillig musste Anahera lächeln und wollte ihm gerade sagen, er solle sich ein Handtuch nehmen, als Shane sich das tropfnasse Haar zurückstrich und sagte: »Sie weiß, was und wen sie will, diese Miri. Und das ist kein ausgelaugter Schriftsteller, der sich langsam mit sehr guten Whiskeys zu Tode trinkt.«

»Den Arzt, meinst du?«

Shane hob eine Schulter. Die Geste konnte alles Mögliche bedeuten. »Der Doc ist erst ein Jahr hier. Ein so hübsches Mädchen wie sie hat vorher sicher nicht allein geschlafen.«

»Shane!«

Shane sah sich um und sagte: »Ich geh dann mal. Offenbar bist du auch zu schlau für mich.«

»Warte.« Anahera legte die Hand auf den nassen Ärmel seiner Jacke. »Weißt du, mit wem sie vor dem Arzt zusammen war?«

»Nein, aber sie hatte eine Platinuhr, die sie ein paar Monate nach ihrem achtzehnten Geburtstag zu tragen begann.« Er tippte abwesend auf sein Handgelenk. »Die meisten Leute hielten sie für eine hübsche Fälschung mit ihren bunten Steinchen, aber ich bin in den ›richtigen Kreisen‹ geboren, wie meine geheiligte Mutter zu sagen pflegte – diese Uhr ist echt, und die Steine sind pinkfarbene und blaue Diamanten.«

Shane trat zu der Gruppe, die nach ihm gerufen hatte,

und Anahera überlegte, was einen Mann dazu brachte, einer Frau ein so teures Geschenk zu machen … als sie sich plötzlich an den Diamantanhänger erinnerte, den Edward seiner Geliebten geschenkt hatte, zwei Monate bevor er einfach auf der Straße zusammenbrach und sich nie wieder rührte.

Die Versicherungsunterlagen für den Anhänger lagen in seiner Schreibtischschublade, die sie nach seinem Tod hatte leeren müssen. Ungefähr um die Zeit hatte er der anderen Frau auch ein Auto gekauft und übernahm die Miete für ihr Zuhause. Die Geliebte hatte gesagt, er habe all das aus Liebe getan. Vielleicht war das so gewesen, aber Anahera war sich nicht so sicher, dass Edwards Herz nur für seine Geliebte schlug.

Miriama dagegen … sie leuchtete so hell wie ein Stern. Ein strahlendes Wesen, das einen Mann so sehr um den Verstand bringen konnte, dass er ihr Reichtümer zu Füßen legte.

»Die Armbanduhr?« Matilda runzelte die Stirn, als Anahera sie nach dem Schmuckstück fragte, das Shane erwähnt hatte. »Ja, daran erinnere ich mich. Sie sagte, sie hätte sie auf einem Markt erstanden, aber ich wusste, dass sie ein Geschenk von dem Mann war, mit dem sie ausging, bevor sie mit Dr. de Souza zusammenkam, dem Mann, den sie in Christchurch besuchte.«

»Hat Miriama sie noch?« Das sollte eigentlich leicht herauszufinden sein, wenn Shane recht hatte, was ihren Wert anging.

»In letzter Zeit trug sie sie nicht mehr.« Matilda füllte einen weiteren Becher mit starkem, schwarzem Kaffee. »Aber ich glaube nicht, dass sie sie loswerden wollte. Sie liebt dieses hübsche Ding und trug es die ganze Zeit, bevor der Arzt und sie ein Paar wurden.«

Das Geschenk eines Freundes nicht zu tragen, weil sie mit einem anderen zusammen war? Das war einfühlsam. »Glaubst du, du könntest für mich danach suchen?«, fragte Anahera. »Ich würde sie gern dem Cop geben. Vielleicht hilft sie ihm, den Christchurch-Mann zu finden.«

Matilda biss die Zähne zusammen. Dann sagte sie: »Mein Mädchen würde nicht einfach mit ihm durchbrennen und mich vor Sorgen umkommen lassen.« Die Worte klangen tadelnd. »Aber für dich schaue ich trotzdem nach, Ana. Aber sieh zu, dass er sie mir wiedergibt, bevor Miriama wieder zu Hause ist.«

»Das mache ich.« Anahera nahm ein Tablett mit Kaffeebechern und ging im Raum herum, damit jeder einen Becher bekam. Und sie hörte zu, wie sie es Will versprochen hatte.

Die meisten Leute waren niedergeschlagen.

»Ich habe mich sogar in den Busch geschlagen«, sagte einer der graubärtigen Einheimischen gerade. »Dorthin, wo ihr es nie hinschafft. Hab aber keine Spur von ihr gefunden.«

Kyle Baker murmelte: »Glaubt ihr, das Wasser hat sie geholt?« Er hatte die leise Frage an Nikau gerichtet.

Anahera war überrascht. Nicht von der Frage – alle fragten sich, ob das Meer Miriama geholt hatte, ob sie an der falschen Stelle ausgeglitten und gefallen war, um dann spurlos vom Meer verschluckt zu werden. Nein, was sie überraschte, war Kyles beinahe unterwürfiger Ton.

Als sie Kyle Baker das letzte Mal gesehen hatte, war er ein Junge von elf Jahren gewesen, aber einer, der sich seiner »Stellung im Leben« durchaus bewusst war, wie einer von Edwards angeberischen Freunden sagte. Während der Woche ging er aufs Internat und kam an den Wochenenden nach Golden Cove. Wo er dafür sorgte, dass den hiesigen

Kindern klargemacht wurde, dass er von allem stets das Beste hatte – die beste Musikanlage, die besten Schuhe, die beste Ausbildung.

Anahera hatte ihn immer für einen nervigen Volltrottel gehalten.

Soweit sie sich erinnerte, hatte Nikau ihre Meinung geteilt. Heute jedoch lächelte er dem jungen Mann angespannt zu. »Miriama hat zu viel Respekt vor dem Meer, als dass sie so nah ans Wasser herangegangen wäre.«

»Ja, ja, das stimmt«, sagte Kyle, ganz offensichtlich erleichtert.

Acht Jahre waren eine lange Zeit. Vielleicht war Kyle aus seiner Volltrotteligkeit herausgewachsen.

»Was ist mit diesen Wanderinnen von damals, als wir noch Kinder waren?«, fragte Tom, in dessen Bart Regenwassertröpfchen glitzerten. Er schloss dankbar seine schwieligen Finger um den letzten Becher auf Anaheras Tablett. »Josie sagte letzte Nacht, wie merkwürdig es sei, dass so viele Frauen hier im Busch verloren gehen.«

»Ich habe die Geschichten gehört«, sagte Kyle. »Es waren drei Frauen, oder?«

Nikau nickte. »Hübsche junge Frauen.« Die Worte »genau wie Miriama« ließ er unausgesprochen.

Tom trank den halben Becher aus und sagte dann: »Das sollten wir dem Cop sagen.«

»Ich bin mir ziemlich sicher, dass Will das schon weiß.« Dunkle Wolken zogen über Nikaus Gesicht. »Ihr wisst schon, was das bedeuten würde, wenn Miriamas Verschwinden irgendwie mit den vermissten Frauen in Beziehung gesetzt wird?«

Überall verwirrte Gesichter.

Anahera, die noch unbefangen von neuen Beziehungen und damit in der Lage war, die Dinge als Einheimische und doch mit einem Blick von außen zu sehen, sagte: »Dann müsste es einer von uns gewesen sein. Ein Fremder, der nach fünfzehn Jahren wiederkommt, wäre bemerkt worden – und im Moment sind keine Fremden in der Stadt.«

Tom, Kyle – alle außer Nik – starrten sie an. Tom fluchte leise.

»Das hier hat nichts mit diesen Touristinnen zu tun.« Das war Vincents Stimme. Er hatte sich neben seinen größeren kleinen Bruder gestellt. »Golden Cove hat so seine Probleme, aber ein Serienkiller?« Er schüttelte heftig den Kopf. »Selbst die Polizei sagte damals, es seien nur Pech und Zufall gewesen.« Sein Tonfall war jetzt ruhig und pragmatisch. »Wir sind keine Kinder, die sich Gruselgeschichten ausdenken, und Miriama ist am Leben, vermutlich verletzt. Ich für meinen Teil werde weitersuchen.«

Einige nickten, aber Anahera entging nicht die bittere Wahrheit in ihren Blicken – die meisten glaubten inzwischen, dass Miriama für immer verschwunden war und niemals gefunden werden würde.

Sie wollte gerade weitergehen, da trat Kyle aus der Gruppe heraus und auf sie zu. »Es ist vielleicht komisch, das jetzt zu sagen« – er zuckte wie ein unsicherer Teenager die Schultern –, »aber willkommen zurück, Ana.«

»Danke, Kyle.« Sie lächelte ihn an und ging zurück zu dem Tisch, auf dem die große Kaffeekanne stand.

Eine schlanke Frau stand dort. Sie hatte blondes Haar und wunderschöne grüne Augen und eine Haltung, die schon von Weitem Privatschule und Wohlstand vermuten ließ. Vielleicht war es auch nur ihre wasserdichte Jacke. Wobei die als solche in dieser Gruppe nichts Ungewöhnliches war. Alle älteren Freiwilligen und auch ein paar von den Jüngeren hatten wasserdichte Kleidung mitgebracht, als sie die Wolken am Horizont hatten aufziehen sehen.

Was die Blonde so auffällig machte, war, dass ihre wasserdichte Outdoor-Kleidung fünf Mal – nein, das war viel zu niedrig gegriffen –, sie war vermutlich mehr als zehn Mal so teuer wie das, was alle anderen trugen.

Sie trug außerdem eine schwarze Strickmütze, die nicht klatschnass war, daher war sie vermutlich schlau genug gewesen, draußen die Kapuze aufzusetzen. Sie hatte ein Gesicht, das auf schöne Art altern würde. Aber sie war nicht schön, diese Frau. Sie war … elegant. In diesem Moment fiel Anahera ein, um wen es sich handelte.

Jemima Baker, Vincents Frau.

Anahera hatte sie auf den Fotos gesehen, die Vincent auf seiner Social-Media-Seite gepostet hatte. Darauf war Jemima immer auf irgendeiner Wohltätigkeitsgala oder einer anderen eleganten Abendveranstaltung zu sehen, jedes Mal ausgesprochen teuer angezogen. Sie trug das Haar normalerweise wie einen glatten blonden Vorhang, glänzend und ohne ein einziges aus der Reihe tanzendes Härchen, und ihr Make-up war stets makellos.

Anahera erinnerte sich an das letzte Foto, das Vincent gepostet hatte. Darauf trug Jemima ein schwarzes Etuikleid mit einer Perlenkette um den Hals. In der Hand hatte sie eine kleine Clutch mit den beiden C darauf, die das Chanel-Logo darstellten.

Kein Wunder, dass Anahera sie nicht sofort erkannt hatte; heute war Jemima Baker trotz ihrer teuren Ausrüstung ebenso feucht und schmutzig wie alle anderen. An ihren Füßen trug sie eingelaufene Wanderschuhe, die zum Klima und der Gegend passten, und auf den Handrücken hatte sie frische Kratzer, als wäre sie durch dichtes Unterholz gewandert, um nach Miriama zu suchen.

Anahera schämte sich ein wenig – ebenso wie ihre Freunde hatte sie angenommen, dass Vincent Jemima geheiratet hatte, weil sie genau das verkörperte, was seine Eltern für ihn wollten: eine gebildete, wunderhübsche Frau, die die perfekte Gastgeberin war, aber gleichzeitig klug und intelligent genug, um mit ihm die politische Leiter zu erklimmen. Das Timing der Hochzeit – ein knappes Jahr nach dem Tod der Eltern – hatte die allgemeine Meinung nur noch bestätigt.

Keiner von ihnen war je auf den Gedanken gekommen, dass Vincent sich vielleicht in seine Frau verliebt hatte, weil sie im Kern so bodenständig war wie er selbst. Jetzt, da sie Jemima vor der Landkarte sah, mit Sorgenfalten auf der Stirn, beschloss Anahera, es besser zu machen und die Frau kennenzulernen, die ihr Freund geheiratet hatte. »Hier.« Sie reichte Jemima einen Becher mit frisch gebrühtem Kaffee. »Du siehst aus, als könntest du einen gebrauchen.«

Jemimas Finger streiften ihre, als sie den Becher nahm. Sie waren eiskalt. »Hoffentlich ist Miriama nicht da draußen, bei diesem Wetter«, sagte sie so leise, dass Matilda es nicht hören konnte. »Es wird kalt da draußen. Richtig kalt.«

»In welchem Bereich warst du?«, fragte Anahera und war überrascht, als Jemima einen Bereich erwähnte, der weit entfernt von Vincents war. Als spürte sie ihre Überraschung, sagte Jemima: »Ich bin ein bisschen später angekommen als Vincent – ich wollte nur sichergehen, dass die Kinder gut untergebracht sind.«

Anahera vergaß immer wieder, dass Vincent jetzt Vater war. »Ich heiße übrigens Anahera.« Sie streckte die Hand aus. »Ich bin die, die eine Weile in London war.«

Jemimas Gesicht wurde ganz weich, als sie die Hände schüttelten. Ihr Griff war fest, aber nicht schmerzhaft. »Es tut mir so leid wegen deines Mannes.«

Anahera wusste immer noch nicht recht, was sie tun sollte, wenn die Leute ihr Beileid wegen Edward aussprachen. Sie konnte ja schlecht den Mund aufmachen und sagen: »Ich weiß gar nicht, ob ich um diesen Mistkerl trauere. Wissen Sie, ich habe nämlich herausgefunden, dass er ein verlogenes, fremdgehendes Stück Dreck war, und zwar erst, nachdem ich zwei Stunden zitternd über seinem Körper in der Leichenhalle gestanden hatte.«

Seine Lippen waren blau gewesen, sein Gesicht so wächsern, dass es gar nicht echt ausgesehen hatte, sondern wie eine Puppe mit Edwards Aussehen. Das hatte ihr Hirn ihr einreden wollen. Nur eine Puppe. Nicht echt. Es hatte nichts mit ihr zu tun.

Einhundertundsiebenundzwanzig Minuten später, neunundvierzig Minuten, nachdem die Nachricht von Edwards Tod in den Medien gemeldet worden war, hatte sie ihre Haustür geöffnet. Davor stand eine schluchzende Fremde, die ihr laut heulend in die Arme fiel.

23

Anaheras angespanntes Lächeln schien Jemima auszureichen.

Sie trank von ihrem Kaffee und sagte dann: »Das hier ist wohl nicht gerade die Art von Willkommen, die man sich wünscht.«

»Nein.« Sie hatte alte Erinnerungen und noch älteren Zorn erwartet, aber das hier nicht. »Ich erinnere mich an Miriama als kleines Mädchen, aber als Erwachsene habe ich sie nur zwei Mal gesehen.«

Jemimas Lider senkten sich. Sie nahm einen tiefen Schluck aus ihrem Becher. Als sie wieder aufschaute, wirkte ihr Blick weicher, aber gleichzeitig auf merkwürdige Weise undurchdringlich. Dies war eine Frau, dachte Anahera, die daran gewöhnt war, eine Maske aufzusetzen, die nicht nach einer Maske aussah. Notwendig für jemanden, der neben dem Mann stehen wollte, der Premierminister sein würde.

»Leider habe ich sie nie richtig kennengelernt«, gab Vincents Frau jetzt zu. »Sie ist so viel jünger. Genau der Altersunterschied, bei dem man nicht viel gemeinsam hat, weißt du? Ich fühle mich so alt, wenn ich das sage.«

»Das ist lustig, oder?«, sagte Anahera, der die selbstironische Ader der Frau unter all dem Lack gefiel. »Es ist ein riesiger Unterschied zwischen neunzehn und neunundzwanzig. Zehn kurze Jahre, aber ein ganzes Leben liegt dazwischen.«

»Zwischen neunzehn und einunddreißig ist es sogar noch schlimmer.« Jemima lächelte strahlend. »Ich habe einen jüngeren Mann geheiratet«, flüsterte sie.

»Tut mir leid, aber den Skandaltest bestehst du nicht. Es

sei denn, du warst sechzehn und Vincent erst vierzehn, als ihr euch kennenlerntet, und ich weiß, dass das nicht so war.«

Jemimas Lächeln vertiefte sich und erreichte jetzt das Meergrün ihrer Augen. »Wenn das hier vorbei ist« – das Lächeln verschwand, und ihr Blick glitt zur Karte, um dann wieder zu Anahera zurückzukehren –, »und ich meine damit, wenn es auf gute Weise vorbei ist, mit den allerbesten Neuigkeiten, dann hoffe ich, dass du uns mal zu Hause besuchst, auf einen Kaffee oder zum Mittagessen.«

Anahera zögerte; sie war nicht nach Golden Cove gekommen, um Freunde zu finden. Sie war hergekommen, um in den Schatten zu verschwinden.

Jemimas Blick wurde wieder distanziert. Anahera wusste plötzlich, dass sie an Zurückweisungen von Vincents Freunden gewöhnt sein musste – vielleicht sogar von allen Einheimischen. Eigentlich wirkte sie nicht wie jemand, den andere ausschlossen, aber andererseits war sie wohlhabend und wunderschön und eine Außenstehende; nur weil sie einen der Ihren geheiratet hatte, bedeutete das nicht, dass man sie mit offenen Armen willkommen hieß. Aber es war dennoch merkwürdig, zumal Vincent überall wohlgelitten war.

»Das würde ich gern tun«, hörte sie sich selbst sagen. »Ich bin aber vielleicht nicht die beste Gesellschaft – ich weiß noch nicht, ob ich in der Lage bin, schon wieder gesellig zu sein.«

Jemimas Gesichtsausdruck fiel in sich zusammen. »Oh Gott, ich bin so dumm. Ich hätte das wissen müssen.« Sie berührte zögernd Anaheras Hand. »Sobald du bereit bist, die Einladung gilt. Hier« – sie suchte in einer Jackentasche und fand, wonach sie suchte –, »darauf stehen meine Kontaktdaten.«

Anahera nahm die zerdrückte Karte und steckte sie weg. »Danke schön.« Sie konnte nichts Falsches an Jemima erkennen, was die Tatsache, dass sie sich offenbar auf eine Zurückweisung eingestellt hatte, noch weniger verständlich machte.

Jemima legte die beiden schlanken Hände wieder um ihren Becher. »Ich liebe diesen Teil des Landes, aber Vincent und ich sind so oft fort, dass ich gar keine Gelegenheit hatte, mich hier richtig einzuleben, verstehst du, was ich meine?«

»Ja, das verstehe ich.« Sie hatte Edward geliebt, also hatte sie auch versucht, London zu lieben. Genauso, wie sie versucht hatte, das Wasser nicht zu vermissen, das so heftig gegen die Felsen klatschte, dass es weiße Gischt nach oben sprühen ließ, den Sand zwischen ihren Zehen und das Grün, das endlose dunkle Grün, das niemals gezähmt werden würde.

All die Dinge, denen sie als Kind entkommen wollte.

All die Dinge, nach denen sie sich schmerzhaft sehnte auf den Straßen mit den roten Doppeldeckerbussen, den prächtigen Museen, Designerläden und glitzernden Theatern, auf denen es vor Menschen nur so wimmelte.

»Vincent und du habt zwei Kinder, oder?«, fragte sie. »Tut mir leid, ich habe ihre Namen vergessen.«

Diesmal erleuchtete Jemimas Lächeln ihr gesamtes Gesicht. »Jasper und Chloe. Meine kleinen frechen Monster. Der eine ist vier, die andere drei. Die Nanny passt auf sie auf, eine wunderbare ältere Dame, die auch schon Vincent betreut hat.«

Das war ein Grund, warum Jemima womöglich Schwierigkeiten hatte, sich in Golden Cove einzuleben. Die Frauen hier hatten normalerweise keine Kindermädchen oder flogen durch die Welt. Manchmal spürten selbst die nettesten Menschen Neid. Besonders, da Jemima einen der wenigen Junggesellen der Stadt geheiratet hatte, der das Ticket aus der Armut und einem eintönigen Kleinstadtleben bot.

»Jemima.« Vincent legte die Hand auf den Rücken seiner Frau. Er wirkte erschöpft. »Willst du nach Hause? Kyle will gleich gehen, da könntest du mit ihm fahren. Ich bleibe vielleicht noch ein bisschen.«

Jemima nickte. »Die Kinder vermissen mich bestimmt schon.« Sie beugte sich vor und küsste Vincent auf die Wange, dabei berührte sie sein Gesicht. »Bleib nicht zu lange draußen, ja? Du hast getan, was du tun konntest. Mehr kann man nicht verlangen.«

Jemima verabschiedete sich herzlich und ging mit Vincent davon. Anahera fragte sich, ob Vincent Golden Cove als seinen Verantwortungsbereich ansah. Das lag nicht außerhalb des Möglichen – die Bakers hatten immer viel für die Allgemeinheit getan. Golden Cove hatte zwar keinen Bürgermeister, aber wenn, würde vermutlich ein Baker diese Rolle ausfüllen. Und jetzt quälte sich Vincent, weil Miriama in seinem Verantwortungsbereich verschwunden war.

»Vincent bürdet sich eine Menge auf«, sagte sie zu Nikau, der zu ihr trat.

Der Mann, der früher ihr Freund war – vielleicht war er es immer noch –, schaute dem fortgehenden Paar hinterher. »Vincent ist immer so aufrichtig, nicht wahr?« Er verschränkte die Arme. Sein Hemd war blau kariert; er hatte seine nasse Jacke an der Tür aufgehängt.

»Hast du einen Grund dafür zu glauben, dass das gar nicht so ist?«

Nikau zuckte die Achseln. »Er spricht nie von ihr, weißt du – von seiner Frau, meine ich. Aber immer, wenn ich sie sehe, wirkt sie ganz nett. Ein bisschen fein, aber das erwartet man ja auch von einer Frau, die sich mit Vincent zusammentut. Aber er bringt sie nie zu irgendwelchen Veranstaltungen in der Stadt mit. Das ist komisch, wenn man bedenkt, auf welche Partys und Veranstaltungen sie woanders sonst gehen.«

In diesem Moment rief jemand nach Nikau, und er ging zu einem grauhaarigen älteren Mann mit blauen Gefängnistattoos auf den Fingerknöcheln. Aber Nikaus Worte hallten bei Anahera nach. Jemima wirkte nicht wie eine Frau, die sich zu gut für Veranstaltungen in Golden Cove hielt. Vielleicht war ihre Abwesenheit einer Form von Eifersucht geschuldet. Für Vincent war Golden Cove seine Heimat. Vielleicht konnte er sie nicht einmal mit der Frau teilen, die er liebte.

Und Anahera fing an, sich weit hergeholte Theorien auszudenken. Immerhin konnte Jemima ja auch kurzzeitig so tun, als genösse sie das Kleinstadtleben, hatte aber in Wirklichkeit keine große Lust, ein Teil von Golden Cove zu werden.

Jedes Paar hatte schließlich seine Geheimnisse und seine höflichen Lügen.

24

Nachdem er mit Kyle gesprochen hatte, ging Will zu Steve. Er wollte Matildas Freund noch ein wenig ausquetschen, solange Matilda fort war. Männer wie Steve neigten dazu, sich vor dem weiblichen Geschlecht darzustellen und zu lügen, als könnten sie dadurch ihre Stellung als Alpha-Männchen zementieren.

Aber Steve blieb bei seiner Aussage – und er war auch nicht schlau genug, um so gut zu lügen. Männer von Steves Typ töteten nicht auf schlaue Weise. Sie töteten gewaltsam und brutal und ließen sich von ihrem Temperament davontragen. Hätten die Suchtrupps Miriamas Körper irgendwo totgeschlagen oder erwürgt gefunden, hätte Will Steve sofort als Hauptverdächtigen gesehen, aber nun, da Miriama vermisst wurde und Steve schlicht nicht die Zeit gehabt hatte, ihr etwas anzutun, musste er akzeptieren, dass der Mann die Wahrheit sagte.

»Sie hat nie zugelassen, dass ich sie berühre«, murmelte Steve säuerlich. In diesem Moment vibrierte Wills Handy.

»Wer? Matilda?« Will war stehen geblieben, während Steve im dunkelbraunen Sessel saß, der ihn beinahe verschluckte. Er trug ein schmieriges, schweißfleckiges Unterhemd, und sein graues Brusthaar schaute darunter hervor. Sein zotteliges, ehemals blondes Haar hatte er mit Pomade zurückgekämmt, als lebte er noch in den Siebzigerjahren.

»Matilda auch«, lautete die Antwort. »Es war ja nicht so, dass ich ihre kostbare Miriama zu etwas zwingen wollte«, fügte Steve fromm hinzu. »Aber ich bin nun mal ein Mann. Ich musste es versuchen. Hätte ja sein können, dass es sie irgendwo juckte, wo ich sie hätte kratzen können.«

Will unterdrückte den Drang, Steve in die Eier zu treten. Die Vorstellung von diesem Arschloch, wie es sich auf dem Boden wand, war ganz besonders reizvoll. Aber stattdessen warf er einen Blick auf sein Handy und ließ Steve schmoren.

Die Nachricht war kurz und auf den Punkt und ließ sein Herz hämmern.

Shane Hennessy sagt, Miriama hätte eine teure Platinuhr mit Diamanten getragen. Die meisten dachten wohl, sie sei gefälscht. Matilda will sie für uns suchen. – Ana

»Und Miriama hat Nein gesagt, als Sie es bei ihr versucht haben?«, hakte Will nach und steckte sein Handy wieder in die Tasche. Er war inzwischen geübt darin, seine Stimme ruhig und unaufgeregt klingen zu lassen. Als interessierte er sich kaum für die Antwort. Der Grund dafür, dass er diese Technik so gut eingeübt hatte, war, dass sie funktionierte. Verdächtige und Außenstehende konnten in diese Stimme hineininterpretieren, was sie wollten.

Heute nickte Steve wie eine Wackelkopffigur. »Ich weiß ja, dass Sie diese ganze Suche veranstalten, damit die Deppen in diesem Kaff Sie mögen, aber da verschwenden Sie Ihre Zeit. Miriama ist ein schlaues Mädchen, das gut auf sich aufpassen kann. Zum Beispiel diese Armbanduhr. Ich habe früher mit Schmuck zu tun gehabt und erkenne Qualität, wenn ich sie sehe.«

Will nahm an, dass Steve irgendwann einmal Schmuck gestohlen oder sich als Hehler betätigt hatte. »Was ist denn so interessant an dieser Armbanduhr?«

»Sie ist echt schick, das ist daran interessant.« Steves kleine Schweinsäuglein glitzerten. »Mindestens zwanzigtausend wert.«

Will fixierte den Mann mit seinem Blick. »Das wäre ein gutes Motiv, meinen Sie nicht auch?« In einer Stadt wie Golden Cove waren zwanzigtausend Dollar so viel wert wie zwanzig Millionen.

Zwei hochrote Flecken erschienen auf Steves Wangen. Er wedelte mit den Händen. »Hey, hey, versuchen Sie ja nicht, mir was anzuhängen. Die Uhr ist immer noch in ihrem Zimmer – kommen Sie, ich zeige sie Ihnen.«

Er folgte dem Mann den engen Flur entlang. Will legte ihm eine Hand auf die Schulter und hielt ihn vor der Tür zu Miriamas Zimmer zurück. »Sie bleiben hier.« Es gab keinen Grund dafür anzunehmen, dass Miriamas Zimmer ein Tatort war, aber er wollte dennoch nicht, dass Steve mitkam. »Wo bewahrt sie die Uhr auf?«

»In dieser kleinen Kommode links. Unter einem Haufen Unterhöschen.«

Will starrte ihn an, Steve leckte sich die Lippen, und Will konnte beinahe hören, wie er fieberhaft über eine Entschuldigung dafür nachdachte, dass er Miriamas Unterhosenschublade durchwühlt hatte.

»Sie hat mich einmal gebeten, ihr eine zu bringen. Sie stand unter der Dusche und hatte vergessen, eine mitzunehmen«, brachte er schließlich hervor.

Will beschloss, dass die offensichtliche Lüge keine Antwort verdiente, und nahm die Uhr heraus, nicht ohne vorher ein Paar Wegwerf-Gummihandschuhe übergezogen zu haben. Instinkt und Erfahrung sagten ihm, dass Steve recht gehabt hatte – das hier war keine gut gemachte Fälschung. Er steckte den glitzernden Gegenstand, der mehr Schmuck als Uhr war, in eine Beweismitteltüte, die er in seiner Jackentasche aufbewahrte, und schrieb dann eine Quittung, die er auf die Kommode legte, unter die Schale mit dem Modeschmuck. Er würde sichergehen, dass Matilda davon erfuhr, dass er die Uhr mitgenommen hatte, nur für den Fall, dass Steve beschloss, ein rachsüchtiger Dreckskerl zu sein und es nicht zu erwähnen.

Da er schon in dem Zimmer war, schaute er sich um. Er wollte nicht in Miriamas Privatsphäre eindringen, aber inzwischen sah es immer mehr so aus, als wäre ihr etwas Schlimmes passiert; Will musste jede Kleinigkeit wissen, die ihr womöglich helfen konnte.

Im Zimmer standen, abgesehen von der Kommode, ein Bett, ein Einbauschrank, ein kleiner Schreibtisch und ein alter Computer. Ausdrucke von Miriamas Fotos waren an die Wand geheftet, aber er sah keine Kameraausrüstung. Letzteres überraschte ihn nicht; Miriama hatte einmal erwähnt, dass Josie sie einen Teil des Hinterzimmers im Café als Büro benutzen ließ. Dort konnte sie nicht nur nach dem Schließen des Cafés in Ruhe arbeiten, sondern musste sich auch keine Sorgen machen, dass Steve womöglich heimlich Teile ihrer Ausrüstung verkaufte, die sie sich so hart verdient hatte.

Er drehte sich um, um den Mann erneut mit seinem Blick aufzuspießen. »Fingerabdrücke kann man nicht so einfach abwischen, wie die Leute immer glauben«, sagte er. »Werde ich deine hier überall im Zimmer finden?«

Steve wurde hochrot unter seiner teigigen Haut, verschränkte die Arme und regte sich auf. »Was wollen Sie damit sagen?« Will hielt seinen Blick, und der andere ließ die Arme fallen, schaute nach links und nach rechts, dann auf seine Füße, um den Blick schließlich wieder zu heben. »Ich wollte mir nur ihre Sachen anschauen, okay.« Er ballte die Fäuste. »Ich bin viel zu Hause. Ich langweile mich.«

»Hat sie sonst noch ein Versteck?« Sein Instinkt sagte ihm, dass die Armbanduhr hastig unter die Unterwäsche gesteckt worden war, vielleicht hatte Miriama sie sich angeschaut und war überrascht worden. Das war sicher nicht das richtige Versteck. Nicht, solange Steve im Haus war.

Diesmal versuchte der gar nicht erst, sich irgendwelche Lügen auszudenken. »Hinter dem Bett«, sagte er und zeigte auf das Einzelbett mit dem Metallrahmen. Ein weicher rosafarbener Flanellüberwurf lag darüber, darauf ein passendes Kissen; am Fußende lag gefaltet eine dunkelblaue Decke. »Im Fußboden ist eine lose Diele. Sie versteckt darin ihr Tagebuch und anderes Zeug. Normalerweise liegt darin auch die Armbanduhr.«

»Wie oft haben Sie dieses Tagebuch gelesen?«

Steves Mundwinkel kräuselten sich. »Ich muss ihr Tagebuch nicht lesen. Vermutlich steht da drin derselbe Scheiß, den Frauen immer schreiben – Gefühle und so ein Dreck.« Er schnaubte und kratzte sich den dicken Bauch. »Das Einzige, was mich interessiert, ist zwischen ihren …« Er hielt inne, sah Wills Gesichtsausdruck und begann, zurückzuweichen. »Hören Sie«, sagte er, »ich bin nicht so gut im Lesen. Ich wollte mir nur ihre Sachen ansehen. Das Tagebuch habe ich nicht angerührt.«

Will wartete, bis sich der Mann ins Wohnzimmer zurückgezogen hatte, schloss die Tür und holte den einzigen Gegenstand heraus, der unter der lockeren Diele lag: eine alte Blechbüchse, die schwer genug war, dass darin ein Tagebuch liegen konnte. Es war ein gutes Versteck. Wenn Steve nicht arbeitslos und viel zu Hause gewesen wäre – und vermutlich auch ein ehemaliger Dieb –, hätte er niemals die Geräusche, die entstanden, wenn man das Bett wegschob, mit einem Versteck zusammengebracht.

Wills Blick fiel auf den Computer; er fragte sich, ob Miriama darin ebenfalls Geheimnisse bewahrte.

Er beschloss, mit Matilda zu sprechen, und rief die Feuerwache an.

»Nimm, was immer du brauchst«, sagte sie zu ihm, als er erklärt hatte, wo er sich befand und was er tat. »Aber pass gut darauf auf.«

»Das mache ich«, versprach Will und fuhr den Computer hoch. »Weißt du, wo Miriama ihre alten Tagebücher aufbewahrt?«

»Sie schneidet die Seiten heraus und geht dann tief in den Busch, um sie zu vergraben. Sie sagt, damit könne sie sich von der Vergangenheit verabschieden und die Zukunft empfangen.«

Will dachte an die Seiten, die in der stillen Dunkelheit verrotteten, wie sich die Hoffnung auf die Zukunft in ein dunkles Omen verwandelte. »Aber ich habe da noch eine andere Frage – wie hieß der Mann, der Miriama als Jugendliche belästigte?« Er war weit gefährlicher für die junge Frau als Steve.

»Fidel Cox«, antwortete Matilda, und ihre Stimme zitterte vor Zorn. »Dieser *pokokōhua* ist abgehauen, die Polizei hat ihn nie gefunden. Glaubst du, dass er zurückgekommen ist, um meiner Miri etwas anzutun?«

»Ich weiß es nicht, aber ich werde es nachprüfen.«

»Finde einfach mein Mädchen, Will. Finde Miriama.«

Will versprach nichts; er hatte auf harte Weise gelernt, dass es besser war, keine Versprechen zu geben. Nie wieder würde er einem Opfer sagen, dass alles wieder gut werden würde. Denn viel zu oft gewannen die Ungeheuer.

25

Will musste noch etwas erledigen, bevor er Matildas Haus verließ. »Ich will, dass du eins nie vergisst, Steve«, sagte er zu dem Mann im durchgesessenen Sessel. »Matilda lässt es vielleicht zu, dass du sie herumschubst, aber ich werde ein Auge auf dich haben. Wenn ich sie auch nur mit einem Kratzer sehe, dann bist du dran.«

Steve stellte sich in Positur, mit gestrafften Schultern und erhobenem Kinn. »Ein Mann hat das Recht, mit seiner eigenen Frau in seinem eigenen Zuhause zu tun, was immer er will.«

»Denk einfach dran, was ich dir gesagt habe, wenn du den Drang verspürst, Matilda wehzutun.« Will wusste, dass sein Blick jetzt ausdruckslos war. Einer seiner Kollegen hatte ihm einmal gesagt, er sähe damit aus wie ein Psychopath. Will war sich noch nie so sicher gewesen, keiner zu sein – Psychopathen hatten keine Gefühle, und seine waren vor dreizehn Monaten zu Asche geworden.

Steve sah ihn böse an, aber Will wusste, dass Matilda zumindest in nächster Zeit keine Misshandlungen würde erdulden müssen – zumindest, bis Steve seine Angst vor ihm wieder vergaß. Wäre Steve ein anderer gewesen, hätte Will anders gehandelt – es gab gemeine Mistkerle, die Matilda aus reinem Trotz extra geschlagen hätten, aber Steve war ein Feigling und gerade eben schlau genug zu erkennen, dass Will ein zu großes Raubtier für ihn war, das er besser nicht herausforderte.

Er trat hinaus in den Regen. Die Blechbüchse und die Armbanduhr hatte er unter seiner Polizei-Warnjacke verborgen, die er übergezogen hatte, seit das Wetter umgeschlagen war. Will legte beides auf den Beifahrersitz seines Autos und lief dann um das Fahrzeug herum, um sich auf den Fahrersitz zu setzen.

Er rief auf dem Weg zurück in die Stadt Tom Taufa an, um sich mit ihm im Café zu treffen. Der Mann wartete schon, als er dort ankam. »Ich war in der Feuerwache«, sagte er und ließ Will ins Hinterzimmer des Cafés. »Das hier ist Miris Ecke.«

Ein weit neuerer Computer stand auf einem breiten Schreibtisch, daneben lagen einige Kameras.

Es klirrte, als Tom einen Schlüssel von seinem Bund abnahm. »Ich muss zurück zu Josie – es geht ihr nicht so gut. Bleib, solange du willst, und behalte den Schlüssel, falls du dir das Zeug noch einmal ansehen willst.« Er kramte in seiner Tasche. »Ich habe Josie nach dem Computer gefragt, nachdem du angerufen hattest, und sie sagte, es gibt ein Passwort.« Er reichte ihm einen Zettel, auf dem er die Ziffern und Buchstaben notiert hatte, und sagte: »Josie kennt es, weil der Computer theoretisch dem Café gehört, für Abrechnungen und solche Dinge, aber vor allem hat sie ihn für Miri gekauft.«

»Danke, Tom.« Will wandte sich dem Computer zu, als Tom ging, aber er erwartete nicht, darauf etwas Privates zu finden, zumal Miriama wusste, dass Josie den Computer ebenfalls nutzte. Dennoch warf er einen schnellen Blick hinein. Die einzigen E-Mails, die er fand, bezogen sich auf das Café.

Miriama musste einen E-Mail-Account besitzen – wenn sie ihn auch sonst nicht brauchte, dann zumindest für die Bewerbung um das Praktikum – aber die Chancen waren groß, dass sie ihn vor allem von ihrem Handy aus nutzte. Auf ihrem Computer von zu Hause hatte er ebenfalls keine Mails gefunden, und ihr Browser-Verlauf und die Bookmarks waren leer gewesen. Dasselbe galt auch für diesen Computer aus dem Café.

Es war für Miriamas Alter keine Überraschung, dass sie sich vor allem auf ihr Handy verließ.

Auf diesem Computer befanden sich hauptsächlich Programme zur Fotobearbeitungssoftware. Will sah sich Miriamas aktuelle Projekte an und steckte dann die Speicherkarten ihrer Kameras in den Computer, fand aber nichts Auffälliges. Ein Porträt nach dem anderen hatte sie aufgenommen, außerdem sah er einige bereits fertiggestellte Bilder – einschließlich eines halb nackten Dominic im Bett, der intim lächelte, und eines beeindruckenden Fotos von Pastor Mark, der mit hängenden Schultern auf einer Kirchenbank saß, aber nichts daran gab einen Hinweis darauf, wo sie zu finden war.

Er nahm die Speicherkarten dennoch mit und nahm sich vor, sie sich später noch einmal genauer anzusehen. Zunächst hatte er eine dringendere Aufgabe: Er musste Fidel Cox aufstöbern. Er schloss das Café ab und ging zur Polizeiwache zurück.

Nach nur einem Versuch spuckte das System die richtige Akte aus.

Der Beamte, der Matildas Anzeige für Miriama aufgenommen hatte, schrieb darin, dass die Polizei landesweit mit seinem Foto nach Fidel gefahndet und keinen einzigen Hinweis bekommen habe. Fidel war ein erfahrener Jäger, daher nahm man an, er sei »in den Busch« gegangen, bis sich die Lage für ihn wieder beruhigte.

Es hatte sicher nicht bei der Suche geholfen, dass Fidel einer der durchschnittlichsten Menschen war, den Will je gesehen hatte. Sein Fahndungsfoto, das nach einer Prügelei zwischen Betrunkenen aufgenommen worden war, noch ein Jahr, bevor er Miriama belästigt hatte, zeigte einen

Mann mit blasser brauner Haut, schwarzem Haar und braunen Augen. Er war weder dick noch dünn, weder groß noch klein. Er hatte keinerlei besondere Merkmale, keine Tattoos, keine Narben. Kein Gesichtszug, der auffiel.

Fidel Cox war ein Mann, der mit jeder Umgebung verschmelzen konnte. Wenn er nicht hätte in der Wildnis verschwinden wollen, hätte er nur seinen Namen ändern, sich einen Bart wachsen oder eine Glatze schneiden lassen müssen. Beides hätte sein Aussehen grundlegend verändert.

War es möglich, dass er nach Golden Cove zurückgekommen war, ohne dass es jemand bemerkt hatte?

Will hatte bereits kurz beim Touristenbüro angerufen, wo man ihm gesagt hatte, dass abgesehen von dem japanischen Paar, dem Nikau die Goldgräberhütten gezeigt hatte, *kein einziger* Tourist in den vergangenen fünf Tagen Golden Cove besucht hatte. Soweit man im Büro wusste, gab es auch keine Wanderer auf den umliegenden Wanderwegen. Und doch …

Er nahm das Telefon und rief erneut das Touristenbüro an. Diesmal ging Glenda Anderson selbst ran, nicht ihre studentische Aushilfskraft. Die Frau war in den Fünfzigern, trug ihr Haar leuchtend rosa gefärbt und hatte eine Vorliebe für Stilettos. Sie war eine Legende in der Stadt, weil sie jahrelang in der Cabaret-Show eines Kreuzfahrtschiffs getanzt hatte.

»Haben sie das arme Kind gefunden?«, fragte sie. Sie hatte offenbar Wills Nummer erkannt. »Mir ist das Herz ganz schwer, wenn ich nur daran denke. Sie ist so eine Süße. Hebt mir immer ein Stück von dem leckeren Käsekuchen auf.«

Wills Blick wanderte zum Mülleimer, in dem die Schachtel vom Karottenkuchen lag, in der Miriama ihn gebracht hatte. »Nein«, antwortete er. »Aber ich hoffe, du kannst mir bei einer Sache helfen.«

»Für dich doch immer, du gut aussehender junger Mann.«
Dem kleinen Flirtversuch fehlte diesmal der Funken, er
klang routiniert. »Soll ich mich an den Computer setzen?«

»Ja.« Zuerst wiederholte Will die Fragen, die er schon der
Assistentin gestellt hatte, für den Fall, dass sie etwas übersehen hatte. Als er dieselben Antworten bekam, fuhr er fort:
»Habt ihr irgendwelche Daten über einen männlichen Touristen, der in den letzten sechs Monaten hier gewandert
ist?« Das war ein breites Zeitfenster, aber wenn man Matildas Worten glauben konnte, war Fidel Cox mit der Gegend und dem Leben in der Wildnis vertraut.

»Tja, also«, sagte Glenda und klackerte auf der Tastatur
herum, »das wäre dann aber eine ziemlich lange Liste, zumal der Zeitraum auch die Tourismussaison umfasst. Soll
ich sie dir schicken?«

»Ja, bitte.« Will starrte Fidels Fahndungsfoto an und
dachte, dass dieser Mann ein wahres Chamäleon war.
»Könntest du außerdem die Daten rüberschicken?« Das
Touristenbüro achtete darauf, sich einen Ausweis mit Foto
vorlegen zu lassen, der kopiert und abgeheftet wurde, für
den Fall, dass irgendetwas schiefging und die Suchtrupps
ein Foto brauchten.

Will glaubte nicht, dass Fidel Cox einen echten Ausweis
vorgelegt oder sich überhaupt bei Glenda und ihren Leuten
gemeldet hatte – vermutlich war Fidel, wenn er nach Golden Cove zurückgekommen war, schon Meilen vor der
Stadt im Busch verschwunden. Aber es wäre fahrlässig gewesen, wenn er nicht nachgefragt hätte. Und nicht alle Verbrecher waren schlau. Die meisten wurden gefasst, weil sie
dumme Fehler machten.

Zwei Stunden später war er jeden einzelnen Namen und
jedes einzelne Ausweisfoto durchgegangen und hatte absolut nichts gefunden. Falls Fidel Cox wirklich in die Gegend

zurückgekommen war, dann so, dass er nicht bemerkt worden war. Keiner der anderen Wanderer wirkte verdächtig: Jeder hatte entweder seinen Pass oder seine Fahrerlaubnis als Ausweis vorgelegt, und eine schnelle Suche in den Datenbanken oder in den Social-Media-Profilen zeigte, dass keiner von ihnen gelogen hatte.

Aber er war noch nicht bereit aufzugeben, also rief er einen Kollegen an, der sich mit Verbrechen gegen Kinder beschäftigte. »Hamish«, sagte er, als sich der Kollege meldete, »du musst mir einen Gefallen tun.«

»Du rufst nie an, du schreibst nicht, und jetzt willst du, dass ich dir einen Gefallen tue«, sagte der Rechtsanwalt in seinem üblichen trockenen Tonfall. »Das geht schon immer so, und langsam beschleicht mich der Verdacht, dass du mich nur ausnutzt.«

»Wir haben eben eine Beziehung von gegenseitigem Nutzen.«

»Genau.« Etwas quietschte, als lehnte sich Hamish in seinem Stuhl zurück, was er oft tat, wenn er in seinem Büro saß. »Aber früher hast du mir hin und wieder ein Bier ausgegeben, bevor du dich ins Eremitendasein zurückgezogen hast.«

»Du hast eins gut.« Will fragte sich, wann er wohl … wieder ausgeglichen genug sein würde, um in die Welt hinauszugehen, die er früher nicht nur bewohnt, sondern von der er geglaubt hatte, dass sie ihm gehörte, in der Annahme, er könne sie kontrollieren. Er hatte das Gefühl, dass das niemals passieren würde.

»Vielleicht besuche ich dich mal in deiner Westküstenstadt«, drohte Hamish. »Ich habe nachgeschaut – die Frau findet, das könnte ein romantischer Ausflug werden, wenn das Wetter ein bisschen weniger scheiße ist. Auf der anderen Seite hat mein mittelalter Körper nicht gerade Lust zum

Wandern oder zu den verschiedenen gefährlichen Aktivitäten, die bei euch so angeboten werden. Kann man bei euch angeln?«

»Es gibt da eine Stelle auf den Felsen, die vermutlich sicher genug ist, wenn man eine Rettungsweste trägt und sich mit Haken am Felsen sichert.«

Hamish schnaubte und sagte: »Was kann ich denn für dich tun, mein guter Freund, den ich nie sehe?«

»Ich suche einen Mann namens Fidel Cox. Er wurde nie angeklagt, aber er ist in eine Straftat gegen ein Kind involviert.« Hamish war eine wandelnde Enzyklopädie, was Männer und Frauen anging, die sich an unschuldigen Kindern vergingen. »Ich maile dir das Foto. Es ist aber fünf Jahre alt, nur dass du's weißt.«

Eine kurze Pause entstand, in der Hamish darauf wartete, bis das Foto heruntergeladen war. »Hab es«, sagte er. »Ich werde es durch meine private Datenbank jagen. Ich hab auch diese schicke Software, die Mr Cox altern lässt. Die stammt aus Quellen, deren Namen wir besser verschweigen, weil sie vermutlich Raubkopien vertreiben – aber wenn du das jemandem sagst, werde ich das weit von mir weisen. Es dauert ein bisschen. Ich rufe dich an, egal, was dabei herauskommt.«

»Danke, Hamish.« Bevor er auflegte, hörte Will sich sagen: »Ihr solltet wirklich diesen Sommer nach Golden Cove kommen. Ich leihe uns ein Boot, dann gehen wir angeln und trinken das Bier.«

»Ich nehm dich beim Wort«, war die begeisterte Reaktion. »Ich sollte allerdings vielleicht vorher sagen, dass ich Fisch hasse. Du wirst alles allein aufessen müssen.«

Will legte auf und starrte durch das Fenster, an dem der Regen herablief. Für Hamish hatte er versucht, normal zu klingen, aber den Mann, der früher ein Bier mit dem

Rechtsanwalt getrunken hatte, gab es nicht mehr. Dieser Will ... dieser Will war sich nicht so sicher, wer er war. Aber er war gut in seinem Job.

Er wandte sich wieder seinem Schreibtisch zu und suchte noch einmal nach den Hintergründen aller Touristen, deren Namen Glenda ihm geschickt hatte. Alle waren sauber, die meisten internationale Besucher, die schon längst wieder in ihren Ursprungsländern waren; das kleine Grüppchen Neuseeländer hatte keinerlei Vorstrafen.

Dann arbeitete er sich durch den Stapel Speicherkarten, die er aus dem Café mitgenommen hatte.

Erst als er damit fertig war, schaute er auf und stellte fest, dass es draußen schon dunkel war. Er ging zur Tür, öffnete sie und schaute zur Feuerwache herüber. Der Regen peitschte ihm ins Gesicht.

Keine Lichter. Keine Autos standen davor.

Das war kaum eine Überraschung – der Regen strömte nur so vom Himmel. Er kümmerte sich noch um einige Dinge, stellte sicher, dass sein Handy aufgeladen war, und zog sich seine Warnjacke über, um zu Anahera zu fahren.

Dieser Regen war ein Wetter, das Notfälle heraufbeschwor, und er musste rechtzeitig reagieren können. Die meisten Einwohner von Golden Cove würden zuerst ihn und dann erst die offizielle Notfallnummer anrufen. In letzter Minute ging er zurück und nahm die Armbanduhr und die Blechbüchse mit. Die Polizeiwache hatte zwar einen Safe, aber er fühlte sich nicht wohl dabei, diese Gegenstände hierzulassen, bevor er die Gelegenheit gehabt hatte, sie zu untersuchen.

Er legte die Speicherkarten nicht in den Hauptsafe, sondern in den versteckten Safe für die Waffen; es war nichts Verdächtiges auf ihnen, aber es war Miriamas Arbeit, und er musste darauf aufpassen.

Als er im Auto saß, war sein Haar wieder nass, und auf der Jacke glitzerten durchsichtige Tröpfchen. Er fuhr an der Praxis vorbei, um nachzusehen, ob Dominic de Souza noch immer darin saß, unter Schock und völlig verloren. Aber dort war alles dunkel, daher fuhr er an dem Zwei-Zimmer-Haus vorbei, das der Arzt von Daniel May angemietet hatte. Es lag nicht weit entfernt.

Im Licht der Küche sah man Dominic am Tisch sitzen, den Kopf auf die Arme gelegt. Will runzelte die Stirn. Er war offenbar in schlechter Verfassung. Er wollte schon aussteigen und an die Tür klopfen, um sicherzugehen, dass Dominic nicht in eine tiefe Depression fiel, als jemand anders in der Küche auftauchte.

Es war der Pastor. Der grauhaarige Mann trug einen Becher und einen Teller, offenbar mit Toast. Er stellte beides vor Dominic, legte dann die knittrige Hand auf die Schulter des Arztes und drückte sie. Als Dominic endlich den Kopf hob, setzte sich der Mann ihm gegenüber und schien konzentriert auf ihn einzureden. Nach einer Weile nickte der Arzt und biss von einem Toast ab.

Zufrieden, dass Dominic nicht allein war, fuhr Will weiter zu Anaheras Hütte. Er überlegte kurz, etwas zum Abendessen zu holen und es mitzunehmen, aber offenbar hatten wegen des Wetters schon alle Läden geschlossen. Na ja, er hatte immerhin noch ein halbes Brot zu Hause im Kühlschrank. Er und Dominic würden heute dasselbe zu Abend essen.

Auf seiner Fahrt durch die dunklen und verlassenen Straßen sah er das Anwesen der Mays in der Ferne – erleuchtet in der Dunkelheit. Er fragte sich, ob Daniel wohl schon zurück war von seinen Meetings oder ob Keira allein dort oben war. In diesem Moment blinkten rote Rücklichter zwischen den Bäumen auf, als führe ein Auto hinauf zur

Villa. Jemand aus Golden Cove? Oder war Daniel in die Stadt gekommen, um an der Versammlung in der Feuerwache teilzunehmen, und fuhr jetzt zu seiner Frau nach Hause?

Von hier aus konnte er es nicht erkennen, der Regen behinderte die ohnehin schon schlechte Sicht auf den Weg, der zur Villa führte.

Er freute sich zu sehen, dass das Touristenbüro ebenfalls geschlossen war. Glenda wohnte buchstäblich dahinter, aber er bog trotzdem noch ab, um nachzusehen, ob sie in Sicherheit war. Sie trat ans Fenster und winkte, als das Licht seiner Scheinwerfer in ihr Fenster fiel. Inzwischen war sie an seine Streifenfahrten gewöhnt. Als Antwort blinkte Will einmal auf und fuhr weiter. Er musste noch bei einigen anderen nachsehen, den alten und verletzlichen Menschen, die man in der Welle der Sorge um Miriama womöglich vergessen hatte.

Alle waren gemütlich zu Hause.

Er fuhr weiter und versuchte, nicht an Miriama zu denken, wie sie draußen in der Kälte und Nässe lag. Er überlegte gerade, bei Mrs Keith vorbeizufahren, als es klingelte. Die Verbindung war schlecht, aber er erkannte Evelyn Triskells Stimme: »... Vincent ... sein Auto.«

26

Evelyn, wo bist du?«

Er musste zwei Minuten durch Knistern und Rauschen sprechen, bis er herausfand, dass Evelyn irgendwo an der Straße war, die aus der Stadt herausführte. Er sagte ihr, sie solle bleiben, wo sie war, wendete sein Auto um hundertachtzig Grad und fuhr zurück. Ein Auto kam ihm etwa auf der Mitte der Strecke entgegen und fuhr an ihm vorbei, aber im strömenden Regen konnte er das Modell und die Farbe nicht erkennen. Aber es war ein kleines Auto gewesen, kein Truck und auch kein SUV.

Weitere zehn Minuten später sah er verschwommen die roten Lichter eines Autos am Straßenrand – aber es war nicht Evelyns alter Mini, sondern Vincents silberner Mercedes, ein Auto, das er nur für kurze Ausflüge benutzte, und niemals bei solchem Wetter.

Will parkte sein Auto neben der Limousine und schaltete Warnblinklicht und Blaulicht ein. Dann stieg er aus. Vincents Auto war in den Graben gefahren, der Kühler war eingedrückt. Nicht so sehr, dass es den Fahrer getötet hätte, aber so sehr, dass er abgeschleppt werden musste. Will machte sich mehr Sorgen um Vincent als um das Auto, blinzelte den Regen aus seinen Augen und riss die Fahrertür auf.

Vincent sah ihn an. Blut rann an seiner Schläfe herunter. Er lächelte schwach. »Das brauchst du jetzt wirklich nicht auch noch, was, Will?«

»Wo ist Evelyn?«, schrie Will, damit ihn Vincent im trommelnden Regen hören konnte. Das Wasser rann ihm in Bächen über das Gesicht. Die Sicht war so schlecht, dass er keine Fahrbahnmarkierungen direkt vor sich erkennen konnte, umso weniger in einiger Entfernung. Evelyns kleines Auto konnte zehn Meter weiter liegen, er würde es von hier aus nicht sehen können.

»Evelyn?« Vincent starrte ihn eine Sekunde lang ausdruckslos an, dann schüttelte er den Kopf. »Ich habe sie nach Hause geschickt. Sie war auf dem Weg zurück, nachdem sie einen der Jäger nach Hause gebracht hatte, und sie hat gesehen, dass ich von der Straße abgekommen bin. Bestand darauf, dich anzurufen.«

Will kannte die Vorsitzende des Wirtschaftsrats von Golden Cove; eine Bulldogge war nichts gegen sie. »Wie konntest du Evelyn überzeugen, nach Hause zu fahren?« Immerhin erklärte das das Auto, das Will in Richtung Stadt hatte fahren sehen – es hatte die Größe von Evelyns Kleinwagen gehabt.

»Wayne.«

Will hätte auch selbst darauf kommen können – Evelyns Ehemann saß nach einem Schlaganfall im Rollstuhl. Obwohl er sich im Haus recht gut bewegen konnte, hing er in vielem doch von Evelyn ab. Er war mindestens fünfzehn Jahre älter als sie und um einiges gebrechlicher.

Wenn Will gewusst hätte, dass Evelyn nicht zu Hause war, hätte er auf seiner Streife nach Wayne geschaut. Die Triskells wohnten in seiner Straße, und er half ihnen oft, wenn sie Hilfe brauchten. Meist nutzte Evelyn allerdings seine Hilfsbesuche, um Will wegen skandalöser Einzelheiten der anderen Einwohner Golden Coves anzuzapfen.

»Wie schwer bist du verletzt?« Er hatte automatisch seine Taschenlampe mitgenommen, als er sein Fahrzeug verlassen hatte. Jetzt hielt er ihr Licht direkt auf Vincents Kopfverletzung.

Blaues und rotes Licht blinkte in der Nacht, wie die Neonlichter in einer Bar.

»Von hier aus sieht es nicht allzu schlimm aus.« Will sah ein wenig Blut an Vincents Haaransatz, aber nirgends eine Wunde.

»Ist schon okay«, sagte Vincent und hob die Hand zur Stirn. »Morgen habe ich vermutlich Kopfweh, aber mehr wird es nicht sein.«

»Du musst trotzdem zum Arzt«, sagte Will.

»Dominic de Souza ist im Moment außerstande, irgendwem zu helfen.« Vincents Tonfall war angespannt. »Und ich glaube nicht, dass du mich zu einem Arzt außerhalb der Stadt fährst. Denn das Wetter ist weit schlimmer als dieser kleine Kratzer.«

Vincent hatte recht. Dr. de Souza war durch Miriamas Verschwinden am Boden zerstört, und die Stadt war durch die schweren Regenfälle und heftigen Winde praktisch von der Welt abgeschnitten. Vincent würde bis morgen warten müssen, um sich behandeln zu lassen. »Na komm«, sagte Will, »ich fahr dich nach Hause. Nimm deine Sachen.«

Vincent schien keine Eile zu haben, aber Will hatte noch einiges vor. Und soweit er aus Vincents Reaktionen und seiner Sprechweise schließen konnte, war es nicht die Kopfwunde, die ihn verlangsamte; Vincent wirkte einfach auf merkwürdige Weise lustlos. Als er keinerlei Anstalten machte, die Sporttasche vom Rücksitz zu holen, in der vermutlich die Outdoor-Sachen für seine Suche lagen, öffnete Will selbst die Tür und nahm sie heraus.

Er warf die Tasche in seinen SUV und ging dann wieder zu Vincents Auto, schaltete die Lichter aus, nahm die Schlüssel aus dem Zündschloss und beugte sich herüber, um Vincent ins Gesicht zu sehen. »Hör mal«, sagte er, inzwischen ungeduldig, »du willst die ganze Nacht hier sitzen, gut. Aber ich kann nicht bei dir bleiben, und ich kann dich auch nicht hierlassen. Also beweg deinen Arsch. Es gibt noch eine Menge andere Leute, die mich heute Nacht noch brauchen.«

Vincent blinzelte, als würde ihm erst jetzt die Situation bewusst. Er fluchte leise und stieg aus dem Auto in den Regen. »Ist das Auto hier sicher?«, fragte er und blinzelte das Wasser aus den Augen. »Ich meine für die Leute, die hier vorbeifahren.«

Will hatte dasselbe gedacht; er hatte Warndreiecke und Verkehrshütchen dabei, aber die würden beide vom Wetter weggeweht oder -gewaschen werden. Und Peter von der Werkstatt anzurufen, um dieses Auto abzuschleppen, würde nur noch jemanden in dieses Unwetter hinausholen. »Wie geht es deinem Rücken?«

»Ich habe kein Schleudertrauma, nichts dergleichen. Das Auto ist ganz elegant in den Graben geglitten.« Vincent betastete die Wunde an seinem Kopf. »Die Wunde habe ich, weil ich eine Visitenkarte aus Metall auf dem Armaturenbrett liegen hatte. Sie ist beim Rutschen gegen meinen Kopf geflogen.«

Weil Vincent völlig klar wirkte, glaubte Will ihm seine Analyse seiner Verletzungen und gab ihm seine Autoschlüssel zurück. »Stell die Gangschaltung auf Leerlauf. Mal sehen, ob wir ihn weiter in den Graben schieben können, sodass er nicht halb auf der Straße steht.«

Der Himmel schien seine Schleusen noch weiter zu öffnen. Das einzig Gute daran war, dass der Regen die Erde glitschig machte. Peter Jacobs' jüngerer und weit aufbrausenderer Bruder würde sich vermutlich aufregen, weil er jetzt noch mehr Arbeit damit hatte, das Auto aus dem Graben zu hieven, aber immerhin war es jetzt sicher von der Straße. Niemand konnte hineinfahren, es sei denn, er kam selbst von der Straße ab.

Vollkommen durchnässt und mit eiskalten Fingern stiegen die beiden endlich ins Polizeiauto. Vincent griff nach seiner Sporttasche auf dem Rücksitz und holte ein Handtuch heraus, das er Will hinhielt. »Das ist das Mindeste, was ich für dich tun kann. Immerhin bist du gekommen, um mich zu holen.«

»Nein, das ist schon in Ordnung. Trockne erst einmal deine Stirn ab, damit wir die Wunde untersuchen können. Kopfwunden sind nichts, was man einfach so auf die leichte Schulter nehmen kann.« Die Scheinwerfer des Autos glitten kurz über Vincents Mercedes, als er wendete; das Anwesen der Bakers lag recht nah an der Stadt, am Ende einer langen Auffahrt. »Was hast du da draußen überhaupt gemacht?« Vincents Auto war *fort* von Golden Cove und seinem Zuhause gefahren.

»Ich bin nur so herumgefahren.« Vincents Worte klangen unter dem Handtuch gedämpft und merkwürdig undeutlich. »Habe versucht, den Kopf frei zu bekommen. Versuche zu verstehen, wie so etwas in Golden Cove passieren konnte.«

Will warf seinem Beifahrer einen Blick zu, aber Vincents Kopf war praktischerweise unter dem Handtuch verschwunden. Also wartete er ab, bis er seine nächste Frage stellte – es dauerte ein wenig, als ließe sich Vincent absichtlich viel Zeit. Aber schließlich konnte er sich nicht ewig die Haare abrubbeln, ohne dass es merkwürdig aussah.

Als er endlich das Handtuch senkte, um sich die von der Nässe ganz dunklen blonden Haarsträhnen aus der Stirn zu streichen, ließ Will ihn seine Wunde im Schminkspiegel des Sonnenschutzes untersuchen. Erst als Vincent bestätigte, dass es nur ein oberflächlicher Kratzer war, fragte er: »Kennst du Miriama gut?«

»Sie ist jemand, den jeder kennt. An Miri kommt man nicht vorbei.«

»Das beantwortet meine Frage nicht.«

Vincent seufzte. »Ich mag sie«, sagte er schließlich. »Wenn ich sie sehe, denke ich daran, wie es ist, jung und voller Hoffnungen zu sein und die eigenen Träume zu verfolgen.« Die Wehmut in seiner Stimme zeigte ziemlich deutlich, dass Vincent in sie verliebt war.

»Hast du ihr das jemals gesagt?« Er warf einen schnellen Blick auf Vincent, der aus dem Fenster schaute, wobei sein auf klassische Weise gut aussehendes Profil von der Dunkelheit draußen beschattet wurde.

»Ich bin nur ein dummer verheirateter Mann, der gern mit einem hübschen Mädchen redet, Will.« Vincents Tonfall war nicht aggressiv, nur traurig. »Sie ist so schön und so voller Leben. Die Vorstellung, dass ich womöglich ins Café komme und ihr Lächeln nie wieder sehe, ist ein Albtraum.«

Will richtete seinen Blick sofort wieder auf die Fahrbahn – bei diesem Wetter konnte er es sich nicht leisten, abgelenkt zu sein. Er fand es frustrierend, Vincents Gesichtsausdruck nicht sehen und seine Reaktionen einschätzen zu können. »Sei ehrlich zu mir«, sagte er. »Lügen helfen Miriama nicht.«

»Was willst du denn wissen?«

»War da jemals mehr als Reden zwischen dir und ihr?«

»Nein. Das würde ich meiner Frau nicht antun.« Ein tiefer Atemzug, gefolgt von einem sogar noch längeren Ausatmen. »Ich liebe meine Frau. Aber Miriama hat etwas an sich, was ich vor langer Zeit verloren habe, und es macht mich glücklich, ein bisschen mit ihr zu flirten und herumzufantasieren. Ich würde meine Familie niemals beschämen, indem ich die Grenzen überschreite.«

Hätte man Will vor einer Woche nach Vincent Baker gefragt, hätte er geantwortet, dass Vincent einer der geradlinigsten Männer in der Stadt sei, beinahe übertrieben ehrlich, trotz seiner politischen Ambitionen. Inzwischen war er sich nicht mehr ganz so sicher. Da hatte so viel *Begehren* in seiner Stimme gelegen, als er von Miriama gesprochen hatte, so viel … *Gier* war nicht das richtige Wort. Es war nicht ganz so hart. Beinahe der Wunsch zu lieben.

Aber genau wie Vincent gesagt hatte, war er ein verheirateter Mann mit zwei kleinen Kindern. Und Miriama war nicht die richtige Frau für jemanden, der Premierminister werden wollte – sie war zu wild, um die Einschränkungen zu akzeptieren, die das politische Leben mit sich brachte, ein zu freier Geist. Dennoch – so etwas hatte wohlhabende Männer noch nie daran gehindert, schönen jungen Frauen unehrenhafte Angebote zu machen. War es möglich, dass sich Vincent Miriama mit unlauteren Absichten genähert hatte, abgewiesen worden war und beschlossen hatte, sich zu nehmen, was sie ihm nicht freiwillig geben wollte?

Das einzige Problem war, dass das nicht mit dem zusammenpasste, was Will von Vincent wusste – aber er konnte zu diesem Zeitpunkt noch niemanden aussortieren. Sobald das Wetter aufklarte, würde er nach Christchurch fahren, um mit Juwelieren über Miriamas Armbanduhr zu sprechen. Jemand hatte sie ihr geschenkt – und vielleicht, ganz vielleicht war es doch kein Außenstehender gewesen.

Vincent hatte genug Geld. Daniel May ebenfalls.

Und nach Christchurch war Miriama gefahren, um ihren geheimnisvollen Liebhaber zu treffen. Vielleicht hatte sie sogar gesagt, was für eine Uhr sie wollte.

»Ich mache einen kleinen Umweg«, sagte Will zu Vincent. »Ich muss kurz nach Mrs Keith schauen.« Sie war schon älter und vielleicht schon im Bett, wenn er damit wartete, bis er Vincent nach Hause gebracht hatte.

Vincent sagte darauf nichts.

Ein paar Minuten später hielt Will vor dem kleinen weiß

gestrichenen Haus, sprang heraus und lief die Treppen hinauf. Nirgends war Licht, aber er klopfte dennoch. Dann wartete er. Er wusste, wie lange Mrs Keith brauchte, um an die Tür zu kommen.

Endlich wurde ein Licht eingeschaltet; zwei Minuten danach öffnete sich knirschend die Tür. »Ich wusste doch, dass Sie es sind.« Ein Lächeln, das ihre Fältchen vertiefte. Sie trug noch ihr Make-up. »Mir geht es gut, ich bin gemütlich zu Hause. Und wenn es in den letzten vierzig Jahren noch nicht zusammengebrochen ist, wird es das auch heute Nacht nicht tun.«

»Haben Sie denn alles, was Sie brauchen?« Will wusste, dass sich die Leute in Golden Cove gut selbst versorgen konnten, aber Mrs Keith war nicht bei allzu guter Gesundheit. »Haben Sie Notvorräte für alle Fälle?«

»Warum fragen Sie diesen alten Hasen, ob er seine Tricks noch kann?« Es klang ein wenig beleidigt. »Mir geht's gut, Schätzchen.« Sie betastete ihr perfekt toupiertes Haar, das von reinem, unnatürlichem Schwarz war. »Sehen Sie zu, dass Sie nach Hause kommen, bevor Sie sich noch was holen.«

Will wartete, bis Mrs Keith ihre Tür wieder geschlossen und verriegelt hatte, bevor er zurück zu seinem rot und blau blinkenden Auto rannte.

Nicht lange danach bog er in die lange Auffahrt ein, die zum Haus der Bakers hinaufführte. Das elektronische Tor stand weit offen, trotz der stürmischen Dunkelheit, vermutlich, weil Vincents Familie auf ihn wartete.

Will warf Vincent einen Blick zu. »Ich will nicht, dass du fährst, bis du beim Arzt warst. Und zeig mir das Attest, bevor du dich wieder hinters Steuer setzt.« Er hielt an, bevor sie das Haus erreichten, und holte das Alkohol-Testgerät aus dem kleinen Fach hinter seinem Sitz. »Du weißt, was du tun musst.«

Vincent widersprach nicht.

»Alles in Ordnung.« Will hatte nichts anderes erwartet. Er hatte Vincent noch nie betrunken erlebt – er trank immer nur ein Bier, wenn er in den Pub ging.

»Ich bin einfach nur von der Straße gerutscht«, wiederholte Vincent. Will fuhr ihn ganz nach oben. »Habe unterschätzt, wie glitschig die Fahrbahn war.« Es klang fast, als übte er, was er seiner Frau erzählen würde.

Als der SUV stand, öffnete Vincent die Beifahrertür und sah Will an. »Danke, dass du alles tust, was in deiner Macht steht, um sie zu finden. Sie verdient das.« Dann schloss er die Tür hinter sich und ging zur Haustür hinauf, in deren goldenem Licht der Umriss einer wunderschönen blonden Frau zu sehen war.

27

Will ärgerte sich, dass er nur so wenig durch den strömenden Regen auf der Windschutzscheibe erkennen konnte – er hätte zu gern Jemima Bakers Gesichtsausdruck gesehen. Denn wenn zwischen Miriama und Vincent irgendwann etwas gewesen war, musste es seine Frau wissen. Das hatte Will bereits bei seinen ersten Fällen als Detective gelernt – die Ehefrau wusste es fast immer.

Das einzige Problem war, dass in einer so kleinen Stadt wie Golden Cove sonst auch jeder alles wusste – und niemand hatte in Vincents Richtung gezeigt. Bisher war Vincent nur ein »dummer verheirateter Mann«, der sich in eine junge Frau verliebt hatte, die immer in Freiheit gelebt hatte – im Gegensatz zu Vincents eigenem vorgezeichneten Leben.

Der andere wohlhabende Mann, der in der Lage war, eine solch teure Uhr zu kaufen, hatte bereits bewiesen, dass er sich auf eine Affäre mit der Frau eines anderen einlassen würde. Das wussten nicht viele. Will wusste es nur, weil er einmal den betrunkenen Nikau nach Hause gefahren hatte und der in seiner Wut die Wahrheit erzählt hatte.

Es stellte sich heraus, dass Nikau und Keira noch zusammen in Wellington gelebt und versucht hatten, ihre problematische Ehe zu retten, als Daniel auf den Plan trat. »Als ich auf einer Konferenz in Paris war«, hatte Nikau erzählt, »hat dieses Arschloch mit meiner *Frau* geschlafen und ihr ein Leben schmackhaft gemacht, das ich ihr niemals bieten könnte. Ich kam nach Hause, und sie trug eine Halskette, von der sie behauptete, dass sie sie billig irgendwo in Golden Cove gekauft habe, und ich war blöd genug, ihr das zu glauben.«

Es war nicht schwierig, sich vorzustellen, wie Daniel einer anderen Frau Schmuck schenkte.

Aber obwohl Daniel und Vincent bequeme Ziele abgaben, konnte sich Will keine Voreingenommenheit leisten. Miriam konnte ebenso einen reichen Touristen kennengelernt haben. Es gab außerdem die, wenn auch unwahrscheinliche, Möglichkeit, dass jemand in der Stadt doch mehr Geld besaß, als Will wusste. Shane Hennessy zum Beispiel. Der Schriftsteller behauptete zwar ständig, er arbeite »nicht für Geld, sondern für gute Worte«, aber er hatte immerhin genug Kleingeld, um das heruntergekommene Haus der Baxters herzurichten. Und dann waren da die Seminare, die er anbot. Gemäß den Angaben auf den Websites gab es dazu ein Zimmer und Verköstigung, außerdem ein Stipendium.

Jedenfalls würde Will den Fokus seiner Ermittlungen noch nicht verengen.

Er hatte die Heizung angeschaltet, als Vincent und er in den SUV gestiegen waren, aber es war immer noch nicht wesentlich wärmer oder trockener, als er jetzt das Auto wendete und die Auffahrt wieder hinunterfuhr. Das Tor schloss sich hinter ihm, kaum dass er hindurchgefahren war, also musste jemand ein Auge auf die Sicherheitskamera haben.

Dieses Tor war in Golden Cove eine ziemlich ungewöhnliche Sache, aber Will verstand, dass Jemima nicht wollte, dass ihre und Vincents Kinder auf die Hauptstraße rannten. Das Haus war zwar recht weit davon entfernt, aber Kinder hatten nun mal flinke kleine Beinchen und konnten leicht auf die Straße geraten, und gerade auf diesen ruhigen Straßen achteten die Leute nicht immer auf ihre Geschwindigkeit.

Die Bakers hatten nichts dagegen, dass Wanderer auf den ausgewiesenen Pfaden ihr ausgedehntes Anwesen überquerten, sondern baten nur darum, dass sie außerhalb des Zauns blieben, der das Wohnhaus der Familie umgab.

Die Bäume waren wie dichte Schatten um ihn herum, als er die unbeleuchtete Straße entlangfuhr. Nur seine Scheinwerfer durchschnitten die Finsternis. Dahinter heulte der Wind und bog die Bäume, und der Regen trommelte auf die Windschutzscheibe.

Golden Cove wirkte sogar noch verlassener, als er diesmal hindurchfuhr. Lediglich in der Polizeiwache brannte mehr als nur die Nachtbeleuchtung – Will hatte alle Lichter angemacht und die Tür unverschlossen gelassen, damit jeder, der unversehens ins Unwetter geraten war, ins Warme stolpern konnte. Er machte sich keine Sorge darum, dass jemand etwas beschädigen würde. Der Safe war leer, der Aktenschrank verschlossen – darin befanden sich ohnehin keine sensiblen Dokumente –, und sein Computer war nun wirklich nicht der neueste.

Der Waffensafe war unter seinem Schreibtisch verborgen und außerdem schwer und gut gesichert. Will durfte sowohl einen Elektroschocker als auch eine Pistole mit sich führen, aber im Moment hatte er nichts von beidem dabei. Sein Elektroschocker hatte bei seiner letzten Prüfung nicht funktioniert, daher hatte er ihn eingeschickt, um ihn reparieren oder ersetzen zu lassen. Was die Pistole anging, so befand sich sein Antrag noch in Bearbeitung – zumindest hatte man ihm das gesagt, als er nachgefragt hatte.

Will hatte den Eindruck, dass seine Vorgesetzten sich nicht ganz sicher waren, ob man ihm eine tödliche Waffe anvertrauen konnte. Er wusste nicht, warum. Eine Pistole hatte nichts mit dem Grund zu tun, aus dem er in Golden Cove gelandet war. Er hatte das mörderische Gesicht dieses verdammten Mistkerls mit bloßen Händen zu Brei geschlagen.

Dieselben Hände packten das Lenkrad fester.

Die oberen Fenster des Bed and Breakfast leuchteten golden und verschwommen im Regen, als er daran vorbeifuhr. In der Pension wohnten zurzeit nur drei Gäste, alles erfahrene Wanderer, die so oft nach Golden Cove kamen, dass sie schon beinahe als Einwohner ehrenhalber galten. Will hatte sie trotzdem überprüft und nichts gefunden. Alle drei hatten bei der Suchaktion mitgemacht.

Er warf aus Routine einen Blick in den Rückspiegel, um sicherzugehen, dass in der Stadt nichts Problematisches vor sich ging, und war überrascht, kein Licht im Supermarkt zu sehen. Normalerweise ließen die Lees immerhin das hellgrüne Neonschild leuchten. Vielleicht hatten Shan und Pat beschlossen, auf die Notgeneratoren umzuschalten, damit ihre frische Ware nicht verdarb, sollte nachts der Strom ausfallen. Er würde morgen mit ihnen sprechen und sie fragen, wie es gelaufen war.

Jetzt fuhr er durch ein Golden Cove, das still und kalt und dunkel war.

Es wurde sogar noch kälter und dunkler, als er an den Stadtrand kam und die wenigen brennenden Lichter hinter sich ließ. Er fuhr vorsichtig, immer darauf gefasst, etwas Pink- oder Orangefarbenes zu sehen. Er merkte nicht einmal, was er tat, bis etwas sein Scheinwerferlicht reflektierte und er das Fahrzeug anhielt … nur um zu erkennen, dass es nur die silbrige Unterseite eines vom Wind herbeigewehten Bonbonpapiers war.

Es wurde vom nächsten Windstoß fortgeweht.

Er schaltete wieder hoch, fuhr weiter und bog in den Weg ein, der zu Anaheras Hütte führte.

Sein SUV rumpelte über den Schotter und hielt neben ihrem Jeep. Sie hatte das Verandalicht angelassen, und er war dankbar dafür, als er ausstieg und zur Hütte rannte. Er hatte die Armbanduhr und die Blechbüchse sicher in einem speziellen Fach verschlossen, das er selbst in den Kofferraum seines Autos eingebaut hatte, verborgen unter der Mulde für das Ersatzrad. Er hatte außerdem die Alarmanlage eingeschaltet, die sofort angehen würde, sollte jemand versuchen, das Auto aufzubrechen – und die Sirene war laut genug, um selbst dieses Wetter zu übertönen.

Die Tür öffnete sich, bevor er die Veranda erreichte. »Ich habe Ihr Auto gehört«, sagte Anahera. »Sie sind ja völlig durchnässt.«

»Ein Unfall auf der Ausfallstraße«, sagte er und schüttelte die Nässe so gut ab, wie es ging.

»Geht es allen gut?«

»Ja.« Er wischte sich über das Gesicht. »Ich lasse meine Jacke lieber auf der Veranda. Sonst mache ich den ganzen Fußboden nass.«

»Der Wind wird sie hinunter zum Wasser wehen.« Anahera winkte ihn hinein. »Hier gibt es eine Ecke, in der Sie sie aufhängen können. Meine Großmutter hasste Unordnung und hat dafür gesorgt, dass mein Großvater sie einbaut, als er die Hütte baute.«

Will sah, was sie meinte, als er eintrat. Die Hütte hatte tatsächlich etwas, was man scherzhaft als »Dreckschleuse« bezeichnete – nur dass der Bereich längst nicht so groß war, sondern mehr eine Art Vor-Eingangsbereich. Zur Linken hing ein Brett mit Haken daran. Anaheras Anorak hing dort. Auf der anderen Seite gab es eine große Bank mit einem Schuhregal darunter. Ein Paar Stiefel stand bereits darin.

Will zog seine Jacke aus und hängte sie neben Anaheras Anorak. Ihr leuchtendes Orange und die weißen reflektierenden Streifen bildeten einen starken Kontrast zum Olivgrün ihres Anoraks. Dann setzte er sich auf die Bank, beugte sich vor und öffnete seine Stiefel, um sie auszuziehen. Er steckte seine nassen Socken neben die Stiefel unter die Bank. Anahera kam mit einem dicken gelben Handtuch.

»Danke schön.« Er trocknete sich das tropfende Haar ab.

»Da können Sie sich bei Josie bedanken. Sie ist diejenige, die mir Handtücher mitgebracht hat – manchmal glaube ich, dass diese Frau in die Zukunft sehen kann.«

Will verstand immer noch nicht, wie Anaheras und Josies Freundschaft so lange hatte überdauern können. Josie hatte zwar ihr kleines Unternehmen, aber das Café war ihr nicht das Wichtigste im Leben. Sie war die Sorte Frau, die ihrem Mann ein Lunchpaket zum Mittagessen mitgab und sich rührend um ihren Sohn kümmerte; früher hatte sie sogar manchmal das Café geschlossen, wenn die Schule ihres Sohnes eine elterliche Hilfskraft benötigte und sie keine Aushilfe finden konnte. Sicher würde sie sich ebenso mütterlich um das Kind kümmern, das sie in sich trug.

Josies Leben war vollkommen. Sie verspürte keinerlei Drang, diese Stadt jemals zu verlassen.

Anahera dagegen hätte nicht gegensätzlicher sein können. Sie hatte nicht nur Golden Cove verlassen, um ein so einzigartiges Leben zu führen, das viele hier niemals verstehen würden, sondern auch eine Härte an sich, die Josie niemals haben würde. Anahera, dachte Will, wusste mehr über die dunkle Seite der menschlichen Natur, als ihre Freundin sich überhaupt vorstellen konnte.

»Ich werde mich unbedingt bei ihr bedanken«, sagte er, als er sein Haar einigermaßen trocken gerubbelt hatte. »Sie haben vermutlich keine Heizung hier draußen?«

Die Arme über dem dicken schokoladenbraunen Pulli verschränkt, lehnte sich Anahera gegen den Türrahmen in den Hauptraum der Hütte. »Stadtmenschen. Verweichlichter, als die Polizei erlaubt.«

»Genau so bin ich. Ohne meine flauschigen Hausschuhe und eine Tasse Tee kriege ich nichts geregelt.«

Anahera lachte überraschend rauchig und ging in die Hütte hinein. Er ging hinter ihr her, immer noch mit dem Handtuch in der Hand, um sich doch noch einigermaßen trocken zu bekommen, und merkte, dass es drinnen warm und gemütlich war. Ein Feuer knisterte im Kamin, daneben stand ein Stapel Holzscheite. »Haben Sie den Abzug reinigen lassen?«

»Sind Sie immer so?«, fragte Anahera. »So nervig?«

»Das ist mein Job. Und wenn Sie diese Hütte niederbrennen, muss ich wieder den ganzen Papierkram erledigen.«

»Danke für das Vertrauen. Und ja, der Kamin funktioniert. Meine Mutter hat mir beigebracht, wie ich das selbst erledige.«

Will schaute sich um, sah die sauber gefegten Böden, den alten Holztisch, der in einer Ecke stand, die zwei klapprigen Stühle, die daruntergeschoben waren. Es gab kein Bett, also musste es noch mehr Platz geben, als auf den ersten Blick ersichtlich war. »Haben Sie noch ein Zimmer?«

Anahera zeigte mit dem Daumen über die Schulter. »Die Toilette ist dort entlang«, sagte sie. Sie hatte ihn offenbar nicht richtig verstanden. »Leider habe ich keine Sachen zum Wechseln für Sie.«

»Ich werde schon trocknen.« Um das zu beschleunigen, zog er das graue Hemd aus, das er über ein weißes T-Shirt gezogen hatte, zog einen der Stühle nah an den Kamin und hängte das Hemd über die Stuhllehne. Seine Jeans würden zweifellos feucht bleiben, bis er nach Hause aufbrach, aber das dünne T-Shirt würde sicher bald trocknen.

Er beschloss, sich die Hände zu waschen, ging den kleinen verborgenen Flur hinter der Küchenzeile entlang und stand vor einer angelehnten Tür zu einem weiteren Zimmer. Davor, auf der rechten Seite, waren die Toilette und die Dusche. Zur Linken stand eine Tür offen, die in ein leeres Zimmer führte, das vermutlich das Schlafzimmer von Anaheras Mutter gewesen war.

Das andere Schlafzimmer interessierte ihn mehr. Ein Bett stand darin, und, soweit er erkennen konnte, sonst nicht viel.

Und Anahera ist keine Verdächtige, erinnerte er sich, als er merkte, dass sein Hirn automatisch nach Anzeichen für irgendwelche Geheimnisse suchte. Rein theoretisch war sie ebenso verdächtig wie jeder andere in Golden Cove, aber sie hatte kein Motiv, das er erkennen konnte. Sie war erst vor ein paar Tagen gekommen. Was auch immer mit Miriama passiert war, es hatte mit dieser Stadt zu tun – und mit ihren Geheimnissen.

28

Er trat ins Badezimmer und wusch sich die Spuren des Schmutzes ab, der sich in die Linien seiner Handfläche gegraben hatte, vermutlich, als er Vincents Auto von der Straße geschoben hatte.

Er musterte sein Gesicht im gesprungenen Spiegel über dem Waschbecken. Der Mann, der ihn daraus ansah, sah ausgezehrt aus. Dunkle Stoppeln sprossen an seinen immer noch ein wenig eingesunkenen Wangen. »Ein Model wirst du nie, Will.«

Der Duft von Kaffee hing warm in der Luft, als er ins Wohnzimmer zurückkam.

»Haben Sie etwas gegessen?«, fragte Anahera aus dem Küchenbereich. Will schüttelte den Kopf. »Ich mach mir einen Toast, wenn ich wieder zu Hause bin. Wir sollten über das sprechen, was Sie heute beim Treffen der Freiwilligen gehört haben.« Will kannte Anahera nicht, aber er hatte sie an dem Tag zum ersten Mal getroffen, als sie angekommen war; es war nur klug, nachzuschauen, ob die neue Einwohnerin ein Vorstrafenregister hatte. Als das letzte Mal ein verlorener Sohn nach Golden Cove zurückgekehrt war, hatte sich herausgestellt, dass er ein Drogendealer war, der sein altes Leben noch nicht ganz hinter sich gelassen hatte.

Er hatte seinen Plan aufgegeben, sein Geschäft in der Stadt weiterzuführen, nachdem Will ihm klargemacht hatte, dass er alles in seiner Macht Stehende unternehmen würde, um den Mann ins Gefängnis zu bringen.

Anahera hatte im Gegensatz dazu keinerlei Vorstrafen. Stattdessen hatte sie eine glänzende Karriere als klassische

Musikerin hingelegt. Aber hier gab es keinerlei Hinweise auf Musik, nicht einmal ein kleines Radio.

Natürlich waren noch nicht alle ihre Habseligkeiten angekommen, und wahrscheinlich hatte sie alles Wichtige mitgenommen, als sie sich von Golden Cove verabschiedet hatte. Es wäre ja dumm gewesen, es hierzulassen, um es stehlen, beschädigen oder verkommen zu lassen.

»Sie können Nudeln haben«, sagte sie und rührte in der Soße. »Mit Fertigsoße, aber es ist heiß und macht satt. Dann muss ich keine drei Tage lang Reste essen. Ich bin so daran gewöhnt, für ...« Sie verstummte mit einer Plötzlichkeit, als wäre sie gegen eine emotionale Wand gerannt.

Sie musste den Satz nicht beenden. Will wusste, dass sie vor sieben Monaten ihren Mann begraben hatte. »Danke schön«, sagte er und tat so, als hätte er ihr abruptes Schweigen nicht bemerkt. »Zu Nudeln sag ich niemals Nein.«

»Ich trinke dazu ein Glas Rotwein.« Sie hob ein Wasserglas, das ungefähr zu einem Drittel gefüllt war. »Ich würde Ihnen ja gern dasselbe in meinen unfassbar eleganten Stielgläsern servieren, aber Sie sind vermutlich noch im Dienst.«

»Offiziell nicht.« Will lehnte sich mit der Hüfte gegen die Arbeitsplatte neben dem tragbaren Gasherd, den sie benutzte, um die Nudeln zu kochen. Viele Einheimische hier benutzten sie; die meisten für ihre Jagd- oder Campingausflüge. Vermutlich war es eine gute Idee von Anahera, ihn zu benutzen, bis sie die Elektrizität geprüft hatte.

»Aber«, fügte er hinzu, »in einer Stadt wie dieser, wo ich der einzige Polizist bin, habe ich eigentlich immer Dienst.« Will gefiel es so. So musste er weniger nachdenken, hatte keine Zeit, in der Vergangenheit zu leben, weniger Muße, sich bei dem kleinen Geist zu entschuldigen, der ihn niemals zu hören schien.

Anahera nahm einen Schluck von ihrem Wein und sagte

dann: »Ich habe auch Kaffee gekocht. Die Becher sind rechts.«

Er wählte einen dicken grünen Becher aus den vier nicht zueinanderpassenden Bechern auf der Küchenarbeitsplatte aus und nahm den altmodischen und schweren metallenen Teekessel, in dem sie den Kaffee warm hielt. »So ein Ding«, sagte er und hob den Kessel an, »kostet in den Designerläden der großen Städte bestimmt zweihundert Dollar.«

Anahera lachte, und das Lachen reichte bis zu ihren dunklen Augen. »Da haben Sie recht. Aber dieser spezielle Kessel ist schon seit ungefähr fünfzig Jahren in unserer Familie.«

»Heutzutage werden die nicht mehr so haltbar hergestellt.« Will stellte den Kessel auf einen großen hölzernen Untersetzer neben dem Herd – er sah aus wie ein Stück von einer Diele, erfüllte aber seinen Zweck.

»Kommt Ihr Strom von einem Generator?«

Anahera schüttelte den Kopf. »Meine Mutter hat die Leitungen gelegt, als sie hier lebte.« Ihr Lächeln verschwand. »Ich habe die Elektrizitätswerke gebeten, den Strom wieder einzuschalten, und es scheint alles zu funktionieren. Aber ich traue mich noch nicht, den Elektroherd zu benutzen.«

Sie nahm den Topf mit den Nudeln, um ihn auf den Tisch zu stellen, bevor er begriff, was sie vorhatte. »Na kommen Sie, wir essen.«

Will nahm die Weinflasche und seinen Kaffeebecher und stellte beides auf den Tisch. Dann holte er sein nasses Hemd von der Stuhllehne und legte es vor das Kaminfeuer ausgebreitet auf den Boden.

Er zog den Stuhl an den Tisch. Anahera holte ein Baguette: »Freundlicherweise von Josie zur Verfügung gestellt.« Sie sagte es mit einem Lächeln in der Stimme. »Sie sagt, dass sie es heute im Café nicht verkaufen konnte, daher hat Tom es mir heute zum Treffen in der Feuerwache gegeben. Ich glaube, sie fürchtet, dass ich mich vor Kummer zu Tode hungere, wenn sie mich nicht versorgt.«

Sie riss das lange Brot in zwei Teile und legte eine Hälfte auf das Schneidebrett, das sie auf den Tisch neben den Nudeltopf gelegt hatte. Die andere riss sie noch einmal in der Mitte entzwei. Sie nahm ein Stück und biss hinein, als wollte sie ihrer Freundin das Gegenteil beweisen.

Will wusste, dass sich Kummer auf hundert verschiedene Arten zeigte. In Filmen sah man die Menschen immer nur weinen und heulen oder verstummen und zusammenbrechen. Aber so einfach war die Wahrheit nicht. Manche Menschen wurden wütend.

Wie Anahera.

Der Polizist aß ruhig und methodisch, fand Anahera. Als wäre es eine Aufgabe, die er erledigen musste, als bedeutete ihm der Geschmack des Brotes nichts. Anahera hätte beleidigt sein können, aber sie wusste, dass sie eine gute Köchin war, selbst wenn sie nur Fertigsoße mit den wenigen Gewürzen zubereitete, die sie im Supermarkt der Lees gefunden hatte.

Aber sie hatte das Gefühl, dass sie ihm auch ein Cordon Bleu auftischen könnte – er würde es ganz genauso essen. Dieser Mann war keiner, der sich die Zeit nahm, die kleinen Freuden des Lebens zu genießen.

War er schon so auf die Welt gekommen, oder hatte das Leben ihn verändert, ihn dazu gemacht?

Wenn sie hätte raten müssen, hätte sie auf das Letztere getippt. Niemand wurde ohne die Fähigkeit zur Freude geboren. Das Leben ließ sie wieder herausrinnen, Tropfen für Tropfen.

Sie nahm ihr Glas und trank einen bewussten Schluck

Wein. Früher hatte sie sich allein vom Geruch des Alkohols übergeben müssen, aber sie wollte nicht länger die Geisel der Vergangenheit und der Süchte ihres Vaters sein. Daher hatte sie es sich beigebracht, ihn so zu genießen, wie man ihn genießen sollte – in kleinen Mengen.

Edward hatte ihr dabei geholfen. Er hatte ihr eine ganze Welt edler Weine und dekadenter Cocktails nahegebracht. Davor hatte sie nur die billige Plörre gekannt, die man im Supermarkt kaufen konnte. Aber egal, wie gut der Wein war, Anahera hatte nie den Drang, zu viel davon zu trinken. Das wäre, als spuckte sie auf die Asche ihrer Mutter, und das hätte sie niemals getan.

»Das hier ist wirklich lecker.« Wills Stimme klang ruhig, aber seine Augen waren wachsam.

Anahera war sich beinahe sicher, dass er versuchte, die Art von Konversation zu machen, von der er glaubte, dass er sie machen müsse. »Sie essen das, als wäre es Treibstoff«, sagte sie. Sie hatte einfach keine Geduld für diesen Quatsch. »Sind Sie sich sicher, ob Sie es überhaupt geschmeckt haben?«

Das Gesicht, das sie ansah, war nicht so sehr ausdruckslos als vielmehr undurchsichtig. Kontrolliert. Vermutlich eine nützliche Fähigkeit, wenn man Verdächtige verhören musste. »Ich habe es geschmeckt«, erwiderte er ruhig.

Aber Anahera dachte nicht mehr ans Essen. »Bin ich verdächtig?« Sie hatte noch nicht darüber nachgedacht, zumal sie erst kürzlich nach Golden Cove zurückgekehrt war, aber ebendeshalb kannte Will sie nicht, und er hatte keinen Grund, sie von seiner Liste zu streichen. »Haben Sie mich deshalb gebeten, mit den Leuten zu reden und Ihnen davon zu berichten? Damit Sie meinen Bericht mit dem von jemand anderem vergleichen und sehen können, ob ich lüge?«

Er hielt ihren Blick mit seinem steinernen, unerschütterlichen Grau. Seine Augen erinnerten sie an das Meer an einem ganz ruhigen Tag vor dem Sturm – es wirkte vielleicht still, aber darunter gab es kräftige Strömungen. »Sie haben eine lebhafte Fantasie«, sagte er mild.

Anahera verengte die Augen zu Schlitzen. »Versuchen Sie es erst gar nicht mit diesem Tonfall.« Es klang kalt. »Ich war mit einem Mann verheiratet, der im britischen Schulsystem groß geworden ist.« Sie hatte einige Zeit gebraucht, um das zu begreifen – dass das, was die Engländer »Public Schools«, also »Öffentliche Schulen« nannten, in Wirklichkeit exklusive Privatschulen waren. »Wenn Sie hier das Spiel mit dem nüchternen Ton spielen wollen, das kann ich genauso gut wie Sie.« Sie bewies das mit ihrem letzten Satz und sah, dass sich die Fältchen an seinen Augenwinkeln leicht vertiefen.

Er nahm sich Zeit, um zu antworten. »Kyle Baker ist der Meinung, dass Sie mit eingezogenem Schwanz nach Golden Cove zurückgerannt sind, weil Sie das Leben in der Welt da draußen vermasselt haben.«

Das hatte Anahera nicht erwartet. Sie zog die Brauen zusammen und tat das, was er auch getan hatte: Sie nahm sich Zeit, bevor sie antwortete. »Beim Treffen heute Nachmittag war er sehr respektvoll«, sagte sie. »Er hat mich sogar eigens wieder in Golden Cove willkommen geheißen.« Anahera erinnerte sich daran, dass er sich ganz offensichtlich nicht ganz wohl in der Situation gefühlt hatte. Er hatte sich so angespannt bewegt.

»Kyle ist ein kleiner Psychopath.« Diesmal klangen seine Worte hart, scharf wie eine Klinge. »Ich brauchte ein wenig, um das zu erkennen, und ich habe Erfahrung mit diesem Persönlichkeitstyp. Er ist sehr gut darin, es mit seinem Charme zu verbergen, und mit seinem charmanten, glänzenden Hoffnungsträger-Getue.«

Anahera stellte ihr Glas ab, stützte sich mit den Armen auf den Tisch, den ihre Mutter am Straßenrand gefunden und selbst aufpoliert hatte. »Sie klingen, als seien Sie sich da ganz sicher.«

Er kaute und schluckte ein Stück Brot, das er abgebissen hatte, und sagte: »Er hat beschlossen, dass ich es nicht wert bin, sein Freund zu sein – ich glaube, es gibt ihm einen perversen Nervenkitzel, sich vor mir zu zeigen. Er weiß, dass mir niemand glauben würde, wenn ich die Dinge weitererzählte, die er mir sagt.«

Anahera kannte Vincent schon ihr ganzes Leben lang, was bedeutete, dass sie Kyle seit seiner Geburt kannte, zumindest am Rande. Die wenigen Male, die sie überhaupt über ihn nachdachte, tat sie ihn immer als verwöhntes Balg ab, aber sie erinnerte sich daran, wie Vincent ihr einmal erzählt hatte, dass Kyle der perfekte Sohn sei – Vincents Eltern hatten ihm seinen zehn Jahre jüngeren Bruder oft als strahlendes Beispiel vorgehalten. Aber es gab da noch andere Dinge.

»Als ich so dreizehn, vierzehn war – Kyle muss da erst drei oder vier Jahre alt gewesen sein –, erzählte Vincent Keira und mir, dass sein Bruder einen riesigen Wutanfall hatte, weil er zu Vincents Geburtstag keine Geschenke bekam.« Damals hatten sie nur die Augen verdreht und Vincent gesagt, dass sein Bruder eben noch ein Baby sei.

Der einzige Grund, aus dem sich Anahera überhaupt an dieses Gespräch erinnerte, war, dass Keira damals plötzlich gesagt hatte: »Ich hatte einen Bruder. Er starb, als er drei war, bevor ich auf die Welt kam. Er hieß Keir.« Der Wind wehte ihr das schwarze Haar aus dem Gesicht, sie starrte hinaus aufs Wasser, dieses Mädchen, das selbst in diesem Moment Anahera immer vorgekommen war wie ein unbeschriebenes Blatt. »Keir und Keira. Meine Eltern glauben, ich hätte seine Seele, dass er von den Toten zurückgekehrt wäre.«

Anahera hatte eine Gänsehaut bekommen.

Wills Stimme unterbrach die verstörende Erinnerung an Keiras Geständnis. »Kyle ist besser darin geworden, sein Bedürfnis zu verbergen, immer der Beste und von Bewunderern umgeben zu sein und besser behandelt zu werden als alle anderen, aber es ist unter der Oberfläche immer noch da. Seien Sie sehr vorsichtig in seiner Nähe. Und wenn Sie jemals mit ihm allein sein sollten, dann ändern Sie das so schnell wie möglich.«

Schiefergraue Augen, die ihren Blick auffingen. »Jeder, der so gut und ohne jedes Schuldbewusstsein lügt wie Kyle, kann einen in einer Sekunde anlächeln und in der nächsten ein Schlachtermesser in den Rücken jagen. Und dabei würde er sein Lächeln nie verlieren.«

29

Trotz der Wärme aus dem Kamin kroch Anahera ein Schauder über den Rücken. Sie schob ihren halb aufgegessenen Nudelteller von sich weg. »Glauben Sie, dass er Miriama etwas angetan hat?«

Will tippte mit den Fingern auf dem Holz des Tisches herum. »Kyle hat keinen Grund, ihr etwas anzutun. Er glaubt, dass sie sich ihr eigenes Leben verpfuscht und dann gedemütigt nach Golden Cove zurückkriechen wird.«

Es war merkwürdig. Obwohl Anahera Will erst vor Kurzem kennengelernt hatte und Kyle weit länger kannte, glaubte sie Will. Etwas an diesem Polizisten sagte ihr, dass er keine Spielchen spielte und keine Lügen erzählte.

Natürlich waren ihre Instinkte nicht immer die allerbesten.

Sie hatte Edward all die Jahre auch vertraut, besonders nach ihrem niederschmetternden Verlust, als er so liebevoll gewesen war. Sie hatte ihm geglaubt, als er sagte, dass sie es schon schaffen würden, dass es nichts ausmachte, solange sie einander hatten.

So ein guter Lügner, ihr toter Ehemann.

Anahera hatte nie geargwöhnt, dass er eine Affäre haben könnte, sie hatte immer jedem seiner Worte geglaubt, wenn er sagte, er müsse länger im Büro bleiben oder eine Dienstreise unternehmen.

Nein, sie konnte ihren Instinkten nicht trauen; sie brauchte eine zweite Meinung über Will. Über Kyle.

Sie würde mit Josie sprechen, um ihre Meinung zu erfahren. Obwohl, wenn Kyle tatsächlich eine Maske trug, brauchte es vielleicht tatsächlich einen Außenstehenden, um dahinterzusehen. Anahera würde ihn genauer beobachten, nachsehen, ob sie Risse in seiner Persönlichkeit oder seinen Taten erkennen konnte.

»Sie müssen mir nicht glauben«, sagte Will, der damit bewies, dass er wirklich ein sehr guter Polizist war. »Seien Sie nur vorsichtig. Und versuchen Sie, ihm nicht in die Quere zu kommen, wenn es geht – er ist die Sorte Mensch, die das als Beleidigung versteht. Er wird sich rächen, wenn keiner hinsieht.«

Wieder dieser kalte Schauder auf Anaheras Rücken. »Das merke ich mir.«

»Darf ich Ihnen eine Frage stellen?«

Sie sah ihn an, und er fragte: »Warum sind Sie zurückgekommen? Ihre Fans warten sehnlichst auf ein neues Album, und Ihr Label hat öffentlich verkündet, dass es Sie unterstützt, wenn Sie bereit sind.«

»Sie haben Ihre Hausaufgaben gemacht.«

Er zuckte nicht einmal bei dieser knappen Antwort. »Man hat Ihnen Künstleraufenthalte an berühmten Musikschulen angeboten, Sie gebeten, über eine weitere Tournee nachzudenken, und doch sind Sie zurückgekommen. Warum, wenn Sie es dort draußen doch geschafft hatten? War es nicht das, was Sie wollten?«

Anahera lachte, und es klang so bitter wie die Tränen, die sie um Edward vergossen hatte. »Ich glaube, wir sind beide alt genug zu wissen, dass das, was wir uns wünschen, gar nicht das ist, was wir wollen.« Sie war voller Träume und Zorn aus Golden Cove fortgerannt. Sie war als desillusionierte Frau zurückgekehrt, die wusste, dass man dem Gestern nicht immer entkommen konnte und manche Albträume einen für immer verfolgten.

»Ich habe auch meine Hausaufgaben gemacht«, sagte sie, um für den Mann den Spieß umzudrehen, der sie ständig auf Dinge stieß, denen sie nicht ins Gesicht sehen wollte. »Sie sind ziemlich berühmt für einen Cop.«

»Ich wollte nie berühmt werden.« Knappe Worte, ausdrucksloser Tonfall.

Anahera wusste, dass sie ihn nicht drängen durfte, dass ein Mensch ein Recht auf eine gewisse Dunkelheit, auf seine Geheimnisse hatte, aber jetzt hatte sie schon einmal damit begonnen, und sie war nicht in der Stimmung, nachsichtig zu sein. »Die meisten Polizisten bekommen keinen großen glänzenden Orden vom Präsidenten des Landes an die Brust geheftet. Die meisten Polizisten treten nicht einem gewalttätigen Drogensüchtigen entgegen, der fünf Kinder als Geiseln hält, und schaffen es, den Drogensüchtigen ohne einen einzigen Verlust zu überwältigen. Sie sind ein verdammter Held. Was machen Sie also in Golden Cove?«

In seinen Augen war ein Sturm aufgezogen. »Glauben Sie nicht alles, was Sie in den Medien hören.«

»Da ist noch etwas«, sagte sie in das lastende Schweigen hinein. »Miriama ist zurzeit in der Stadt in aller Munde. Wie passt das in Kyles Krankheitsbild, wenn er ein Psychopath ist?«

Will beugte sich vor und stützte seine Arme auf den Tisch, ein Echo ihrer Haltung. Er nickte langsam. »Das ist ein guter Punkt. Kyle gefällt es tatsächlich nicht, nicht im Mittelpunkt zu stehen. Falls er das hier getan hat, hat er nicht bedacht, wie viele Menschen Miriama mögen. Vielleicht hatte er gedacht, dass man sie einfach vergessen, einfach abschütteln würde.«

Auf seinem Gesicht lag ein grimmiger Schatten. »Es gibt nur einen Weg, wie Kyle wieder in den Mittelpunkt kommen kann: wenn er derjenige ist, der Miriama findet. Wenn er ihr etwas angetan hat, selbst wenn es nur als grausamer Streich begann, dann ist er zu weit gegangen. Er kann sie jetzt nicht mehr lebend finden und trotzdem ungeschoren davonkommen.«

»Herrgott.« Anahera fuhr sich mit der Hand durchs Haar. Statt zu ihrem Weinglas zu greifen, stand sie auf und schenkte sich einen Becher Kaffee ein. Sie brachte den Kessel zum Tisch, füllte Wills Becher ebenfalls auf, stellte ihn dann zwischen sie und setzte sich wieder. »Denken wir ernsthaft über die Möglichkeit nach, dass Miriama tot sein könnte?«

»Nein. Bis ich eine Leiche finde, ist sie für mich noch am Leben. Verletzt, vielleicht sogar schlimm, aber nicht tot.« Er lehnte sich zurück. »Und Kyle ist nicht der Einzige, den ich auf dem Radar habe.«

Als er nichts weiter sagte, zog Anahera die Brauen hoch. »Sie ziehen jetzt nicht die ganze Zeit diese ›das sind vertrauliche Polizeiinformationen‹-Nummer durch, oder?«

»Sie sind für mich eine Fremde, die ich kaum kenne«, erwiderte er exakt in dem milden Tonfall, über den sie sich bereits beschwert hatte.

Diesmal nahm sie an, dass er ihn absichtlich hatte, dass er sie ärgern sollte.

Sie lehnte sich ebenfalls zurück, nahm einen Schluck Kaffee und konterte in einem ebenso milden Ton: »Soll ich Ihnen erzählen, was ich heute Nachmittag gehört habe?« Er hörte zu, und sie begann zu erzählen. Dass die meisten Leute davon gesprochen hatten, dass die Suche fortgesetzt werden müsse, aber sie dennoch das Gefühl gehabt habe, dass die meisten glaubten, Miriama sei tot. »Kyle sagte, sie sei vielleicht vom Meer geholt worden. Er formulierte es als Frage, zögerlich, als wäre er sich nicht sicher.«

»Das sagte er mir auch – nur, dass er dabei weder unsicher noch zögerlich klang.« Will stellte seinen Kaffeebecher ab. »Interessant, oder?«

Wieder wurde Anahera ganz kalt. Sie stieß den Atem aus.

»Interessant ist jetzt nicht das Wort, das ich benutzen würde.«

»Hat irgendjemand die drei Wanderinnen erwähnt, die vor fünfzehn Jahren verschwanden?«

Anahera runzelte die Stirn. »Ja – Tom hat das Thema aufgebracht und sagte, wir sollten es Ihnen erzählen.« Sie musste sich überwinden, Informationen über ihre Freunde weiterzugeben, als sie das sagte. »Nikau nahm an, dass Sie bereits die Einzelheiten kennen.« Sie hielt Wills Blick stand. »Kyle war damals noch zu jung.«

»Ich bin mir nicht einmal sicher, ob sich Kyle je die Hände schmutzig gemacht hat, obwohl ich glaube, dass er absolut dazu imstande ist«, erwiderte Will ruhig und kontrolliert. »Aber wir können nicht zulassen, dass er die ganze Aufmerksamkeit auf sich zieht – vermutlich hat er die Hälfte der Dinge, die er mir heute erzählt hat, aus genau diesem Grund erzählt. Um unsere Aufmerksamkeit zu manipulieren.«

»Außerdem habe ich Vincents Frau kennengelernt.« Anahera ließ die Szenen vor ihrem inneren Auge ablaufen. »Das wirft jetzt kein gutes Licht auf mich, aber ich habe sie dort überhaupt nicht erwartet. Ich hatte sie unter der Kategorie ›reiche Frau, die zum Lunch geht und einige schicke Wohltätigkeitsveranstaltungen besucht‹.«

»Warum hatten Sie denn diesen Eindruck?«, fragte Will leise. Die Milde in seiner Stimme hatte einem echten Interesse Platz gemacht. »Kannten Sie sie von vorher?«

Anahera schüttelte den Kopf. »Ich habe es damals nicht zu ihrer Hochzeit geschafft – damals ist der große Vulkan ausgebrochen, alle Flüge wurden gestrichen.« Obwohl die Hochzeit nicht in Golden Cove stattgefunden hatte, hatte sie die Vorstellung, zu der Hochzeit zu gehen, mit widerstreitenden Gefühlen erfüllt – die Vergangenheit war noch nicht ausreichend lange her, um dorthin zurückzukehren.

»Ich erinnere mich. Haben Sie Jemima Baker nicht auf Josies Hochzeit kennengelernt?«

Natürlich nahm er an, dass sie zur Hochzeit ihrer besten Freundin gekommen war. »Nein, mein Hochzeitspech hat sich mit Josie fortgesetzt. Ich hatte einen Unfall und musste eine Weile das Bett hüten.« Die Lüge kam ihr jetzt so leicht über die Lippen. Zuerst hatte Anahera nicht darüber sprechen wollen, dass ihre Träume auf einem gnadenlos kalten, italienischen Marmorfußboden herausgeblutet waren, dann später konnte sie mit dem Mitleid nicht zurechtkommen. Also hatte sie einfach mit der Lüge weitergemacht, und Edward hatte nie etwas dagegen eingewandt.

Er hatte sie einfach verlassen und das, was er wollte, von einer anderen Frau bekommen.

Vier Jahre.

Das hatte die heulende Frau gesagt.

Sie und Edward waren vier Jahre lang zusammen gewesen.

»Wenn Sie Jemima also nicht kannten, warum hatten Sie dann diesen Eindruck von ihr?«, hakte Will nach. »Bitte denken Sie genau nach.«

Anahera runzelte erneut die Stirn. »Bisher kamen die einzigen Dinge, die ich über Jemima wusste, von anderen.«

»Josie?«

»Sie sagte einmal, dass Jemima anscheinend kein Interesse an den Veranstaltungen in der Stadt habe. Nicht bösartig, nur als flüchtige Beobachtung während eines unserer Telefongespräche.« Anahera hatte sich immer auf die Bank am Fenster gekuschelt, wenn Josie anrief, sodass sie während des Gesprächs auf die Straße unter sich schauen konnte, aber ihr Herz war dabei in einem nebligen, grünen Land, sehr weit von London.

Josies Stimme war das Lied ihrer Heimat gewesen. Und eine schmerzhafte Erinnerung.

»Sie und Tom hatten sich gerade erst ihr eigenes Haus gekauft, und die Renovierung nahm ihre gesamte Zeit in Anspruch – wir sprachen über Farbe, über Tapeten, über Teppiche, sogar über die besten Armaturen für die Küche.« Anaheras Mundwinkel kräuselten sich. »Eine eigene Familie und Tom, mehr wollte Josie nie.«

»Und das hat Ihre Wahrnehmung von Jemima beeinflusst?«

»Nein. Wie ich schon sagte, Josie war froh und glücklich mit Tom und besessen von der Renovierung ihres neuen Hauses – sie waren damals erst ein paar Monate verheiratet.« Weniger als ein Jahr später beschäftigte sich Josie ebenso leidenschaftlich mit ihrer ersten Schwangerschaft.

An dem Tag, an dem Josie Anahera mit der Neuigkeit weckte, hatte es geregnet. Josie hatte sich überbordend gefreut. Anahera war allein gewesen, weil Edward auf einer seiner Dienstreisen gewesen war – obwohl er so großen Erfolg als Theaterautor hatte, arbeitete er immer noch in der Firma der Familie mit. Der ergebene Sohn. Aufrecht und solide. An diesem Tag hatte Anahera im Bett gelegen und zugesehen, wie der Regen in Rinnsalen die Fensterscheiben herunterströmte, und sie hatte zugehört, wie ihre Freundin vor Freude überschäumte über das neue Leben in ihrem Bauch.

Danach war sie ins Badezimmer gerannt und hatte sich übergeben, bis ihre Kehle brannte.

»Josie und Tom heirateten weniger als ein Jahr nach Vincent und Jemima.« Die eine war eine große Gesellschaftshochzeit, die andere eine intime Feier, und doch waren viele Gäste auf beiden Feiern zugegen. Josie war außer sich vor Freude gewesen, als Vincent ein Flugzeug charterte, um seine Freunde aus Golden Cove zu seiner schicken Party nach Auckland einzufliegen.

»Ich glaube, wenn Josie nicht so damit beschäftigt gewesen wäre, ihre eigene Hochzeit zu planen, als Jemima nach Golden Cove kam, hätte sie sich sicher bemüht, mit ihr in Kontakt zu treten, und die Initiative ergriffen, sich mit ihr anzufreunden.« So waren Anahera und Josie einander näherkommen. Josie war buchstäblich zu Anahera herübergerannt, als diese zusammen mit ihrer Mutter im Supermarkt war, und hatte ihre Hand genommen.

Damals waren sie erst drei Jahre alt gewesen.

»Als Josie sagte, Jemima sei ein wenig distanziert«, fuhr Anahera fort, »dachte ich, dass es Jemima vielleicht nicht so angenehm ist, neu in die Stadt zu kommen, weil alle mit Vincent befreundet sind und sie sich alle gegenseitig kennen. In London habe ich mich eine Weile so gefühlt.«

Edward zu heiraten, bedeutete, sich in eine engmaschige Privatschulen-Gesellschaft einzufügen. Die meisten waren nette Leute gewesen – obwohl ihre Vorstellung von entspannter Gemütlichkeit für Anahera absoluten Luxus bedeutete –, aber sie hatte nie vergessen können, dass sie alle in erster Linie Edwards Freunde waren und erst in zweiter Linie ihre.

Will sah sie immer noch an. »Wann änderte sich das? Wann begannen Sie damit, sie als, wie soll ich das nennen, ›Gutsherrin‹ zu sehen?«

Anahera nahm noch einen Schluck von ihrem Kaffee und genoss das tiefe, reiche Aroma auf der Zunge. »Ich glaube«, sagte sie langsam, »es lag an den Bildern, die Vincent postete. Darunter schien es gar keine … normalen zu geben. Sie wissen schon, abhängen in Jeans und T-Shirt, Ball spielen mit den Kindern oder eine Nase mit Sonnenbrand am Strand. Ich habe bisher nur Fotos von ihr in Abendkleidern gesehen.«

»Ausschließlich?«, hakte Will nach. »Nicht einmal Wanderkleidung? Sie wandert gern.«

Anahera kaute auf der Innenseite ihrer Lippe herum und versuchte, sich an ein einziges nicht-glamouröses Foto von Jemima zu erinnern. Aber ihr fiel keins ein.

Das konnte doch nicht sein.

Sie stellte ihren Becher ab, ging ins Schlafzimmer und kehrte mit ihrem alten Laptop zurück. Sie öffnete es, benutzte ihr Handy, um einen Hotspot aufzubauen, dann loggte sie sich in ihren Account ein und klickte zu Vincents Social-Media-Account weiter.

30

Da war er, der Beweis in glitzernden Kleidern und funkelnden Diamanten. Jemima in perfekter Pose, mit perfektem Make-up. Die ideale Frau, die als Begleitung am Arm ihres Mannes hing oder hinter ihrem Politiker-Ehemann stand, aber ohne jeden eigenen Ehrgeiz außerhalb ihrer begrenzten Rolle.

Eine intelligente Puppe.

»Ich kann kaum glauben, dass ich das bewusst noch nie bemerkt habe.« Zu ihrer Verteidigung hatte sie auch noch nie einen Grund gehabt, um über Jemima nachzudenken. Wenn sie an sie dachte, dann immer nur in Verbindung mit Vincent.

Will, der jetzt neben ihr stand, eine Hand auf die Lehne ihres Stuhls gelegt, streckte die Hand aus, um auf ein Bild zu tippen. »Vincent postet auch ganz normale Fotos von sich selbst. Vielleicht ist er einfach einer dieser Männer, die gern mit ihren schönen Frauen angeben.«

Sie spürte die Hitze, die Wills Körper ausstrahlte. Einen wütenden Augenblick lang wollte sie ihm sagen, er solle nicht so nah herankommen, sie wollte ihn *wegstoßen*. Sie hatte keinerlei Bedarf an Männern in ihrem Leben. Sie hatte sich ihr Alleinsein auf brutale Weise verdient, und sie sehnte sich danach.

Sie biss die Zähne aufeinander und unterdrückte den verräterischen Impuls. Dann zwang sie ihre Aufmerksamkeit auf die Fotos zurück: Vincent, wie er mit den Kindern spielte, nach einer Fahrradtour übers Land zurückkehrte, und das berühmte Foto von ihm, das ihn schlammverkrustet nach einem Wohltätigkeits-Fußballspiel zeigte, das auf einem regennassen Feld stattgefunden hatte.

Er wirkte echt, menschlich.

»Online hatten Sie keinen Kontakt zu Jemima?«, fragte Will.

»Ich habe den Account eigentlich nur, um mit meinen engen Freunden Kontakt zu halten.« Sie hielt inne und dachte darüber nach. »Wobei ich online auch mit Keira befreundet bin, aber sie hat mir eine Anfrage geschickt, und ich habe sie einfach angenommen.« Das Mädchen, das ihr von ihrem toten Bruder erzählt hatte, war damals Nikaus Ehefrau gewesen. »Ich weiß nicht einmal, ob Jemima ein Profil hat. Vincent hat sie in keinem der Fotos markiert.«

Sie tippte ihren Namen ein. »Kein Profil. Jedenfalls keins, das man so einfach findet.«

Will ließ ihre Rückenlehne los und richtete sich zu voller Größe auf. »Finden Sie das nicht merkwürdig? Sie ist eine Frau, die ein gewisses öffentliches Image aufrechterhalten muss. Ich hätte gedacht, sie würde gern die Kontrolle darüber behalten.«

»Wir versuchen mal etwas anderes.« Sie öffnete einen Tab in ihrem Browser und tippte Jemima Bakers Namen in das Suchfeld.

Die Ergebnisse kamen sofort.

Ganz oben war eine Seite, auf der Jemimas Wohltätigkeitsaktivitäten aufgelistet waren. Jede Organisation hatte eine eigene Seite, auf der die Einzelheiten der Arbeit und die Kontoverbindungen für Spenden standen. Die Bilder von Jemima waren bearbeitet und verschönert, ihr Makeup war absolut makellos. Keine Fotos von ihr, die sie lachend oder im Gespräch mit Mitarbeitern zeigten, nicht einmal der klassische Schnappschuss, auf dem sie Suppe an die Obdachlosen ausgab.

»Merkwürdig, dass sie ihre Wohltätigkeitsarbeit nicht mehr für die Politik nutzt«, murmelte Anahera, »aber vielleicht ist sie eine eher introvertierte Person, die gerne möchte, dass die Welt einen ganz bestimmten Eindruck von ihr bekommt.« Anahera war selbst die Königin der Masken und Illusionen.

»Sehen Sie mal den Namen des Unternehmens, das die Website programmiert hat.« Will zeigte auf eine winzige Schrift ganz unten auf der ersten Seite, die auf eine Firma unter Vincents Dach führte. »Beinahe scheint es, als sähe er sie nur so – als perfekte, wunderschöne Ehefrau. Nicht als runde Persönlichkeit.«

Anahera drehte sich zu Will um. »Wie sind wir eigentlich auf dieses Thema gekommen?«

Will ging zu seinem Stuhl zurück, setzte sich und nahm einen Schluck von seinem Kaffee, bevor er antwortete: »Die Nachricht wird ohnehin morgen in der ganzen Stadt herumgehen«, fing er an. »Dieser Unfall, den ich erwähnt habe? Der Grund, aus dem ich so nass war?«

Anahera nickte.

»Vincent ist mit seinem Auto in den Graben gefahren.«

»Mein Gott. Ist er …«

»Es geht ihm gut. Eine kleine Wunde am Kopf, aber die sieht nicht schlimm aus. Er sagte mir, er sei wegen des Regens von der Fahrbahn abgekommen, aber ich glaube das nicht. Ich glaube, er war abgelenkt und hat nicht aufgepasst.«

Anahera sog den Atem ein. Plötzlich hatte sie das Gefühl, einen Knoten im Magen zu haben. »An der Feuerwache wollte er unbedingt, dass die Suche weitergeht. Ihm scheint leidenschaftlich daran gelegen zu sein, Miriama lebend zu finden.«

»*Leidenschaftlich* ist das angemessene Wort.« Will strich sich das Haar zurück. »Er hat zugegeben, in Miriama verliebt zu sein. Sie kennen ihn besser als ich – glauben Sie, dass er seine Frau je betrogen hat?«

Sie kannte Vincent. Er war einer ihrer ältesten Freunde. Und dieser Polizist wollte, dass sie ihn verriet.

Sie stand auf und ging zum Kamin, um nach dem Feuer zu sehen. Es knisterte und sprühte Funken, im direkten Kontrast zu dem heulenden Wind, den die dünnen Wände gerade so eben abhielten. »Als Kind«, hörte sie sich selbst sagen, als sie sich wieder aufgerichtet hatte, »mochte ich Unwetter gern. Die Geräusche, der Geruch von Ozon in der Luft, dass meine Mutter bei mir schlief, damit ich keine Angst hatte.« Der Körper ihrer Mutter war eine warme Zuflucht gewesen, die Liebe und Zuneigung und Sicherheit bedeutete.

»Ich mochte Unwetter auch – bevor ich Polizist wurde«, sagte Will von seinem Stuhl am Tisch aus. »Sie würden sich wundern, wie dumm die Leute in dieser Wetterlage werden. Am schlimmsten ist es, wenn dann auch noch Lagerkoller einsetzt.«

»Verletzen sich die Leute dann mehr?« Ihr Vater hatte ihre Mutter so oft geschlagen, dass Anahera keinen Unterschied erkennen konnte.

»Ja. Und meist sind es Leute, die sich kennen und behaupten, einander zu lieben.«

Die Worte fielen zwischen sie wie Handgranaten. Sie sah, wie er eine Sekunde später begriff. Er schüttelte sofort den Kopf. »Das sollte keine Anspielung sein. Jeder Polizist, den ich kenne, hasst es, wenn er zu einem Fall von häuslicher Gewalt gerufen wird. Diese Fälle neigen dazu, sehr schnell sehr schlimm zu werden.«

Anahera wandte sich erneut dem Feuer zu, den Flammen und der Wärme, die das Eis in ihrem Herzen nicht erreichten. »Sie müssen nicht um den heißen Brei herumschleichen«, sagte sie. »Mein Vater hat meine Mutter geschlagen. Sehr schlimm. Jeder in Golden Cove weiß das.«

Es war unmöglich, Wunden zu verheimlichen, die so tief gingen.

»Nikau und Josie haben mir erzählt, dass er sich geändert hat, dass er jeden Monat zu den Treffen der Anonymen Alkoholiker geht. Aber das ändert die Vergangenheit nicht, oder? Es lässt die Veilchen, die gebrochenen Knochen und den gebrochenen Geist meiner Mutter nicht verschwinden. Es bringt sie nicht zurück.«

Anahera glaubte nicht an Vergebung, zumindest nicht für dieses Verbrechen. Ob Jason Rawiri sie nun eigenhändig von dieser Leiter gestoßen hatte oder nicht – die gesellige Haeata hatte nur in dieser Hütte so weit von ihren Freunden entfernt gewohnt, weil sie nichts anderes besaß. Jason hatte alles genommen, jeden Cent, den sie je verdient hatte. Die Hütte von Anaheras Großeltern blieb ihr. Ein sicherer Ort, an den Haeata mit ihrer Tochter ziehen konnte, aber den sie nicht mit Gewinn hätte verkaufen können. Selbst mit Anaheras Verdienst aus ihren Nebenjobs hatten sie kaum ihre Ausgaben decken können.

Wenn Haeata das Geld gehabt hätte, eine Wohnung in der Stadt zu mieten, hätte ein Nachbar vielleicht bemerkt, dass er sie draußen nicht mehr sah. Jemand hätte nach ihr geschaut.

Und Anaheras Mutter wäre nicht allein und in der Kälte verblutet.

»Ich kann Ihre Frage nach Vincents ehelicher Treue nicht beantworten«, sagte sie in die lastende Stille. »Der Junge, den ich kannte, war der Anständigste in unserer Gruppe. Aber diese Bilder, die er von Jemima postet, als wäre sie nur eine glänzende Trophäe und kein echter Mensch … das ist nicht der Vincent, den ich kenne.«

Aber die Sache ließ sie nicht los. Was, wenn es mehr war, als nur ein bisschen mit seiner Eroberung anzugeben? Was, wenn er das Image seiner Frau absichtlich so formte, dass die anderen Distanz zu ihr hielten?

Warum sollte er das tun – Jemima bewusst zu isolieren?

Die Kälte in Anaheras Knochen wurde so brüchig wie der viel zu oft gebrochene linke Arm ihrer Mutter. »Sie glauben doch nicht, dass er ihr wehtut?«

»Darauf gibt es keine Hinweise.« Will stand auf und stellte sich neben sie ans Feuer. »Aber die Leute sind gut darin, ihre Verletzungen zu verbergen. Eine Frau in Jemimas Position, mit einem so starken öffentlichen Profil, würde sich vermutlich extra Mühe geben, so etwas zu verstecken.«

»Meine Mutter war weder wohlhabend noch bekannt wie Jemima, und trotzdem hat sie sich dafür geschämt, dass ihr Mann sie schlug.« Obwohl das jeder längst wusste. »Sie konnte es nicht ertragen, dass die anderen glauben könnten, sie sei schwach.« Ohne je zu begreifen, dass er sich hätte schämen müssen, nicht sie. »Der seelische Schaden kann mindestens so schlimm sein wie der körperliche.«

Will nickte. »Und Jemima hat hier in diesem Land vermutlich niemanden, an den sie sich wenden kann.«

Erst jetzt fiel Anahera wieder ein, dass Vincent seine Frau in Südafrika kennengelernt hatte. »Sie hat überhaupt keinen Akzent.«

»Ich dachte immer, dass sie das aus politischen Gründen getan hätte, um Vincent zu helfen.« Will stützte sich mit dem Unterarm auf den Kaminsims. »Sich den Akzent abzutrainieren, um so zu klingen wie jemand von hier.«

Je mehr Anahera über dieses Thema nachdachte, desto schwerer wurde der Stein in ihrem Magen. »Vincent ist schon so lange mein Freund, und ich habe ihn nicht ein *einziges* Mal gewalttätig erlebt – gegen niemanden. Er war derjenige, der die Rangeleien auf dem Schulhof schlichtete.« Jemima konnte ebenso gut willig an ihrem glamourösen öffentlichen Bild mitarbeiten. »Vielleicht braucht Jemima den Glamour, um sich ein Profil zu verschaffen, damit sie die Medienaufmerksamkeit schon hat, wenn Vincent seine Kampagne startet.« Das war eine realistischere Möglichkeit als die Vorstellung, dass die gebildete und vernetzte Jemima niemanden haben sollte, an den sie sich wenden konnte. »Die Welt verfolgt gern das Leben der Reichen und Schönen. Und glamouröse Politikerfrauen bekommen viel mediale Aufmerksamkeit.«

»Niemand weiß genau Bescheid, wie es bei den Bakers zu Hause zugeht«, entgegnete Will. »Vincent und Jemima laden hin und wieder Leute zum Essen ein. Ich wurde in dem Monat, in dem ich hierherzog, einmal eingeladen – aber ich bekam nur die makellose Fassade zu sehen. Die lächelnde Gastgeberin, den gut gelaunten Gastgeber, die perfekten, gut erzogenen Kinder, die keinen Wutanfall bekamen und auch nicht herumzappelten, obwohl sie einem Fremden vorgestellt wurden.«

Anahera stützte sich mit beiden Händen am grob gezimmerten Holz des Simses ab und starrte in die Flammen. Der Wind schien das Dach abdecken zu wollen. »Ich habe eine Einladung von Jemima bekommen. Ich werde sie annehmen.« Sie brauchte Antworten, musste herausfinden, ob etwas Schreckliches in Vincents Haus vor sich ging.

Denn wenn es so war und Anahera wegschaute, würde sie es sich niemals verzeihen.

»Zumindest will ich ihr zeigen, dass sie eine Freundin hat in Golden Cove. Sie kennt meine Familiengeschichte inzwischen bestimmt.« Anahera hatte bisher diese Geschichte noch nie bewusst genutzt, aber wenn es einer Frau half, die in einem Haushalt voller Gewalt gefangen war, dann, so glaubte sie, würde ihre Mutter nichts dagegen haben. Haeata war einer der großzügigsten Menschen gewesen, die sie je gekannt hatte.

»Das ist eine gute Idee«, sagte Will. »Sie würde mir nie so vertrauen, wie sie vermutlich Ihnen vertraut.« Er löste sich vom Sims und ging durch ihre kleine Hütte, wobei die Dielen unter seinen bloßen Füßen knarrten.

Anahera drehte sich um und ertappte sich dabei, wie sie diese Füße beobachtete, groß und ein wenig blass, wie sie auf und nieder, auf und nieder schritten. »Miriama ist sehr jung im Vergleich zu Vincent«, sagte sie, um auf die Frage nach seiner Untreue zurückzukommen. »Aber … Jemima *ist* die perfekte Ehefrau. Die Sorte, die sich Vincents Eltern immer für ihn gewünscht haben. Wir haben uns nicht viele E-Mails geschickt, aber als er mich zu ihrer Hochzeit einlud, erwähnte er, dass sie die Tochter von Freunden der Familie sei.«

Will hielt mitten im Schritt inne. »Eine moderne arrangierte Ehe?«

»Das Gefühl hatte ich.« Anahera konnte das Gefühl, illoyal zu sein, nur schwer abschütteln, aber sie konnte auch nicht davon ablassen, jetzt, da Will diese Saat in ihren Kopf gepflanzt hatte. Es war egal, wer es war – wenn jemand einem anderen das Leben zur Hölle machte, während er nach außen gleichzeitig so tat, als liebte und schätzte er diesen Menschen, dann würde Anahera alles in ihrer Macht Stehende tun, um das zu ändern.

In diesem Augenblick donnerte es, und ein Blitz ging vor den Fenstern nieder.

Sie ging zur Haustür und öffnete sie. Sofort drang die Kälte hinein, aber nicht mit voller Wucht, weil der Wind und der Regen von der anderen Seite aus kamen. So konnte sie in der Tür stehen bleiben und das Gewitter beobachten, das über dem Ozean wütete, ein Hexenkessel aus Wolken von der Farbe von blauen Flecken und schwarzem Feuer.

Sie spürte, dass Will hinter sie trat, seine große, solide

Präsenz, und plötzlich beschloss ihr Körper aufzuwachen, der seit sieben Monaten tiefgefroren schien. Er mochte den Geruch dieses Polizisten, mochte sein Aussehen, mochte diese düsteren Augen und dass er so entschlossen nach einem Mädchen suchte, das viele in seiner Position längst vergessen hätten.

»Haben Sie vielleicht noch andere Hinweise? Etwas, von wo aus man weitermachen kann?«, fragte sie und schob den Teil von sich beiseite, der sich zu ihm umwenden und sagen wollte: »Komm, wir gehen ins Bett.« Ein solcher kopfloser körperlicher Akt würde ihrem Körper vielleicht Erleichterung verschaffen, aber ihr Zorn und ihre Trauer würden am nächsten Tag immer noch da sein.

»Ich habe mehr über die Herkunft der Armbanduhr herausgefunden«, sagte er. »Sie ist zu einzigartig, um von einem normalen Juwelier zu stammen.«

»Vermuten Sie international?«

»Zuerst fangen wir hier an. Ich werde nach Christchurch fahren und sie dort den teuersten Juwelieren zeigen. Vielleicht erkennt sie jemand wieder.«

»Wie wäre es denn, ihnen einfach ein Foto zu schicken? Ginge das nicht schneller?«

»Ich will ihre Gesichter dabei sehen – das Stück ist teuer genug, dass der Juwelier vielleicht glaubt, die Identität des Käufers schützen zu müssen.«

Anahera schaute hinaus zu den riesigen Brechern, die gegen das Ufer krachten, und sagte: »Sie sollten bei diesem Wetter wirklich nicht fahren.«

Ein einziger angespannter Augenblick. Ihr Atem ging gleichzeitig. Dann trat Will einen Schritt zurück. »Es ist nur eine sehr kurze Fahrt.« Er ging zum Feuer und nahm sein immer noch feuchtes Hemd, das er mit einer Grimasse überzog.

Wieder zurück im Eingangsbereich, setzte er sich auf die Schuhbank und begann, sich seine Stiefel anzuziehen. Er stopfte seine Socken in die Jackentasche, zog sie an und schloss den Reißverschluss. Er setzte die Kapuze auf und blieb am Rand der Veranda stehen. »Bleiben Sie hier in Sicherheit, Anahera. Und wenn Sie etwas hören, sagen Sie mir dann Bescheid?«

Anahera sah direkt in die grauen Augen, die so viel verbargen. »Solange Sie den Gefallen erwidern. Ich werde meine Freunde nicht verraten, wenn ich nicht weiß, wofür.«

»Wahrscheinlich müssen Sie noch einiges in den großen Läden in Christchurch besorgen. Wenn ich Sie mitnehmen soll, kommen Sie morgen gegen zehn Uhr zur Wache – das Unwetter ist bis dahin sicher lange vorbei.« Es war eine indirekte Antwort, und eine Sekunde später war er fort – nur wenige Schritte vom Haus, und er war im Regen nicht mehr zu sehen.

Anahera merkte erst, dass sie den Atem angehalten hatte, als seine Scheinwerfer aufleuchteten. Die beiden Lichter glitten zum Meer, bis sie nur noch undeutlich seine roten Rücklichter im Regen erkennen konnte. Schon waren sie verschwunden. Der Polizist fuhr zurück in die Stadt, die er zu beschützen versprochen hatte.

Noch lange, nachdem er gegangen war, stand Anahera in der Tür der Hütte, in der sie den leblosen Körper ihrer Mutter gefunden hatte, und starrte hinaus aufs Meer, das vielleicht ein hoffnungsvolles junges Leben mit sich gerissen hatte.

31

Will sah zu, wie Anaheras Hütte vom Regen geschluckt wurde. Er musste gegen den Drang ankämpfen, anzuhalten und umzukehren. Er fragte sich, was sie wohl täte, wenn sie den einen Bruchteil einer Sekunde wiederbeleben könnten, der diese Nacht auf eine ganz andere Weise hätte enden lassen.

Er schüttelte den Kopf.

Nein, dieser Weg war keine Option; Anahera war vielleicht acht Jahre nicht mehr in Golden Cove gewesen, aber sie war immer noch ihren alten Freunden gegenüber loyal. Wenn sie sich auf so etwas einließen, würde das eine chaotische Situation nur noch weiter verwirren. Aber immerhin wusste er es jetzt – sein Körper war noch nicht tot. Denn er hatte eindeutig auf Anahera mit all ihrer Stacheligkeit, ihrer Wut und ihrer Präsenz reagiert, die genauso ungezähmt war wie diese Landschaft.

Will war sich nicht ganz sicher, wie er dazu stand. Er hatte es ganz bequem gefunden, nur halb am Leben zu sein. Er wollte gar nicht wieder ganz zum Leben erwachen. Schon gar nicht dann, wenn eine junge Frau vermisst wurde, er einen angehenden Psychopathen in der Stadt hatte und der einzige Mann, den alle für einen guten Kerl hielten, womöglich seine wunderschöne Frau schlug.

Er fuhr im Schneckentempo. Er vertraute auf seine Fahrkünste, aber dieses Vertrauen erstreckte sich nicht auf andere, die sich vielleicht in die Nacht hinausgewagt hatten. Die Welt war ein hässlicher Strudel hinter seiner Windschutzscheibe, die Bäume und Farne waren von einer Finsternis geschluckt worden, die alles Leben erstickte.

Schließlich hielt er in seiner Auffahrt unter dem Carport an und stieg aus. Immerhin würde er nicht noch viel nasser werden. Der Carport war an der Seite mit dem Haus verbunden, aber natürlich konnte der Wind den Regen durch die drei offenen Seiten treiben.

Er ging zurück zum SUV und holte die Gegenstände heraus, die er in dem sicheren Fach unter der Reserverad-Mulde aufbewahrt hatte, schloss das Auto dann ab und ging zur Haustür. Anders als die meisten Leute in Golden Cove schloss er seine Haustür stets ab, also brauchte er einige Sekunden, bis er drinnen war.

Gerade als er eintreten wollte und an eine heiße Dusche und trockene Kleider dachte, spürte er dieses Kribbeln im Nacken, als beobachtete ihn jemand. Aber als er in die Schwärze schaute, sah er nichts. Das Unwetter war zu heftig, und es goss wie aus Kübeln.

Will stand da, völlig ohne Angst, und starrte denjenigen an, der offenbar glaubte, er könnte den Kleinstadt-Polizisten in Angst versetzen. Vielleicht wurde er verrückt, und der kleine Junge, der ihn verfolgte, forderte sein Recht. Aber das glaubte Will nicht – da war jemand draußen im Regen und beobachtete ihn, fragte sich, was er wohl wusste.

Will war jetzt froh, dass er die Armbanduhr und die Blechbüchse in eine dicke gelbe Einkaufstüte getan hatte. Eigentlich hatte er die Beweisstücke nur vor dem Regen schützen wollen. Aber jetzt, selbst wenn sein Beobachter trotz der schlechten Sichtverhältnisse erkennen konnte, was er tat, würde er auf keinen Fall wissen, was sich in der Tüte befand.

Endlich ließ das Prickeln in seinem Nacken nach.

Er blieb noch mindestens fünf Minuten lang in der Tür stehen und schloss die Tür hinter sich ab. Dann schaute er im Wohnzimmer, in der Küche und im Gästezimmer nach.

Er brauchte nicht lange – dieses Haus war keine Villa, obwohl die Besitzer, nach ihrem Geschmack zu urteilen, es sicher als ihr Schloss angesehen hatten.

Die beiden altmodischen Gewehre, die über Kreuz über dem Kamin hingen, waren liebevoll poliert und völlig staubfrei gewesen, als Will eingezogen war. Als Erstes hatte er sie heruntergenommen und sie überprüft. Sie waren ordnungsgemäß entschärft und nur noch reine Dekoration, also hatte er sie wieder zurückgehängt. Auch das knallorange und schwarz gestreifte Sofa hatte er nicht bewegt. Er saß ja kaum je im Wohnzimmer.

Als er den Rest des Hauses überprüft hatte, nahm er die Beweisstücke in sein Schlafzimmer. Für einen Kleinstadt-Polizisten benahm er sich vielleicht paranoid, aber er war in einer weit größeren Stadt Detective gewesen, und er wusste, dass Häuser nicht immer sichere Orte waren.

Häuser waren die Orte, an denen die Leute ihre Masken fallen ließen und die Ungeheuer hineinließen.

Deshalb verriegelte er jetzt seine Schlafzimmertür und kontrollierte, ob die Fenster verschlossen waren. Um sich selbst machte er sich keine Sorgen, aber er musste dringend heiß duschen, und er wollte auf keinen Fall, dass die Beweismittel währenddessen gestohlen wurden.

Er zog sich schnell aus und ließ vorsichtshalber die Tür offen. Er duschte gerade lange genug, um sich aufzuwärmen. Das Feuer bei Anahera hatte immerhin die schlimmste Kälte vertrieben, aber das feuchte T-Shirt, das er wieder angezogen hatte, als er von einem Augenblick abgelenkt gewesen war, der gar nicht hätte passieren dürfen, hatte auf der Fahrt nach Hause alles wieder zunichtegemacht. Ein paar Minuten später trat er aus der Dusche und warf einen Blick ins Schlafzimmer, um nachzusehen, ob dort etwas verändert worden war.

Kein Hinweis auf einen Eindringling.

Er rubbelte sich schnell ab, zog ausgeblichene Jeans und ein graues Sweatshirt über, um dann mit den Beweismitteln und Gummihandschuhen in die Küche zu gehen. Dort machte er sich einen Becher entkoffeinierten Kaffee – noch mehr Koffein, und er würde die ganze Nacht aufrecht im Bett sitzen.

Er setzte sich mit seinem Notizblock, einem Stift und dem Kaffee an den kleinen Küchentisch, zog die Handschuhe über und leerte die Plastikeinkaufstüte. Fürs Erste ließ er die Armbanduhr liegen, nahm die Blechbüchse und untersuchte das verrostete Schloss. Man brauchte dafür einen Schlüssel. Aber Will hatte keine Zeit zu verlieren, außerdem hatte er Matildas Erlaubnis, die Büchse zu öffnen. Kein Gericht der Welt würde einen solchen Beweis ablehnen.

Aber zuerst holte er seine Kamera und machte von allem ein Foto. Ein kleines Lineal aus seiner Kramschublade diente als Maßstab.

Als Nächstes holte er seine Werkzeugkiste, um zu sehen, was er mit dem Schloss machen konnte. Er brauchte nicht lang, um es aufzubrechen. Er legte das Schloss beiseite, um es später in eine Beweismitteltüte zu legen, und öffnete vorsichtig den Deckel. Am liebsten hätte er sofort nach dem Buch gegriffen, aber zunächst nahm er seine Kamera und machte ein paar Fotos vom Inhalt.

Erst dann nahm er das bronzefarbene Buch in die Hand. Darauf stand in verschnörkelter Goldschrift das Wort *Tagebuch*. Jemand hatte außerdem kleine Herzaufkleber um das Wort herumgeklebt.

Will fuhr mit dem Daumen über einen der Aufkleber.

Es war so kindlich für eine junge Frau, die so schön und erfahren im Umgang mit Männern war, wie Miriama zu sein schien; ein Teil von ihr, begriff Will, war immer noch ein Mädchen. Das von Herzchen und Blümchen träumte.

Er biss die Zähne zusammen und sah sich die erste Seite an, dann die letzte, auf die sie etwas geschrieben hatte. Ein Blick auf das Datum zeigte ihm, dass dies Miriamas aktuelles Tagebuch war. Die Einträge schienen ein Jahr zu umspannen und begannen ungefähr sechs Monate, nachdem Miriama achtzehn geworden war. An der Anzahl der beschriebenen Blätter war zu erkennen, dass sie nicht jeden Tag Tagebuch geschrieben hatte.

Er blätterte zurück zum ersten Eintrag. Er war kurz:

Hallo, neues Tagebuch. Wir werden wunderbare Abenteuer zusammen erleben. Ich spüre das in meinen Knochen. Alles Liebe, Miriama

Danach hatte sie eine Woche lang nichts geschrieben, dann folgte ein Eintrag im Plauderton, in dem sie von der Arbeit in Josies Café und ihrer Bewerbung für die Praktikumsstelle schrieb.

…Wahrscheinlich bekomme ich die Stelle nicht. Kyle bewirbt sich ebenfalls, und alle finden ihn toll. Manchmal frage ich mich, warum sie ihn nicht durchschauen. Ist es nur sein schönes Gesicht? Finden die Leute das Aussehen wirklich so wichtig? Warum merken sie nicht, dass er alle um sich herum manipuliert? Jedenfalls werde ich es trotzdem versuchen. Ich hoffe, es wird davon nicht alles noch komplizierter.

In den nächsten drei Einträgen ging es um das Praktikum und wie schwierig es war, das Vorstellungsgespräch zu überstehen. Danach folgte eine Woche lang ein Eintrag nach dem anderen.

Heute hat er mir eine Armbanduhr geschenkt. Es ist das Schönste, was ich in meinem ganzen Leben besessen habe. Ich konnte es kaum glauben, als er die Schachtel öffnete und sie mir zeigte – sie funkelte in der Sonne in allen Regenbogenfarben. Ich starrte ihn an und fragte: »Sind das Diamanten?«, und er lächelte nur und legte sie mir an.
»Nur Diamanten für einen Diamanten«, sagte er in diesem lieben Ton. »Glaubst du, du kannst sie tragen?«
<u>Natürlich</u> werde ich sie tragen, aber ich wusste schon, warum er fragte. »Sie werden sie alle für unecht halten«, sagte ich zu ihm. »Ich sage ihnen einfach, dass ich sie auf einem Flohmarkt in Christchurch gekauft hätte.«
Ich muss die Armbanduhr die ganze Zeit anschauen. Sie ist so hübsch. Er gibt <u>mir</u> das Gefühl, so hübsch zu sein, so geliebt und gewollt. Ich fragte ihn, ob er sie mir mit unseren Initialen gravieren lassen könnte, aber er sagte, das sei keine gute Idee, ein zu großes Risiko, wenn es der Falsche sieht. Ich weiß ja, dass er recht hat, dass ich nicht um Dinge bitten sollte, die ich nicht haben kann, aber ich liebe ihn so sehr.

Will notierte sich das Datum des Eintrags. Das würde es den Uhrmachern und Juwelieren leichter machen, ihre Bücher zu kontrollieren, wenn er nachfragte.

Dann überflog er die Seiten, bis er den nächsten interessanten Eintrag fand.

Wir hatten gestern einen tollen Tag, ganz für uns zwei. Das einzig Dumme war, dass wir nicht rausgehen konnten, weil er sonst vielleicht erkannt worden wäre. Es ist eine große Stadt, aber wiederum nicht allzu groß, wenn man sie mit den anderen Städten der Welt vergleicht.
Selbst ich hätte jemanden treffen können, den ich kenne.
Er sagt, dass er eines Tages mit mir weit weg nach London

und New York und Paris reisen will. Er sagt, dass uns dort niemand kennt, dass wir dort lachen und auf der Straße Händchen halten und unter den Sternen tanzen können.

Ich habe immer diesen Knoten im Magen, wenn ich daran denke. Er fühlt sich ganz heiß und bedürftig und sehnsüchtig an. Ich weiß, dass das hier alles falsch ist. Ich weiß, dass Tantchen so enttäuscht von mir wäre, dass ich mir den Mann einer anderen Frau geschnappt habe, aber was kann ich tun, wenn er doch so wunderbar ist? Bestimmt hätte ihn mir Gott nicht geschickt, wenn ich mich von ihm hätte fernhalten sollen?

Immer, wenn wir zusammen sind, bin ich ganz zerrissen. Ich liebe ihn, als wäre er ein Teil von mir, aber ich gehe auch mit Tantchen zur Kirche und verspreche, keine Sünden zu begehen. Und dabei sündige ich mit jedem Kuss, jeder Berührung.

Das nächste Mal, als sie von ihrem Geliebten schrieb, war die Handschrift schnell, hastig, als hätte sie nicht viel Zeit gehabt:

Ich habe ihm heute gesagt, dass ich ihn nicht mehr sehen will. Letzte Nacht hatte ich einen Traum, in dem Gott so wütend auf mich war. Das ist ganz sicher ein Zeichen. Gott selbst spricht mit mir.

Die letzte Zeile war verschmiert. Ein Tropfen war auf die Seite gefallen und hatte die Tinte aufgelöst. Eine Woche später kam der nächste relevante Eintrag. Er war länger und detaillierter:

Wenn ich bei ihm bin, habe ich überhaupt keine Willenskraft mehr.

Er kam so schnell wie möglich, um mich zu sehen, und er
hielt mich fest und sagte: »Du weißt, dass ich ohne dich nicht
atmen kann. Du bist meine Luft.«
Ich versuchte, ihm von der Sünde zu erzählen und davon,
dass man Gottes Gebote befolgen muss, aber er sagte nur:
»Wie kann das hier eine Sünde sein? Wir lieben einander.
Unsere Liebe ist ehrlich. Du hast nichts Falsches getan.«
Dann legte er seine Stirn an meine und nahm mein Gesicht
in die Hände und sagte: »Ich bin der Sünder, Miriama,
nicht du. Ich akzeptiere das. Ich bin der Lügner. Aber dich
habe ich noch nie angelogen.«
Ich glaube ihm.
Ich liebe ihn.
Und diese Sünde ist, was wir haben.

In den nächsten zwei Monaten folgten nur sporadisch Einträge, in denen es um alltägliche Dinge und um ihre Fotografien ging, um lustige Kommentare, die Will unwillkürlich zum Lächeln brachten, und nur hin und wieder eine Notiz, dass sie »ihn« am Wochenende sehen würde, oder dass »er« ihr »die allersüßeste« Nachricht geschickt hätte.

Aber der nächste Eintrag konzentrierte sich speziell auf ihre Beziehung. Er stammte von vor sechs Monaten, und der Ton war niedergeschlagen:

Ich liebe ihn zu sehr, um ihn zu verlassen, aber ich denke
immer mehr darüber nach, wohin das alles führen soll. Er
sagt immer, ich sei noch so jung und habe die Zeit zu warten,
und für ihn will ich nicht selbstsüchtig sein. Ich kann warten. Aber heute redete Tantchen von einem Mädchen, das sie
kannte und das von einem älteren Mann betrogen wurde. Er
heiratete sie nie, obwohl er es versprochen hatte.
Und ich frage mich, ob mir das wohl auch passiert.

Aber dann sehe ich die Uhr an, die er mir geschenkt hat. Sie ist Tausende und Abertausende Dollar wert, wie kann ich ihm da nicht glauben? Er hat sie persönlich ausgesucht, hat dabei riskiert, dass sie von uns erfahren.

Das bedeutet doch bestimmt etwas, das muss doch bedeuten, dass wir eine verbindliche Beziehung haben.

Aber trotzdem mache ich mir Sorgen. Und ich bin traurig. Besonders, wenn ich Josie und ihren Mann auf der Straße sehe, wie sie Händchen halten und ihr kleiner Junge bei ihnen ist. So werde ich nie mit ihm gehen können. Für lange, lange Zeit nicht.

Will blätterte um und las den letzten Eintrag der Woche.

Er hat mich gebeten, mich wiedersehen zu können. Natürlich kann er das. Wenn ich bei ihm bin, ist alles andere unwichtig. Ich glaube, ich muss ihm noch eine Weile vertrauen und schauen, wohin das alles führt. Immerhin haben wir es schon bis hierher geschafft.

Jeder, der davon gewusst hätte, hätte sicher gesagt, dass wir nicht einmal einen Monat zusammenbleiben würden. Aber wir haben jetzt schon zehn Monate geschafft, und wir schaffen auch noch einen Monat und noch einen und noch einen und noch einen. Wir schaffen es, bis er frei ist, bis er mein sein kann.

32

Will legte das Tagebuch auf den Tisch und dachte über das nach, was er da gerade gelesen hatte. Er machte sich ein paar Notizen. Miriamas verheirateter Liebhaber war offenbar wohlhabend gewesen und konnte sich aus irgendeinem Grund nicht scheiden lassen, um mit Miriama zusammen zu sein. Vielleicht hatte er Miriama an der Nase herumgeführt, wie sie es befürchtet hatte, oder vielleicht hatte er Ambitionen, die keinen Skandal erlaubten, erst recht keinen, der sein Image als Familienvater beschädigen würde.

Wieder mahnte er sich, sich nicht ausschließlich auf Vincent zu konzentrieren. Dessen Verliebtheit war vermutlich genau das, eine simple Vernarrtheit – denn Vincent hätte schon ein verdammt guter Lügner sein müssen, um eine verbotene Affäre direkt unter der Nase der Einwohner von Golden Cove zu unterhalten.

Und Daniel passte ebenfalls ins Bild. Wenn man seine Geschichte mit Keira hinzuzog, passte er sogar noch besser hinein. Und es blieb die Tatsache, dass nichts, was Miriama geschrieben hatte, irgendeinen Hinweis darauf lieferte, ob ihr Geliebter ein Außenstehender oder ein Einheimischer war.

Er goss sich Kaffee nach, bevor er eine erneute Seite im Leben eines Mädchens umblätterte, das so schön und so voller Leben war, dass sie leuchtete wie die Sonne. Die Einträge folgten jetzt schneller aufeinander, aber sie erwähnte nicht ein einziges Mal den Namen ihres Geliebten, als wäre ihr dieses gemeinsame Geheimnis so in Fleisch und Blut übergegangen, dass sie es nicht einmal wagte, die Wahrheit ihrem privaten Tagebuch anzuvertrauen. Wobei gerade diese Heimlichkeit als starker Druck auf ihr zu lasten schien.

Ich wollte heute seinen Namen in die Welt hinausschreien. Es war so ein sonniger, klarer Tag mit blauem Himmel, und ich wollte immer nur im Kreis herumwirbeln und herausschreien, wie sehr ich ihn liebte, aber obwohl ich allein am Strand war, direkt unter der Hütte, in der Ana mit ihrer Ma lebte, bevor sie nach London zog, tat ich es nicht.

Ich bin so sehr daran gewöhnt, seinen Namen für mich zu behalten, dass ich mich manchmal frage, ob ich mich überhaupt noch an ihn erinnern kann. Und dann frage ich mich, ob er meinen kennt. Oder existiere ich für ihn nur hinter den verschlossenen Türen von Hotelsuiten, wo uns niemand kennt, wo ich unter meinem eigenen Namen einchecke und er mich in meinem Zimmer besuchen kommt, sodass niemand von ihm weiß?

Wenn ich meine Kreditkarte benutze, um für das Zimmer zu bezahlen, denke ich immer an das Geld, das er mir gibt, um sicherzugehen, dass ich die Rechnung begleichen kann. Immer Bares. Keine Spuren. Ich existiere nirgends in seinem echten Leben. Er existiert nur auf den Seiten dieses Tagebuches – und selbst hier hat er keinen Namen.

Kann eine Beziehung ohne Namen überhaupt überleben? Ohne Identität?

Will runzelte die Stirn. Er merkte, dass er Vorurteile gegenüber Miriama gehabt hatte. Er hatte sie für hübsch und talentiert und süß gehalten. Aber er hatte nie gemerkt, dass sie so tiefsinnig war, so klarsah – immerhin hatte sie Kyles wahres Gesicht erkannt, obwohl der junge Mann alle anderen an der Nase herumführte.

Mit brennenden Augen warf er einen Blick auf die Uhr,

die an der Mikrowelle glomm. Er wusste, dass er eigentlich ins Bett gehen sollte. Aber er konnte das Tagebuch einfach nicht zuklappen. Vielleicht verriet es ihm keine Namen, aber Miriama hatte vielleicht andere Spuren gelegt. Und er wollte zwei bestimmte Dinge herausfinden. Er beschloss, dass er es in dieser Nacht nicht mehr schaffen würde, das gesamte Tagebuch durchzuarbeiten, also blätterte er weiter.

Da. Vor drei Monaten und zwei Wochen.

Ich habe Schluss gemacht. Diesmal für immer. Ich muss ein Leben leben, und es muss offen gelebt werden, unter dem Licht der Sonne. Ich brauche einen Partner an meiner Seite, keinen Geist, den keiner kennt und keiner je sieht.

Zwei Wochen danach kam der Eintrag, den Will gesucht hatte.

Dominic hat mich heute wieder gefragt, ob ich mit ihm ausgehe. Diesmal habe ich Ja gesagt. Er ist toll auf diese nerdige Art und Weise, und er sieht mich an, als wäre ich eine Göttin. Und er ist so ehrgeizig wie ich.
Er hat mir erzählt, dass er weiß, dass ich nicht für immer in Golden Cove festsitzen will. Er will das auch nicht. Er hat einen Dreijahresplan. Wenn er den Vertrag hier erfüllt hat, hat er genügend Erfahrung, um eine Stelle in einer größeren Stadt zu bekommen. Von dort aus will er irgendwann eine Stadtpraxis eröffnen.
Und danach, sagt er, will er nach internationalen Möglichkeiten Ausschau halten.
Ich werde es versuchen.
Dominic ist perfekt.

Irgendetwas an diesem Eintrag störte Will, aber vielleicht war es nur die Tatsache, dass Miriama offenbar Listen aufstellte und sie abhakte. Sie hatte Dominic toll genannt, aber die Worte über ihn waren ohne jede Leidenschaft, ohne diese ängstliche Freude, die aus jedem ihrer Einträge über ihren früheren Geliebten sprach. Vielleicht war das auch gut – das Mädchen war klug genug zu wissen, dass sie sich über den Verlust ihres Geliebten hinwegtröstete.

Will blätterte zum letzten Eintrag. Dabei fiel ihm etwas ins Auge, das ihn unwillkürlich schaudern ließ.

Ich bin so gut darin geworden, Geheimnisse zu bewahren. So sehr, dass ich einige Dinge nicht einmal hier aufschreibe, wo sie niemand sehen wird. Manchmal macht es mir Angst, wer ich seinetwegen geworden bin.

Der letzte Eintrag war vier Tage vor ihrem Verschwinden erstellt worden.

Ich glaube, Dominic will mich fragen, ob ich ihn heiraten will. Tantchen lächelt mich immer so verschwörerisch an, und er hat neulich die Stadt verlassen und ist hochrot geworden, als ich ihn fragte, wo er gewesen ist. Er lügt mich nie an, deshalb habe ich nicht auf eine Antwort gedrängt, aber ich glaube, er hat einen Ring gekauft.
Ich liebe ihn nicht so, wie er mich liebt, und manchmal habe ich deswegen Gewissensbisse, aber ich liebe ihn trotzdem irgendwie. Er ist immer so glücklich, wenn er mit mir zusammen ist – was ich ihm geben kann, reicht ihm aus. Und was er mir geben kann, ist genau das, was ich brauche. Ich will nicht allein sein. Ich war nie gern allein. Die Ehe wird eine gute Sache sein. Es ist genau, was ich will. Ich werde Ja sagen.

Will klappte das Tagebuch zu und starrte die Wand vor ihm an. Sie war mit einer gelben Tapete mit winzigen braunen Blümchen beklebt. Es war wirklich die hässlichste Wand, die er je gesehen hatte, und das schloss auch die Wand im Haus seiner Großmutter ein, auf der riesige blaue Rosen prangten. Er hatte seine Gran geliebt, sie vermisst, als sie starb, aber diese Tapete ...

Will nahm erneut das Tagebuch zur Hand, sah sich noch einmal den letzten Eintrag an. Auch, wenn er ein Alibi hatte – Dominic de Souza war ihm als möglicher Verdächtiger nie richtig aus dem Kopf gegangen –, Liebespartner standen immer ganz oben auf der Liste. Aber wenn Miriama beschlossen hatte, seinen Heiratsantrag anzunehmen, war die Zurückweisung als Motiv vom Tisch. Dominic wusste eindeutig, dass Miriama weit über seiner Gewichtsklasse war – sie war die Sorte Frau, die Neid in anderen Männern erregen würde, und Will hatte das Gefühl, dass Dominic das genoss.

Er konnte keinen Grund sehen, aus dem der Arzt Miriama hätte etwas antun wollen. Immerhin war sie drauf und dran, ihm zu geben, was er immer gewollt hatte.

Was Will zurück zu dem Geliebten brachte, den Miriama zurückgewiesen *hatte*.

Zwischen den Zeilen konnte man erkennen, dass der Mann ziemlich besitzergreifend gewesen sein musste – außerdem war er wohlhabend und vermutlich nicht daran gewöhnt, ein Nein zu hören.

Es donnerte erneut, ein tiefes Grollen folgte.

Es sah im Moment nicht danach aus, aber nach der Wettervorhersage würde das Gewitter am nächsten Morgen vorbei sein. Wenn das stimmte, würde er nach Christchurch fahren und die Juweliere und Uhrmacher befragen; zuerst aber würde er durch Golden Cove und seine Umgebung

Streife fahren, um sicherzugehen, dass alle das Unwetter gut überstanden hatten. Die Suchtrupps würden zweifellos erneut ausschwärmen, aber Will war sich sicher, dass Miriama längst gefunden worden wäre, wenn sie sich irgendwo befand, wo man sie finden konnte.

Er legte das Tagebuch weg und beschloss, sich die anderen Gegenstände in der Blechbüchse anzusehen. Das meiste hatte er erwartet: Ticketabschnitte von einer Show in Auckland, ein gewelltes Foto von einer wunderschönen Frau, die aussah wie Miriama in zwanzig Jahren, eine Valentinskarte, auf der die Worte *Für meine Liebste* und *Ich bin für immer Dein* standen, unterschrieben nur mit *xoxo – Umarmungen und Küsse.*

Das Treibgut von Miriamas Leben – Dinge, die sie als Erinnerung an Momente behalten hatte, die ihr etwas bedeuteten. Hätte er das Tagebuch nicht gelesen, wäre er enttäuscht gewesen, weil er kein Foto von ihrem Geliebten fand. Aber jetzt wusste er, wie sehr sie dieses Geheimnis hütete. Wenn sie tatsächlich ein Bild von diesem Mann besaß, dann vermutlich auf ihrem Handy.

Oder – das fiel ihm plötzlich ein – vielleicht war es irgendwo ganz offen, ohne dass es Verwunderung erregte: eine ihrer Porträtaufnahmen. Er hatte Bilder von Vincent, Daniel und anderen bekannten und unbekannten Männern in ihren Dateien gefunden. Er würde sich diese Porträts noch einmal ganz genau ansehen, aber so talentiert, wie Miriama darin war, die Gefühle ihrer Modelle herauszuarbeiten, erwartete er keine plötzliche Erkenntnis.

Die Valentinskarte war vielleicht nützlich, um Handschriften zu vergleichen, aber erst, wenn er einen echten Verdächtigen hatte.

Will sah sich den Schnappschuss der Frau erneut an. Sie musste Miriamas Mutter sein – die Ähnlichkeit war frappierend, abgesehen von einer Sache: Im Gesichtsausdruck der älteren Frau war nichts von Miriamas sonniger Lebensfreude zu erkennen. Ihre Augen blickten matt, trotz des Lächelns, das ihre Mundwinkel nach oben zog. Ihr Gesicht hatte Linien, die auf Gereiztheit hindeuteten.

Er drehte das Foto um, um sich die Rückseite anzusehen, und fand eine Notiz in derselben großen und geschwungenen Handschrift wie im Tagebuch:

Ma, kurz bevor sie erfuhr, dass sie schwanger war.

Es kam ihm merkwürdig vor, dass Miriama das auf die Rückseite des Fotos geschrieben hatte; die meisten hätten sicher etwas anderes gewählt. Will beschlich das triste Gefühl, dass Miriama in dem Wissen aufgewachsen war, dass ihre Existenz für immer die ihrer Mutter verändert hatte. Matilda würde so etwas Verletzendes niemals zu einem kleinen Mädchen sagen. Was bedeutete, dass die Botschaft – und auch die Zurückweisung – direkt von Miriamas Mutter gekommen war.

Was machte das mit einem Kind?

Hinterließ es Löcher in der Seele?

Einen Hunger, gewollt und geliebt zu sein?

Genau die Art Verletzlichkeit, die ein schlauer, selbstsüchtiger Mann ausnutzen konnte.

Er legte das Foto wieder weg und sah sich die anderen Gegenstände an. Nichts stach auf den ersten Blick hervor, obwohl die beiden Ticketabschnitte für die exklusive Bühnenshow interessant waren. Das Datum zeigte, dass die Show Monate stattgefunden hatte, bevor Miriama begann, mit Dominic auszugehen. Die Tickets mussten Hunderte Dollar gekostet haben.

Er würde nachforschen, aber er wusste, dass es unwahrscheinlich war, Miriamas Geliebten aufgrund der Tickets zu finden. Wenn der unbekannte Mann seinem Muster gefolgt war, hatte er die Tickets entweder bar bezahlt, oder – noch wahrscheinlicher – er hatte Miriama mit ihrem Kauf beauftragt, nachdem er ihr das Geld dafür gegeben hatte.

Wills Hand ballte sich zur Faust.

Eine Affäre war das eine, aber dass sich dieser Mann so übervorsichtig selbst schützte und Miriama sogar als Schutzschild benutzte, deutete auf starken und manipulativen Egoismus hin. Miriama hatte recht mit ihrer Angst, dass ihr Geliebter seine Versprechen an sie nie erfüllen würde. Und sie war so schlau gewesen, sich zu trennen.

Aber war sie schlau geblieben?

Die Liebe brachte die Menschen dazu, dumme Dinge zu tun.

Manchmal führte diese Dummheit sogar zum Tod. Und zu Schreien, die Will nie gehört hatte, die ihn aber immer dann verfolgten, wenn er die Augen schloss. Solange er lebte, würde er nicht verstehen können, wie eine liebende Mutter anrufen und ein Ungeheuer zu sich nach Hause einladen konnte. Daniella Hart war in Sicherheit gewesen. Ihr kleiner Junge war in Sicherheit gewesen.

Aber sie hatte angerufen.

Also nein, Will war sich nicht sicher, ob Miriama schlau geblieben war.

33

Anahera trat kurz nach halb zehn am nächsten Morgen in Josies Café. Die Welt um sie herum war in Sonnenlicht getaucht, aber sie wusste, dass sie das hier bis zum bitteren Ende durchziehen würde. Etwas Schlimmes war passiert und passierte weiterhin in Golden Cove, und Anahera würde es nicht ignorieren. Die Menschen taten das viel zu häufig. Sie ignorierten Dinge, weil sie unangenehm oder peinlich waren, und am Ende standen sie mit den Scherben und dem Blut da.

Sie zwang sich ein Lächeln ins Gesicht, als Josie um den Verkaufstresen herumeilte. »Solltest du dich nicht lieber setzen?«

Weiße Linien hatten sich um Josies Mund gebildet. Sie brauchte beide Hände, um ihren Bauch zu stützen. »Ich kann einfach nicht still sitzen«, sagte sie. »Ich mache mir solche Sorgen um Miri. Wenn ich im Café arbeite und dafür sorge, dass es in der Feuerwache genügend Teebeutel und Milch und Zucker und all das andere gibt, was sie dort brauchen, gibt es mir das Gefühl, mittendrin zu sein und alles sofort zu erfahren. Allein die Vorstellung, zu Hause zu sitzen und zu warten ...«

Anahera nickte. »Tut mir leid, Josie. Ich weiß, dass ihr beide euch nahesteht.«

Ihre beste Freundin lächelte angespannt und beschäftigte sich dann mit der Dekoration auf einem ihrer Tische – einem winzigen Glasfläschchen, in dem ein paar frisch gepflückte Gänseblümchen standen. »Wir sind zu weit auseinander, altersmäßig und was unsere Interessen angeht. Wir sind keine Freundinnen wie du und ich«, sagte sie. »Ich sehe mich gern als ihre ältere Schwester, als jemanden, den sie um Rat fragen kann.«

Sie hatte ein schlechtes Gewissen dabei, ihre Freundin auszufragen, aber Anahera wusste, dass sie diese Gelegenheit nutzen musste. Wenn sich Miriama ihr anvertraut hatte, wusste Josie vielleicht Dinge, die sonst niemand wusste. »Hat sie dir eigentlich irgendetwas erzählt, was ihr Verschwinden erklären könnte?«

Josie ging zur Kaffeemaschine. »Cappuccino, oder?« Sie begann damit, ohne auf eine Antwort zu warten. »Ich habe mir das Hirn zermartert, seit sie verschwunden ist.« Das hohe Zischen des Dampfes, als sie die Milch aufschäumte. »Aber die Sache ist die: Obwohl ich mich gern als ihre ältere Schwester sehe, weiß ich nicht genau, ob sich Miriama als meine kleine Schwester sieht.«

Anahera setzte sich an den Tresen und zog sich den Anorak aus. »Warum? Hat sie etwas gesagt?«

Josie antwortete nicht, bis der Cappuccino fertig war. Sie trug ihn mit einer Leichtigkeit an Anaheras Tisch, die bewies, dass sie das schon tausend Mal getan hatte, und setzte sich dann ihr gegenüber. »Nein, es ist nur …« Ihre Freundin fuhr sich mit beiden Händen durch ihre hellbraunen feinen Strähnen, in denen hie und da ein silbernes Haar glänzte. »Ich habe das Gefühl, hinter ihrem Rücken über sie zu tratschen.«

»So darfst du nicht denken.« Anahera stand auf, um den Streuer zu holen, mit dem sie feines Schokopulver über den Schaum in ihrem Kaffee stäubte – sie tat es mehr, um Josie Raum zu geben, als aus einem echten Wunsch heraus. »Nicht, wenn das, was du weißt, vielleicht dazu führt, dass wir sie finden.«

Josie schluckte hart. Anahera setzte sich wieder, und ihre Freundin starrte die Maserung des glatt gehobelten Tisches an. »Ich habe ein paarmal gehört, wie sie telefonierte«, sagte Josie schließlich. »Sie hatte diesen Gesichtsausdruck – denselben Ausdruck, den du hattest, als ich dich an jenem Wochenende in Auckland besucht habe. Das war direkt, nachdem du Edward kennengelernt hattest. Du hast von innen her geleuchtet, die ganze Zeit gekichert und warst sehr glücklich.«

Anahera konnte sich an diese Version ihrer selbst kaum noch erinnern. »Das ist ja sicher nichts Ungewöhnliches für ein bildhübsches Mädchen wie Miriama«, wandte sie ein.

»Das könnte man glauben, oder?«, sagte Josie. »Aber – und das war vor Dominic – Miri ist nie so oft ausgegangen, wie man glauben könnte. Sie hat große Träume und ist entschlossen, sie wahr werden zu lassen. Sie ist hin und wieder mal mit einem Jungen ausgegangen, nicht, dass wir uns da falsch verstehen, aber vor etwas mehr als einem Jahr hatte sie plötzlich diesen Blick, und ich wusste, dass es ernst war.«

Anahera nickte nur und schloss ihre Finger um die Kaffeetasse.

»Ich habe sie damit aufgezogen«, fuhr Josie fort und fuhr eine Linie mit den Fingerspitzen nach. »So, wie ich dich wegen Edward aufgezogen habe. Nichts Spitzes oder Gemeines. Ich habe ihr nur gesagt, wie glücklich sie plötzlich wirke, und wann ich endlich den Glücklichen kennenlernen dürfe.«

Anahera beugte sich vor und nahm Josies Hand. »Deine Hand ist ja eiskalt«, sagte sie, runzelte die Stirn und rieb ihre Finger zwischen ihren, um sie aufzuwärmen. »Soll ich dir einen Schal holen?« Sie sah, dass er über der Lehne des Stuhls hinter dem Verkaufstresen hing.

Aber Josie schüttelte den Kopf. »Die Kälte kommt von innen«, flüsterte sie. »Es ist die Angst, was mit Miri passiert sein könnte.«

»Sag's mir, wenn du es dir anders überlegst«, bat Anahera. »Wie hat Miriama denn auf deine Neckereien reagiert?«

»Sie …« Josie hielt inne und biss sich auf die Unterlippe. »Ihre Reaktion war merkwürdig … ein bisschen verletzend.« Sie hatte ihre haselnussbraunen Augen auf Anahera gerichtet. »Meine Reaktion kommt mir jetzt so unreif vor, aber zu dem Zeitpunkt war ich wirklich verletzt.«

»War sie wütend auf dich?«

»Nein. Sie hat mich angelogen.« Josies Stimme schwankte. »Sie lachte und sagte, ich läge ganz falsch, sie habe mit einem Freund gesprochen. Ich wusste, dass das nicht stimmte, denn dieser Tonfall war für einen Geliebten bestimmt, nicht für einen Freund.«

»Hat sie denn die Wahrheit zugegeben?«

»Erst einen Monat später – sie kam aus heiterem Himmel auf mich zu und sagte, sie habe gelogen, könne aber nicht über die Person sprechen, mit der sie zusammen sei. Sie sagte, dass er ein unangemessener Partner sei und sie nicht bereit sei, mit anderen über ihn zu sprechen.« Josie streckte auch ihre andere Hand aus. »Zumal du ja so gut darin bist, über dich zu sprechen.«

Anahera lachte und freute sich über das kurze Aufblitzen der zufriedenen, glücklichen Josie, die sie so gut kannte. Dann widmete sie ihre Aufmerksamkeit ihrer zweiten kalten Hand. »Als sie ›unangemessen‹ sagte, hattest du da eine Vorstellung, was sie damit meinte?«

Ein Kopfschütteln. »Ich habe natürlich nachgefragt, wollte wissen, ob ich etwas tun kann, warnte sie sogar davor, sich mit einem Mann einzulassen, der vielleicht nicht gut für sie wäre, aber sie umarmte mich nur und sagte, dass sie mich lieb habe, weil ich mich so um sie kümmere.«

Josie biss sich auf die Unterlippe. »Dann sagte sie, ich solle mir keine Sorgen machen, dass ihr Freund weder gewalttätig noch ein Drogendealer oder etwas ähnlich Schlimmes sei, nur jemand, bei dem ihre Tante vielleicht ein wenig länger brauchen würde, um sich an ihn zu gewöhnen, deshalb gehe sie es lieber langsam an.«

Es war nicht viel. Unangemessen konnte alles Mögliche bedeuten – der Geliebte konnte zum Beispiel viel älter sein. »Habt ihr denn noch einmal darüber gesprochen?«

»Ein paar Monate später habe ich wieder ein Telefongespräch mitbekommen. Sie war draußen und machte Pause, aber ich musste sie wieder hereinholen, weil ein Touristenbus früher gekommen war als geplant, und ich wusste, dass wir bald überschwemmt werden würden. Ich öffnete die Hintertür und hörte, wie sie sagte: ›Wir sind Sünder.‹«

Josies Gesicht wurde ganz ausdruckslos. »Sie beendete das Gespräch, kaum dass sie mich sah, und wir sprachen nicht mehr darüber. Aber als der Touristenansturm vorbei war, sah sie mich an und fragte: ›Wirst du immer noch meine Freundin sein, wenn du herausfindest, was ich getan habe?‹« Josies Finger klammerten sich an Anaheras. »Es klang so traurig, wie sie es sagte. Ich sagte ihr, dass nichts unsere Freundschaft zerstören könne, und dann, weil ich dachte, dass sie ein bisschen Lachen vertragen könnte, fügte ich hinzu, die einzige Ausnahme sei, wenn sie versuche, Tom zu verführen. Dann sei allerdings alles möglich.«

»Wenn sich Tom keiner Persönlichkeitstransplantation unterzieht, glaube ich nicht, dass du dir da je Sorgen um ihn machen müsstest.« Selbst Anahera mit ihrer eher trüben Erfahrung, was Männer anging, konnte Toms Treue oder Liebe nicht anzweifeln. Er würde alles für Josie tun, einschließlich Vorräte für ihre verrückte Freundin anschleppen, die in einer Hütte am Stadtrand wohnte – er hatte außerdem noch Anaheras Rohrleitungen überprüft, als er dort war.

Tom Taufa war einer von den Guten.

»Deshalb war es ja so lustig. Die Vorstellung, dass er verführt wird.« Sie ließ Anaheras Hand los und setzte sich auf dem Stuhl zurecht. »Aber Miris Gesicht wurde ganz reglos und merkwürdig, und sie sagte: ›Da musst du dir niemals Sorgen machen, Josie‹, und dann ging sie, um Glenda im Touristenbüro einen Kaffee zu bringen, und wir sprachen nie wieder darüber.«

Anahera lehnte sich zurück. »Also ein verheirateter Mann?«

»Das dachte ich auch«, sagte Josie mit einem Seufzen. »Ich wollte es eigentlich nicht glauben – ich nehme Ehegelübde todernst. Aber ich habe Miriama lieb. Also entschied ich, dass es mein Job ist, sie zu unterstützen. Und ich wollte nicht diejenige sein, die sie beschuldigt, denn sie hat ja kein Gelübde abgelegt, das sie brechen konnte.« Ihre Stimme klang jetzt härter. »Wenn ich jemals diesen Mann finde, der sie dazu gebracht hat, ihren Glauben zu verraten, werde ich ihm einiges zu sagen haben. Es hat sie sehr gequält, dass sie eine Sünde begangen hat.«

Das kleine Glöckchen über der Tür läutete.

Anahera drehte sich um und sah Dominic de Souza; sie erkannte ihn nur, weil Matilda ihr ein Foto von Miriama mit »ihrem Doktor-Freund« gezeigt hatte. So viel Stolz hatte in Matildas Stimme mitgeschwungen. Ihre vom Weinen verschwollenen Augen hatten einen Augenblick lang ganz glücklich geschaut.

An Dominic de Souza war keine Spur von Glück zu erkennen.

Die Trauer hatte in seinem Gesicht gewütet. Sein Haar war ebenso wild wie sein Blick hinter seinen Brillengläsern. Immerhin trug er ein frisches weißes Hemd zu seinen schwarzen Hosen. »Ich muss Patienten behandeln«, sagte er statt eines Grußes. »Ich bin der einzige Arzt in der Stadt.«

Josie stemmte sich am Tisch hoch und trat zu Dominic, um seine Hände zu nehmen. »Ich mache Ihnen das Übliche«, sagte sie sanft. »Wenn Sie sonst noch etwas brauchen, rufen Sie ruhig aus der Praxis an.«

Anahera stand auf und begann, sich ihren Anorak anzuziehen, während Josie zur Kaffeemaschine ging. Der Arzt stand einfach da. Sein Gesicht war völlig leer. Anahera war sich nicht sicher, ob es eine gute Idee war, wenn er heute Patienten behandelte, aber vielleicht weckte ihn die Arbeit aus seiner Trance. Und unglücklicherweise hatte er recht: Er *war* der einzige Mediziner in der Gegend, es sei denn, man war bereit, eine knappe Stunde nach Süden zu fahren – aber nur, wenn der Verkehr nicht allzu dicht war und kein Unwetter herrschte.

Bei einem Notfall in der Stadt war Dominic de Souza die einzige Lösung.

»Sind Sie sich sicher, dass Sie es schaffen, Ihre Patienten zu behandeln?«, fragte sie und achtete darauf, nicht vorwurfsvoll zu klingen.

Er blinzelte, drehte sich um und starrte sie an. Seine Intelligenz spiegelte sich in seinen blutunterlaufenen Augen. Er straffte die Schultern. »Ich bin ein guter Arzt«, stieß er hervor.

Anahera konnte ihm seine harsche Reaktion auf die Bemerkung einer vollkommen Fremden nicht übel nehmen. Sie würde vermutlich auch die Fassung verlieren, wenn sie an seiner Stelle wäre. Sie schaute über die Schulter und sagte: »Josie, ich habe dir das Geld für meinen Cappuccino auf den Tisch gelegt.« Sie ging, bevor ihre Freundin ihr nachrufen konnte, sie solle ihr Geld wieder einstecken – so, wie sich Josie um alle kümmerte, war es ein Wunder, dass sie überhaupt Gewinn machte.

Anahera ging jetzt zur Polizeiwache.

Als ein glänzender schwarzer Sportwagen die von gefallenem Laub, altem Bonbonpapier und anderen Hinterlassenschaften des Sturms bedeckte, aber ansonsten leere Straße entlangfuhr, nahm Anahera kaum Notiz von ihm. Bis er ein paar Meter vor ihr anhielt und der Fahrer den Motor abstellte.

Die Tür öffnete sich nur ein paar Sekunden später, und ein alter Bekannter stieg aus.

34

Daniel May kam direkt auf sie zu. »Dachte ich's mir doch, dass du das bist, Ana.«

»Daniel.« Anahera blieb stehen, die Hände in den Taschen ihres Anoraks. »Wie viel ist dieses Auto eigentlich wert?« Sie erkannte die Marke – Edward hatte eine Limousine besessen, weil er viel zu vernünftig war, durch London in einem Auto zu fahren, das so teuer war wie ein Haus, aber er hatte sich immer nach schnellen und eleganten Sportwagen gesehnt.

Bevor alles schieflief und ihre Beziehung einen so tiefen Riss erlitt, dass er nicht mehr gekittet werden konnte, hatte Anahera ihm immer gesagt, er solle sich zu seinem vierzigsten Geburtstag ein solches Auto kaufen, und zum Teufel mit den Leuten, die behaupten würden, er litte unter einer Midlife-Crisis. Stattdessen war er losgegangen und hatte sich eine Geliebte besorgt. »Das ist ein Lamborghini, oder? Hast du ihn dir gleichzeitig mit deinem Pferdeschwanz zugelegt?«

Ein leuchtend weißes Lächeln von dem Mann, der früher ein Junge gewesen war. Damals war sie in ihn verliebt gewesen. Sie war damals dreizehn gewesen, Daniel fünfzehn.

»Schön, dass du mir nicht die kalte Schulter zeigst.« Seine Sonnenbrille versteckte die Augen, die sie als ungewöhnlich dunkel in Erinnerung hatte, aber sein Tonfall war offen – aber auch bissig und bitter. »Alle anderen tun das nämlich, und langsam nervt das.«

Anahera zuckte die Achseln. »Ich nehme an, dass die Leute finden, dass man seinen Freunden nicht die Frau stehlen darf.«

Sein Gesichtsausdruck wurde wieder kalt. Daniel ließ seine Hände in die Taschen seiner grauen Anzughose gleiten. Sein Hemd war leuchtend blau, seine Armbanduhr von Patek Philippe. Anahera erkannte sie aus dem Katalog der teuren Uhrenfirma wieder, den Edward einmal zugeschickt bekommen hatte.

Die Armbanduhr war vermutlich noch mehr wert als der Lamborghini.

Es war keine Überraschung, dass Daniel schöne Uhren schätzte. Aber es war dennoch einen zweiten Blick wert.

»Dazu gehören immer zwei«, sagte er als Antwort auf ihre Bemerkung. »Und Nikau hatte kein rechtes Interesse daran, mit seiner Frau zu tanzen. Er war viel zu besoffen von seiner eigenen Wichtigkeit, ständig auf irgendwelchen Konferenzen oder bei ›Überstunden‹ mit Neunzehnjährigen, die ihn für Gott hielten. Nicht meine Schuld, dass sie zu grüneren Weiden aufgebrochen ist.«

»Deshalb will ich mit dir sprechen.« Anahera fragte sich, ob Daniel wohl immer noch zeichnete. Er hatte ihr einmal eine Bleistiftzeichnung von einem Kea geschenkt, die den Unruhe stiftenden Papagei bei einer seiner Lieblingsbeschäftigungen zeigte: wie er die Gummidichtung an einem Autofenster zerstörte.

Sie konnte keinerlei Spur mehr von dem drolligen kleinen Jungen in diesem schick gekleideten Mann erkennen.

»Wie du schon sagtest«, fügte sie hinzu, »an diesem ganzen Chaos sind drei Leute beteiligt, nicht nur du.« Sie glaubte nicht, dass Nikau seine Frau betrogen hatte, wie Daniel andeutete; Nikau war schon immer wie besessen von Keira gewesen, viel zu besessen, als dass er in fremde Betten gestiegen wäre.

Aber im Gegensatz zu Nikau hatte sie nicht vor, Daniel zu dem Bösewicht mit dem schwarzen Herzen zu machen, der ihm Keira abspenstig gemacht hatte. Ganz egal, welche merkwürdige Leere sie in sich hatte – Keira war keine Marionette. »Es ist ja nicht so, dass du ein Unschuldslamm wärst, Dan. Du hast die Entscheidung getroffen, mit Keira zusammen zu sein, während sie noch mit einem anderen Mann verheiratet war.« Getrennt zu sein, war nicht dasselbe wie geschieden. »Du wusstest, was auf dich zukam.«

»War ja klar, dass du gleich den Finger auf die Wunde legst.« Daniels schiefes Lächeln rief in ihr ein Bild hervor, und sie erinnerte sich an seinen Charme, als sie Jugendliche gewesen waren.

Anahera war damals nicht nur hoffnungslos linkisch gewesen, sondern musste auch abgelegte Kleider aus billigen Stoffen tragen, die ihre Mutter zu Shorts und Kleidern umnähte. Sie hatte keinerlei Chance, mit den schicken Internatsmädchen mitzuhalten, die Daniel so mochte. Aber der reiche, gut aussehende, beliebte Junge hatte trotzdem mit ihr gesprochen, und sie spielten trotzdem zusammen am Strand.

Einmal hatte er sogar ihr Kinoticket bezahlt, damit sie den Superhelden-Film schauen konnte, über den alle sprachen. Er hatte sie in ihrer Hütte besucht und mit ihr zum Mittagessen Marmeladen-Sandwiches gegessen, und er hatte nie auch nur ein Wort über die Armut verloren, in der Anahera und ihre Mutter lebten.

Daniel war vielleicht arrogant, aber Anahera gegenüber hatte er sich immer anständig verhalten.

»Das mit deinem Mann tut mir leid.« Es klang ehrlich. »Du passt nicht in eine so kleine Stadt wie diese, Ana. Ich habe mich für dich gefreut, als du weggingst.«

Das war der Daniel, der mit ihr Barfuß-Wettrennen am Strand veranstaltet hatte und ihr das Kinoticket gekauft hatte. Aber es hatte immer auch einen anderen Daniel gegeben, das hatte sie schon als kleines Mädchen gespürt, bevor er sich das Stipendium erschlich, das eigentlich Nikau hätte bekommen sollen; dieser rücksichtslose Daniel würde alles dafür tun, zu bekommen, was er wollte.

»Was machst du in der Stadt?« Heute konnte sie auf seine Beileidsbekundung nichts erwidern, nicht, solange der harte, eisige Zorn in ihr brodelte.

»Ich wollte nur einen Kaffee bei Josie trinken.« Er nahm die Sonnenbrille ab. Seine Augen waren genauso dunkel wie in ihrer Erinnerung – wie zwei Stücke schwarzen Granits. »Ich fahre nach Greymouth – treffe mich mit einem Bauunternehmer.«

»Hast du dafür nicht einen Hubschrauber?«

»Warum habe ich denn so eine großartige Maschine wie den Lambo, wenn ich ihn nie fahre?« Sein Lächeln erreichte nicht seine undurchdringlichen Augen. »Gibt es Neuigkeiten über das vermisste Mädchen?«

Anahera schüttelte den Kopf. »Kennst du sie gut?«

Daniel zuckte die Achseln. »So, wie ich die meisten Leute hier in der Stadt kenne.«

Mit Blick auf seine Armbanduhr beschloss Anahera nachzusetzen: »Ich kannte sie nur als kleines Mädchen.«

»Sie hat mir mal Pfadfinderkekse verkauft«, sagte Daniel plötzlich. »Sie kam in dieser Uniform an unsere Tür. Sie muss da so sieben oder acht gewesen sein. Ich war neunzehn und über die Ferien zu Hause.«

Er setzte seine Sonnenbrille auf. »Ich habe ihr eine Unmenge Kekse abgekauft, und sie lächelte dieses tolle breite Lächeln, und ich dachte nur: Die Welt wird dich vernichten.« Jetzt lächelte er nicht mehr, wirkte nur noch unbarmherzig und kalt. »Denn das tut sie mit zerbrechlichen, wunderschönen Dingen.«

Dann ging er an ihr vorbei.

Anahera schaute ihm hinterher, bis er in der Wärme von Josies Café verschwand. Die Geschichte, die er ihr erzählt hatte, war wirklich merkwürdig, aber vielleicht spielte Daniel auch nur wieder ein Spielchen. Das hatte er schon als kleiner Junge getan, er manipulierte Menschen aus Spaß, manchmal auch ganz ohne Grund.

Anahera hatte als Kind immer gedacht, dass er das mit ihr nicht tat, weil sie so weit unter ihm stand, was Macht und Wohlstand und sogar Familie anging. Sie konnte ihn weder verletzen noch ihm helfen. Also legte er bei ihr sein Messer zur Seite und spielte keine Machtspielchen.

Offenbar stimmte das nicht mehr.

35

Will war sich nicht sicher gewesen, ob Anahera kommen würde. Als sie die Tür zur Polizeiwache öffnete, drehte er sich von seinem Aktenschrank um und atmete leise ein. Wieder fiel ihm auf, wie unabhängig sie wirkte; er fragte sich, ob sie überhaupt jemand wirklich kannte, einschließlich Josie. Vielleicht hatte Nikau eine gewisse Ahnung – die beiden wirkten, als ständen sie sich nahe, aber wenn sie früher einmal eine romantische Beziehung gehabt hatten, dann war sie lange vorbei.

Seit Will Nikau kannte, war er von seiner Ex-Frau geradezu besessen: Keira schien die einzige Frau zu sein, die Nik überhaupt wahrnahm – und jahrelang wahrgenommen hatte. Obwohl Will jene Nacht in der Bar und Nikaus Art, über Miriama zu sprechen, nicht vergessen hatte.

Will musste vorsichtig sein, damit seine Freundschaft zu Nikau sein Urteilsvermögen nicht vernebelte. Denn Nik hatte alle Eigenschaften von jemandem, dem Miriama vertraut hätte, selbst wenn sie ihm zufällig an einem abgelegenen Ort über den Weg gelaufen wäre – er war ein Einheimischer, der ihre Tante kannte und als guter Mann galt, als Mann, der jederzeit half, wenn es nötig war.

Will hatte einmal gesehen, wie Nikau einer älteren Frau, die nach dem Tod ihres Mannes unter finanziellen Problemen litt, zwanzig Dollar in die Hand gedrückt hatte.

Nikau verbrachte außerdem viel Zeit damit, die verschiedenen Wanderwege um Golden Cove herum entlangzuwandern, sowohl für seine Arbeit als auch aus Spaß. Miriama hätte es nicht ungewöhnlich gefunden, ihn auf ihrer Strecke zu treffen. Vermutlich war sie ihm in den zwei Jahren, seit er wieder in Golden Cove wohnte, öfter über den Weg gelaufen.

Und all das war der Grund dafür, warum Will still und leise die Karte für die Suchtrupps nachprüfte, um sicherzugehen, dass Nikau keins der Gebiete allein durchstreift hatte.

Er war so erleichtert zu sehen, dass überall dort, wo Nikaus Initialen standen, stets auch verschiedene andere eingetragen waren, dass er regelrecht spürte, wie sich seine Muskeln entspannten. Aber die Karte entlastete Nik nicht vollständig. Wenn er Miriama etwas angetan hatte, war das Meer für einen Mann, der die Landschaft so gut kannte, immer noch der beste Ort, um die Leiche abzuwerfen.

»Haben Sie Ihre Streife schon hinter sich?«, fragte Anahera. Ihr gewelltes Haar umrahmte ein Gesicht, das ausdruckslos und hart von den Schicksalsschlägen wirkte, die sie überlebt hatte.

»Ja, keine größeren Schäden.« Er war im Morgengrauen losgefahren und vier Stunden lang unterwegs gewesen. »Ich musste Julia Lees Hund einfangen – Cupcake, die Bulldogge, hat sich in Christine Tierneys Haus verkrochen. Sie hatte sich offenbar unter Julias Zaun hindurchgebuddelt und ist dann ins Unwetter geraten. Und ich musste das Trampolin bei Tania Meikle wieder aufrichten, aber aufregender wurde es dann nicht mehr.«

Kein Lächeln auf Anaheras Gesicht. Ihr Ausdruck war schwer zu lesen, aber er nahm an, dass sie immer noch Gewissensbisse hatte, hinter dem Rücken ihrer Freunde mit Will zusammenzuarbeiten.

»Also«, sagte sie, »fahren wir dann los?«

»Wollen Sie wirklich dabei gesehen werden, wie Sie in mein Auto steigen?«

»Vor zwanzig Sekunden bin ich Evelyn über den Weg

gelaufen und habe extra erwähnt, dass ich ein paar Dinge in Christchurch besorgen muss und mit Ihnen fahre, weil mein Auto nicht funktioniert.« Sie steckte die Hände in die Taschen ihres Anoraks. »Das ist etwas, was ich am Kleinstadtleben wirklich nicht vermisst habe – dass alle ihre Nase in meine Angelegenheiten stecken.«

Er nahm seine dunkelblaue Jacke, zog sie aber nicht über das fein gestreifte Grau seines Hemdes. Er trat nach Anahera aus der Polizeiwache und schloss ab, um dann mit ihr zu seinem SUV zu gehen. Erst als sie im Auto saßen und er seine Jacke auf den Rücksitz geworfen hatte, sagte er: »Aber andere Dinge haben Sie vermisst?« Er fuhr los und merkte sich automatisch die Autos auf der Straße, die Menschen auf dem Bürgersteig.

»Bei der Suche nach Miriama haben Sie das Beste in uns gesehen«, sagte Anahera leise. »Ob reich oder arm, wild oder zivilisiert, Arschloch oder Heiliger, wenn etwas Schlimmes passiert, halten wir zusammen.«

Will dachte darüber nach. Und dann dachte er über die dunkle Seite dieser Nähe nach. »In einer so kleinen Stadt«, sagte er, »glauben viele, sie wüssten alles über ihre Nachbarn. Aber jeder hat Geheimnisse.«

Anahera lachte, es klang ein wenig zynisch. »Wollen Sie mir damit sagen, dass Sie in meiner schäbigen Familiengeschichte herumgewühlt haben? Da gibt es keine Überraschungen.«

»Nein. Aber ich habe natürlich Ihren Hintergrund recherchiert, als Sie in die Stadt zurückgekehrt sind. Ich musste wissen, ob Sie Ärger mitbringen.«

»Und, was haben Sie gefunden?«

Will konzentrierte sich auf die Straße vor ihnen. Die Bäume standen hier so dicht, dass die Sonne kaum durch das Blätterdach drang. »Dass Sie einen Grund hatten zu gehen«, sagte er, als sie an der Stelle vorbeikamen, wo Peter Jacobs und sein Bruder gerade dabei waren, Vincents Mercedes aus dem Graben zu ziehen.

Will hielt nicht an; er war schon auf seiner Streife hier gewesen.

»Es tat mir leid, vom Tod Ihrer Mutter und dessen Umständen lesen zu müssen.« Nur weil sie beide wussten, dass er davon wusste, bedeutete es nicht, dass die Worte nicht ausgesprochen werden mussten.

»Das tat allen leid.« Es klang tonlos. Sie hatte den Blick auf die Windschutzscheibe gerichtet. »Genauso, wie es allen leidtat, dass mein Vater sie jeden Abend verprügelte. Genauso, wie es allen leidtat, wenn sie ihre blauen Flecken sahen. Und es tat allen ja *so* leid, als sie tot in der Hütte gefunden wurde, aber mal bei ihr vorbeizukommen, um nach dem Rechten zu sehen, das war ihnen zu viel. Und niemand hat den Mann bestraft, der all das verursacht hat.«

Will hatte die Akte des Falles gelesen, er wusste, worüber sie sprach – und dabei ging es nicht nur um die Misshandlungen. »Es gibt keinen Grund anzunehmen, dass der Tod Ihrer Mutter mehr war als ein Unfall. Ihre Verletzungen passten zu einem Sturz von einer Leiter.« Die Leiter hatte neben ihr gelegen, als sie gefunden wurde, ebenso wie ein zerbrochener Fotorahmen.

Ein einzelner Nagel an der Wand war stummer Zeuge gewesen.

»Ich habe auch nachgeforscht.« Ihr Tonfall war jetzt härter. »Daher weiß ich, dass Polizei und Forensik nicht immer genau bestimmen können, ob jemand gestürzt ist oder er geschubst wurde. Die Knochen und der Schädel können in beiden Fällen brechen.«

Will konnte dagegen nichts einwenden; er hatte an einigen Fällen mitgearbeitet, in denen die Frage, ob ein Sturz zufällig oder nicht passiert war, nie hatte beantwortet werden können. »Warum hat Ihre Mutter nie Anklage gegen Ihren Vater erhoben?« Weil es keinerlei derartige Unterlagen gab, hatten die Ermittler keinen Grund gehabt, ein Verbrechen anzunehmen.

Anahera drehte sich abrupt zu ihm um. »Wollen Sie damit sagen, dass das alles die Schuld meiner Mutter war?«

»Nein.« Will zwang sich, ruhig zu klingen. »Missbrauch ist immer die Schuld des Täters.« Daran hatte er immer geglaubt, deswegen hatte er einem kleinen Jungen namens Alfie versprochen, dass er in Sicherheit sei, dass das Ungeheuer ihn nie kriegen würde. »Ich verstehe ihre Entscheidung nur nicht.« Ebenso, wie er die tödliche Entscheidung von Alfie Harts Mutter nicht verstanden hatte.

»Aus dem, was ich in der Akte gelesen habe, schließe ich, dass Ihre Mutter eine starke Frau war.« Haeata Rawiri hatte ihr eigenes kleines Schneidergeschäft auch während der Ehe weitergeführt, man hatte sie als wertvolles Mitglied der Gemeinschaft geschätzt. Und doch war sie bei ihrem gewalttätigen Ehemann geblieben. Und sie hatte seine Misshandlungen niemals gemeldet. Nicht einmal, als ihr Mann ihr Kind geschlagen hatte.

Will packte das Lenkrad fester.

Anahera antwortete nicht.

Schließlich schaltete Will das Radio ein. Sie fuhren durch die einsame, wunderschöne Landschaft und hörten den beiden Moderatoren zu, die sich einen scherzhaften Schlagabtausch über einen Rockstar lieferten, der offenbar süchtig nach Aufenthalten in Entzugskliniken war.

Er erwartete schon gar nicht mehr, eine Antwort zu bekommen, als sie sagte: »Er hat sie einmal gerettet.« Ihre Stimme klang kalt und distanziert. »Meine Mutter wurde in eine Familie hineingeboren, in der es Gewalt gab. Mein

Vater kam auf seinem Motorrad vorbei und versprach ihr ein Leben voller Abenteuer und Entdeckungen. In den ersten drei Jahren, erzählte sie mir, war alles wunderbar. Sie war frei und hatte keine Angst mehr, und er war ihr Märchenprinz.«

»Und was hat sich geändert?«

»Mein Vater schiebt alles gern darauf, dass er seinen Job verlor, als die große Fabrik in Greymouth geschlossen wurde.« Ihr Ton ließ keinen Zweifel daran, was sie von dieser Entschuldigung hielt. »Meine Mutter sagte dasselbe – dass er seine Männlichkeit verlor, weil er seine Familie nicht mehr ernähren konnte und wir von ihrem Einkommen und der Sozialhilfe abhängig wurden.« Sie schnaubte. »Das ist natürlich nur Blödsinn. Was ist das für eine Männlichkeit, wenn man seine Frau und sein Kind schlägt?«

Vor Wills innerem Auge tauchte das Bild eines brennenden Hauses auf. Flammen leckten am Dach, die Hitze war unerträglich. »Das ist keine Männlichkeit«, sagte er, und er hatte das Gefühl, dass sich das Narbengewebe auf seinem Rücken zusammenzog. »Das ist Schwäche.«

Anahera verstummte erneut, und sie fuhren durch die leeren Straßen, gesäumt von Bäumen und dichtem Unterholz, an einem vom Gletscher gespeisten Fluss vorbei, der eisblau glitzerte, und im Schatten der schneebedeckten Berge, die dort schon seit Tausenden Jahren standen.

Ungefähr auf der Mitte der Strecke hielten sie an, um einen Kaffee zu trinken, aber keiner von ihnen hatte Hunger.

Der Verkehr wurde in der zweiten Hälfte ihrer Fahrt dichter, aber er floss noch immer ungehindert, es gab keine Staus oder Behinderungen. Sie schafften die Strecke in einer hervorragenden Zeit – nur etwas über drei Stunden und fünfundvierzig Minuten –, und allzu bald waren sie im

Herzen der Zivilisation angekommen. Im Vergleich zum schmutzigen Licht in Golden Cove fühlte es sich hier an, als hielte ihnen jemand den Strahl einer hellen Taschenlampe mitten ins Gesicht.

Zu viele Autos, zu viele Leute, zu viele Geräusche – von der Baustelle an der Ecke über den Jugendlichen, der auf dem Bürgersteig rhythmisch auf seinem Schlagzeug trommelte, bis hin zu zwei Autofahrern, die sich gegenseitig beschimpften.

»Haben Sie noch etwas in der Stadt zu erledigen?«

Anahera rührte sich. »Ich muss meinen neuen Laptop abholen. Ich habe ihn online bestellt, und sie haben ihn für mich angenommen. Ich wollte es nicht riskieren, ihn per Kurier liefern zu lassen.«

»Dann holen wir ihn zuletzt ab. Sonst müssen Sie ihn die ganze Zeit mit sich herumtragen oder ihn im Wagen liegen lassen.« Er war zu pragmatisch zu glauben, dass ein Polizeiwagen Diebe am Einbruch hinderte – manche Menschen lebten dafür, Grenzen zu überschreiten, und der Nervenkitzel war ihnen mindestens so wichtig wie ihre Beute.

»Das ist in Ordnung. Wie viele Juweliere befragen wir denn?«

»Auf meiner Liste stehen zehn.« Er blieb vor einer roten Ampel stehen. »Aber darin sind die Juwelierketten noch nicht enthalten. Dorthin gehen wir, wenn wir die Spezialisten und Uhrmacher abgehakt haben. Selbst wenn sie die Uhr nicht gemacht oder importiert haben, wissen sie vielleicht, wer es war.« Neuseeland war ein kleines Land, und der Handel mit Schmuck war eine Nischenbranche.

»Sie scheinen sich ja ganz sicher zu sein, dass diese Armbanduhr ein spezielles Stück ist.«

»Ich bin heute Morgen vor der Dämmerung aufgewacht. In der Dunkelheit Streife zu fahren, nützt wenig, daher bin ich online gegangen und habe versucht, Armbanduhren zu finden, die Miriamas ähnlich sind. Null Ergebnisse. Mein Instinkt sagt mir, dass das Stück handgefertigt ist, und die zehn Geschäfte, die auf meiner Liste stehen, bieten so etwas an.«

»Vielleicht ist es außerhalb Neuseelands gekauft worden.«

»Ich habe ein winziges *koru*-Symbol im Platinarmband gefunden – auf der Unterseite, wo es an der rechten Seite der Uhr befestigt ist.« Das war eindeutig ein neuseeländisches Symbol, inspiriert vom sich entrollenden Wedel des Silberfarns, und stand für die Entstehung neuen Lebens, Wachstum und Veränderung. »Das schließt die Uhrmacher aus anderen Ländern zwar nicht aus, senkt aber die Wahrscheinlichkeit.«

Er manövrierte um einen großen Straßenbauwagen herum. »Wenn die Spur kalt wird, tue ich, was Sie vorgeschlagen haben, und lade das Bild ins Internet hoch. Vielleicht erkennt jemand das Design oder das Handwerk wieder.« Aber zuerst würde er in der Umgebung weitersuchen. Miriamas Geliebter hatte zum Zeitpunkt des Kaufs sicher noch keinen Grund anzunehmen, dass jemand nach dem Ursprung der Uhr suchen würde.

Der Geliebte schien, den Tagebucheinträgen nach zu schließen, außerdem besitzergreifend und kontrollierend zu sein. Ein solcher Mann wollte vermutlich Einfluss auf das Design haben und womöglich sogar eigene Edelsteine beisteuern. Und das war viel einfacher mit einem Juwelier aus der Umgebung zu machen. »Zuerst fragen wir in einem Schmuckgeschäft in der Stadt nach. Ein Freund von mir, der sich mit Luxuswaren-Diebstahl beschäftigt, sagt, der Laden wäre ebenso bekannt für seine Diskretion wie für die hohe Qualität seiner Waren. Ist es für Sie okay, wenn wir mit dem Mittagessen bis danach warten?«

»Ich bin ja nicht diejenige, die schon seit dem Morgengrauen wach ist.«

»Ich tanke dann beim Mittagessen auf.«

Er schaffte es, eine Parklücke zu finden, die nur fünf Minuten entfernt lag – ein wahres Wunder in einer Stadt voller orangefarbener Verkehrshütchen und Baustellen –, und sie stiegen aus, um zu dem Schmuckgeschäft zu gehen. Die Mittagssonne schien ihnen ins Gesicht, in der Stadt tobte das Leben, aber die Narben von dem Erdbeben, das sie vor Jahren zerstört hatte, waren immer noch nicht zu übersehen.

Anahera achtete darauf, nicht auf einen dünnen Riss im Bürgersteig zu treten, der noch nicht repariert worden war, und er fragte sich, wie es wohl für sie gewesen sein musste, so weit entfernt von ihren Freunden zu sein, als die Nachricht vom Beben kam. »Dort.« Er nickte in Richtung eines unauffälligen kleinen Geschäfts zwischen einem Elektroladen und einer Designer-Boutique. »Hier fragen wir zuerst nach.«

36

Der Juwelier hatte keinen Sicherheitsmann, aber Will entdeckte zwei Videokameras und eine automatische Gittertür, die jederzeit herunterfallen konnte. Er war sich sicher, dass die Fensterscheiben schusssicher waren und alle Mitarbeiter Zugang zu den Alarmknöpfen unter dem Verkaufstresen hatten. Er wäre auch nicht überrascht gewesen, wenn einige der Stücke in der Auslage wunderschöne Fälschungen waren und die echten Juwelen in Safes lagen und nur herausgeholt wurden, wenn sich ein Käufer ernsthaft für sie interessierte.

Er zog die schwere Tür auf, ließ Anahera vorgehen und betrat hinter ihr das klimatisierte Heiligtum. Die Frau, die auf der anderen Seite des makellosen Glastresens aufschaute, war eine gepflegte Brünette in einem braunen Kleid, das an ihrem Körper anlag, ohne zu eng zu sitzen. »Hallo«, sagte sie mit einem warmen, professionellen Lächeln. »Wie kann ich Ihnen helfen?«

Ganz eindeutig hatte man sie angewiesen, die Kunden nicht nach ihrem Äußeren zu beurteilen. Das war ein guter Rat vor dem Hintergrund dessen, was Will über die Multimillionäre in der Gegend wusste. Der eine hatte es sich zur Angewohnheit gemacht, in Flip-Flops durch die Stadt zu laufen, der andere fuhr eine zwanzig Jahre alte Schrottkiste und zog sich an, als wären die Achtziger noch längst nicht vorüber.

»Guten Tag.« Er zeigte ihr seinen Dienstausweis. »Ich arbeite an einem Vermisstenfall und hoffe, die Herkunft eines Schmuckstücks nachverfolgen zu können.«

Das professionelle Gesicht der Frau fiel in sich zusammen. »Ach du meine Güte.« Sie riss die grünen Augen auf. »Natürlich, ich helfe Ihnen gern, aber unser Goldschmiedemeister kann Ihnen vermutlich besser helfen.«

»Kommt er auch in den Laden?«

»Normalerweise nicht«, sagte die Verkäuferin, »aber Sie haben Glück. Er ist diesen Morgen hier, um eine Lieferung persönlich in Empfang zu nehmen. Wenn Sie mich kurz entschuldigen, ich hole ihn.«

Die Verkäuferin verließ jedoch nicht den Verkaufsraum, sondern zog sich in seinen hinteren Teil zurück, wo sie den Hörer eines Telefons aufnahm und leise hineinsprach. Dann kehrte sie zu ihrer Position zurück.

Ein kleiner Mann, der vielleicht einmal blond gewesen sein mochte, dessen Haar jetzt jedoch aschgrau war, eilte kurz darauf aus einem Hinterzimmer hinein. »Detective«, sagte er und streckte ihm eine sehnige Hand hin. »Ava sagte, Sie seien hier, um ein Schmuckstück zu identifizieren?« In seinem Blick lag eine Frage, aber offenbar nicht zu dem Schmuckstück, denn seine Aufmerksamkeit galt Anahera.

»Tut mir leid, dass ich Sie so anstarre«, sagte er schließlich, als sie eine Augenbraue hochzog. »Aber ich könnte schwören, dass ich Sie schon einmal gesehen habe.«

»Das höre ich oft.«

Der Juwelier wandte sich wieder Will zu, hielt aber mitten in der Bewegung inne. »Sie machen wahrhaftig engelsgleiche Musik – Ihr Talent ist wirklich von Gott gegeben«, sagte er mit gedämpfter Stimme. »Ich fühle mich zutiefst geehrt, Sie in meinem Geschäft begrüßen zu können.«

Anahera rührte sich nicht. »Danke schön.«

»Mein herzliches Beileid zum Tod Ihres Mannes.«

Mit steifen Schultern lächelte Anahera dem Mann leicht zu, um sich dann den Schmuck in den Vitrinen anzusehen. Will übernahm das Gespräch. Er holte die Armbanduhr aus seiner Tasche und entfernte die Beweisstücktüte, in der sie lag, um sie dem Goldschmied zu zeigen. »Ist das eins Ihrer Stücke?«

Der Mann schüttelte sofort den Kopf. »Nein, ich mache meine Uhren gemeinsam mit einem ausgebildeten Uhrmacher, aber das hier ist nicht mein Stil. Zu protzig. Dabei muss ich sagen, dass die Uhr handwerklich exquisit gemacht ist, keineswegs Massenware. Nicht einmal Luxus-Massenware. Das hier ist definitiv eigens angefertigt worden.«

Die Verkäuferin war jetzt zu ihrem Chef getreten und reckte den Hals, um einen Blick auf die Uhr zu werfen. »Ich erinnere mich nicht, so etwas je zuvor gesehen zu haben – ich meine das Design«, sagte sie. »Und Dad und ich kennen die meisten Juweliere im Land, die eigene Stücke herstellen.«

Ihr Chef – ihr Vater – runzelte die Stirn. »Ava hat recht. Dieses Stück ist ganz einzigartig, besonders dieses strahlenförmige Design mit den Diamanten. Ein paar meiner Konkurrenten haben allerdings neue Goldschmiede eingestellt – vielleicht stammt es von einem von ihnen.«

Will spürte keinerlei Falsch in diesen beiden; wenn überhaupt, waren sie gern bereit zu helfen. Er legte die Uhr zurück in den Beweismittelbeutel und sagte: »Mit welchen Juwelieren oder Uhrmachern genau sollten wir denn Ihrer Meinung nach sprechen?«

Vater und Tochter stellten eine Liste von sieben Juwelieren zusammen, die alle bereits auf Wills eigener Liste standen. »Vielen Dank.«

Anahera folgte Will, ohne noch ein Wort mit dem Goldschmied oder der Verkäuferin zu wechseln, aber sie neigte zum Abschied den Kopf.

»Warum veröffentlichen Sie Ihre Musik unter dem Na-

253

men Angel?«, fragte Will, als sie wieder auf dem Bürgersteig standen.

Anahera verdrehte die Augen und zog die Schultern hoch, als wollte sie die Steifheit daraus vertreiben. »Die Idee der Plattenfirma. Sie haben die Bedeutung meines Namens recherchiert und beschlossen, dass der Bühnenname ›Angel‹, also Engel, sich gut für die Vermarktung eignen würde. Sie wissen schon, die ›Sie spielt wie ein Engel‹-Masche.«

»Stimmt es, dass Sie sich alles selbst beigebracht haben?«

»Früher bin ich manchmal in die Kirche geschlichen und habe dort heimlich Klavier geübt.« Ein schwaches Lächeln. »Als ich nach Golden Cove zurückkam, kam Pastor Mark am selben Tag vorbei und sagte, ich könne jederzeit in seiner Kirche spielen.«

»Ich habe gehört, sie stimmen es nur alle zehn Jahre, also haben Sie vielleicht gerade Glück.«

Anahera lachte, und einen Augenblick lang waren sie nur ein Mann und eine Frau, die einen Spaziergang in der Sonne machten.

Eine Minute später blieb sie an einem Imbisswagen stehen, der frische Wraps verkaufte. »Ja?«

Will nickte, und bald aßen sie ihr Mittagessen im Gehen, bis sie an der nächsten Ampel stehen bleiben mussten. »Wie ist es denn so, eine berühmte Musikerin zu sein?«

»Berühmte Pianistin«, verbesserte ihn Anahera. »Wir sind längst nicht so berühmt wie Popstars. Ich habe keine Ahnung, wie er mich erkannt hat.« Sie nahm einen Happen von ihrem Wrap und fuhr dann fort: »Ich habe nur ein paar Auftritte gehabt, und das Foto, das sie für das Cover des letzten Albums benutzt haben, ist ganz dunkel und voller Schatten.«

Genau wie die Musik auf diesem Album. »Wollen Sie

sich ein Klavier in die Hütte stellen?« Er aß seinen Wrap
auf. »Muss schwierig sein für eine Pianistin, ihre Leidenschaft nicht ausüben zu können.«

Ein Skateboarder zischte auf der anderen Seite der Straße
vorbei und wich elegant den orangefarbenen Hütchen aus,
die die Baustelle markierten. Er hielt an, als seine Mütze
herunterfiel und er zurücklaufen musste, um sie aufzuhe-
ben, aber ein paar Sekunden später war er schon wieder
losgefahren. »Erinnern Sie sich daran, je so jung gewesen zu
sein?«, fragte Anahera. Sie folgte dem Jungen mit dem
Blick, bis er verschwand. »Keine Verantwortung, keine echten Sorgen.«

»Mein Vater und meine Mutter waren Polizisten.« Will
warf ihre beiden Papierhüllen in einen Mülleimer. »Ich
habe immer auf sie gewartet. Später, als ich begriff, wie gefährlich ihr Job sein konnte, hatte ich immer ein bisschen
Angst, die Tür zu öffnen. Angst vor schlechten Nachrichten.«

Anahera neigte den Kopf zur Seite und sah ihn prüfend
an. »Und trotzdem sind Sie auch Polizist geworden.«

»Wahrscheinlich kommt man gegen sein Schicksal nicht
an. Wir sind, wer wir sind.«

»Ist das nicht ein bisschen fatalistisch?« Es klang scharf.

»Glauben Sie nicht, dass unsere Erfahrungen uns formen?«

»Wenn ich das glaubte«, versetzte Anahera, »wäre ich nie
aus Golden Cove weggekommen. Ich wäre wie Matilda
und würde immer wieder den falschen Männern mein Vertrauen schenken.«

Schon als Anahera die Worte ausgesprochen hatte, wusste sie, dass sie, dass das scheinheilig war. Vielleicht hatte sie
sich nicht in einen körperlich gewalttätigen Mann verliebt,
wie ihr Vater einer war oder die Männer, die Matilda liebte,

aber sie war mit einem Lügner zusammen gewesen. War das nicht auch eine Form von Missbrauch? Eine Frau dazu zu bringen, dass sie sich verliebte, um dann einen Amboss auf ihr gebrochenes Herz zu schleudern.

»Das hier ist unsere zweite Adresse.« Will öffnete die Tür zu etwas, was aussah wie ein Flur, und aus seinen nächsten Worten klang die Vorsicht eines Polizisten. »Ich gehe besser voran.«

Anahera folgte ihm. Sie stiegen eine schmale Treppe von der Sorte empor, die normalerweise zu schäbigen Wohnungen oder in heruntergekommene Internetcafés führte. Aber hier waren die Stufen nicht nur gut ausgeleuchtet, das Holz auf Hochglanz poliert, sondern es hingen auch geschmackvolle Bilder an den Wänden – einschließlich eine Reproduktion eines der Seerosen-Bilder von Monet.

Oben stand ein massiger Asiate in einem schwarzen Anzug; er stand breitbeinig da, eine Hand hielt locker das Handgelenk der anderen, und sein Gesicht war völlig ausdruckslos. Fehlte nur noch ein Neonschild mit der Aufschrift »Sicherheit« darauf. Will hatte offenbar schon mit ihm gesprochen, denn er sagte nichts, als sie durch die Tür trat, die Will ihr aufhielt. Sie sah, dass sie viel schwerer war als die Tür unten, außerdem mit Metall verstärkt.

Dahinter herrschte die gedämpfte Ruhe eines exklusiven Juweliergeschäfts. Anahera wusste sofort, dass dies kein Laden für Laufkundschaft war. Hier musste man während der Öffnungszeiten einen Termin ausmachen. Wenn man wichtig genug war, richtete man sich hier nach dem Terminplan des Kunden – oder brachte ihm die Juwelen direkt nach Hause.

Wenig überraschend lächelte der Verkäufer hier nicht. Stattdessen bedachte er sie mit einem arroganten Grinsen, um sie dann vom Scheitel bis zur Sohle zu mustern. »Es tut mir leid, aber wir haben nicht geöffnet«, sagte er mit einer Stimme, die zu seinem Gesichtsausdruck passte. »Es tut mir leid, wenn unser Sicherheitspersonal einen anderen Eindruck vermittelt hat.« Kein bisschen Aufrichtigkeit lag in seinen Worten.

Anahera fragte sich, was er sagen würde, wenn sie behauptete, sich die Schmuckstücke hier leisten zu können. Vermutlich würde er sie der Lüge bezichtigen, ohne auch nur ein Wort zu sagen. Aus irgendeinem Grund brachte sie das zum Lachen ... und dann erinnerte sie sich an den Schmuck, den ihr Edward während ihrer Ehe geschenkt hatte. Geschenke zum Jahrestag. Eine glitzernde Lächerlichkeit für jedes Jahr.

Sie hatte sie alle in einem Banksafe in London gelassen.

Will reagierte gar nicht auf die herablassenden Worte des Verkäufers. Stattdessen holte er seinen Ausweis heraus und sagte: »Ich muss mit jemandem sprechen, der ein Schmuckstück identifizieren kann.« Sein Ton war so gleichmütig und ruhig, dass er beinahe tödlich war.

Der Verkäufer erblasste sichtlich. »Natürlich, Detective«, sagte er und nahm einen Telefonhörer auf, um etwas hineinzumurmeln.

Ein weiterer Mann kam nur Sekunden später aus einem Hinterzimmer heraus, gefolgt von einer Frau. Sie waren beide ostasiatischer Herkunft und sahen einander so ähnlich, wie sich Menschen verschiedenen Geschlechts nur ähnlich sein können – dasselbe glatte Haar, dieselbe breite, aber feine Knochenstruktur, dieselben Anzüge. Anthrazit, nicht schwarz. Beide trugen dazu frisch gebügelte weiße Hemden.

»Ich bin Shannon Chen, und das hier ist mein Bruder Aaron Chen«, sagte die Frau und streckte die Hand aus.

Nicht nur Geschwister. *Vielleicht Zwillinge?* Anahera hätte darauf gewettet.

Shannon Chen ließ Wills Hand los und streckte ihre jetzt Anahera hin.

Anahera schüttelte ihr die Hand. Sie war fasziniert von dieser Frau mit den dunklen, leuchtenden Augen und ihrem schweigsamen Bruder. »Anahera«, erwiderte sie, ohne ihren Nachnamen zu nennen.

»Detective, Anahera«, sagte Shannon Chen. »Wenn Sie bitte mit uns in unser privates Wohnzimmer kommen wollen. Wir haben eine internationale Kundin, die in zehn Minuten mit ihrer Familie kommt, und ich ziehe es vor, dass sie nicht Zeugin wird, wie wir von der Polizei befragt werden.«

»Kein Problem«, sagte Will. »Wir folgen Ihnen.«

Ein schwaches Lächeln erschien auf dem Gesicht der Frau. Dann gingen sie und ihr Bruder voran in den privaten Raum – aber niemand machte Anstalten, sich zu setzen.

Ihr Instinkt sagte Anahera, dass Shannon Chen Wills Aussehen gefiel. Sie selbst blieb im Flur vor dem Zimmer. Sie tat so, als schaue sie sich ein abstraktes Bild an der Wand an – strenge Linien und harte Farben. Aber sie lauschte aufmerksam dem Gespräch im Zimmer.

37

Ich versuche, den Schöpfer oder Verkäufer dieser Armbanduhr zu finden«, hörte sie Will sagen. »Ich würde es sehr begrüßen, wenn Sie nicht versuchten, mich anzulügen. Ich ermittele in einem ernsthaften Vermisstenfall, und wenn sich herausstellt, dass Sie Informationen zurückgehalten haben, werde ich nicht zögern, Sie anklagen zu lassen. Es ist mir völlig egal, ob Sie Freunde in hohen Positionen haben – die werden Sie ohnehin wie heiße Kartoffeln fallen lassen, wenn sich herausstellt, dass unsere Vermisste das Opfer eines Verbrechens war.«

Seine Stimme klang sachlich, kein bisschen drohend.

»Unsere Kunden schätzen unsere Diskretion«, erwiderte Shannon Chen, »aber wir benutzen diese nicht als Schutzschild. Die Art unseres Geschäfts ist es, dass wir früher ein Ziel für Diebe waren – es wäre uns lieb, wenn Sie und Ihre Kollegin uns nicht als Kriminelle ansehen würden.« Die Worte kamen knapp und professionell, sogar ein wenig scharf, aber Anahera merkte, dass Shannon Chen ihre Worte mit Bedacht gewählt hatte. Sie hatte nicht gesagt, dass sie keine Kriminellen seien, sondern nur, dass sie nicht gern als solche angesehen würden.

Ein subtiler Unterschied, vielleicht auch gar keiner, aber es war dennoch interessant.

»Was diese Armbanduhr angeht ...« Eine Pause. »Ich erkenne sie nicht, und ich erinnere mich an alle Stücke, die wir je gemacht oder verkauft haben. Aaron?«

Wieder eine lange Pause, als müsste er die Uhr noch einmal gründlich untersuchen. »Nein«, sagte dann eine tiefe Männerstimme, die merkwürdig leise war. »Der Stil ist zu fein, als dass es eine von meinen sein könnte. Ich ziehe härtere Linien vor. Shannon trägt eins meiner Stücke.«

Anahera hatte Shannons Uhr bemerkt, als sie sich die Hände schüttelten. Sie war klobiger, als sie an einem so schlanken Handgelenk erwartet hätte, aber sie stand Shannon Chen. Sie strahlte ein gewisses Machtbewusstsein aus, ebenso wie ihre Uhr; vermutlich hatte ihr Bruder die Uhr nur für sie gemacht. Anahera hatte im Verkaufsraum weit zartere Modelle gesehen.

Will hatte offenbar dasselbe bemerkt. »Es ist es nicht wert, Ihr ganzes Geschäft zu gefährden, nur um einen einzigen Kunden zu schützen«, sagte er in dem milden Tonfall, der so gefährlich sein konnte. »Denken Sie gründlich nach, bevor Sie meine Frage beantworten. Ist das eine Uhr von Ihnen?«

»Da muss ich nicht nachdenken, Detective. Diese hier ist nicht von uns.« Shannons Tonfall war jetzt nicht mehr professionell, sondern tiefgefroren. »Aber ich erkenne die Handschrift. Ich schreibe Ihnen die Adresse auf.«

Stimmen drangen vom Verkaufsraum herein, soweit Anahera es beurteilen konnte, sprachen sie auf Koreanisch. Der Verkäufer antwortete in derselben Sprache, obwohl er eindeutig kein Koreaner war. Sie hätte ihn eher als Indonesier einsortiert. »Guter Service«, sagte sie leise zu Shannon, nachdem sie sich umgedreht und gesehen hatte, wie Will die Uhr in die Beweismitteltüte zurückgleiten ließ. »Wie viele Sprachen spricht er?«

»Fünf, als wir das letzte Mal nachgezählt haben.« Die Frau lächelte sie an, es kam unerwartet. »Man verkauft keine Juwelen, deren Preis sechsstellig beginnt, wenn man nicht den allerbesten Service liefert. Also« – sie wandte sich wieder an Will –, »wenn es Ihnen nichts ausmacht, wird Aaron Ihnen den Weg nach draußen zeigen. Ich werde unsere Kunden begrüßen.«

»Danke für Ihre Hilfe.«

Shannon Chen ging zur Tür. »Kommen Sie doch mal vorbei, wenn Sie uns nicht gerade verhören wollen, dann essen wir zu Mittag.« Sie war schon an Anahera vorbeigegangen und hatte einen Hauch ihres subtilen, eleganten und teuren Moschusdufts hinterlassen, als sie plötzlich stehen blieb und sich wieder umdrehte. »Ich wusste doch, dass ich mich an dieses Gesicht erinnere. Ihr Mann hat Ihren Verlobungsring bei uns gekauft, als wir noch in Auckland gearbeitet haben. Er zeigte mir ein Foto von Ihnen.« Ihr Blick fiel auf Anaheras linke Hand, aber sie war zu professionell, um das Fehlen sowohl eines Eherings als auch des geschmackvoll extravaganten Verlobungsringes zu bemerken.

Trotz ihrer Höflichkeit schaffte es Anahera kaum die ausgetretenen Stufen zum Hintereingang hinunter, ohne zu schreien. »Es ist, als folgte mir Edwards Geist heute überallhin!«, sagte sie, sobald sie mit Will in der Anlieferbucht hinter dem Gebäude stand.

Sie schob die Hände in die Taschen ihres Anoraks und ballte sie, bis ihre Knöchel ganz weiß wurden. »Und wie gruselig ist das bitte, dass der Bruder erst dann spricht, wenn seine Schwester es ihm erlaubt?«

»Zwillinge sind manchmal so. Als übernähme jeder seine Pflichten. Bei den Chens ist Shannon die, die spricht und anführt, während Aaron im Hintergrund die Fäden zieht – vermutlich ist er der einzige Mensch, dem Shannon wirklich vertraut.«

Plötzlich brannte es heiß in Anaheras Augen. Sie schaute verzweifelt ins Licht der Straßenlaternen am Ende der kleinen Gasse, sie musste raus hier. Sie konnte nicht zusammenbrechen, nicht hier, nicht jetzt, nicht bei diesem Polizisten mit den harten Augen und dem Körper der drohte ihren Körper zu erwecken.

»Ich hole mal den Wagen«, sagte Will und ging vor. »Es bringt ja nichts, wenn Sie auch zurücklaufen. Warten Sie einfach beim Parkschild auf der Straße, und ich hole Sie ab.«

Einmal Cop, immer Cop.

Er sah einfach zu viel.

Wenn er sie gedrängt hätte, hätte sie zurückgefeuert, ihr Zorn war jetzt eine zerstörerische Welle.

Aber er gab ihr Raum und ging schon hinaus auf die belebte Straße draußen.

»Ich habe eine Fehlgeburt mit Zwillingen gehabt.« Die Worte, die sie noch nie ausgesprochen hatte, brachen aus ihr heraus. »Ich war schon so weit in meiner Schwangerschaft, dass ich einen Bauch hatte, dass die Ärzte mir sagen konnten, dass ich Zwillinge bekommen würde. Aber ich hatte noch damit gewartet, es meinen Leuten zu Hause zu erzählen.«

Einige ihrer Freunde aus London hatten davon gewusst, aber diese Leute lebten in einer anderen Welt als die Leute aus Golden Cove. »Ich wollte Josie und Nikau und die anderen mit einem riesigen Sechs-Monats-Bauch überraschen. Deshalb habe ich es keinem erzählt.«

Will drehte sich um und sah sie nicht mit Mitgefühl, nicht mit Mitleid, sondern mit einem ebenso verzweifelten wie wütenden Verständnis an. »Es hört verdammt noch mal nie auf, wehzutun, oder?«

Herr im Himmel, da hatte es endlich einer *verstanden*. »Ich warte ständig darauf, dass es aufhört, aber das tut es nie.« Und an Tagen wie heute, wenn sie einem Zwillingspaar gegenüberstand, öffnete sich die Wunde wieder und blutete.

Wie wären ihre Zwillinge wohl als Erwachsene gewesen? Wären sie wie Shannon und Aaron Chen gewesen, zwei

Menschen, die so aufeinander eingestellt waren, dass sie genau verteilte Rollen hatten? Oder wären ihre Zwillinge so unterschiedlich gewesen, dass man kaum hätte auf die Idee kommen können, dass sie Geschwister waren? Anahera würde es nie erfahren. »Haben Sie auch ein Kind verloren?«

»Er war nicht meins, aber verloren habe ich ihn trotzdem.« Seine Stimme klang rau, er hatte die Fingernägel in seine Handflächen gegraben. Er nickte in Richtung Straße. »Gehen wir. Die Adresse, die Shannon mir gegeben hat, liegt am Rand der Stadt. Wir können vorher noch Ihren Laptop abholen.«

Sie ging mit ihm ins Chaos des Lebens und blinzelte, als der Lärm wieder über sie hereinbrach. »Sind Sie sicher, dass Shannon Ihnen den richtigen Namen aufgeschrieben hat?«

Er reichte ihr den Zettel. Darauf stand eine Adresse; darunter die Worte: *Das koru-Symbol zusammen mit dem winzigen, in der Rückseite eingelassenen Rubin ist ihr Markenzeichen.*

38

Hier ist es.« Will parkte den SUV in einer von Bäumen gesäumten Vorstadtstraße, vor einer Villa mit gepflegtem Rasen und kahlen Rosenbüschen. »Ihr Laptop ist hier bestimmt sicher. Das hier ist eine feine Gegend, hier ist die Straßenkriminalität kaum der Rede wert.«

»Hatten Sie diese Adresse schon auf Ihrer Liste?«

»Ja. Aber wir hätten sie als Letztes angefahren.«

Anahera warf einen Blick auf die andere Seite der Straße und sah ein neues Gebäude, das an den Stil der älteren Häuser angepasst worden war. Ein paar Jahre noch, dann wären die Pflanzen größer, und es würde den Charakter des Neuen verloren und sich wirklich eingefügt haben.

»Es sieht nicht so aus, als machte die Juwelierin Werbung.« Anahera drehte sich zu der Villa um. »Wie haben Sie von ihr erfahren?«

»Ich bin Detective.«

Der Anflug eines Lächelns auf ihrem Gesicht. »Touché.«

Will hatte das Lächeln nicht erwartet, schon gar nicht, wie schön sie war, wenn das Licht in ihre Augen fiel. Er stieg aus dem Auto, ohne etwas zu entgegnen, weil er keine Ahnung hatte, was zum Teufel er mit seiner Reaktion auf sie anfangen sollte, und sie trafen sich vor dem kleinen weißen Gartentor der Villa. Ihr Lächeln war verschwunden, der Gesichtsausdruck wieder undurchdringlich, und sie hatte die Hände in die Taschen ihres Anoraks gesteckt.

Sie gingen durch das Tor und den Gartenpfad entlang, der von Rosenbüschen gesäumt war, die tot wirkten. Er klopfte an die Haustür. Die Frau, die öffnete, war etwa sechzig Jahre alt, aber gut erhalten. Ihre Haut war von einem weichen, makellosen Weiß, weil sie üppig Puder aufgetragen hatte, und die Augen waren von einem durchdringenden Blau. Sie hatte ihr seidiges weißes Haar zu einem eleganten Knoten aufgesteckt. Sie trug eine Perlenkette über einem langärmeligen, knielangen dunkelblauen Wollkleid. »Ja?«

»Siobhan Genovese?« Will hielt seinen Ausweis hoch.

Die Frau nahm ihn und musterte ihn eingehend. »Wenn es Ihnen nichts ausmacht«, sagte sie, »würde ich Sie bitten, hier zu warten, während ich überprüfe, ob Sie sind, wer Sie zu sein behaupten.« Sie machte ihnen die Tür vor der Nase zu, ohne die Antwort abzuwarten.

»Die ist wohl nicht so der vertrauensvolle Typ.« Anaheras Tonfall war knochentrocken.

»Wenn sie die Sorte von Juwelen hier hat, die ich vermute, dann ist es schon überraschend, dass sie überhaupt die Tür geöffnet hat. Ebenso wie die Tatsache, dass sie kein Sicherheitsgitter hat. Andererseits wissen nicht viele Leute, dass es sie überhaupt gibt.«

Eine Minute, zwei, dann öffnete sich die Tür erneut.

»Danke, dass Sie gewartet haben«, sagte Siobhan Genovese. »Kommen Sie doch bitte herein, Detective Gallagher.« Ein fragender Blick zu Anahera. »Ich nehme an, Sie können für diese junge Frau bürgen?«

»Ja.«

Offenbar war Siobhan Genovese damit zufrieden, denn sie führte sie in ein schön eingerichtetes Wohnzimmer, das ganz in grauen und blauen Farben gehalten war. Es war genau die Art geschmackvolle und auf stille Weise wohlhabende Einrichtung, die sie in Edwards Londoner Zuhause und den Wohnungen seiner Freunde näher kennengelernt hatte.

Um ihrem talentierten, aber verlogenen Ehemann gegenüber gerecht zu sein, hatte er ihr gesagt, dass sie alles neu einrichten könne, wenn sie wolle, aber Anahera hatte sogar bei den schweren Damastvorhängen gezögert, die sie wirklich nicht hatte leiden können.

Gott, sie war so jung gewesen.

So unsicher wegen ihrer ärmlichen Vergangenheit und ihres Unwissens über die reiche Welt, in der sie sich plötzlich befand, ein einsames Māori-Mädchen von einem weit entfernten, donnernden und aufgewühlten Meer, das ein Lied von Heimat und Trauer sang.

»Bitte, setzen Sie sich doch«, sagte Siobhan und setzte sich selbst auf einen üppigen grauen Sessel mit abgerundeten, goldenen Kanten, der die Patina des Alters trug. »Wie kann ich Ihnen helfen?«

Will erzählte ihr, warum sie gekommen waren, und reichte ihr die Uhr. »Ich weiß, dass das eine Uhr von Ihnen ist«, sagte er leise, wie er es immer tat. Man hatte dabei das Gefühl, vollkommen im Zentrum seiner Aufmerksamkeit zu stehen. »Ich brauche von Ihnen den Namen des Käufers.«

Siobhan Genovese sah sich die Uhr genau an, fuhr mit den Fingerspitzen über die glitzernde Härte der blauen Steine, die das Zifferblatt umgaben, dann drehte sie sie um und strich mit dem Daumen über den winzigen Rubin, der auf der Rückseite eingelassen war. »Nur sehr wenige Leute erkennen mein Markenzeichen wieder«, sagte sie. Der große Rubin an ihrem rechten Ringfinger leuchtete wie frisches Blut. »Ich mache all meine Stücke per Hand, was bedeutet, dass es nicht so viele davon gibt, die Leute können sie nicht vergleichen.«

Will schüttelte sanft den Kopf. »Ich verrate Ihnen meine Quellen natürlich nicht, aber ich finde, Sie machen großartige Arbeit.«

Ihre Antwort war frostig: »Ein Grund dafür, dass ich trotz meiner astronomischen Preise und langen Lieferzeiten noch immer in der Branche arbeite, ist, dass ich die Privatsphäre meiner Kunden wahre.«

Will nahm die Uhr wieder an sich und sagte: »Eine junge Frau wird vermisst.« Er hielt dem Blick der durchdringenden blauen Augen stand. »Jemand, den Sie kennen, hat ihr die Uhr geschenkt. Sie müssen mir die Identität dieser Person verraten.«

»Und wenn ich eine richterliche Anordnung verlange?«, erwiderte sie leise, aber mit stählernem Willen.

»Dann besorge ich mir eine – aber derlei Dinge werden leicht öffentlich. Ich werde Ihre Adresse und den Grund dafür angeben müssen, warum ich diese Anordnung haben muss.«

»Das könnte man als Drohung auffassen, Detective.« Siobhan schlug die Beine übereinander.

Will, der die Uhr jetzt sicher in der Innentasche seiner Jacke verstaut hatte, beugte sich vor und stützte sich mit den Unterarmen auf die Schenkel. »Ich habe überhaupt keine Lust auf Machtspielchen. Ich suche nach einer jungen Frau, die es nicht verdient hat, verschwunden zu bleiben. Wenn Sie mich dabei behindern, werde ich nicht zögern, alle nötigen Schritte zu veranlassen, egal, wie unangenehm es dann wird.«

Siobhans Gesichtsausdruck veränderte sich nicht. »Sie wissen schon, dass ich meine Aufträge per Mundpropaganda bekomme?«

»Ich bin mir sicher, dass Sie bereits mehr als genug verdient haben, um eine kurze Flaute überbrücken zu können – wir wissen beide, dass Ihre Kunden zurückkommen werden, so gut, wie Sie sind, auch, wenn herauskommt, dass Sie einen ihrer Namen der Polizei verraten haben.«

Die ältere Frau lächelte amüsiert. »Die Leute wollen eben immer das Beste.« Ihr Blick glitt zu Anahera. »Und wer ist sie?«

»Ihre Identität geht Sie nichts an. Geben Sie mir einen Namen, Ms Genovese.« Es lag etwas so Unnachgiebiges in seinem Ton, dass sich Anaheras Rückenmuskeln unwillkürlich anspannten.

Dieser Mann, begriff sie, konnte gnadenlos sein.

Siobhan schien noch nicht zu demselben Schluss gekommen zu sein. »William Gallagher«, murmelte sie. »Warum kenne ich den Namen?«

»Ich war angeklagt, einen Verdächtigen geschlagen zu haben.« Keinerlei Veränderung in Wills Tonfall oder seinem Gesichtsausdruck. »Es gab ein Ermittlungsverfahren.«

»Ah.« Siobhan nickte leicht. »Der gefallene Held. Ja, ich erinnere mich.«

Anahera hatte keine Ahnung, worüber die beiden sprachen – aber egal, worum es in dem Ermittlungsverfahren auch gegangen war, es war nicht ganz oben in der Liste der Ergebnisse aufgetaucht, als sie Wills Namen in die Suchmaschine eingegeben hatte. Sie hatte nur von seinen Heldentaten gelesen.

»Und haben Sie in dieser Ermittlung die Unterstützung Ihrer Vorgesetzten?«, fragte Siobhan und nahm ein kleines Porzellantässchen mit Tee vom kleinen Beistelltisch neben ihr. Sie bot ihnen nichts davon an. »Ich kenne Leute, die ich fragen kann.«

»Sie haben es vielleicht noch nicht bemerkt«, sagte Will, »aber das Police Department mag keine Ermittlungen. Ganz besonders keine Korruptionsermittlungen, in denen es um reiche und gut vernetzte Leute geht, die womöglich mit Mord davonkommen.«

Ein leises Klirren von Porzellan auf Porzellan. »Mord?« Siobhan stellte ihre Tasse ab. »Sie haben nichts von Mord gesagt.«

»Wie viele junge Frauen kennen Sie, die auf geheimnisvolle Weise aus ihrem Leben verschwanden und dann lebend gefunden wurden?«

Seine Worte waren wie ein Faustschlag in Anaheras Magen. Sie wusste, dass er recht hatte; ein Teil von ihr hatte immer gewusst, dass das der wahrscheinlichste Ausgang war, aber sie hatte dennoch gehofft. Und sie hoffte immer noch. Vielleicht wurde Miriama gefangen gehalten. Es war schrecklich, sich so etwas zu wünschen, aber immerhin würde das bedeuten, dass sie am Leben war, dass sie sie noch retten konnten.

»Verstehe.« Siobhan legte die Hände sehr sorgsam auf die Wolle ihres Kleides. »Nun, ich werde vermutlich einen wichtigen Kunden deswegen verlieren, aber bei Mord ziehe ich meine Grenze.«

Dann sagte sie ihnen den Namen des Mannes, der die Uhr in Auftrag gegeben hatte.

39

W as wollen Sie jetzt tun?«, fragte Anahera Will eine
Stunde später, als sie endlich aus dem Stau heraus
waren, der von einem Unfall mit drei beteiligten Autos verursacht worden war. Keine Toten, zum Glück, aber die Ab-
schleppwagen hatten Zeit gebraucht, um zu kommen und
die Wracks von der Straße zu ziehen.

Jetzt fuhren sie durch die herbstliche Dunkelheit. Sie hatte sich von einem Moment auf den anderen auf sie gesenkt,
ein schwarzer Vorhang, der die Welt verdunkelte. Mit ihr
war ein Anruf von Nikau gekommen, der bestätigte, dass die
Suchtrupps keine Spur von Miriama gefunden hatten.

»Ich werde noch einmal mit ihm sprechen«, antwortete
Will. »Und versuchen, die Wahrheit herauszubekommen.«

Anahera fuhr sich mit den Fingern durchs Haar. Ihr Herz
trommelte seit Siobhan Genoveses Enthüllung in ihrer
Brust. »Vincent war immer so ein ehrlicher Kerl.« Mit einer
Frau, die keinerlei Freund in der Stadt hatte und deren On-
line-Präsenz die einer perfekten Puppe war.

Ihr Magen zog sich zusammen.

»Vermutlich bekomme ich eher die Wahrheit aus ihm heraus, wenn ich allein mit ihm spreche.« Will fuhr um eine
Kurve, die rot-weißen Straßenbegrenzungen reflektierten
sein Scheinwerferlicht. »Ich schaue mal, ob ich ihn davon
überzeugen kann, sich heute Abend mit mir zu treffen.
Sonst morgen.«

»Ich werde kein Wort sagen.« Anahera war vielleicht lo-
yal, aber sie würde nie wieder jemandem blind vertrauen.
»Ein paar von uns haben sich schon immer gefragt, ob sich
Vincent vielleicht von den Erwartungen seiner Eltern unter

Druck gesetzt fühlte, aber er hat immer so glücklich gewirkt, dass wir es ihm abgekauft haben.«

Will trat jetzt das Gaspedal durch, um einen Tankwagen zu überholen. »Jeder hat seine Geheimnisse«, wiederholte er, als das Manöver abgeschlossen war. »Oft sind es die Leute, die so wirken, als hätten sie keine, die die größten haben.«

Anahera dachte an Siobhan Genoveses elegantes Wohnzimmer und an die Unterhaltung, die sie nicht ganz verstanden hatte. »Erzählen Sie mir von dem Ermittlungsverfahren«, hörte sie sich selbst sagen. Die stille Dunkelheit hüllte sie in einen Kokon, in dem Fragen gestellt und Geheimnisse enthüllt werden konnten.

Wills Hände packten das Lenkrad jetzt fester, und sie sah, dass seine Knöchel weiß hervortraten. »Ich musste eine Frau und ihr dreijähriges Kind beschützen. Die Frau sollte gegen einen Mann aussagen.« Seine Worte kamen abgehackt, wie ein Polizist, der einen Bericht abliefert. Nichts als Fakten.

»Er war ihr Ehemann und der Vater des Kindes, aber er war außerdem ein Serienvergewaltiger, der unvorsichtig geworden war – seiner Frau fiel auf, dass die Waschmaschine mitten in der Nacht lief, nachdem ihr Mann ›von der Arbeit‹ nach Hause gekommen war, und sie fand Seile, Handschuhe und Klebeband in seinem Auto. Sie verglich seine Abwesenheiten mit den Vergewaltigungen in der Gegend.«

Er überholte einen weiteren Tankwagen. Dieser war mit Lichtern geschmückt, die ihn wie einen fahrenden Stern aussehen ließen. »Als sie ihn zur Rede stellte, schlug er sie fünf Mal. Er schlug ihr Zähne aus, trat ihr in den Bauch und verließ das Haus. Sie nahm ihren Sohn und kam mit Blut auf ihrer Kleidung in die Polizeistation. Ich war der diensthabende Detective. Ich sagte ihnen, sie seien in Sicherheit. Ich lag falsch. Daniella und Alfie liegen jetzt auf einem privaten Familienfriedhof auf einem Weingut in Marlborough.«

So viele unausgesprochene Dinge, so viele Wahrheiten, die in den Details lagen. »Und ihr Mörder ist derjenige, den Sie angeblich geschlagen haben?«

»Ich habe ihn geschlagen.«

»Haben Ihre Vorgesetzten das vertuscht?« Sie hätte es nicht schlimm gefunden, wenn sie es getan hätten – denn manchmal griff das Gesetz nicht; manchmal mussten die Grenzen übertreten werden.

»Nein. Er wollte nicht aussagen.« Will lächelte grimmig. »Offenbar fand er in den zwei Monaten in Untersuchungshaft zu Gott, gerade als das Verfahren begann. Er rief mich an und sagte, er verdiene, was ich getan habe, und er würde nicht nur die Mitarbeit an den Ermittlungen gegen mich verweigern, sondern auch seine Aussage zu polizeilicher Brutalität zurückziehen. Er wolle seine Verletzungen mit einer Kneipenprügelei an dem Abend begründen. Ich sagte ihm, ich brauche seinen verdammten Gefallen nicht.«

Will biss die Zähne aufeinander, sodass die Muskeln an seinem Kiefer hervortraten. »Ich war bereit, zuzugeben, dass ich es getan hatte. Der einzige Grund dafür, dass ich das noch nicht längst getan hatte, war, dass das Ermittlungsteam der Vergewaltigungsfälle fürchtete, ich könnte meine Glaubwürdigkeit verlieren, sodass die Verteidigung meine Arbeit an dem Fall angreifen konnte.«

Er stieß den Atem aus. »Am Ende musste ich gar nicht aussagen. Mein Vorgesetzter erreichte, dass die ganze Sache aus Mangel an Beweisen eingestellt wurde. Der offizielle Brief kam diese Woche: Die Sache ist abgeschlossen.

Niemand focht diese Entscheidung an – offenbar sind Vergewaltiger, die ihre Opfer zerstückeln und dann dreijährige Jungen umbringen, nicht besonders beliebt. Selbst die

Medien schrieben darüber. Niemand fragte mich, wie es sich anfühlt, wenn man seine Karriere einem mordenden Vergewaltiger verdankt.«

Jetzt verstand sie, begriff, warum er in Golden Cove war. »Alkohol? Drogen?«

»Ich hätte beinahe ein anderes Arschloch zusammengeschlagen, und dann noch eins. Meine Partner mussten mich zurückhalten. Den Rest können Sie sich selbst zusammenreimen.«

Anahera hatte das nagende Gefühl, dass sie etwas Wichtiges zu fragen vergaß, aber sie konnte es irgendwie nicht greifen. Und da sie sich mit Albträumen und dem Widerstreben zurückzuschaue auskannte, ließ sie das Thema ruhen. »Ich glaube, Siobhan wäre auch eine gute Mörderin.«

Wills Finger auf dem Lenkrad entspannten sich ein wenig. »Das würden die meisten wohl anders sehen.«

»Genau das ist der Grund dafür, dass sie gut darin wäre. Sie ist kalt, rücksichtslos, aber sie spielt die Rolle der reichen alten Dame. Niemand würde sie je verdächtigen.« Sie verstummte und schaute in die Dunkelheit vor ihnen; sie waren weit entfernt von jeglicher Zivilisation, im Herzen einer erbarmungslosen Landschaft, die keine Fehler verzieh. »Haben Sie herausgefunden, ob sie mit jemandem zusammen oder verheiratet ist?« Sie wandte sich wieder zu dem Polizisten um, der ihr keine Lügen auftischte, aber ihr dennoch nicht alles erzählte. »Irgendwelche verdächtigen Todesfälle oder plötzlich verschwundenen Männer?«

Wills Lächeln kam ganz plötzlich; es veränderte sein gesamtes Gesicht. »Nie verheiratet, eine Selfmade-Frau. Hart wie Granit.«

»Und mit einer merkwürdigen Auffassung von Moral«, fügte Anahera hinzu. »Vor Mord zuckt sie zurück, aber ein merkwürdiges Verschwinden nimmt sie nicht einmal wahr.«

Eine Ballade drang aus dem Radio. Die Nacht wurde immer dunkler, und die Stimme der Sängerin war rauchig und voller Seele.

Anahera hatte plötzlich Gänsehaut. »Das war das Lied, zu dem wir auf unserer Hochzeit getanzt haben.« Will kümmerte es nicht, was mit Edward und ihr gewesen war, vielleicht konnte sie es ihm deshalb erzählen. »Ich trug ein langes weißes Kleid, das all meine Ersparnisse kostete, und er trug einen Smoking. Wir heirateten in einem kleinen Hotelsaal, der wie ein Winterwunderland dekoriert war, mit dreißig Gästen von Edward, Familie und Freunde, die eingeflogen waren, und mit meinen engsten Freunden.« Sie hatte damals keine Familie mehr gehabt, jedenfalls keine, die sie als solche anerkannt hatte. »Und wir tanzten zu diesem Lied.«

Es war ein Märchen, das wahr geworden war, dem Anaheras angeschlagenes und verletztes Inneres nicht widerstehen konnte. »Waren Sie verheiratet?«

»Einmal war ich nahe dran, aber dann wurden Alfie und Daniella ermordet, und ich war danach eine Weile nicht bei mir. Sie konnte damit nicht umgehen. Das nehme ich ihr nicht übel. Sie hatte sich ja schließlich nicht für einen völlig verkorksten Cop entschieden, der beurlaubt wurde, während die Ermittlungen liefen.«

»Und was war mit ›in Gesundheit und Krankheit‹?«

»Wir hatten uns noch kein Versprechen gegeben. Und wir haben alle unsere Sollbruchstelle.«

»Ja.«

»Und welche ist Ihre?«

Aber Anahera schüttelte den Kopf. »Jetzt reicht es aber mit den Geständnissen in der Dunkelheit, Cop. Sie bewahren meine Geheimnisse, und ich werde Ihre bewahren – aber tun wir nicht so, als wären wir etwas anderes als zwei gebrochene Menschen, die sich zufällig über den Weg gelaufen sind.« Denn sonst gab es nichts, kein starkes Fundament, auf dem man etwas aufbauen konnte.

»Nein«, versetzte Will, der den Blick in die Dunkelheit hinter der Windschutzscheibe gerichtet hielt. »Aber ich frage Sie trotzdem, ob Sie möchten, dass ich heute Abend noch zu Ihnen komme.«

Anahera hatte sich immer noch nicht für eine Antwort entschieden, als er den Wagen vor ihrer Hütte anhielt. Dann fiel sein Scheinwerfer auf die Gestalt, die zusammengesunken auf der Veranda saß, und die Antwort erübrigte sich.

Sie stiegen aus und fanden einen völlig durchgefrorenen und betrunkenen Nikau, der nur noch lallte. »Hab sie heut geseh'n«, murmelte er, als Will ihn in die Hütte schleifte und Anahera Feuer machte. »Hat Smaragde getragen. *Pounamu* hat ihr wohl nicht gereicht.«

Er faselte weiter von seiner Ex-Frau, während Anahera das Feuer anfachte und Will ihm mit Gewalt die fast leere Whiskeyflasche aus der Hand nahm. Er reichte die Flasche Anahera und bat sie, den restlichen Alkohol darin zu entsorgen. Anahera hatte keinerlei Gewissensbisse, ihn in den Ausguss zu kippen. Wenn Nikau Wert auf seinen teuren Whiskey legte, durfte er ihn eben nicht auf ihrer Veranda trinken.

»Lassen wir ihn vorm Feuer schlafen«, sagte sie zu Will. »Es ist bestimmt nicht das erste Mal, dass er auf einem Fußboden schläft. Ich gebe ihm ein Kissen für den Kopf.« Sie ging in ihr Schlafzimmer und fand das überzählige Kissen – eine weitere kleine Aufmerksamkeit von Josie.

Sie legte es unter Niks Kopf und breitete dann eine Decke über ihn, die auf einem der Sessel gelegen hatte. Er murmelte wieder, und sie setzte sich neben ihn und streichelte ihm über den Kopf.

Will setzte sich auf einen Stuhl ihr gegenüber und schaute nur zu. Sie ertappte sich dabei, dass sie ihn mit einem geduldigen Wolf verglich. Nicht mit einem Hund, denn er würde nie auf ein Kommando reagieren. Er war ein Jäger, der gefährlich werden konnte, wenn er die kurze Leine abstreifte, die er sich selbst angelegt hatte.

Als sie das nächste Mal zu ihm schaute, starrte er in die Flammen. Das gab ihr die Gelegenheit, ihn zu betrachten, ohne selbst beobachtet zu werden. Sein Gesicht war ganz zerfurcht, die Erfahrung war ihm in die Knochen gedrungen, der Schmerz lag auf seinen Zügen. Das Leben war grausam mit ihm umgesprungen, aber er war noch auf den Beinen, er arbeitete noch, und er kämpfte immer noch für die, die nicht für sich selbst kämpfen konnten.

Plötzlich war es Anahera egal, dass Nikau da war. Sie wollte etwas vom Feuer des Polizisten abhaben, diese glühende Hitze, die ihn weitermachen ließ, von diesem dunklen Zorn tief in ihm, der ihrer eigenen Wut so ähnlich war. Aber sie konnte Nik nicht allein lassen – wenn er sich im Schlaf übergab, würde er womöglich ersticken.

Frustriert stand sie auf und trat zu Will. Er wandte den Blick und sah sie an. Er hinderte sie nicht, als sie mit den Händen in sein Haar fuhr, seinen Kopf nach hinten bog und sich herunterbeugte, um ihn ebenso hart wie gierig zu küssen. Er gab ihrer Forderung nach, seine Hände legten sich auf ihre Hüften, und die Hitze seines Körpers drang durch ihre Kleidung, um ihre Haut zu verbrühen.

Neben ihnen knisterte das Feuer … und Nikau stöhnte.

Anahera ließ von Will ab und schaute über ihre Schulter. Ihr Freund war in einen ruhelosen Schlaf gefallen.

»Nimm das als Versprechen«, sagte sie zu dem Polizisten mit den nebelgrauen Augen. »Komm morgen zum Abendessen.«

40

Will wusste, dass er sich nicht weiter mit Anahera einlassen sollte, aber er wusste ebenso, dass er morgen Abend wieder zu ihrer Hütte fahren würde. Aber jetzt, da er wieder an seinem Küchentisch saß, während draußen neue schwere Wolken die Sterne verdeckten, war es Zeit, weiter in Miriamas Tagebuch zu lesen.

Jetzt ging es ihm nicht mehr darum, die Identität von Miriamas Geliebtem zu lüften. Er wusste jetzt, dass es Vincent war, und er würde morgen mit ihm sprechen. Aber Will hinterfragte seinen Gedanken sofort wieder.

Was, wenn Miriama noch am Leben war?

Was, wenn es sie das Leben kostete, wenn er Vincent erst morgen befragte?

Kaum hatte er das zu Ende gedacht, stand er auch schon auf, schob das Tagebuch in eine Plastiktüte, die er in die Innentasche seiner Jacke steckte, und ging hinaus zu seinem SUV.

Er rief Vincent erst an, als er schon kurz vor seinem Haus war. Dann sagte er nur: »Komm die Auffahrt herunter. Wir müssen über Miriama sprechen.«

Ein kurzes Zögern, dann antwortete Vincent: »Ich werde da sein.«

Die Lichter seines Autos durchschnitten etwa drei Minuten später die Tintenschwärze der Nacht. Will blendete seine eigenen Scheinwerfer von seinem Stehplatz ein wenig von der Einfahrt entfernt auf.

»Danke, dass du nicht hinauf zum Haus gefahren bist«, sagte Vincent, als sie beide ausgestiegen waren – unter einem Himmel, der so dunkel war, dass sie nur ein paar

Schritte weiter voneinander entfernt nicht einmal ihre Gesichter hätten erkennen können. »Ich habe Jemima erzählt, ich wolle schnell einen mit dir trinken. Dass du ein wenig bedrückt wirkst, weil die Ermittlungen nicht schnell genug vorangehen.«

Will war es völlig egal, welche Lügen Vincent seiner Frau erzählt hatte; er wusste bereits, dass der Mann ein besserer Lügner war, als sie alle gedacht hatten. »Ich weiß, dass du eine Affäre mit Miriama hattest.«

Vincent war schlau genug, die Situation richtig einzuschätzen, und schützte kein Erschrecken vor. »Sie war das Ehrlichste in meinem ganzen Leben«, murmelte er. »Wenn ich gewusst hätte, was sie mir bedeuten würde, hätte ich Jemima niemals geheiratet.« Er senkte den Blick auf den Boden. »Damals fand ich, es wäre an der Zeit, mir die richtige Sorte Frau zu suchen, die richtige Sorte Familie zu gründen, mir ein Profil zu bauen, das mir bei meiner Politkarriere hilft.«

Als er wieder aufschaute, schwammen Tränen in seinen Augen. »Das habe ich immer getan – das *Richtige*, oder zumindest das, was diejenigen, die die Regeln machen, für das Richtige halten. In meinem Fall waren das zufällig meine Eltern.«

Er lächelte spöttisch. »Sie wollten den perfekten Sohn, und den habe ich ihnen geschenkt. Es war leicht, als ich noch keine andere Leidenschaft in meinem Leben hatte – nicht so wie Anahera mit ihrer Musik oder Nikau mit seinen Wissenschaften, oder wenigstens wie Daniel mit seiner Gier nach Geld. Dem Drehbuch meiner Eltern zu folgen, gab mir eine Richtung.«

»Wie fing es denn an mit Miriama?« Will nahm nichts, was Vincent sagte, für bare Münze. Die Tränen des anderen konnten auch Augenwischerei sein, denn seine Qual wirkte, als sollte sie Wills Mitleid erregen. Es war aber ebenso möglich, dass Vincent Miriama *tatsächlich* geliebt und ihre Zurückweisung nicht ertragen hatte.

Vincent atmete zittrig aus. »Es fing an, als ich zum ersten Mal merkte, dass sie kein Mädchen mehr, sondern eine Frau war.« Ungeschminkte Worte. »Ich brauchte zwei Monate, bis ich den Mut hatte, mit ihr über etwas anderes zu sprechen als darüber, wie ich meinen Kaffee wollte, sogar noch länger, bis ich es wagte, sie zu küssen. Ich hatte die ganze Zeit Angst, sie würde mir eine Ohrfeige geben und mir sagen, dass ich größenwahnsinnig sei, aber meine wunderschöne Miriama tat das nie. Sie liebte mich ebenso, wie ich sie liebte.«

»Was ist mit Dominic de Souza?« Will hatte die Frage extra kühl und völlig nüchtern gestellt, er wollte Vincents unverstellte Reaktion sehen.

Er wurde nicht enttäuscht.

Vincent ballte die Faust und drehte sich auf dem Absatz um, um zwischen den beiden eng nebeneinanderstehenden Autos hindurch und auf die Bäume zuzugehen. Er starrte mindestens zwei lange Minuten ins Stockdunkle, bis Will neben ihn trat. Dann sagte Vincent: »Er ist nicht gut genug für sie. Er hat ihr ein Leben voller Reisen und Abenteuer versprochen. Aber das, was dieser Kleingeist unter Reisen und Abenteuer versteht, wird sie noch vor Ablauf eines Jahres zu Tode langweilen.«

»Hast du ihr denn etwas Besseres geboten?«

Vincent drehte sich um, er wirkte mitgenommen. »Das hätte ich tun sollen. Aber Gott möge mir verzeihen, das habe ich nicht.« Seine Beine gaben nach, und er fiel auf die Knie. »Ich hätte sagen sollen, zur Hölle mit meinem Ehrgeiz und dem perfekten ›Familienvater‹-Image, und mich einfach von Jemima scheiden lassen sollen. Aber dann …

dann hätte ich Miriama gehabt, aber meine Kinder nicht aufwachsen sehen. Meine Frau hätte mit Klauen und Zähnen um das alleinige Sorgerecht gekämpft, und sie hätte leicht beweisen können, dass sie immer der wichtigere Elternteil für sie war.«

Vincent schlug die Hände vors Gesicht und würgte ein Schluchzen herunter. »Aber lieber Gott«, sagte er dann mit rauer Stimme, »sosehr ich meine Kinder liebe, bereue ich mehr als alles in der Welt, dass ich mich nicht habe scheiden lassen, um frei zu sein für Miriama. Wenn ihr irgendetwas passiert ist, wenn ich meine einzige Chance auf wahres Glück verschwendet habe, werde ich es mir niemals verzeihen.«

Es war eine sehr glaubwürdige Darbietung, aber andererseits hatte Will bis vor Kurzem noch geglaubt, dass Vincent glücklich mit einer Frau verheiratet wäre, die er schätzte, selbst wenn sie offenbar nicht leidenschaftlich verliebt waren. Aber heute hörte er eine beängstigende Abfälligkeit in Vincents Tonfall, wenn er von Jemima sprach; als wäre sie nicht mehr als ein unerwünschtes Möbelstück.

Was ganz neue Probleme aufwarf. »Weiß Jemima davon?«

Vincent wischte sich die Tränen ab und rappelte sich auf. »Nein, natürlich nicht.«

Er sagte es mit der Überzeugung aller fremdgehenden Männer, und genau wie diese lag er da vermutlich falsch. Andererseits, wenn man bedachte, wie gut Vincent seine Familie von den Einheimischen abgeschottet hatte, war es vielleicht doch möglich, dass Jemima keine Ahnung hatte. Aber wenn sie sich die Wahrheit zusammengereimt hatte …

»Ich muss bald mit Jemima sprechen«, sagte Will.

Vincents Gesicht wurde zu Stein. »Dann musst du erst an meinen Anwälten vorbei.«

»So sehr liebst du Miriama?«, fragte Will leise. »Genug, um mich davon abzuhalten, mit jemandem zu sprechen, der vielleicht weiß, was mit ihr geschehen ist?«

»Miriama hat mich verlassen. Sie hat sich für Dominic de Souza entschieden.« Seine Worte waren wie Eis. »Sie wird sich wieder für ihn entscheiden, wenn sie zurückkommt. Ich werde nicht auch noch meine Frau verlieren.«

Da war sie wieder, die Wut. Tief und schwarz und gewalttätig. Die Art von Wut, die aus leidenschaftlicher Liebe erwuchs. »Weißt du, wo Miriama ist, Vincent?«

»Fahr zur Hölle, du Dreckskerl.«

Will hinderte den Mann nicht daran, in sein Auto zu steigen und die Auffahrt hinunterzufahren, vom Haus fort. Im Moment hatte er nichts in der Hand, womit er Vincent die Pistole hätte auf die Brust setzen können.

Was nicht bedeutete, dass er aufgeben würde.

Er wartete kurz ab und startete dann seinen eigenen Wagen. Er folgte Vincents Auto, ohne die Scheinwerfer einzuschalten. Aber die verdeckte Überwachung endete schnell in einer Pleite: Vincent hatte sein Auto vor dem Pub geparkt.

Er ging durch den Hintereingang in die Spelunke und nahm den Wirt beiseite, einen großen bärtigen Mann, der ein allseits bekannter Jäger war und sich lange an der Suche nach Miriama beteiligt hatte. Will bat ihn, ein Auge auf Vincent zu haben und es ihn wissen zu lassen, wenn er etwas sagte oder tat, was ungewöhnlich war. Der Wirt schaute ihn mit hartem Blick an.

Aber er reagierte nicht mit der Abwehr, die Will erwartet hatte – die Stadt gegen den Fremden. Stattdessen sagte er: »Ich habe den Blick gesehen, mit dem er sie ansah.« Er wrang ein Geschirrtuch in seinen schwieligen und vernarbten Händen. »Und auch, wie sie den Blick erwiderte. Miri ist zu gut für seinesgleichen, und ich bin froh, dass das Mädchen schlau genug war, das einzusehen. Er hat sie benutzt, das war es, was er getan hat.«

»Wussten Sie das«, fragte Will, »oder vermuteten Sie es nur?«

»Ich wusste es nicht ganz sicher. Hoffte immer, dass es nicht stimmte.« Er warf sich das Geschirrtuch über die Schulter. Auf seinem schwarzen T-Shirt war das verblichene Logo einer Heavy-Metal-Band zu sehen. »Ihre Beziehung mit dem Doktor? Das hat Zukunft. Er ist ein Städter, aber er respektiert Miri genug, um sie zu heiraten.«

»Also wissen alle davon, dass er ihr einen Antrag machen will?«

Ein schwaches Lächeln. »Mattie ist nicht besonders gut darin, schöne Geheimnisse zu bewahren. Sie hat es herumerzählt, als der Doktor sie bat, einen von Miris Ringen zu nehmen, damit der Verlobungsring die richtige Größe hatte.« Sein Lächeln erstarb, und er verschränkte die Arme über den Bauchmuskeln, die inzwischen zu hartem Fett geworden waren. »Ich habe ein Auge auf den reichen Jungen, keine Sorge.«

»Aber tun Sie nichts«, warnte Will. »Er ist nicht der Einzige, dem ich auf den Zahn fühle.«

»Wenn Sie genau wissen, wer es war, dann bringen Sie denjenigen besser schnell von hier weg, bevor ich ihn in die Finger kriege. Aber bis dahin ist Vincent in Sicherheit.«

Das Tagebuch drückte auf Wills Brust, als er nach diesem Gespräch wieder in sein Auto stieg.

Er wusste, dass er in dieser Nacht keinen Schlaf bekommen würde; dann konnte er auch noch eine Streife durch die Stadt fahren, um sicherzugehen, dass kein Ärger in den Schatten lauerte.

Obwohl die Luft nicht nach Regen roch, war am bewölkten Himmel kein Stern zu sehen. Und Will hatte das Gefühl, dass die ganze Stadt unter dieser dunklen, undurchdringlichen Decke litt. Miriamas Verschwinden hatte das Herz von Golden Cove besudelt. Niemand würde diesen Fleck abwaschen können, bis sie sie fanden oder erfuhren, was mit ihr geschehen war.

An einer bestimmten Ecke entdeckte er einen Haufen Gestalten. Er hielt am Bürgersteig an und ließ das Fenster herunter.

41

Ihr solltet alle längst zu Hause sein«, sagte er zu den Jugendlichen, die vor der geschlossenen Feuerwache herumlungerten.

Kyle schnippte Asche von seiner Zigarette. »Wir haben gerade über Miriama gesprochen. Darüber nachgedacht, was wir noch tun oder wo wir suchen könnten.« Sein Blick war unverschämt, aber sein Ton sorgenvoll und fromm. Kyle spielte seinen Fans etwas vor, und interessanterweise waren die meisten seiner Fans jünger als er.

»Das ist eine gute Sache«, sagte Will, »aber wenn einem von euch etwas passiert, macht es die schlimme Situation nur noch schlimmer.« Er war nicht überrascht, einige Gesichter zu sehen, die er schon neulich Nacht gesehen hatte – in einem so kleinen Ort war »Abhängen« eine beliebte nächtliche Beschäftigung für die Minderjährigen. »Die Stadt kann es sich zurzeit nicht leisten, ihre Ressourcen zu vergeuden. Ihr müsst die Regeln befolgen, damit ich mir darum keine Sorgen machen muss und mich auf die Suche nach Miriama konzentrieren kann.«

Eines der Mädchen biss sich auf die Unterlippe. »Tut uns leid«, sagte sie. »Wir machen uns nur solche Sorgen um Miriama, und Kyle sagte, wir sollten uns treffen, um vielleicht Ideen auszutauschen.«

Kyle warf dem Mädchen einen Blick aus zu Schlitzen verengten Augen zu, den sie nicht bemerkte – Will jedoch schon. Er achtete darauf, Kyles Blick aufzufangen, und seine Botschaft war klar: Wenn diesem Mädchen auch nur *irgendetwas* zustieß, würde Will sich Kyle sofort schnappen.

Offenbar hatte Kyle das Mädchen als unwichtig abgetan

und nahm einen Zug von seiner Zigarette. »Sie haben recht.« Sofort war er wieder in der Rolle des Hoffnungsträgers. »Wir gehen alle nach Hause. Aber morgen wollen wir bei der Suche dabei sein.«

»Die Suche ist ausgesetzt.« Als er mit dem – zu dem Zeitpunkt noch nüchternen – Nikau auf der Fahrt zurück nach Golden Cove gesprochen hatte, war er dessen Meinung gewesen, dass man bereits alles durchsucht hatte.

»Glauben Sie, dass sie tot ist?«, fragte Kyle. Seine mitleidslosen Augen musterten Will höhnisch.

»Für Matilda und jeden, der Miriama liebt, hoffe ich das nicht.«

Bei seinen Worten brachen einige der Mädchen in Tränen aus, und die neben ihnen stehenden Jungen ergriffen die Gelegenheit, ihnen ihren Arm um die Schultern zu legen. »Claire, Mika«, sagte Will, »springt rein. Ich fahre euch nach Hause.« Die Schwestern wohnten am weitesten entfernt. »Kyle, ich weiß, dass ich darauf zählen kann, dass du die anderen sicher nach Hause bringst.«

Der Neunzehnjährige erstarrte und begriff, dass er in eine Falle geführt worden war. »Natürlich«, sagte er schließlich. Will wusste, dass er sein Wort halten würde. Kyle Baker war vielleicht ein Psychopath, aber er war ein Psychopath, der gern der Chef der Teenagerclique der Stadt war.

Will nickte den anderen Kindern zum Abschied zu und lenkte seinen SUV in Richtung Claires und Mikas Zuhause. Auf der Fahrt waren sie still, aber als er sie am Ziel herausließ, bedankten sie sich bei ihm. Will war aber noch nicht fertig. Die nächsten zehn Minuten rief er die Eltern der anderen Jugendlichen an, um sie darauf hinzuweisen, dass ihre Kinder in der nächsten Viertelstunde zu Hause sein sollten.

Nicht alle Eltern, die ans Telefon gingen, waren nüchtern.

Er legte auf und fuhr an den beiden Häusern vorbei, deren Eltern einen Vermisstenfall vermutlich nicht sofort bemerken oder gar melden würden. Als er bei dem einen den schlaksigen Umriss eines Teenagers hinter dem Fenster entdeckte und die andere sicher auf der Terrasse eine Zigarette rauchen sah, fuhr er weiter. Er war nicht überrascht, als er beim Einbiegen in seine eigene Straße ein tiefergelegtes Auto mit ausgeschalteten Scheinwerfern hinter sich entdeckte.

Kyle Baker mochte es nicht, wenn man ihm Befehle gab.

Will stoppte seinen Polizeiwagen ohne Vorwarnung mitten auf der ansonsten leeren Straße, stieg aus und hielt seine Taschenlampe direkt auf den Fahrersitz. Kyle riss die Hand hoch, um das blendende Licht abzuwehren, dann setzte er zurück, wendete und fuhr den Weg zurück, den er gekommen war.

Der restliche Heimweg verlief ohne Zwischenfälle.

Als er in seinem Haus war, machte er sich eine Tasse Kaffee und öffnete dann Miriamas Tagebuch. Diesmal las er alles der Reihe nach, weil er sich nicht mehr auf die Suche nach der Identität ihres Geliebten konzentrierte.

Viele Einträge waren reine Beschreibungen ihres Tages oder von etwas, was sie gesehen und fotografiert hatte, aber sie hatte auch ihre Träume aufgeschrieben. Träume von Reisen, von leidenschaftlicher Liebe, davon, ihren Kindern ein besseres Leben zu bieten, als sie selbst es gehabt hatte.

Ich liebe Tantchen, aber ich habe immer eine Mutter vermisst. Eine richtige. Eine, die mit mir Schulsachen einkaufen geht und mir das Kochen und das Schminken beibringt. Tantchen hat viel davon übernommen, und ich habe ihr nie gesagt, wie viel lieber ich meine Mutter gehabt hätte – natürlich ohne die Drogen und die Männer. Ich wollte sie nicht

*verletzen. Aber ihr Verlust hat ein Loch in mir hinterlassen,
eine Sehnsucht. Ich werde nie eine richtige Mutter haben,
aber ich kann eine richtige Mutter werden. Ich werde Babys
haben und all diese Dinge mit ihnen machen. Noch nicht,
erst muss ich bereit und stark genug sein, um mich um ein
Kind zu kümmern, aber eines Tages.*

Monate später kam sie wieder auf das Thema zurück – nach
ihrer Trennung von Vincent, kurz nachdem sie mit Dominic zusammengekommen war.

*Ich habe Dominic gefragt, ob er Kinder will. Es ist ein biss-
chen gefährlich, diese Frage schon so früh in der Beziehung
zu stellen, aber das Thema ist mir wichtig. Ich kann nicht
mit einem Mann zusammen sein, der keine Familie gründen
will.*
*Er hat Ja gesagt. Sein Gesicht leuchtete richtig, weil ich über
unsere Zukunft sprach. Ich fragte ihn, ob es für ihn in Ordnung wäre, wenn wir vier Kinder kriegen würden – erst
wirkte er ein bisschen erschrocken, aber dann sagte er, dass er
es schon schaffen würde, für vier kleine Schreihälse zu sorgen.
Ich sehe es schon vor mir, wie sehr ich ihn eines Tages lieben
werde. Nicht so, wie ich den Mann liebe, den ich nicht lieben sollte, aber so wie einen lieben Freund. Dominic wird
mich nie verletzen, meine Träume nie als unwichtig abtun.
Wir werden eine Familie gründen, und wir werden glücklich sein.*

Dominic tauchte ein paar Seiten – und Wochen – später
wieder auf.

*Dominic hat mit mir heute ein Picknick veranstaltet. Ich
fragte ihn, woher er die Zeit nehme – ich weiß, dass er in*

seiner Praxis viel zu tun hat. Er gab zu, dass er Tantchen gebeten habe, ihm zu helfen, und er wurde so süß rot dabei. Neulich habe ich geschrieben, dass ich Dominic nie so lieben würde wie denjenigen, der nie der Meinige werden kann, aber wenn er solche Dinge tut, wenn er mich so wunderbar behandelt ... ich glaube, dass meine Gefühle für ihn immer weiter wachsen werden. Ich freue mich so, das zu wissen. Ich will Dominic nie verletzen. Ich werde die allerbeste Frau von allen werden. Ich werde ihn so glücklich machen.

Und ich werde die Stadt verlassen. Ich werde den Mann hinter mir lassen, für den ich Gottes Gebote gebrochen habe. Ich werde die Erinnerung an sein Lächeln und an seine Küsse und seine Versprechen hinter mir lassen. Ich werde frei sein und nicht ein einziges Mal zurückschauen.

42

Anahera verbrachte Stunden mit Nachdenken, während Nikau seinen Rausch ausschlief.

Irgendwann zog sie die Visitenkarte hervor, die Jemima ihr gegeben hatte, und schickte ihr eine schnelle E-Mail, in der sie fragte, ob sie am nächsten Vormittag Zeit für einen Kaffee habe.

Die Antwort wartete schon auf sie, als sie aufwachte:

Zehn Uhr wäre sehr gut. Vincent muss dienstlich nach Auckland, und unser Kindermädchen hat diese Woche frei, daher bin ich den ganzen Tag allein mit den Kindern. Vincent kommt sicher nicht vor neun heute Abend zurück.

Anahera fand es ein wenig besorgniserregend, dass Jemima so deutlich darauf hingewiesen hatte, dass ihr Mann nicht da sein würde, aber vielleicht lag das auch nur an ihrem übertriebenen Misstrauen.

Nachdem sie den völlig verkaterten Nikau rausgeschmissen hatte – sie konnte noch genug Mitleid für ihn aufbringen, um ihm zuerst einen Kaffee zu kochen –, klickte sie durch ihre E-Mails, die sie seit Wochen nicht gelesen hatte. In allen ging es um ihre Musik, die Musik, die sie Stunden um Stunden um *Stunden* an dem Tag gespielt hatte, an dem sie Edwards Leiche gesehen hatte, so blass und regungslos. Wie eine Wachspuppe von dem Mann, den sie geliebt hatte.

Seitdem hatte sie nie wieder gespielt.

Anahera schaute auf ihre Hände, bewegte sie. Und beschloss, Pastor Mark beim Wort zu nehmen.

Die Kirche war wie immer geöffnet, die Kirchenbänke leer. Es war kalt hier. Blanke Balken wölbten sich über ihrem Kopf, der Boden unter ihren Füßen war von Tausenden Füßen über viele Jahrzehnte abgenutzt. Keine wertvollen Buntglasfenster für diese Kirche mitten im Nirgendwo, aber die Stille hier war so tief wie in den größten Kathedralen Europas.

Sie setzte sich ans alte Klavier, hob den Deckel ... und legte ihre Finger auf die Tasten.

Es war der Klang der Tränen, der sie wieder zurück auf die Erde brachte. Sie ließ die Noten verklingen, schaute sich um und sah, dass sie ein Publikum hatte. Der Pastor, Evelyn Triskell und ein Mann mit einem vom Meer zerfurchten Gesicht, der vielleicht der Onkel von Tania Meikles Ehemann war. »Danke, dass Sie das Klavier gestimmt haben.« Sie wusste, dass es einer für sie getan haben musste.

»Ana, meine Liebe, was haben Sie uns dafür für ein Geschenk gemacht.« Pastor Mark tätschelte Evelyns Schulter.

Die ältere Frau schniefte und sah Anahera aus geröteten blauen Augen an. »Du spielst mit einer solchen Traurigkeit. Es bricht mir das Herz.«

Was sollte Anahera darauf sagen? In diesem Haus Gottes, in dem Zorn eine Sünde war und nur Vergebung etwas galt. »Ich habe meine allererste Nokturne auf genau diesen Tasten gespielt.« Sie fuhr mit federleichten Fingern darüber.

Der Mann, der wahrscheinlich mit den Meikles verwandt war, fragte: »Spielen Sie noch etwas?«

Also spielte sie.

Ihre Hände schmerzten, als sie zu den Bakers fuhr, und die Sonne hatte inzwischen alle Wolken vertrieben. Der Himmel war von einem strahlenden Blau. Jemima hatte ihr per Textnachricht geschrieben, dass sie das Tor offen stehen lassen würde. Daher musste Anahera nicht anhalten. Die

Landschaft sah im hellen Sonnenlicht ganz anders aus als im trüben Grau, das so oft über der Gegend lag.

Die Sonne glitzerte und schimmerte auf den Tautropfen, die den Morgen überlebt hatten, drang durch das Grün des Laubes und ließ die Blätter ganz durchsichtig wirken. Sie hörte den charakteristischen Ruf der Tuis mit ihren weißen Federbüscheln und dem schimmernden schwarzen Gefieder.

Manchmal konnte sich Anahera keinen schöneren Ort auf der Erde vorstellen.

Dann wieder fragte sie sich, warum sie in diese Stadt zurückgekommen war, der sie so sehr hatte entkommen wollen. Aber vielleicht war es auch gar nicht um die Stadt gegangen.

Sie hatte ihn in der Stadt gesehen, als sie hindurchfuhr, den Mann, der sich ihr Vater nannte. Er hatte sie ebenfalls gesehen und war auf dem Bürgersteig stehen geblieben, als erwartete er, dass sie stehen blieb.

Anahera war nicht stehen geblieben. Für diesen Mann würde sie das niemals tun.

Erst als sie oben am Ende der Auffahrt am Haus der Bakers ankam, fiel ihr ein, dass Vincent vielleicht fort, Kyle aber womöglich zu Hause war. Wenn das stimmte, dann würde ihn Jemima hoffentlich entweder rausscheuchen, oder er blieb in irgendeinem entfernten Winkel des Hauses.

Eine Sekunde später sah sie Kyle von oben in einem Auto losfahren, das aussah wie ein Ferrari in einem schimmernden Obsidian-Schwarz. Er lächelte ihr strahlend zu, hob grüßend die Hand und fuhr die Auffahrt nach unten. Anahera grüßte zurück, sie wollte möglichst freundlich erscheinen. Wenn er wirklich ein Psychopath war, wie Will annahm – und der Polizist hatte gute Instinkte –, dann war es gut, Kyle nicht wissen zu lassen, dass sie ihn durchschaute.

Sie parkte, stieg aus und hatte gerade damit begonnen, die flachen Stufen zur Eingangstür zu erklimmen, als sich die Tür öffnete. Jemima stand lächelnd auf der Schwelle. »Oh, du bist da.« Sie wirkte heiter und beinahe begeistert, gleichzeitig ein wenig überrascht.

Weil Anahera ihr Wort gehalten hatte?

»Danke für die Einladung«, sagte Anahera ebenfalls lächelnd, »aber ich bin wohl ein bisschen zu schlampig angezogen.« Jemima trug ein weißes Kleid mit kleinen roten Blümchen auf dem Stoff. Das Oberteil lag an der Taille eng an, und der wadenlange Rock war unten ausgestellt. Ihr Haar war perfekt geföhnt und glänzte im Sonnenlicht.

Vincents Frau, die niemand wirklich kannte, lachte. »Oh, achte gar nicht auf mich«, sagte sie. »Als kleines Mädchen habe ich mich schon zurechtgemacht. Aber seit ich in Golden Cove bin, habe ich nicht mehr viel Gelegenheit dazu. Ich hoffe, es macht dir nichts aus.«

»Solange es dir nichts ausmacht, dass ich Jeans und T-Shirt trage.«

»Du siehst toll aus.« Jemimas Gesicht leuchtete. »Komm rein.«

Als Anahera ins Wohnzimmer trat, sah sie dort zwei engelsgleiche Kinder, die auf dem Teppich vor dem knisternden Feuer spielten. »Mir ist ständig kalt«, erklärte Jemima. »Natürlich ist das Haus geheizt, aber nichts wärmt besser als ein Kaminfeuer, oder?«

»Mama!«, rief der kleine Junge und strecke die Arme aus.

Jemima zögerte nicht, sondern ging zu ihm, hob ihn hoch und drückte ihn an sich. Weil sie sich benachteiligt fühlte, verlangte seine kleinere Schwester dasselbe.

»In diesem Alter stehen sie so sehr in Konkurrenz«, sagte Jemima hinterher, »aber immerhin spielen sie schön miteinander. Wir können bestimmt ohne viele Störungen mitei-

nander sprechen.« Sie zeigte Anahera eine gemütliche Sitzlandschaft vor riesigen Fenstern, die auf die dramatisch
ungezähmte Landschaft hinausgingen.

Anahera setzte sich nicht sofort. »Verdammt, das ist ja
großartig.« Sie sagte es mit einem Seufzer der Bewunde-
rung.

In diesem Teil des Buschs gab es keine Wege, keine Pfade
für die Wanderer mehr. Wenn man sich ins dichte Unterholz wagte, in dem die Welt ganz still und dunkel wurde,
tat man es auf eigene Gefahr in dem Wissen, dass die Wildnis einen verschlucken konnte.

Jemima stellte sich neben sie. Sie duftete nach einem zarten Blumenparfüm. »Es ist wunderschön, nicht wahr?«,
sagte sie leise.

Anahera wandte den Kopf und sah das ernste Profil der
Frau neben sich. »Aber man fühlt sich bestimmt auch einsam hier«, sagte sie. »In London habe ich mich manchmal
einsam gefühlt. Ein Mädchen vom Land, verloren in der
großen Stadt.«

»Es ist eigentlich nicht so sehr das Land – ich bin in einem großen Wildreservat aufgewachsen. Es ist mehr ...«
Sie schlang die Arme um sich, wobei sie die Ellbogen um-
fasste. »Alle hier kennen sich schon seit immer, und sie
scheinen mich überhaupt nicht kennenlernen zu wollen.«
Sie schaute Anahera aus den Augenwinkeln an.

»Kleinstädte«, sagte Anahera. »Sie haben ihre Vor- und
Nachteile.«

Jemima ließ die Arme wieder an den Seiten fallen und
nickte. »Wir haben in den letzten Tagen mehr das Gute zu
sehen bekommen, nicht wahr? All die Menschen, die sich
an der Suche nach Miriama beteiligt haben.«

»Das Schlechte ist leider die Engstirnigkeit – und der
Klatsch.«

Sie gingen beide zurück zur Sitzlandschaft. Jemima setzte sich in einen Sessel, von dem aus sie ein Auge auf die Kinder haben konnte, während sie sich unterhielten. Auf dem kleinen Tischchen zwischen ihnen stand ein feines Teeservice aus Porzellan mit einem Teller mit kleinen, wunderschön dekorierten Küchlein. »Es ist eigentlich gar kein Tee«, flüsterte Jemima mit einem Grinsen, das echter wirkte als jeder andere Ausdruck, den Anahera in Jemimas Gesicht bisher gesehen hatte. »Es ist Kaffee. Hoffentlich macht es dir nichts aus.«

Sie hatte schon zum zweiten Mal die Worte *Hoffentlich macht es dir nichts aus* benutzt. War das eine nervöse Angewohnheit? Oder hatte sie jemand darauf trainiert, unsicher zu sein, indem er ständig von ihren Handlungen irritiert oder genervt war?

Es war ebenso möglich, dass Anahera Jemima Baker durch den Filter ihrer eigenen Vergangenheit sah.

»Machst du Witze?«, sagte sie, jetzt entschlossen, die Wahrheit herauszufinden. »Kaffee ist mein Lebenselixier.«

Jemima lachte und schenkte ihnen von der reichen, dunklen Flüssigkeit ein. »Sahne? Zucker?«

»Ich mach das schon.« Anahera griff nach der Zuckerdose. »Wir sind doch Freundinnen – oder zumindest hoffe ich, dass wir welche werden. Freundinnen halten sich nicht lange mit Förmlichkeiten auf.«

Meergrüne Augen voller Licht. »Ich bin so froh, dass du zurück bist, Anahera.« Ihre Hand flog zu ihrem Mund, kaum dass das letzte Wort heraus war. »Es tut mir so leid. Das war unfassbar gedankenlos von mir.«

Anahera schüttelte den Kopf. »Ist schon gut. Ich hatte Zeit, mich an den Tod meines Ehemannes zu gewöhnen.« Seine Niedertracht und seinen Verrat und die Liebe, die er einst für sie hatte, zu akzeptieren. Vielleicht würde sie eines

Tages nicht mehr so wütend auf ihn sein – nicht wegen seiner Affäre, sondern weil er einfach gestorben war und sie niemanden hatte, an den sie ihre Trauer und ihre Wut richten konnte.

»Vincent und ich haben einmal eines seiner Stücke gesehen, als es am Broadway aufgeführt wurde«, sagte Jemima leise. »Das über Jane Austens Leben, mit diesen tollen Kostümen und dem merkwürdigen, faszinierenden Zeitablauf.«

»Das war immer Edwards Lieblingsstück.« Er war so glücklich gewesen, weil er Preis um Preis dafür gewann. Er war wie ein Kind und zeigte seine Trophäen allen, die zu Besuch kamen.

Alte Gefühle regten sich in ihrer Brust, als erwachten sie aus einem langen Schlaf. »Wir sind hinübergeflogen, um sein Broadway-Debüt zu sehen, und er saß die ganze Zeit grinsend da und hielt meine Hand.« Es kam ihr vor wie die Erinnerung an zwei weit entfernte Fremde. »Wir sind im ersten Jahr unserer Ehe ständig gereist. Vincent und du reisen auch viel, oder?«

»Früher viel mehr.« Jemima balancierte ihre Teetasse mit dem Kaffee auf den Knien. »Aber seit die Kinder da sind, bleibe ich lieber öfter hier, und Vincent scheint es nichts auszumachen, allein zu reisen, wenn es nötig ist.«

Die Anahera, die neben ihrem lächelnden Ehemann im dunklen Theater gesessen hatte, hätte die Bitterkeit in den ganz gewöhnlichen Worten gar nicht gehört. Aber die Anahera, die die völlig aufgelöste Geliebte ihres Ehemannes an dessen Grab gestützt hatte, erkannte ihren gallenbitteren Geschmack ebenso wie den Knoten aus Wut und Groll und Trauer in ihrer eigenen Brust.

Jemima wusste es.

43

Die Frage war, ob sie nur wusste, dass Vincent untreu gewesen war, oder ob sie den Namen der Frau kannte, die ein stiller Teil ihrer Ehe geworden war.

Anahera mochte Jemima, aber Miriama verdiente ebenfalls ihre Loyalität.

Und die Zeit für Lügen und Gerüchte war vorbei.

»Du kannst mir gern sagen, dass ich gehen und mich um meine eigenen Angelegenheiten kümmern soll, wenn ich eine Grenze übertreten sollte«, sagte sie. »Aber ich habe das Gefühl, dass du nicht glücklich bist in deiner Ehe.«

Jemimas Gesicht wirkte plötzlich verschlossen. »Das ist eine sehr persönliche Bemerkung.«

»Sie kommt aus Erfahrung.«

Jemima, die gerade mehr Sahne in ihren Kaffee gerührt hatte, hielt in der Bewegung inne. Dann schaute sie auf und musterte Anaheras Gesicht. »Erzählst du Fremden davon?«

Anahera spürte, wie sie die Lippen zusammenpresste. »Ich habe niemandem davon erzählt. Ich habe es herausgefunden, als mein Mann starb und sie vor meiner Haustür auftauchte.«

Porzellan klirrte. Jemima hätte beinahe Tasse und Untertasse fallen lassen. Sie stellte beides auf das Tischchen und starrte Anahera erschrocken an. »Es tut mir ja *so* leid.« Die nächsten Worte sagte sie mit zitternder Stimme, und um ihren Mund erschienen weiße Flecken. »Mein Gott, warum konnte sie nicht warten?«

»Sie hat ihn auch geliebt.« Anahera hatte die Schuld nie bei der Frau gesucht – es war immerhin Edward gewesen, der verheiratet gewesen war und das Eheversprechen gebrochen hatte, Edward, der seiner Geliebten die Ewigkeit versprochen hatte. »Sie konnte gar nicht mehr aufhören zu weinen.«

Jemima strich sich ihr makelloses Haar mit einer zitternden Hand zurück und schaute zu ihren beiden kleinen Kindern. »Komm, wir gehen auf den Balkon. Es ist so schön draußen.«

Erst als sie draußen standen und sich die Schiebetür hinter ihnen schloss, sagte Jemima: »Ich habe es auch noch niemandem erzählt.« Rau wisperte sie: »Niemand ahnt etwas. Wir führen so ein perfektes Leben.«

Anahera lehnte sich mit dem Unterarm auf das Balkongeländer, atmete die kühle Luft und genoss die Aussicht. »Ist es eine Frau, die etwas mit seinem Geschäft zu tun hat?« Sie musste wissen, ob Vincents Frau wusste, dass die Geliebte ihres Mannes ein hinreißendes neunzehneinhalb Jahre altes Mädchen war.

»Ich weiß es nicht.« Jemimas Finger umklammerten das Geländer. »Ich habe schon darüber nachgedacht, einen Privatdetektiv auf Vincent anzusetzen, aber dann wüsste ich es genau und müsste etwas dagegen unternehmen.« Sie atmete zittrig durch und sagte: »Jetzt kann ich noch so tun, als hätte ich mir das alles nur eingebildet. Und wir können unser perfektes Leben weiterleben.«

Anahera löste den Blick von der Landschaft und sah Jemimas elegante Gesichtszüge an. »Du liebst ihn.« Diese Liebe sprach aus jeder ihrer gequälten Gesten. Egal, welche Gründe Vincent gehabt hatte, sie zu heiraten, Jemima hatte es aus Liebe getan.

»Von dem Moment an, an dem ich ihn zum ersten Mal sah«, flüsterte Jemima. »Ich wusste immer, dass er nicht genauso fühlte, aber ich dachte, es würde vielleicht kommen.

Und es ging uns gut, wir hatten eine starke Freundschaft und waren beide entschlossen, Vincents politische Karriere voranzutreiben, und dann …«

Jemima schaute durch die Glastür, um sicherzugehen, dass die Kinder mit Spielen beschäftigt und außer Hörweite waren. »Dann fand er eine Frau, bei der er sich so lebendig fühlte, so lebendig, wie er sich bei mir nicht fühlen konnte.«

»Das gibt ihm noch lange nicht das Recht, dich zu verletzen.«

»Die Sache ist die« – Jemima ließ den Kopf sinken –, »selbst wenn er heute vor mich träte und alles gestände, wäre ich dennoch bereit, beide Augen zuzudrücken, solange er nur zu mir zurückkäme. So jämmerlich bin ich, so sehr liebe ich ihn.«

Anahera legte ihre Hand auf die der anderen Frau und drückte sie. Aber ein Teil von ihr dachte, dass eine Frau, die bereit war, so viel von ihrem Mann hinzunehmen, es vermutlich nicht sehr gut aufnehmen würde, wenn sie glaubte, dass die Affäre ihres Mannes ernst werden könnte – wenn sie glaubte, dass sie aus den Schatten treten und ihr perfektes Leben zerstören könnte. Vielleicht hatte Vincent einen Fehler gemacht, oder vielleicht hatte Jemima doch diesen Privatdetektiv angeheuert.

War es möglich, dass Vincent versucht hatte, Miriama zurückzugewinnen, indem er ihr die Ehe anbot?

»Machst du dir Sorgen, dass Vincent sich scheiden lassen will?« Anahera löste sich vom Geländer und drehte sich zu Jemima um. »Du kannst mir wirklich sagen, dass ich aufhören soll, wenn es dir zu viel wird.«

»Du bist vermutlich die erste echte Freundin, die ich gefunden habe, seit ich mit ihm vor den Altar getreten bin.« Eine goldene Haarsträhne fiel ihr ins Gesicht. »Ich will dich nicht anlügen. Die Wahrheit ist, dass ich mir deswegen Sorgen gemacht habe, aber er hat es nie erwähnt. Ich hoffe immer noch, dass es nur eine Verirrung ist, die vorbeigeht, und dass ich meinen Ehemann dann zurückbekomme.« Ihre Worte waren ganz wund vor lauter Hoffnung.

Jemima schien ernsthaft zu glauben, dass die Affäre noch immer lief.

Also hatte Vincent entweder schon jemand anderen gefunden ... oder war immer noch von Miriama besessen, trotz ihrer Trennung.

44

Will unterdrückte den Impuls, mit der Faust aufs Lenkrad zu schlagen. Er hatte mit allen gesprochen, mit denen er sprechen konnte, war jeder möglichen Spur gefolgt, hatte sogar herausgefunden, wo sich verschiedene Männer aus der Stadt zum Zeitpunkt von Miriamas Verschwinden befunden hatten – Männer, die sie so angesehen hatten wie Nikau –, und immer noch hatte er nichts in der Hand.

Nikau selbst, stellte sich heraus, war bei Peter Jacobs in der Werkstatt gewesen. Peter Jacobs, der nicht aktenkundig war, aber die Aufmerksamkeit der Polizei während der Ermittlungen in einem amerikanischen Vergewaltigungsfall auf sich gezogen hatte. Will hatte diese gut versteckte Hintergrundinformation erst heute entdeckt, und das Blut war ihm in den Adern gefroren, aber Jacobs' Alibi war solide.

Ausgerechnet Evelyn Triskell hatte bestätigt, dass sie Peter und Nikau dabei angetroffen habe, wie sie die Werkstatt »mit ihren scheußlichen billigen Zigarren vollgestunken« hätten. Sie war sich sicher gewesen, dass das zu diesem Zeitpunkt gewesen war, weil sie den Ölstand hatte überprüfen lassen wollen, bevor sie und Wayne in der Nachbarschaft ins Kino fahren wollten. Sie besaß sogar noch die eingerissenen Tickets, die die Zeit bestätigten.

Noch eine Sackgasse.

Ebenso wie die Information, die endlich von Miriamas Telefonanbieter gekommen war: Ihr Handy hatte sich zuletzt an Masten in Golden Cove eingewählt – annähernd zum Zeitpunkt ihres Verschwindens.

Wills Vorgesetzte hatten mehr als einmal betont, dass

sein stärkster Charakterzug manchmal seine schlimmste Schwäche war: Manchmal, Will, hatten sie gesagt, muss man aufgeben. Manchmal kann man die Menschen nicht retten.

Er wusste das, er hatte die grausame Wahrheit erlebt, als er sich den Weg in den lodernden Scheiterhaufen eines »Safe House« erkämpft hatte, in dem ein kleiner Junge mit seiner Mutter gefangen war. Aber er konnte dennoch nicht aufhören, er konnte nicht aufgeben.

Miriama verdiente etwas Besseres. Golden Cove verdiente etwas Besseres als das.

Denn er war auch den Gerüchten über die drei vermissten Wanderinnen von vor fünfzehn Jahren nachgegangen. Jeder hatte eine Theorie darüber, was mit den jungen Frauen passiert sein konnte. Will hatte sogar einen anonymen Hinweis in Form eines Zettels erhalten, der unter der Tür seiner Polizeiwache hindurchgeschoben worden war, als er gerade Streife fuhr. Es war ein Hinweis voller vager Andeutungen und Spekulationen. Keinerlei Fakten.

Er hatte die Behauptungen darin nachgeprüft, aber jetzt wollte er mit Matthew Teka sprechen. Der Mann war schon lange hier. Wenn irgendjemand die Geheimnisse dieser Stadt kannte, dann Matthew. Weshalb Will jetzt auf dem Weg zu seiner Hütte im Busch war.

Der Jäger rief ihm ein herzliches »*Tenā koe!*« entgegen und lud ihn zu einer Tasse »Gummistiefel-Tee« ein. Während der Tee zog, erzählte er Will die Geschichte von dem Tahr-Bullen, den er vor Kurzem verfolgt hatte. »Schlauer Bursche. Ich konnte ihn fast lachen sehen, als er den Berg hinaufkletterte, als hätte er Klettereisen unter den Hufen.« Er warf einen Blick auf den Tee, der auf dem Herd in einem schweren Kessel zog, der sogar noch älter war als Anaheras. »Schon mal ihr Fleisch gekostet? Verdammt gutes *kai*.«

»Leider nicht.« Er war im Süden aufgewachsen und kannte sich daher mit ziegenartigen Tieren aus. Woanders waren die Tahr inzwischen eine gefährdete Art, aber in Neuseeland hielt man sie für eine Plage.

»Ich beschaff Ihnen ein Steak, wenn ich diesen Bullen eingesackt habe.« Matthew nahm den Kessel und schenkte ein.

»Beliefern Sie eins von diesen Wild-Restaurants?«

»Ja, aber machen Sie sich keine Sorgen, Sie müssen keine Stadt-Preise bezahlen. Sie bekommen es umsonst – ich behalte immer einen Teil des Fleisches.«

»*Kia ora*, Matthew.«

Matthew winkte ab, stellte einen zerbeulten Blechbecher vor Will und setzte sich an den Holztisch – nicht Will gegenüber, sondern an die rechte Seite, direkt neben das Fenster. »Also, Sie wollen über die Wanderinnen sprechen.«

Will stürzte ein Drittel des heißen, starken und gezuckerten Tees herunter. »Können Sie mir da etwas erzählen?«

»Diese Mädchen sind nicht nur verschwunden«, sagte Matthew unverblümt und rollte Tabak zu einer dünnen Zigarette. »Ich gehe tagein, tagaus durch diesen Teil des Buschs und habe nie eine Spur von den Mädchen gefunden, bis ich auf die Wasserflasche stieß.«

Er klebte die Zigarette zu, zündete sie aber nicht an. »Später hat Piri den Rucksack gefunden, der der zweiten *wahine* gehörte – an derselben Stelle, wo ich am Tag zuvor kurz Rast gemacht hatte. Ich habe Augen in meinem *upoko*. Ich hätte ihn bemerkt. Der wurde später dorthin gelegt.«

»Haben Sie das den Ermittlern gesagt?«

»Klar.« Ein Achselzucken. »Aber die meisten Cops aus der Stadt glauben, dass wir *pōraki* sind, *ne*.« Er machte mit dem Finger eine Kreisbewegung an der Schläfe. »Weil wir hier draußen im Busch wohnen.«

Leider konnte Will da nicht widersprechen. Zum Teufel, wenn er nicht nach Golden Cove versetzt worden wäre und diese Leute kennengelernt hätte, hätte er vielleicht dasselbe gedacht. Man konnte es kaum fassen, dass jemand hier in dieser Urwald-Wildnis leben wollte. »Hatten die Leute denn irgendeinen Verdacht, wer es gewesen sein könnte?«

»Die Leute sahen sich gegenseitig misstrauisch an, als das Armband des dritten Mädchens gefunden wurde, aber das war vermutlich nur aus Angst, eh. Wir hatten ja niemanden, der sich irgendwie pervers verhielt oder so.«

In einer so kleinen Stadt wurde irgendwann immer ein Sündenbock gefunden. Dass Golden Cove sich nicht auf einen Einzelnen gestürzt hatte, zeigte ihm, wie schwierig der Fall für die ermittelnden Polizisten gewesen sein musste. Eine Wasserflasche, ein Rucksack, ein Armband. Keine Überreste. Nicht einmal ein Stückchen Knochen.

»Was ist denn mit Ihnen?«, fragte er. »Hatten Sie nie einen Verdacht?«

Matthew zündete endlich seine Zigarette an und pustete den Rauch höflich durchs offene Fenster. »Interessante Frage.«

Wills Instinkt regte sich, aber er wartete ab.

»Sie sind ein guter Zuhörer.« Matthew nickte ihm hinter einer Rauchwolke anerkennend zu. »Sie wären bestimmt gut im Verhören von Feinden.«

Will war keineswegs überrascht zu erfahren, dass der Mann ein Veteran war. Er hatte diesen gehetzten Blick, den Will auch in den Augen anderer Kriegsrückkehrer gesehen hatte. »Das hat meine Mutter verrückt gemacht«, sagte er. »In meinen ersten Lebensjahren dachte sie schon, ich sei stumm.«

Der andere Mann lachte laut darüber und klatschte sich aufs Knie. »*Ka mau te wehi!*« Als er sich wieder beruhigt hatte, sagte er: »Sie werden glauben, dass ich hier verrückt geworden bin.«

Will hielt seinem Blick stand. »Ich habe während dieser Ermittlung Dinge erfahren, die mich so ziemlich jeden in Golden Cove verdächtigen lassen. Egal, wessen Namen Sie nennen, ich bin bestimmt nicht überrascht.«

Aber als Matthew den Namen aussprach, stellten sich Will die Nackenhärchen auf. »Warum? Ich muss wissen, warum Sie ihn verdächtigen.«

Matthew nahm sich Zeit, darüber nachzudenken, und rauchte seine Selbstgedrehte zur Hälfte auf. Dann sagte er: »Nur ... zu perfekt, eh?« Wieder ein nachdenklicher Zug an der Zigarette. »Ein Mann – damals war er noch ein Junge –, der nie Fehler macht, in dessen Inneren muss der Wahnsinn wüten. Und da war der *punua kurī*.«

»Ein Welpe?«

Matthew nickte und verstummte dann.

»Ich bin hier nicht aufgewachsen, Matthew«, drängte Will. »Was war mit dem Welpen?«

Matthew nahm einen letzten Zug und zerdrückte seine Selbstgedrehte im Aschenbecher, der auf dem Fensterbrett stand. »Der Vater des Jungen schenkte ihm einen zu seinem, ich glaube, neunten Geburtstag. Vielleicht war es auch der achte oder zehnte, eh? *Tamariki* sehen für mich alle gleich aus.«

Der Jäger hustete, es klang trocken. »Eines Tages sehe ich ihn aus dem Busch laufen, in der Nähe von ihrem Haus. Er sagte, sein Welpe sei fortgelaufen. Er weinte, hatte ein rotes Gesicht und war ängstlich.« Wieder ein hartes Husten. »Ich wusste, dass der Welpe dort allein nicht überleben würde, und hatte Ripper bei mir – ein guter Jagdhund, der sich nie ablenken ließ. Ich war mir sicher, dass er den *punua kurī* schnell finden würde.«

Will hatte das Gefühl, dass er gleich etwas hören würde, das er nie würde vergessen können. »Hat Ripper denn seinem Ruf Ehre gemacht?«

»Ja, er fand den Welpen, oder was von ihm übrig war. Jemand hatte ihm den Schädel mit einem Stein eingeschlagen.«

Matthew sah Will mit seinen scharfen, dunklen Augen an. »Ich konnte nicht glauben, dass ein so kleiner Junge so etwas tun konnte, eh, also begrub ich den Welpen und sagte mir, ich müsse das vergessen. Aber immer wenn ich die Augen schloss, sah ich wieder diesen Welpen mit dem eingeschlagenen Schädel. Als ich Trevor Baker das nächste Mal unten im Pub sah, sagte ich ihm, er solle seinem Jungen vielleicht lieber nicht noch einen Welpen schenken.«

»Was sagte er denn?«

»Nichts, aber dieser Junge bekam nie wieder ein *kurī*.«

Matthew stand auf, um sich noch einen Becher Tee einzuschenken, und Will dachte nach. »Vincent war erst vierzehn, als die Wanderinnen verschwanden.«

»Er hatte früh seinen Wachstumsschub, dieser Junge.« Matthew füllte auch Wills Becher auf. »War in dem Alter schon so groß wie ein Mann. So wie jetzt.«

Was keineswegs riesig war, dachte Will, aber immer noch groß genug, um eine Frau durchschnittlicher Größe zu überwältigen. Er würde sich die Akten der vermissten Wanderinnen noch einmal ansehen. Er wusste, dass sie zart und zwischen 1,55 und 1,65 Meter groß gewesen waren, und dabei eher leichtgewichtig. Ein starker Vierzehnjähriger hätte sich jede von ihnen schnappen können.

Besonders, wenn er sie von hinten mit einem Stein erschlug.

Ein Schlag, und sie waren orientierungslos, ein weiterer, und sie waren ohnmächtig. Und dann noch ein paar Schläge, um ihnen den Schädel zu zerschmettern, wie den des Welpen.

»Natürlich war Vincent in diesem Sommer nicht der einzige starke Junge in Golden Cove«, fügte Matthew plötzlich hinzu. »Damals, als er noch kleiner war, weinte er heftig, als ich ihm sagte, dass ich den Welpen nicht finden könne, und sagte, ein anderer Junge aus der Stadt müsse den *punua kurī* gestohlen haben, dass er neidisch auf Vincents Geschenk sei.«

»Und hat er je den Namen des anderen Jungen genannt?«

»Ich habe ihn nie gefragt.« Matthew trank einen Schluck Tee, stellte dann den Becher ab und begann, sich eine weitere Zigarette zu rollen. »Nach dem, was ich gesehen hatte, brauchte ich dringend ein Bier und wollte nur noch in den Pub.«

»Sie glauben, dass womöglich noch ein anderes Kind involviert war?«

Der Jäger nahm sich Zeit. Schließlich antwortete er: »Ein reicher, gut aussehender Junge mit all diesen tollen Spielsachen, der in einem schicken Haus wohnt? *Āe*, das kann natürlich ein anderer Junge gesehen haben und wütend geworden sein.« Er klebte die Selbstgedrehte zu und sagte: »Einen geklauten Welpen kann man in Golden Cove nicht verstecken.«

Diesmal stellte sich jedes kleine Härchen auf Wills Körper auf. Was für ein Kind würde einem hilflosen Welpen den Schädel zerschmettern, damit ein anderer Junge ihn nicht besitzen konnte?

45

Will fuhr zurück nach Golden Cove, als die Nacht schon anbrach. Er war sich nicht sicher, was er mit den Informationen anfangen oder ob er sie überhaupt glauben sollte – denn Matthew rauchte nicht nur Tabak. Will hatte nicht nur einmal den Geruch nach Gras an ihm wahrgenommen, aber da es keinerlei Hinweise darauf gab, dass der Jäger Gras zog oder damit handelte … und auch wegen seines gehetzten Blickes wollte er lieber keine schlafenden Hunde wecken.

Wenn ein Mann mit Gras gegen seine Albträume vorging, wer war Will, ihn daran zu hindern?

Als frischgebackener Polizist hätte er womöglich anders reagiert, aber jetzt wusste er, dass das Leben einen Mann brechen konnte. Manchmal war das Vergessen ein Geschenk.

Aber wenn Matthew recht hatte, musste Will der Sache bis zu ihrem schrecklichen Ende nachgehen. Ein Jugendlicher, der drei Frauen umgebracht hatte und damit davongekommen war, hätte nicht mit dem Morden aufgehört. Nein, er wäre nur schlauer, listiger geworden. Und vielleicht hätte er aufgehört, in der Nähe seines Zuhauses zu jagen.

Gott im Himmel, wie viele Leichen lagen dort im Busch vergraben?

Mit diesen Gedanken fuhr er auf den Parkplatz des Supermarkts, rannte hinein, um sich einen Sechser Bier aus dem Kühlregal zu holen, obwohl er vermutlich nicht mehr als eine Dose trinken würde. Die Stadt war im Moment zu sehr aus dem Lot, als dass er es sich hätte leisten können, benebelt zu sein. Ob er überhaupt ein Bier trinken würde, hing davon ab, ob Anahera in der Stimmung war, ihn über Nacht bei sich bleiben zu lassen.

»Irgendwelche Neuigkeiten?«, fragte Shan Lee ihn an der Kasse. Das Gesicht des Mannes war ganz glatt und faltenfrei, aber sein Blick wirkte erschöpft.

»Nein, nichts.« Er bezahlte und nahm das Bier. »Ihre Tochter ist eine kluge Frau, Shan, und sie weiß, dass sie vorsichtig sein muss.«

»Hätte nie gedacht, dass ich mir hier um solche Dinge Sorgen machen muss.«

Das hätte Will ebenfalls nicht.

Die Tür zu Anaheras Hütte stand offen, als er auf die Veranda trat, und er hörte Rockmusik. »Anahera«, rief er.

Als sie nicht reagierte, trat er ein und schaute sich mit hochgezogenen Schultern und angespannten Bauchmuskeln um. Ein Topf stand blubbernd auf dem provisorischen Herd. Geschnittenes Gemüse lag auf dem Schneidebrett. Er lauschte und hörte, dass in der Nähe Wasser rauschte.

Nur ein paar Sekunden später kam Anahera um die Ecke. »Musste mir ein bisschen Dreck abwaschen. Ein Spatz ist gegen die Fensterscheibe geflogen, und ich bin rausgegangen, um nachzusehen, wie es ihm geht, aber dabei bin ich in Mist getreten.« Sie verzog das Gesicht. »Wollte ihn nicht im Ausguss abwaschen, während ich koche.«

Will hörte gar nicht zu – er war zu sehr davon abgelenkt, dass sie nur ein Handtuch trug, das sie sich um die Brust geschlungen hatte. Es war gelb und sehr kurz, und ihre Haut schien darunter zu leuchten. »Du hast die Tür offen gelassen.« Er presste die Worte hervor.

»Du hast doch eine Nachricht geschrieben, dass du auf dem Weg aus der Stadt bist«, erwiderte sie. »Kannst du kurz auf den Herd aufpassen?« Sie wandte sich auf dem Absatz um und ging zurück in ihr Schlafzimmer. »Ich war gerade dabei, mich umzuziehen.«

Will wusste nicht genau, ob er überhaupt noch atmete, bis er hörte, wie sich die Schlafzimmertür schloss. »Verdammt.«

Die Frau blieb ihm wirklich nichts schuldig.

Er schloss die Tür und zog sich die Stiefel aus. Dann ging er hinein und stellte das Bier in ihren kleinen Kühlschrank – er sah aus, als wäre er gebraucht, vielleicht eine Leihgabe von Josie und Tom. Er schaute in den Topf, vermutlich machte sie Eintopf. Jedenfalls roch es jetzt schon verdammt gut. Er sorgte dafür, dass es nicht überkochen konnte, wusch sich die Hände und zerkleinerte das restliche Gemüse auf dem Brett.

Er hatte gerade das Messer hingelegt, als sie wieder ins Zimmer kam. Sie trug jetzt ein hautenges schwarzes Kleid mit langen Ärmeln, das bis zu ihren Oberschenkeln ging und ihre Schultern frei ließ. Das einzige Accessoire dazu war ein Grünstein-Anhänger an einer geflochtenen schwarzen Kordel. Sie war barfuß und hatte offenes Haar.

Will sagte kein Wort, trat an den Kamin und schürte die Asche, bis die Flammen aufloderten.

Anahera lachte, es hörte sich laut und rauchig an. »Bedeutet das, dass dir das Kleid gefällt?«

Er zog das Hemd aus, das er über einem weißen T-Shirt trug, und hängte es über eine Stuhllehne. »Das ist kein Kleid, das man einfach nur mag.« Dafür war es einfach zu unverblümt sexy.

Anahera erwiderte nichts, bis sie das Gemüse in den Topf geschoben hatte. »Das wird lecker«, sagte sie. »Ich weiß, dass nicht jeder Eintöpfe mag, aber du musst mir einfach vertrauen.«

»Oh«, sagte Will. »Mir war nicht bewusst, dass du über das Essen sprichst.«

Wieder lachte sie. »Ich wusste ja gar nicht, dass du flirten kannst, Cop.«

Will hatte das auch nicht gewusst. Es war ewig her, seit er

das überhaupt gewollt hatte. »Soll ich ein Bier trinken?«, fragte er.

Sie holte eine Dose aus dem Kühlschrank, öffnete sie und stellte sie auf die Arbeitsfläche. »Mir könntest du ein Glas Wein einschenken.«

Will entdeckte die Flasche Rotwein, die sie neulich Abend geöffnet hatte, und schenkte ihr ein. Dann lehnte er sich gegen die Wand und schaute zu, wie sie sich in der Küche zu schaffen machte. Es war nur ein kleiner Raum, und sie füllte ihn vollkommen mit ihrer Energie.

Er nahm einen Schluck von seinem Bier und ließ seinen Blick über die eleganten Kurven ihres Körpers gleiten. Sie erwischte ihn dabei. »Irgendwie, Cop, habe ich das Gefühl, dass dir gar nicht so sehr nach Essen ist.«

»Ich denke schon darüber nach, etwas zu essen.«

Anahera schaltete den Herd aus. »Das Essen ist fertig.« Sie ging zu ihm, bis ihre Brüste seine Brust berührten und er ihre bloßen Füße spürte. Als sie den Kopf hob, lag eine unverhohlene Herausforderung in ihrem Blick.

Will legte seine freie Hand auf ihren Nacken, unter die dunkle Schwere ihres Haares, und streichelte sie. »Magst du den Geschmack von Bier?«

»Ich habe nichts dagegen.«

Er ließ seine Hand, wo sie war, beugte sich hinunter und küsste sie. Sie drängte sich ihm entgegen, sie empfing nicht passiv, sondern nahm aktiv teil. Seine Lippen schmeckten nach Bier, ihre nach schwerem Rotwein und etwas Tieferem, Stärkerem, nach Anahera selbst.

Er wusste längst, dass es nicht einfach werden würde mit ihr – falls dies nicht die einzige Nacht blieb, die sie zusammen verbringen würden. Anahera war kompliziert und stark und hin und wieder schwierig. Natürlich war Will selbst auch nicht gerade einfach.

Er ließ sich tiefer in den Kuss sinken, packte ihr Haar, löste sich aber von ihr, bevor es zwischen ihnen weiterging. »Wie wäre es mit dem Bett?« Er neigte sich um sie herum, um sein Bier auf der Küchenarbeitsfläche abzustellen.

»Es ist aber ein Einzelbett«, warnte sie.

Will schaute zum Kamin. »Warte mal kurz.«

Er ließ sie mit einem amüsierten Lächeln auf dem Gesicht stehen, ging ins Schlafzimmer, holte die Matratze und legte sie vor den Kamin. Er legte die Decke darüber, und sie tappte zu ihm. Er war gerade fertig damit, die Decke festzustecken, als sie hinter ihren Rücken griff und den Reißverschluss ihres Kleides öffnete. »Verhütung liegt im Nachttisch«, sagte sie. Das Kleid glitt von ihrem Körper, das Licht vom Feuer flackerte über ihre stolze Nacktheit.

»Ich hab schon.« Er zog die kleinen Folienpäckchen aus seiner Jeanstasche und warf sie neben die Matratze. Dann legte er seine Hände auf die Frau, die ihn daran erinnerte, dass er lebte.

Anahera hatte das Gefühl, als hätte sie gerade einen langen Winter hinter sich. Dieser Winter hatte nicht mit Edwards Tod begonnen, sondern schon in den Jahren davor, als sie sich langsam voneinander entfremdeten.

Wills Hände, rau und groß, unterschieden sich so sehr von Edwards wie sie selbst von dem Mädchen, das einst über Strand unter den Klippen gerannt war. Sie ließ sich in ihre Empfindungen fallen, schob sein T-Shirt hoch, bis er es von sich riss, fuhr mit den Händen über die harten Erhebungen und Mulden seiner Brust, um sie dann auf seinen Rücken gleiten zu lassen.

Die Narben dort waren unerwartet, die Haut ganz hart.

»Verbrennungen«, sagte er in einer Atempause zwischen zwei Küssen. »Stört dich das?«

Anahera küsste ihn als Antwort leidenschaftlich. Ein paar Narben störten sie nicht. All ihre Nerven schienen elektrisch geladen zu knistern. Sie wollte nur immer mehr und mehr und mehr spüren. Wie eine ausgehungerte Gefangene wollte sie ihn verschlingen.

Das Licht des Feuers zuckte auf Wills Körper, als er sich aufrichtete, um den Rest seiner Kleidung auszuziehen, sie konnte ihn so im Ganzen bewundern. Als er sich wieder zu ihr herunterbeugte, nahm sie eins der flachen Tütchen neben der Matratze und drückte es ihm an die Brust. »Zieh das auf. Wir können unser Vorspiel später haben.«

Sie wollte ihn in sich spüren, wollte sich von innen und außen lebendig fühlen.

Er kniete und legte das Kondom an. »Bereit?«

»Schon seit du da bist.« Ihre Worte schienen ihm den Rest zu geben, diesem kontrollierten Mann, der sich so heiß an sie drängte.

Die nächsten Augenblicke waren völlig frei von jeglicher Kontrolle. Sie beide vereinigten sich in einem Sturm aus Begehren und Lust und Hunger.

Klopfende Herzen.

Fordernde Hände.

Ein kehliges Stöhnen von Will.

Ein kurzer Schrei von Anahera.

Heftiges Atmen.

46

Ich habe schon lange nicht mehr geschrien«, sagte Anahera ein paar lange Minuten später. Das hätte ernüchternd sein können, aber Will hatte den Arm um sie gelegt, und ihr Kopf ruhte auf seiner Brust. Anahera war sich noch nicht sicher, wie sie diese Intimität fand – Sex war nicht schwierig, es war immer der Rest, der die Dinge kompliziert machte.

Will streichelte ihren Rücken. »Ich war seit mehr als einem Jahr nicht mehr mit jemandem zusammen.«

»Hohe Ansprüche?«, fragte sie mit einem selbstironischen Lächeln.

»Albträume.«

»Haben diese Albträume etwas mit den Verbrennungen auf deinem Rücken zu tun?«

»Derselbe Fall, der zu den Ermittlungen geführt hat.« Er strich mit der Hand ihr Rückgrat herunter. »Du hast ja auch ein paar Narben.« Es war keine Frage.

Vielleicht antwortete sie deshalb darauf ... in gewisser Weise. »Meine Narbe hätte gar nicht so groß sein sollen, aber es war ein Notfall, und es gab Komplikationen.«

Will stellte nicht die Frage, die auf der Hand lag, aber er hob seine freie Hand, um ihr das Haar aus dem Gesicht zu streichen. Die Geste war merkwürdig zärtlich, und sie bekam Angst.

Sie setzte sich auf, griff nach ihrem Kleid und zog es über den Kopf. »Machst du mir den Reißverschluss zu?« Sie strich sich das Haar auf die Seite.

Will tat, worum sie gebeten hatte, und ließ ihr den Vortritt ins Badezimmer. Als er an der Reihe war, nahm er seine

Kleider mit und trat voll angezogen wieder heraus. »Soll ich die Matratze zurück aufs Bett legen?«

Anahera wusste, wonach er da fragte. »Ich habe noch keine Antwort für dich.« Sie hatte nicht mehr als körperliche Entspannung von diesem Abend erwartet, aber Will war kein einfacher Mann. Er war ein Mann, der einer Frau unter die Haut ging und sie *fühlen* ließ. Sie innerlich erweckte – gemeinsam mit den Erinnerungen an die sterile Kälte eines Operationssaals, die so schmerzhaft waren, dass sie nicht einmal mit ihrer besten Freundin darüber sprach.

Will sagte nichts, er deckte nur den Tisch und kam dann zu ihr, um den Topf zu holen, in dem sie jetzt rührte.

Dann nahm er ihre Hand und zog sie zu einem Stuhl. »Hör auf wegzulaufen, Anahera.« Er drückte seine Lippen auf ihre Schläfe und setzte sich. »Ich kann dir aus Erfahrung sagen, dass die Dämonen dich trotzdem einholen, egal, was du tust.«

»Manchmal müssen wir weglaufen. Man braucht Zeit, um zu heilen, bis man gegen die Dämonen ankämpfen kann.«

»Glaubst du, dass alle Wunden heilen?«

Anahera lachte, aber es klang ein wenig abgehackt. »Du bist wirklich ein verdammt guter Cop, Will.« Die Wunde in ihr würde niemals verheilen.

Will sah sie viel zu wissend an, sagte aber nichts mehr. Erst zehn Minuten später, beim Essen, brach Anahera das Schweigen. »Totaloperation«, sagte sie schonungslos. »Ich glaube, das beantwortet deine Frage.«

»Meine Verbrennungen waren zweiten Grades. Aber das beantwortet nicht deine Frage, oder?«

Sie starrte ihn an, diesen Mann, der sie dazu zwang, sich mit ihrer Vergangenheit auseinanderzusetzen, und sie fragte sich … »Warum hast du plötzlich das Bedürfnis, mehr über meine Vergangenheit zu erfahren? Bin ich immer noch auf deiner Liste der Verdächtigen?«

»Nein.« Er griff nach seiner Bierdose, trank aber nicht davon.

»Und was sollen dann die Fragen?«

»Ich will dich kennenlernen.« Diese grauen Augen, die so undurchdringlich blickten. »Sex hätte ich haben können, wenn ich ihn gewollt hätte. Ich bin nicht der Hauptgewinn, aber hier laufen nicht so viele andere alleinstehende Männer herum.«

Anahera fragte sich, ob er das wirklich glaubte, ob er wirklich nicht die Anziehungskraft seiner ruhigen und konzentrierten Art kannte. Sie rief den Drang hervor, ihn zu enträtseln, hinter die disziplinierte Kontrolliertheit zu schauen. Ironischerweise hatte Anahera am meisten an Edward geliebt, dass er wie ein offenes Buch gewesen war – und man hatte ja gesehen, wie das ausgegangen war. Immerhin war Will ehrlich, was seine Geheimnisse anging.

»Ich komme mir *so* besonders vor.« Sie nahm einen Schluck Wein. »Was macht mich anders als die anderen?«

Er zuckte nicht mit der Wimper, obwohl ihr Tonfall scharf gewesen war, er biss nicht die Zähne zusammen oder schaute weg. »Du bist kompromisslos du selbst«, sagte er. »Komplex, schwierig, begabt.« Der Hauch eines Lächelns auf seinen Lippen. »Ich bin Polizist. Wir lieben es, Geheimnisse zu enthüllen.«

»Die einzigen Geheimnisse, die ich habe, sind schäbig«, sagte Anahera, die es plötzlich müde war, ihre Fassade aufrechtzuerhalten. »Darunter sind ein untreuer Ehemann, eine schwangere Geliebte und eine tiefe Thrombose, die zu einer tödlichen Lungenembolie führte.« Es war so unfair, dass der gesunde und fitte Edward daran hatte sterben müssen, eine so sinnlose Verschwendung. »Das Geheimnis ist enthüllt.«

»Nein, das ist nur ein kleines Stückchen von dir.« Will sah sie gefährlich eindringlich an. »Du bist ein geheimnisvolles Wesen, und das wirst du immer sein. Ich werde dich niemals enträtseln.«

Anahera wusste nicht, warum, aber sie sagte: »Lass die Matratze vor dem Kamin liegen.«

Als sie sich später am Abend neben Will daraufleqte, wusste sie, dass dies nichts mit dem zu tun hatte, was sie mit Edward gehabt hatte. Die Sache mit Edward war hell und voller Hoffnung gewesen, mit Schmetterlingsflügeln. Jetzt war sie härter und hatte ihre Flügel verloren. Stattdessen war dort jetzt Narbengewebe.

Will war genauso.

Was würde daraus werden? Was *konnte* aus so etwas werden?

Wills Arm schlang sich um ihre Taille und zog sie an seine Wärme und seine Muskeln. Aber Anahera starrte in die Dunkelheit der im Licht des Feuers zuckenden Schatten. Ihre Geister waren in dieser Nacht nicht zu überhören.

Sie wachte auf, weil sie Geräusche hörte. Sie öffnete die Lider. Ihr Körper war noch schwer von einem Schlaf, den sie seit langer, langer Zeit nicht mehr gehabt hatte. Noch immer davon benommen, schaute sie Will dabei zu, wie er sich anzog, und fragte sich, ob er wohl aus dem Haus schleichen würde, in den Kleidern vom Tag zuvor, wie alle sehen konnten.

Aber natürlich war Will nicht so. Sie sah, dass er den kleinen Notizblock nahm, der auf dem Küchentresen lag, und etwas darauf schrieb.

»Will.«

Er ließ den Block liegen und hockte sich neben die Matratze. Er strich ihr die Haare aus dem Gesicht und sagte: »Ich muss jetzt los. Jemand hat etwas in der Nähe der Müllkippe gefunden. Der Anruf ist gerade gekommen.«

Anahera erinnerte sich vage an ein nerviges Brummen. Sie setzte sich auf und sah ihm aufmerksam ins Gesicht. Aber es gab nichts preis. »Was meinst du damit, man hat etwas gefunden? Miriama?«

»Ich hoffe nicht.« Um seine Mundwinkel hatten sich harte Linien gebildet. »Denn diese Gegend ist gründlich durchsucht worden. Ich habe Nikau gebeten, noch ein paar Extra-Suchtrupps dorthin zu schicken.«

Anahera sog den Atem ein. »Das bedeutet: Wenn sie es ist, hat sie jemand absichtlich dort hingelegt.« Sie musste es aussprechen, um es in seiner ganzen Schrecklichkeit zu begreifen. »Ich komme mit.«

Will schüttelte den Kopf. »Du würdest die ganze Zeit im Auto sitzen müssen. Ich kann keine Zivilistin zu einem Tatort bringen.« Er richtete sich wieder auf. »Ich rufe dich sofort an, wenn ich etwas weiß.«

Anahera war enttäuscht, aber sie sagte nichts. Das hier war vielleicht eine Kleinstadt, und man hielt sich nicht immer ganz genau an die Regeln, aber Will war Polizist, und zwar ein guter. Anahera würde nicht einen möglichen Prozess verderben, indem sie irgendwo auftauchte, wo sie nicht sein durfte; Beweise waren wichtig, Blutspritzer waren wichtig. »Ich habe mein Handy immer bei mir.«

Sie begleitete ihn zur Tür und überlegte, ob sie ihm zum Abschied einen Kuss geben sollte, aber was sie in der Nacht getan hatten, passte nicht recht in die blasse Dunkelheit kurz vor dem Morgengrauen.

»Ich rufe dich an«, wiederholte Will und ging auf die Veranda. Er war schon halb die Stufen heruntergegangen, als er sich noch einmal umdrehte und zurückkehrte. Er legte die Hand an ihre Wange und drückte seine Lippen auf ihre.

In ihrem Bauch glomm die Glut auf, aber es hielt nicht lange an. Will löste sich wieder von ihr und trabte zu seinem SUV. Sie sah zu, wie er in den Nebel fuhr. Ihre Lippen brannten von seinem Kuss, an ihrer Wange spürte sie noch seine Handfläche.

47

Wills Funkgerät knisterte, als er von der Frau fortfuhr, die so unerwartet in sein Leben getreten war. Obwohl er niemanden hatte, der ihn hätte kontaktieren können, überraschte ihn das Knistern nicht. Irgendetwas hier in der Gegend stellte hin und wieder merkwürdige Dinge mit seinem Funkgerät an. Einer der alten Buschmänner war einmal dabei gewesen, als es passierte, und hatte sich sofort bekreuzigt.

»Geist«, hatte er gemurmelt. »Ich hätte nie gedacht, dass einer ein Polizeiauto verfolgen könnte.«

Will hatte keine Angst vor Geistern. Es waren die Ungeheuer im echten Leben, die ihm Angst machten. Nicht zum ersten Mal musste er an Vincent Baker denken, und wie seine Maske der Trauer von ihm geglitten war, als Will angekündigt hatte, mit seiner Frau sprechen zu wollen. Wie schnell Miriama von seiner einzig wahren Liebe zu einem Objekt wurde, das er benutzt und dann weggeworfen hatte.

Und dann war da noch Kyle Baker.

Beide versuchten, in der Öffentlichkeit nicht aufzufallen. Aber wo Kyles Ego ihn dazu verführte, sich gegen Autoritäten aufzulehnen, hatte Vincent schon sein ganzes erwachsenes Leben lang den vertrauenswürdigen Nachbarn und Freund gespielt. Er hatte seine Maske in der Öffentlichkeit noch nie abgelegt. Was Vincent Wills Meinung nach zum gefährlicheren der beiden Brüder machte.

Aber Will hatte nichts gegen die beiden Baker-Brüder in der Hand.

Was er hatte – dank einer E-Mail, die letzten Abend nach dem Essen gekommen war –, war ein verstörender Bericht über Tom Taufa: ein Angriff auf eine Freundin, als er dreizehn war und den Sommer bei seinen Großeltern auf Tonga verbrachte. Der Angriff war so schlimm, dass das Mädchen eine gebrochene Nase davontrug.

All das wusste Will nur, weil er diese dahingekritzelte anonyme Botschaft bekommen hatte, auf der stand, er solle sich »Tom Taufas Akte auf Tonga näher ansehen«. Er hätte nie gedacht, dass sein Kontakt diesen Verdacht bestätigen würde.

Der Junge wurde nie offiziell angeklagt, hatte sein Kollege geschrieben, *die Familien regelten das untereinander. Tat mir nur für Tom leid, denn sein Vater war immer wieder im Gefängnis, seit er ein Baby war, und seine Mutter hatte psychische Probleme.*

Aber die Leute vergessen nicht so schnell, und es war eine große, sehr unangenehme Sache für seine Großeltern. Sie sagen, dass er sich seitdem bemüht, es wiedergutzumachen – und dass das Mädchen ihm längst vergeben hat. Offenbar zahlte er sogar eine Summe für ihre Hochzeit.

Tom hatte sich seitdem strikt ans Gesetz gehalten. Vielleicht hatten ihn der Schreck über das, was er getan hatte, und die Scham seiner Großeltern auf den Pfad der Tugend zurückgebracht. Oder vielleicht war Tom Taufa auch nur deshalb Klempner geworden, weil niemand es merkwürdig fand, wenn der Lieferwagen eines Klempners an der Straße vor einem Haus parkte.

Tom war das Kind armer, dysfunktionaler Eltern gewesen, während Vincent sicher in einer erfolgreichen Familie aufgewachsen war.

Tom war nicht die Sorte Junge, deren Vater ihm einen Welpen schenkte.

Will packte das Lenkrad fester und fuhr durch die seltsam stille Stadt. Selbst Josies Café lag kalt und dunkel da –

er war so sehr daran gewöhnt, in den frühen Morgenstunden dort Licht zu sehen, wenn Josie und Miriama zu backen begannen. Julia Lee lieferte die Kuchen, aber die Brote, Aufläufe und anderen Kleinigkeiten wurden alle hier hergestellt. Hin und wieder, wenn er sehr früh aufstehen musste, klopfte er dort an die Tür, und die Frauen öffneten ihm und machten ihm einen Kaffee zum Mitnehmen.

Das Wetter tat sein Übriges, um die trübe Stimmung über Golden Cove noch zu verstärken.

Die Wolken waren zurückgekommen; sie hingen schwarz und schwer am Himmel und warteten nur darauf, ihren Regen auf die Stadt herunterprasseln zu lassen. Er hatte immer ein paar Planen im Kofferraum des Wagens, außerdem ein paar Zeltheringe zum Befestigen, für den Fall, dass er einen Tatort vor dem Regen schützen musste, aber als er in den kleinen Weg bog, der auf die Müllkippe zuführte, hoffte er sehr, dass dort nichts zu schützen und nichts zu sehen war.

Die Vorstellung, dass Miriama für immer fort sein, all das Licht, all das Talent einfach ausgelöscht sein könnten, war so ungeheuer falsch. Aber ungeheuer falsche Dinge passierten nun mal. Manchmal passierten sie kleinen Jungen, und manchmal passierten sie schönen jungen Frauen, die kurz davor waren, ihre Flügel auszubreiten und davonzufliegen.

Er parkte sein Auto an derselben Stelle wie vor ein paar Tagen, als er mit Anahera hierhergekommen war, nahm eine Taschenlampe und lief dann über die Kippe zu der Stelle, wo sein Informant warten wollte. »Shane!«, rief er, als er schon nahe herangekommen war. Der Schriftsteller saß auf etwas, was aussah wie eine Plastikbox.

Der Mann hob den Kopf. Seine dunklen Locken fielen ihm in die Stirn. »Sie sind wirklich gekommen«, sagte er, stand auf und strich sich mit zitternder Hand das Haar aus dem Gesicht. »Ich hatte mir schon beinahe eingeredet, dass ich mir diesen Albtraum nur eingebildet habe.«

Der Mann war kreidebleich, die Iris erweitert. Will sagte: »Sie müssen nicht mit mir kommen. Sagen Sie mir einfach, wo Sie es gefunden haben.«

Shane sank bebend zurück auf seinen provisorischen Sitz. »Dort entlang« – er zeigte in die Richtung –, »ungefähr fünfzehn Meter weiter. Einfach dem Pfad folgen.«

Will hatte eine ganze Menge Fragen an Shane, vor allem, was zum Teufel er hier in aller Herrgottsfrühe tat – es war noch nicht einmal halb sechs –, aber zuerst musste er sich ansehen, was der Mann gefunden hatte.

Er ging in die Richtung, in die Shane gewiesen hatte, und folgte dem schmalen Pfad aus niedergetretenem Gras. Offenbar waren hier in letzter Zeit einige Stiefelpaare entlanggegangen.

Shanes Fund war nicht zu verfehlen.

Knochen, die so weiß ausgeblichen waren, dass sie unter dem Schein der Taschenlampe zu leuchten schienen.

Ein vollständiges Skelett.

Nichts schien zu fehlen. Nicht das kleinste Finger- oder Zehenknöchelchen. Und obwohl Will kein Forensiker war, hatte er doch Augen im Kopf. Die Beinknochen waren nicht annähernd lang genug für eine Frau von Miriamas Größe.

48

Will hatte das Versprechen an Anahera gehalten. Er hatte angerufen.

Gerade so lang, um zu sagen: »Es ist nicht Miriama.«

Der ganze Schrecken dieser Worte drang erst zu ihr durch, als er aufgelegt hatte. Denn Will hatte nicht gesagt, dass da keine Leiche war. Sondern nur, dass es nicht Miriamas Leiche war. Was bedeutete, dass jemand anders tot war.

Als Erstes rief Anahera Josie an.

Bitte geh ran. Bitte geh ran.

Anahera war so erleichtert, dass ihr fast die Beine nachgaben, als sie Josies fröhliches »Hallo, Ana. Stehst du jetzt auch so früh auf wie die Bäcker?« hörte.

Sie riss sich zusammen und schaffte es irgendwie, ihre Antwort normal klingen zu lassen. »Bereitest du die Sachen fürs Café jetzt zu Hause vor?«

»Ja, Tom will nicht, dass ich allein bin.« Eine Pause. »Ich will sowieso nicht. Es ist schrecklich zu wissen, dass Miri nicht gleich hereinkommt, gähnt und einen Kaffee verlangt, bevor wir mit der Arbeit anfangen.«

»Es tut mir so leid, Josie. Ich weiß, dass du sie vermisst.«

»Und wie.« Josie schluckte einen Schluchzer herunter. »Sogar Tom vermisst sie, und du kennst ihn – er mag es ordentlich und systematisch, und Miri war ganz anders. Sie malt ihm Smileys auf den Kaffeebecher oder packt ihm Schokokuchen ein, obwohl er Muffins bestellt hat.«

Anahera spürte einen Hauch von Misstrauen aufsteigen, unterdrückte ihn aber. Tom Taufa liebte Josie so sehr, wie ein Mann eine Frau lieben konnte; die Vorstellung, dass er seine Frau betrog ... nein, das passte nicht.

Aber sie hatte Vincent ebenfalls für einen Ehrenmann gehalten. »Kennen sie sich denn gut?«, fragte sie und hasste sich dafür, dass sie einem Mann misstraute, der nichts getan hatte, um das zu verdienen.

»Na ja, er ist ihr Cousin – über einige Ecken. Ganz früher hat er auf sie aufgepasst. Ich glaube, er sieht sie immer noch als das kleine Mädchen von früher.« In ihren nächsten Worten lag ein Lächeln. »Hin und wieder, wenn sie sich schick macht, um auf eine Party zu gehen, schüttelt er den Kopf und murmelt etwas über ihren viel zu kurzen Rock. Ehrlich, er kann wirklich ein altmodischer Kauz sein, aber ich liebe ihn.«

Ein Mann, der den kurzen Rock einer Frau bemerkte, konnte einfach nur ein älterer Cousin sein, der seine Verwandte beschützen wollte – oder ein eifersüchtiger ... *Nein.* Anahera ballte die Faust. Sie durfte nicht zulassen, dass diese Situation ihr Vertrauen zerstörte. Tom war ein traditionell eingestellter Handwerker, der Veränderungen nicht mochte. Er würde niemals etwas tun, um sein Leben mit Josie zu gefährden. »Ich bewundere wirklich, wie du deine eigene wilde Seite vor ihm verstecken konntest, *Josephine.*«

Josie kicherte, als Anahera ihren vollen Namen benutzte. »Pst. Josephine, das Böse Mädchen, verwandelte sich in Josie, das Gute Mädchen, als sie begriff, dass Tom zu einem großen, wunderbaren Wesen herangewachsen war, das sie küssen wollte.«

»Ja, ich erinnere mich noch, dass du plötzlich ganz wild auf die Kirche warst.« Josie hatte Anahera jede Woche dazu gezwungen mitzugehen.

Josie sagte lachend: »Sein Glaube und seine Versprechen an Gott waren Tom immer sehr wichtig.« Ihre Stimme klang jetzt ganz leise. »Ich wusste sofort, dass Tom niemals ein Versprechen brechen würde.«

Ein scharfes Piepen.

»Oh, ich muss jetzt! Das ist der Backofen!«

Anahera legte auf und fragte sich, was ein Mann von so tiefem Glauben von einer jungen Frau hielt, die an einem Ehebruch beteiligt war. »Nein«, sagte sie erneut, diesmal mit Überzeugung. Sie kannte Tom schon ihr ganzes Leben und hatte ihn noch *nie* gewalttätig erlebt.

Diese ganze Situation ging ihr an die Nieren.

Sie schob ihre dunklen Gedanken ganz bewusst zur Seite und machte sich fertig für den Tag – und sobald es sieben Uhr wurde, rief sie Nikau an. »Ich wollte nur sichergehen, dass du nicht betrunken umgekippt bist.«

»Ich mache mir Hotdogs zum Frühstück«, erwiderte Nikau. »Willst du einen?«

»Nein danke, ich halte mich an Frühstücksflocken.« Danach rief sie Jemima an und atmete leise aus, als sie ans Telefon ging.

»Anahera, ich bin ja so froh, dass du anrufst!«

»Ist denn alles in Ordnung?« Anahera stellte sich in ihre Haustür und sah, wie das trübe Morgenlicht über das aufgewühlte Meer kroch. »Du klingst so anders.«

Jemima lachte. »Ich bin glücklich«, sagte sie. »Vincent ist gestern Abend mit einer wunderschönen Diamantkette *und* einem Rosenstrauß nach Hause gekommen. Ich weiß auch nicht, was in ihn gefahren ist, aber es kommt mir vor, als hätte ich meinen Mann wieder. Er ist wieder so, wie er war, als wir uns kennenlernten.«

Anahera hielt das Handy fester. Sie hatte ein übles Gefühl in der Magengrube. »Ich bin sehr froh darüber«, sagte sie und überlegte, was Vincents Zuneigungsausbruch wohl hervorgerufen haben mochte. »Bleibt ihr beide jetzt eine Weile in der Stadt?«

»Ja. Vincent braucht mich nicht, wenn er auf irgendwelche Cocktailpartys geht. Wenn er Meetings hat, fliegt er dorthin und kommt dann wieder. Er will nicht so lange von mir getrennt sein.« Die selbstsichere und elegante Frau klang wie ein junges Mädchen, das zum ersten Mal verliebt war. Sie kicherte aufgeregt.

Anahera verabschiedete sich und legte auf, dann schaute sie aufs Meer hinaus. War es möglich, dass Wills Verhör Vincent hatte verstehen lassen, wie viel er zu verlieren hatte? Denn jetzt schien er Jemima mit Liebe geradezu zu überschütten. Edward war manchmal so gewesen, plötzlich so liebevoll. Aber das musste an seinen Gewissensbissen gelegen haben.

Spürte Vincent eine Mischung aus Schuld und der Angst, seine Familie zu verlieren?

Das klang plausibel. Aber Anahera konnte nicht in die Ehe der Bakers hineinschauen, sie konnte nur vermuten – und um Jemimas willen hoffen, dass Vincent nicht eine noch viel größere Enttäuschung für sie bereithielt. Denn es konnte natürlich sein, dass er den Kummer um Miriamas Verlust inzwischen überwunden hatte und seine Aufmerksamkeit jetzt einer neuen Eroberung zuwandte. Das klang eiskalt, aber es war ebenso eiskalt, die eigene Frau zu ignorieren und zu isolieren, während man eine begabte junge Frau voller Träume am langen Arm verhungern ließ.

Sie rief ein paar andere unter dem Vorwand an, plaudern zu wollen, aber niemand schien sich um jemand anderen zu sorgen, außer um Miriama. Was auch immer Will gefunden, *wen* er gefunden hatte – es war niemand, der jetzt plötzlich verschwunden war. Womöglich war überhaupt nichts Verdächtiges daran, ging ihr auf – vielleicht hatte einfach einer der Buschbewohner einen Unfall gehabt. Das war traurig, aber nichts, was einen in Angst und Schrecken versetzen musste.

Dennoch fühlte sie sich zu rastlos, um in der Hütte zu bleiben. Sie brauchte Luft, brauchte Salz, brauchte Sand. Sie zog sich eine leichte Jacke über, steckte das Handy in ihre Tasche und zog den Reißverschluss zu. Es war kalt draußen, der Himmel schwer von Wolken, aber Anahera wollte es jetzt nicht zu gemütlich haben. Sie wollte die Kälte in ihrem Gesicht spüren, wollte den scharfen Wind fühlen, wollte schmerzhaft lebendig sein.

Sie schloss die Tür hinter sich, schloss aber nicht ab – obwohl das alte Schloss überraschenderweise noch funktionierte. Derjenige, der es aufgebrochen hatte, als Anahera fort war, hatte den Mechanismus nicht beschädigt. Josie hatte sogar noch einen Ersatzschlüssel gefunden.

Nachts, wenn sie schlief, schloss Anahera ab, aber tagsüber kam ihr das sinnlos vor. Sie hatte ihre Laptops, den alten und den neuen, unter einer Diele versteckt, und ansonsten gab es bei ihr nichts zu holen. Anahera war nicht naiv; sie wusste, dass auch in einer Kleinstadt gestohlen wurde. Aber sie wusste auch, dass jemand auf der Suche nach Schutz aus dem Busch stolpern konnte, wenn das Unwetter losbrach.

Sie war schon beinahe die Verandastufen herunter, als sie innehielt.

Was, wenn derjenige, der Miriama entführt hatte, es nicht getan hatte, weil sie Miriama war? Was, wenn er es nur getan hatte, weil sie eine schöne junge Frau war?

Anahera hielt sich keineswegs für schön. Sie war auch nicht hochgewachsen und geschmeidig wie Miriama, aber sie war eine Frau. Und manche Männer waren nicht so wählerisch. Sie runzelte die Stirn, ging wieder in die Hütte und legte eine Decke auf den Stuhl, der auf der Veranda stand, außerdem eine Flasche Wasser und ein paar Energieriegel.

Dann verschloss sie die Tür und steckte den Schlüssel ein.

Der Wind wehte in Böen, aber nicht allzu stark, und sie kletterte ohne größere Probleme hinunter auf den Strand, wobei sie allerdings auf jeden ihrer Schritte achten musste. Wenn sie auch nur einmal den Halt verlor, würde sie abstürzen.

Anahera wollte nicht, dass auf ihrem Grabstein »Tod durch Dummheit« zu lesen sein würde.

Als sie endlich am Strand war, klopfte ihr das Herz, und ihr Atem ging stoßweise. Sie sog die salzige Luft ein und schaute auf, weil sie das Geräusch eines Hubschraubers hörte. Bestimmt Daniel, der arrogant genug war, in ein drohendes Unwetter hineinzufliegen. Ihre Vermutung bestätigte sich, als der Hubschrauber sich auf sie zubewegte.

Als wollte er Hallo sagen.

Anahera winkte zu ihm hinauf. Ja, er konnte ein egoistischer Mistkerl sein, aber es sah nicht so aus, als hätte er irgendetwas mit Miriama zu tun gehabt, weder mit ihrem Leben noch mit ihrem Tod.

Der Hubschrauber drehte wieder ab, und die Wellen unter ihm schäumten unter dem Luftzug, den seine Rotorblätter verursachten. Dann flog er über das Wasser und war fort. Sie fragte sich, wohin er wohl flog, wenn er nicht in Richtung Inland schwenkte. Aber vermutlich würde er das noch tun, nachdem er die Aussicht am Wasser genossen hatte.

Sie spazierte den Strand entlang. Die Wellen waren heute hoch, riesige Brecher, die hart auf den Sand aufschlugen. Offenbar waren sie schon in der Nacht übler Stimmung gewesen; sie hatten eine Menge Treibgut auf dem feuchten grauen Sand hinterlassen. Lange Strähnen Seegras; rund geschliffene Glasscherben; zerschmetterte Muscheln, hin und wieder auch eine vollkommen unversehrte darunter.

Anahera hob ein paar besonders hübsche Glasstücke auf.

Als Kind hatte sie sie gesammelt und sie als junge Frau vors Fenster gehängt, damit sich das Sonnenlicht in ihnen brechen konnte. Nach dem Tod ihrer Mutter hatte sie ihre Sammlung weggeworfen, aber heute fand sie es schön, wie selbst das trübe Morgenlicht durch das Glas drang.

Als sie das dritte Stück in ihre Tasche steckte, entdeckte sie einen großen Klumpen Seegras vor sich. Es sah beinahe so aus, als hätte sich das Seegras um einen Stamm oder vielleicht den Kadaver eines Delfins oder eines kleinen Wals gewickelt.

Anahera kam näher, neugierig, aber vorsichtig. Der Seegrasklumpen lag ganz nah am Wasser. Eine einzige launische Welle, und er würde wieder hineingezogen werden – und Anahera mit ihm, wenn sie ihm zu nahe kam. Die Seegrassträhnen glänzten nass und dunkel, sie breiteten sich wie fleischige Finger auf dem Sand aus. Je näher Anahera kam, desto weniger Lust hatte sie, den Klumpen zu untersuchen, aber sie konnte nichts dagegen tun, sie ging immer weiter. Da war irgendetwas an seiner Form, wie er geschwungen war. Und die Farbe. Nicht nur dunkelgrün.

Pink.

Orange.

Anahera merkte erst, dass sie rannte, als sie direkt vor dem Klumpen Seegras stand, das sich nicht um so etwas Banales wie Holz oder einen toten Wal gewickelt hatte. Ihr Atem schmerzte in der Kehle, und sie begann, den Klumpen so weit auf den Sand zu ziehen, wie es ging. Sie musste sichergehen, dass er nicht wieder aufs Meer hinausgezogen wurde.

Eine riesige Welle krachte aufs Ufer und leckte gefährlich an ihren Füßen. Anahera trat zurück, schaffte es aber irgendwie, dabei das Seegras und seine erschreckende Fracht nicht loszulassen. Dann zog, zog und *zog* sie.

Sie ließ sich auf den trockenen Sand sinken, weit genug

vom Wasser entfernt. Die Knie sanken ein, und sie zwang sich, das Seegras anzusehen … zwang sich zu begreifen, dass es nicht nur Seegras war, was sie auf den Strand gezogen hatte, sondern eine Leiche. Eine Leiche, so bleich und beschädigt, dass sie nicht wiederzuerkennen war. Aber eine Leiche, die ein orangefarbenes Top und schwarze Leggings mit pinkfarbenen Streifen an der Seite trug.

Miriamas Schuhe waren fort, aber sie trug noch ihre Socken.

Aus irgendeinem Grund reichte dieses Detail aus, um Anaheras Lunge zusammenzudrücken und einen Schrei aus ihrem Körper zu pressen.

49

Will hatte gerade ein Spurensicherungsteam aufgetrieben, das bereit war, nach Golden Cove hinauszukommen, um das Skelett auf der Müllkippe zu untersuchen, als Anaheras Anruf kam.

»Ich habe sie gefunden«, sagte sie tonlos. »Das Meer hat sie wieder herangetrieben.«

Will schauderte und stützte sich an einem Baumstamm ab. Direkt vor ihm lagen die ausgeblichenen Knochen des Skeletts. Er hatte den Tatort nicht angerührt, sondern war nur zurück zu seinem Auto gegangen, um die Kamera zu holen. Dann hatte er so viele hochauflösende Fotos gemacht, wie er konnte, denn er war sich dessen bewusst, dass man ihn während der Ermittlungen auf die Ersatzbank schicken würde.

Seine Vorgesetzten hielten ihn für einen ausgebrannten Polizisten, der seine besten Jahre hinter sich hatte. Niemand würde ihm einen solchen Fall anvertrauen. Aber davon würde er sich nicht aufhalten lassen. Es machte vermutlich nichts aus, keinen Zugang zu den Knochen zu bekommen, solange er den Bericht hatte, in dem die Größe, das Alter und die ethnische Zugehörigkeit des Opfers gelistet waren.

Er nahm nicht an, dass das Spurensicherungsteam noch weitere Hinweise finden würde.

Dieses Skelett war eine Provokation. Und da Will der einzige Polizist in der Stadt war und alte Wunden aufriss, war diese Provokation vermutlich an ihn gerichtet. Aber das war jetzt nicht mehr wichtig. »Bist du ganz sicher?«, fragte er Anahera.

»Ja.« Der Wind trug ihre Stimme davon, und sie fügte hinzu: »Ich passe auf sie auf. Wann kannst du hier sein?«

Will starrte das Skelett an. Er konnte es nicht einfach so da liegen lassen, nicht, bis seine Kollegen in Golden Cove eingetroffen waren. Die Gefahr, dass jemand den Tatort veränderte, war einfach zu groß. »Du musst weiter auf sie aufpassen«, sagte er und ballte die Faust. »Hier ist noch jemand anders, den ich nicht allein lassen kann.«

»Sag mir nur eins – ist es jemand, den ich kenne?«

Die Neuigkeit würde ohnehin bald bekannt sein, und Anahera war niemand, der Geheimnisse weitertratschte. »Menschliche Überreste«, sagte er. »Ich kann nicht riskieren, dass sie jemand anfasst.«

»Menschliche …« Wieder eine Windbö, die ihre Worte fortwehte.

Aber Will hatte ihr letztes Wort noch gehört: *Wanderin.* Dasselbe hatte er in dem Moment gedacht, als er die Knochen gesehen hatte. Es war gut möglich, dass es sich um die Überreste einer der drei Frauen handelte, die vor fünfzehn Jahren verschwunden und nie gefunden worden waren.

Er rief erneut den Bereichsleiter an.

Erst nach grauenvollen zwei Stunden kam das erste Spurensicherungsteam an. Will hatte inzwischen mehrmals mit Anahera gesprochen. Sie waren beide jeder in seiner eigenen Hölle gefangen und konnten sich nicht rühren. Er hatte darüber nachgedacht, jemand anderen zu ihr hinauszuschicken – immerhin musste dort kein Tatort gesichert werden, weil Miriama aus dem Meer gekommen war –, aber Anahera hatte das abgelehnt.

»Niemand soll Miri so sehen«, hatte sie gesagt. »Sie verdient es, dass wir uns um sie kümmern.«

Wie er erwartet hatte, kam das Spurensicherungsteam in Begleitung von zwei Detectives. »Will.« Der Ältere der beiden konnte ihm kaum ins Gesicht schauen. Die Falten in seiner braunen Haut wirkten tiefer als damals, aber sein Körper war in ausgezeichneter Form. »Es tut mir leid, aber man hat uns den Fall übertragen.«

»Robert.« Will schüttelte ihm die Hand. »Haltet mich auf dem Laufenden, okay? Ich weiß inzwischen ganz gut über diese Stadt Bescheid und kann euch vielleicht helfen.« Er war es nicht gewohnt, seinen Wunsch nach Informationen zu rechtfertigen, aber er brauchte die Kooperation seiner Kollegen, wenn er Zugang zu den Akten haben wollte.

Robert wirkte zutiefst erleichtert, dass Will keinen Groll zu hegen schien, und versicherte, dass er ihn sofort anrufen würde, sobald sie etwas herausfanden. »Ich höre, du hast noch einen Tatort?«, fragte er mit hochgezogenen Augenbrauen.

Will nickte. »Ich fahre dorthin, um ihn unter Beobachtung zu halten, bis das zweite Spurensicherungsteam kommt.« Er hatte darum gebeten, dass das erste Team zu Miriamas Leiche gehen sollte, weil er wusste, dass sie mit jeder Sekunde, die verstrich, weiter verweste, aber die Verantwortlichen hatten sich dagegen entschieden. Ihrer Meinung nach würde die Leiche einer Ertrunkenen, auch wenn sie noch nicht so lange tot war, weniger verwertbare Spuren aufweisen als ein Skelett, das jemand abgelegt hatte, damit man es fand.

Aus ihrer Sicht stand ein tragischer Unfall gegen Mord.

»Dieser Shane Hennessy.« Robert warf einen Blick zu Shane, der noch auf seiner Kiste saß, den Kopf in die Hände gestützt. »Ist er verdächtig?«

»Aus dem Bauch heraus würde ich sagen, nein – er hat sich gerade eben übergeben.« Shane hatte unbedingt nach Hause gewollt, aber Will hatte ihn nicht gehen lassen können.

»Ja«, murmelte Robert, »der, der diese Knochen hier hingelegt hat, muss eiskalt gewesen sein. Herrgott, diese Knochen sind ja hingelegt worden, als hätte er ein Lineal benutzt.«

»Shane ist Schriftsteller. Er sagt, dass er frühmorgens immer hier entlanggeht, wenn er nachdenken will.« Will wollte seine Informationen loswerden und dann zu Anahera fahren. »Keinerlei Hinweise auf irgendwelche gewalttätigen Neigungen und keine Akte, weder in Neuseeland noch in Irland.« Diese Information hatte Will schon, seit er alle möglichen Verdächtigen in Golden Cove überprüft hatte. »Shane ist der Mentor für einige junge Autorinnen, aber deren Verbleib ist geklärt.« Er hatte die Wartezeit damit verbracht, die Anrufe zu tätigen und sich das bestätigen zu lassen. »Meiner Ansicht nach ist er nur der Pechvogel, der über die Knochen gestolpert ist.«

Die beiden Detectives tauschten einen Blick, aber Will war es ziemlich egal, was sie von seinen Instinkten hielten. Sie würden ohnehin zum selben Schluss kommen, wenn sie ein paar Minuten mit Shane verbrachten – der Mann war immer noch ganz grün im Gesicht. »Hören Sie, wenn Sie jetzt nichts mehr von mir benötigen, würde ich zum zweiten Tatort fahren.«

»Ja, dann machen wir uns mal daran, das Skelett zu untersuchen. Wir lassen Sie wissen, was die Knochenspezialisten sagen.«

Auf dem Weg von der Müllkippe sah Will schon die ersten neugierigen Einheimischen, die in ihren zerbeulten Trucks und rostigen Autos sehr langsam an der Müllkippe vorbeifuhren – vermutlich waren sie gekommen, um ihren Müll abzuwerfen, und hatten dann den Lieferwagen der Spurensicherung und die Polizeiautos gesehen. Das konnte ja lustig werden, wenn das zweite Team ankam. Golden Cove würde der reinste Zirkus werden.

Er dachte darüber nach, was Shane und Anahera gefunden hatten. War das ein Zufall? Ja. Niemand konnte das Meer manipulieren. Aber er würde sich zuerst die Leiche ansehen, um ganz sicherzugehen. Es hing alles davon ab, wie lange Miriama im Wasser gelegen hatte. Denn wenn man das Meer sehr gut kannte – wie so viele der Männer und Frauen in der Gegend –, konnte man eine Leiche an bestimmten Stellen ablegen und hatte dann eine gute Chance, dass sie an den Strand angeschwemmt wurde.

Will hätte direkt zum Strand fahren sollen, um Anahera von ihrer einsamen Totenwache zu befreien, aber er wusste, wie schnell sich Neuigkeiten in Golden Cove verbreiteten. Und er wusste, dass Matilda von dem plötzlichen Auftauchen der Polizeifahrzeuge an der Müllkippe erfahren hätte.

Also fuhr er zu ihr nach Hause. Sie stand schon da, eingewickelt in einen verblichenen grauen Fleece-Morgenmantel. Ihr Gesicht war merkwürdig regungslos. »Hast du sie gefunden?«, wollte sie wissen. »Hast du mein Baby gefunden?«

»Wir haben sie gefunden.«

Sie heulte auf und fiel zu Boden.

Will hockte sich neben sie und tat, was er konnte, aber es reichte nicht. Als eine ihrer Nachbarinnen – Raewyn Clark – herübergelaufen kam, mit wilden, blonden Locken, war er dankbar. Raewyns harter Gesichtsausdruck sagte ihm, dass sie genau erraten hatte, welche schrecklichen Nachrichten er brachte. »Ich kümmere mich um sie.« Das überall tätowierte frühere Bandenmitglied hockte sich ebenfalls neben Matilda und schlang die Arme um die völlig gebrochene Frau. »Sie will, dass Sie dorthin fahren und sich um Miri kümmern. Lassen Sie nicht zu, dass die Fremden sie behandeln, als wäre sie nichts.«

Will richtete sich auf und stieg in seinen SUV.

Es fühlte sich an, als ob er ewig brauchte, bis er endlich am Meer war. Währenddessen wurden die Wolken über ihm immer schwärzer und schwerer. Er kletterte über den Pfad zum Strand hinunter und rannte zu Anahera hinüber. Sie stand nicht auf, wartete nur, bis er da war, eine stille Wächterin mit vom Wind zerzaustem dunklem Haar und traurigen Augen. »Sie sollte nicht tot sein«, waren ihre ersten Worte. »Niemand, der so lebendig war wie Miriama, sollte tot sein.«

Er fiel neben ihr auf die Knie und nahm sie in die Arme. Zuerst widerstrebte sie, steif und starr, aber er ließ sie nicht los, und endlich schlang sie die Arme um ihn und hielt sich an ihm fest. Sie weinte nicht, aber das hatte er auch nicht erwartet. Anahera war daran gewöhnt, ihren Schmerz für sich zu behalten.

Wenn sie ihn teilen wollte, dann zu ihren Bedingungen.

Sie lösten sich voneinander, und er tat, was er tun musste: Er ging zu Miriamas Leiche. Ein Blick, und er wusste, dass sie schon einige Zeit im Wasser gelegen hatte. Vermutlich sogar schon seit dem Tag, an dem sie verschwand. Dem Zustand ihrer Leiche nach zu urteilen, konnte sie nicht erst vor Kurzem ins Meer geworfen worden sein, in der Hoffnung, dass sie gleichzeitig mit dem Skelett wieder auftauchte. Was nicht bedeutete, dass zwei verschiedene Personen für die beiden Verbrechen verantwortlich sein mussten.

Ein neues. Ein altes.

Er holte die flache, aber leistungsfähige Digitalkamera heraus, die er vor Roberts Ankunft in seine Tasche gesteckt hatte, und begann, Fotos zu machen. Anahera schaute ihm regungslos zu. Erst als sie die Sirene eines näher kommenden Polizeiautos hörten, stand sie auf. »Ich zeige ihnen den Weg nach unten. Gib mir die Speicherkarte der Kamera.«

Er drückte sie ihr in die Hand und steckte stattdessen

eine leere in die Kamera, dann steckte er sie zurück in seine Jackentasche. Wenn jemand daran dachte zu fragen, ob er Bilder gemacht hätte, würde er ihnen die Kamera geben.

Aber als seine Kollegen endlich ankamen, die allesamt schlecht für den Sand und die Wellen und den Wind ausgerüstet waren, war Anahera nicht mehr dabei. Und er erlebte eine Überraschung. Offenbar war er immer noch für Miriamas Fall verantwortlich.

»Sie haben mich geschickt, damit ich Ihnen assistiere.« Kim Turnbull war klein und stämmig. Sie hatte helles Haar und trug die übliche dunkelblaue kugelsichere Weste über ihrem hellblauen Uniformhemd. Will hatte schon einmal mit ihr gearbeitet. »Alle wollen an dem Skelett arbeiten, das Sie gefunden haben, weil sie glauben, dass da ein Serienkiller am Werk war, also bekommt die Neue natürlich die Ertrunkene aufgedrückt.« Kaum hatte sie das gesagt, merkte sie, was sie da gesagt hatte.

Ihre blasse Haut mit den Sommersprossen wurde hochrot, und sie sagte: »Sorry, Sir. Ich meinte nicht ...«

Will winkte ab, er war zu froh, um beleidigt zu sein. Offiziell für Miriamas Fall verantwortlich zu sein, bedeutete, dass er weit bessere Chancen hatte, ihr Gerechtigkeit widerfahren zu lassen. Er würde sich nicht auf andere verlassen müssen, um Zugang zu Akten und Berichten zu bekommen, und konnte offen Verdächtige verhören.

Was das Skelett anging, das so grausam an der Müllkippe abgelegt worden war, so musste es schon lange irgendwo gelegen haben. Die Männer, die es untersuchten, waren kompetent – wobei sie wenig über diese Stadt und ihre Geheimnisse wussten, und das konnte hinderlich sein. Oh, die Leute würden natürlich mit Robert und den anderen sprechen, aber ob sie ihnen irgendetwas Nützliches erzählten, war eine ganz andere Frage.

Sobald Miriama in Frieden ruhte, würde er einen Weg finden, dasselbe für die andere tote Frau zu tun. Denn er hatte keinerlei Zweifel, dass Shane die Überreste einer Frau gefunden hatte. So, wie die Knochen arrangiert worden waren, wie sie *abgeworfen* worden waren – das hatten schon viel zu viele Männer viel zu vielen Frauen angetan.

Er winkte dem neuen Spurensicherungsteam zu und war erstaunt, als er Dr. Ankita Roshan unter den Kollegen entdeckte. »Ich dachte, Robert würde dich gefangen halten!«, rief er ihr über den stärker werdenden Wind hinweg zu.

»Hab ihm gesagt, dass ich mit Knochen nicht viel anfangen kann!«

Das Heute traf auf das Gestern. Denn Ankita hatte nach dem Brand auch einen forensischen Anthropologen gerufen. Das Feuer hatte dem kleinsten Menschen im Haus, der kleinsten Leiche, für eine Autopsie mit brauchbaren Ergebnissen nicht genug Fleisch an den Knochen gelassen.

Jetzt schüttelte ihm die extrem dünne, etwa vierzigjährige Pathologin die Hand. »Lass uns zu den Überresten gehen, bevor das Unwetter losbricht.«

Sie konnte ihm nicht viel sagen, was er nicht schon erraten hatte. »Du wirst wohl auf die Autopsie warten müssen, wenn du mehr wissen willst«, sagte sie.

»Ankita.« Will hockte sich neben sie. »Könntest du Miriama ganz oben auf deine Prioritätenliste setzen?« Er senkte die Stimme. »Alle glauben, dass sie einfach ertrunken ist. Aber ich kannte sie. Sie war zu klug und zu fit, um einfach von einer Klippe zu fallen oder zu nah an den Wellen am Strand entlangzulaufen.« Er würde die Gerichtsmedizinerin dazu bringen müssen, eine volle Obduktion durchzuführen, statt nur oberflächlich nach Spuren zu suchen.

»Du musst deine Bitte an mich nicht rechtfertigen, Will.« Sie hatte Miriamas Hände bereits in Tüten gesteckt und begann jetzt, den Leichensack zu schließen. »Du hattest immer großartige Instinkte – ich fange sofort an, wenn ich wieder in Christchurch bin.«

»Du hast was bei mir gut.«

Ein dünnes Lächeln. »Wenn alle Cops, bei denen ich was gut habe, wirklich ihre Schulden bezahlten, wäre ich Millionärin.« Die Worte klangen scharf, aber ihre dunkelbraunen Augen blickten freundlich. »Ich kümmere mich um dein Mädchen.«

Er half ihr, Miriamas Leiche auf eine Trage zu hieven. Der Rest der Tatortuntersuchung ging schnell vonstatten. Das Team machte Fotos, packte sogar das Seegras ein, aber obwohl sie sogar den Sand unter der Leiche durchsiebten, fanden sie nichts weiter.

Der Wind hatte bereits die Schleifspuren verweht, die Anahera verursacht hatte, als sie die Leiche vor dem Meer in Sicherheit gebracht hatte. Es war, als wäre Miriama gar nicht da gewesen, als wäre all das hier nur ein Albtraum gewesen, der langsam verblasste.

50

Will half dabei, Miriamas Leiche den engen Klippenpfad hinaufzutragen. Die junge Frau, die im Leben so elegant gewesen war wie eine Tänzerin, war im Tod schwer geworden. Der schneidende Wind trieb ihm den Sand ins Gesicht, und er war dankbar für den festen Halt, den ihm die Profilsohlen seiner Stiefel boten. Einige seiner Kollegen glitten aus, aber keiner fiel, und sie schafften es, Miriama sicher in den Leichenwagen zu verfrachten, der sie in die Leichenhalle der Gerichtsmedizin in Christchurch bringen würde. Der Leichenwagen war schlicht grau und wirkte modern, sodass man nicht auf den ersten Blick sah, worum es sich handelte und er hoffentlich Golden Cove verlassen konnte, ohne größere Aufmerksamkeit auf sich zu ziehen.

Kim kam den Pfad hinaufgeschnauft, als Ankita gerade mit Miriama losgefahren war.

Er bat sie, in der Polizeiwache die Stellung zu halten, alle Anrufe anzunehmen und die Namen der Einheimischen zu notieren, die ihn sehen wollten. Die meisten würden wissen wollen, was passiert war, aber vielleicht hatten einer oder zwei auch neue Informationen. »Sagen Sie ihnen, dass ich entweder noch heute oder morgen früh wieder da bin und dann mit ihnen sprechen werde. Wenn es etwas Dringendes gibt, rufen Sie mich an.«

Kim nickte und schrieb alles gewissenhaft auf ihren kleinen Notizblock.

Er ließ sie stehen und half dem Spurensicherungsteam dabei, ihre Ausrüstung zusammenzupacken. Dann ging er zu Anaheras Hütte – und fand die Tür verschlossen. *Gut.*

Er klopfte und musste ein paar Minuten warten, bis sie die Tür öffnete. Und das tat sie erst, nachdem sie nachgesehen hatte, wer dort war. Sie hatte sich in ein Handtuch gewickelt, ihr Haar war tropfnass. Sie spülte sich den Tod ab, dachte Will, versuchte, den Kummer fortzuwaschen.

Sie griff in die Tasche der Jacke, die zu ihrer Linken hing, und gab ihm die Speicherkarte. »Jemand muss es Matilda sagen.«

»Sie weiß, dass wir Miriama gefunden haben.« Will würde niemals ihren rauen, klagenden Trauerlaut vergessen. »Ich bin auf dem Weg zu ihr, um ihr zu sagen, was wir bis jetzt wissen.« Wie wenig es auch war. »Möchtest du mitkommen? Raewyn Clark ist bei ihr, aber ich weiß, dass sie kleine Kinder hat und auf sie aufpassen muss, wenn ihr Freund zur Arbeit geht.« Vielleicht jetzt schon.

»Gib mir eine Minute. Ich fahre dir mit meinem Jeep hinterher.«

Anahera hielt ihr Versprechen. Sie trug jetzt Jeans und einen dunkelgrünen Pullover unter ihrem Anorak und hatte das nasse Haar zu einem Pferdeschwanz gebunden. Ihre Füße steckten in Turnschuhen.

In ihren Augen sah er nicht nur Trauer, sondern auch Wut.

Sie kamen bei Matilda an, die wütend auf ihrer Wohnzimmercouch saß, die Hände um einen kalten Becher Tee gefaltet. Raewyn saß neben ihr. Die Nachbarin stand auf, als sie Will sah. »Mattie ...«

»Geh nur, Süße.« Selbst in ihrer Wut fand Matilda noch die Freundlichkeit, der anderen sanft die Hand zu tätscheln. »Ich weiß, dass Hems Chef ein *pokokōhua* ist. Er soll schnell zur Arbeit fahren.«

»Wie können sie nur?«, sagte Matilda, kaum dass die Tür

hinter Raewyn zugefallen war. »Wie können sie es nur wagen, mein Baby auf den Müll zu werfen?«

Will unterbrach sie, bevor sie weiterreden konnte. »Wir haben Miriama nicht auf der Müllkippe gefunden. Wir haben sie am Strand gefunden.«

Sie starrte ihn nur an. »Am Strand? Dann … die Polizeiwagen an der Müllkippe …«

»Das ist was anderes. Miriama war im Meer.«

Matildas Blick glitt zu Anahera. »Ana?«

»Das stimmt«, bestätigte Anahera sanft und hockte sich neben die ältere Frau. »Ich habe sie gefunden. Ich habe dafür gesorgt, dass Miriama sicher am Strand lag, bis Will kommen konnte.«

»Ich will sie sehen.«

Anahera schüttelte den Kopf. »Nein, Tantchen. Erinnere dich an sie, wie sie einmal war. Erinnere dich an ihr Lachen.«

Matildas Schultern begannen zu beben, der Tee schwappte aus ihrem Becher. Anahera nahm ihr den Becher aus der Hand und stellte ihn vorsichtig beiseite, dann nahm sie Matilda in die Arme. Sie fing Wills Blick auf, als Matilda an ihrer Schulter zu schluchzen begann. Sie selbst weinte nicht, aber das machte ihre Wut und ihren Kummer nicht weniger schlimm.

Will wartete ab, bis die erste Welle von Matildas Verzweiflung abgeebbt war, und sagte: »Ich weiß, dass du zu ihr willst, damit sie nicht allein ist.« Der Brauch, bei den Toten zu sitzen, sicherzugehen, dass sie ihre Liebsten bei sich hatten, war tief in Matildas Kultur verwurzelt. »Der Verbindungsbeamte wird bald hier sein und alles für dich organisieren.«

Will hätte anbieten können, sie mitzunehmen, aber sie war nicht nur völlig erschöpft von ihrer Trauer, sondern es war auch besser, wenn sie erst kam, sobald die Autopsie durchgeführt worden war. Danach würde sie neben Miriama sitzen können, ohne die hässliche Realität dessen sehen zu müssen, was man der jungen Frau angetan hatte, die bei ihr aufgewachsen war. Zudem sollte sie die quälende Fahrt nicht ohne Unterstützer unternehmen. »Du hast Freunde oder Verwandte, die mitkommen können?«

Matilda nickte heftig. »Sorg dafür, dass sie mein Baby gut behandeln, bis ich komme.«

»Das werden sie tun.« Ankita war eine Frau, die ihre Patienten respektierte, obwohl sie längst ihren letzten Atemzug getan hatten. »Und ich werde für Gerechtigkeit sorgen. Das verspreche ich dir, Matilda. Niemand wird dein Mädchen vergessen.« Seit dem Tag des Feuers, das Alfie Harts kurzes Leben beendete, gab er zum ersten Mal wieder ein Versprechen. Und es riss die Narben in seinem Inneren weit auf.

51

Der nächste Besuch war sogar noch schwieriger. Dr. Dominic de Souza wollte Will nicht glauben.

»Nein. Das ist sie nicht.«

»Dominic ...«

»*Nein!*« Der Mann stürzte sich auf Will, schlug und schubste ihn, während der ihn zu beruhigen versuchte, ohne ihn dabei zu verletzen.

»Das ist sie nicht! Das ist nicht meine Miriama!« Seine Brille fiel lautlos auf den beigefarbenen Teppich. »Das ist sie nicht!«

Schließlich begannen seine Worte zu beben, wurden zu flehenden Fragen, die Will dazu bringen sollten, die richtige Antwort zu geben. »Es ist doch nicht sie? Es ist doch nicht Miriama?«

»Es tut mir leid, Dominic.«

Der junge Arzt fiel in seine Arme. »Sie war so wunderschön. So elfengleich. Ich dachte, sie wäre für immer mein.«

Nikau reagierte sofort auf Wills Anruf, in dem er ihn bat, bei Dominic zu bleiben.

»Danke, Nik. Das weiß ich zu schätzen.«

Der andere schüttelte den Kopf. »Schon in Ordnung. Das ist wirklich schlimm. Macht es dir was aus, wenn ich den Doc betrunken mache?«

Will warf einen Blick zu Dominic, der auf einem Krankenhausstuhl saß und sinnlos damit beschäftigt war, den verbogenen Bügel seiner Brille zu richten, und sagte: »Er könnte vermutlich ein bis fünf Drinks vertragen.« Vielleicht würde er dann einschlafen und zumindest für kurze Zeit vergessen.

Morgen war es noch früh genug, sich mit der Wahrheit auseinanderzusetzen.

Dominic war nicht der Einzige, um den er sich kümmerte. Das Team, das die Knochen untersuchte, musste mit ihm über die Vermisstenfälle in der Gegend sprechen. Will hätte das verschieben können, aber er wusste, dass Miriamas Autopsie ihre Zeit brauchte. Es war sinnlos, Ankita im Nacken zu sitzen.

Er traf Robert und die anderen an der Müllkippe. Nur Teile der Teams waren damit beschäftigt, das Gebiet genauestens abzusuchen. Will hätte seine Polizeimarke darauf verwettet, dass sie nichts finden würden, dass das Skelett absichtlich hier hingelegt worden war, weil der Täter so das Opfer noch weiter entmenschlichen und damit genau die Sorte Schmerz verursachen konnte, wie Will sie bei Matilda erlebt hatte, als sie glaubte, jemand habe Miriamas Leiche auf den Müll geworfen.

»Danke dafür, Will.« Robert holte sein Notizbuch heraus. Sein schlaksiger Partner stand neben ihm. »Hör mal, um ehrlich zu sein, brauchen wir deine Hilfe. Wir verstehen die Gegend hier nicht und wissen nicht, wie die Leute hier miteinander verbunden sind – und ich will keine Zeit damit verschwenden, Informationen zu sammeln, die du vermutlich längst im Kopf hast.«

Will spürte, dass es dem Kollegen unangenehm war, um etwas zu bitten, zumal Will von dem Fall abgezogen worden war, aber er hatte keinerlei Lust, Spielchen zu spielen. »Ich sage euch, was ich weiß.«

Der ältere Polizist tippte mit dem Stift auf das Notizbuch, als Will ihn über die verschwundenen Wanderinnen ins Bild gesetzt hatte. »Die Einwohner glauben wirklich, dass hier ein Serienkiller herumläuft?«

»Das ist nicht allzu weit hergeholt«, sagte Will. »Nicht,

wenn man die körperlichen Ähnlichkeiten zwischen den drei Frauen in Betracht zieht.« Er hatte seinen Laptop mitgebracht, öffnete ihn jetzt und klickte die Datei über die drei Frauen an, die während eines heißen Sommers verschwunden waren.

Sie gehörten unterschiedlichen Ethnien an, aber alle hatten hellbraune Haut, dunkles Haar, einen zarten Körperbau und waren eher kleiner als der Durchschnitt. Aber ihr Lächeln verband sie – alle wirkten ausgesprochen vital.

Alle drei waren sehr lebendig.

Roberts jüngerer Kollege pfiff leise. »Herrje, ich verstehe, was Sie meinen. Warum hat sich bisher niemand darum gekümmert?«

»Ich weiß nicht, ob sich niemand gekümmert hat – jedenfalls gibt es nichts in den Akten«, erwiderte Will. »Ich habe versucht, Kontakt zu dem verantwortlichen Detective aufzunehmen, aber der ist vor ein paar Jahren an einem Herzinfarkt gestorben, und das Team, das mit ihm gearbeitet hat, konnte – oder wollte – mir nur das hier geben.« Woher Matildas Ex-Freund, der Junior Detective, seine Informationen hatte, wollte jetzt niemand mehr diskutieren.

»Wie genau wurde denn gesucht?« Robert runzelte die Stirn. »Ich erinnere mich jetzt an die Fälle, aber nicht an die Einzelheiten.«

»Es wurde wochenlang gesucht – die Suche begann nach der zweiten vermissten Wanderin.«

»Nicht schon nach der ersten?«

»Sie hatte ihre Strecke nirgendwo hinterlegt.« Offenbar ohne zu wissen, wie leicht es war, in den Busch zu gehen und nie wieder zurückzukommen. »Niemand wusste, dass sie nach Golden Cove wollte.« Ein paar Leitartikel, die in diesem Sommer zu dem Thema veröffentlicht worden waren, waren schlicht grausam gewesen und hatten den Frauen vorgeworfen, sich ungenügend auf die Wanderung vorbereitet zu haben.

»Und die dritte verschwundene Wanderin?«

»Wurde von ihrer Familie als vermisst gemeldet, aber wieder ohne hinterlegte Strecke. Daher gab es keinen Grund, sie mit Golden Cove in Verbindung zu bringen.« Golden Cove war eine kleine Stadt, die in einer riesigen, von Wildnis bewachsenen Fläche lag. »Dann begannen die Medien, über eine Reihe von Frauen zu berichten, die verschwanden und nie gefunden wurden.«

»Stimmt.« Robert schnippte mit den merkwürdig schlanken Fingern, die eher zu einem Pianisten als zu einem Polizisten passten. »Ich erinnere mich daran, dass mein Commander sich damals über das Medieninteresse freute. Sie hoffte, dass ein paar ungeklärte Fälle zum Abschluss gebracht werden könnten.«

»Das stimmte auch – ein älteres Ehepaar trat an die Polizei heran und sagte, sie hätten die dritte Frau nach Golden Cove gefahren, und ein Busfahrer erinnerte sich daran, dass die erste Wanderin am Ausgangspunkt der Strecke direkt vor Golden Cove ausgestiegen war.« Es war keine offizielle Haltestelle gewesen, aber die meisten Busfahrer hatten nichts dagegen, auch auf der Strecke anzuhalten, damit Wanderer aussteigen konnten.

Er klickte die dürftige Liste der Habseligkeiten an, die schließlich gefunden wurden: der Rucksack, die Wasserflasche, die wiedererkennbar genug war, um der ersten vermissten Frau zugeordnet werden zu können, und schließlich das Armband, das an der Höhle am Strand gefunden worden war. »Das Armband wurde zwei Tage nach Ende der ersten offiziellen Suche gefunden, die sich auf die Wanderwege durch den Busch konzentriert hatte.« Will hatte sich seine eigenen Gedanken zu der zeitlichen Abfolge gemacht, hatte aber keinen Beweis.

»Da das Gelände schwierig ist und es keinen Hinweis auf ein Verbrechen gab«, fuhr er fort, »ist man schließlich zu dem Schluss gekommen, dass das Verschwinden der Frauen zufällig gewesen sein musste. Die meisten Leute nahmen an, dass die Wanderinnen sich verirrt hatten oder in eine Felsspalte oder ins Meer gefallen sind. Der verantwortliche Detective hat danach noch einige Anmerkungen in den Akten gemacht, daher kann man wohl sagen, dass er so seine Vermutungen hatte, aber er konnte letztlich keine der vermissten Frauen mit der Stadt in Verbindung bringen.«

Roberts nächste Frage war vorherzusehen; er hatte schon die ganze Zeit auf die Karte von Golden Cove gestarrt, auf der Will die Fundorte der Gegenstände markiert hatte. »Wie weit ist es bis zu der Stelle, wo man die Wasserflasche gefunden hat?«

»Das ist nur etwa zwanzig Minuten zu Fuß von hier aus entfernt.« Will schaute zu der Stelle, an der Shane seine schreckliche Entdeckung gemacht hatte. »Die wichtigsten Wanderwege hier treffen irgendwann auf den Weg, auf dem die Flasche gefunden wurde.« Der Mörder amüsierte sich womöglich mit einem kleinen Memory-Spiel. »Der Pfad ist zugewachsen, aber bei der Suche nach Miriama Tutaia sind ihn Suchtrupps entlanggelaufen, daher sollte man durchkommen können.« Nikau hatte das nicht eigens betont, aber er hatte dafür gesorgt, dass alle Gebiete abgedeckt wurden, die mit den vermissten Wanderinnen im Zusammenhang standen. »Wollt ihr euch das jetzt ansehen?«

Robert nickte. »Ich werde ein paar von den Leuten der Spurensicherung von der Müllkippe abziehen – das dauert ja noch ewig. Sie können genauso gut vor uns herlaufen und die Beweismittel sichern, die unser Junge zurückgelassen hat.«

Will war zu erfahren, um nicht die Skepsis des älteren Mannes unter seiner nach außen kooperativen Reaktion zu spüren. Robert fragte sich, ob Will nicht ein wenig übertrieb, um sich als unverzichtbar für den Fall darzustellen. Aber skeptisch oder nicht, immerhin tat er ihm den Gefallen zuzuhören, weil Will früher ein Spitzencop mit einem großartigen Jagdinstinkt gewesen war.

Den Spitzencop gab es nicht mehr, aber seine Instinkte hatten offenbar das Feuer überlebt.

Sobald alle bereit waren, führte Will sie zum Anfang der Wanderstrecke und ließ die Spurensicherer vorangehen. Baumfarne, silbrig hellgrün, üppig und dunkel, wuchsen dicht um sie herum, dazwischen uralte Bäume, deren Laub das trübe Tageslicht verdunkelte.

Moos hing von den Ästen, und er sah ein perfekt gewebtes Spinnennetz zwischen zwei Farnen hängen.

In der schattigen Kühle federte das frisch niedergetrampelte Unterholz jeden ihrer Schritte ab. Es herrschte eine beinahe unheimliche Stille, bis Will sagte: »Die Wasserflasche wurde übrigens nicht auf dem Pfad gefunden, sondern ungefähr drei Meter links davon. Sie lag einfach auf dem Boden.«

»Als wäre sie aus dem Rucksack gefallen, ohne dass sie es bemerkt hätte?«

Will nickte als Antwort auf die Frage des jungen Detectives. »Oder als hätte sie sie fallen gelassen, weil sie desorientiert und womöglich verletzt war.«

Dieser Pfad mit seinen versteckten Steinen und dem mäßigen, aber stetigen Anstieg war nicht leicht, obwohl die Suchtrupps ihn erst kürzlich ausgetreten hatten. Er hörte Robert hinter sich schnaufen, aber wacker weitergehen. Es war schließlich sein Partner, der ihm leise zuflüsterte: »Wollen wir dem verrückten Polizisten ernsthaft so tief in den Busch folgen?«

Will ließ nicht zu, dass diese Frage ihn ablenkte; er suchte mit den Augen alles um sich herum ab, für den Fall, dass der Mörder doch einen Fehler gemacht hatte. »Hier wurde die Wasserflasche gefunden.« Er zeigte auf einen hervorstehenden Felsen, der kaum im verschlungenen Grün der Baumfarne zu erkennen war. »Die Familie der Toten bat darum, eine Erinnerungsplakette an dem Felsen anbringen zu dürfen, genau an der Stelle, an der die Flasche gefunden wurde.«

Er trat vom Pfad und führte die anderen beiden Detectives zu der Stelle. So ein einsamer, stiller Ort, dachte er, als er die moosbewachsene Plakette betrachtete, die »einer geliebten Tochter und einem in Ehren gehaltenen Kind« gewidmet war. Er war kein Mann des Gebets, aber er hoffte, dass man sie von hinten erschlagen hatte, sodass sie ohne Angst und mit Vogelgezwitscher in den Ohren gestorben war.

»Stellt euch mal vor, ihr hättet nur noch das hier zur Erinnerung an euer Kind.« Roberts Hand hob sich im Reflex zu seiner Jackentasche. Will wusste, dass er darin Fotos von seiner Frau und seinem Sohn aufbewahrte. »Vielleicht können wir ihnen doch noch etwas geben, was sie beerdigen können.«

Will führte seine Kollegen schweigend zurück auf den Pfad, und sie wanderten weiter.

Aber sie fanden nichts. Er spürte, wie Robert und sein Partner Blicke wechselten, hörte einzelne Worte aus einer hektisch geflüsterten Unterhaltung. Aber die beiden Spurensicherer wanderten weiter. In ihren weißen Anzügen wirkten sie wie Geister im dunklen Grün dieses stillen und wispernden Ortes.

Robert hustete. »Vielleicht sollten wir wieder zurückgehen.«

»Es ist einfacher, hier weiterzugehen.« Will war diesen Weg noch nie gegangen, aber als er Nikau bei Dominic gelassen hatte, hatte er Nik gebeten, ihm zu erklären, wie sich dieser Pfad mit dem verband, den Shane Hennessy am Morgen gegangen war.

»Sind Sie sicher?«, fragte der junge Detective etwas zu laut. »Nichts für ungut, aber ich möchte eigentlich nicht als Wurmfutter im verdammten Busch enden.«

»Dann geht einfach den Weg zurück.« Will konzentrierte sich auf die Landkarte in seinem Kopf. »Ich will noch etwas überprüfen.«

Keiner der beiden drehte sich um; vermutlich befürchteten sie, dass er durchgedreht war und blindlings in die Wildnis laufen würde, wenn man ihn nicht zurückhielt.

Die Spurensicherer schwiegen, ließen sich aber ein paar Schritte zurückfallen, sodass sie jetzt beinahe neben Will gingen.

Fünf Minuten später blieb er stehen. »Hier ist euer Tatort.«

Die beiden Detectives traten vor, und der Jüngere sagte: »Mann, scheiße!«

»Komm schon, Will.« – Robert zog einen Streifen Kaugummi aus der Tasche – »Es gibt eine gottverdammte Plakette, die an die Stelle erinnert, an der die Wasserflasche gefunden wurde.« Er zerknüllte das Kaugummipapier.

»Ja, aber jeder hätte die Stelle aussuchen können, um uns in die Irre zu führen«, sagte Will, aber er glaubte es selbst nicht.

Der Mörder war an den Ort seines vergangenen Ruhms zurückgekehrt.

52

Will rief kurz Anahera an, als er außer Sicht der Polizisten an der Müllkippe war. »Sei bitte sehr vorsichtig«, sagte er zu ihr. »Du bist vielleicht ein paar Zentimeter zu groß, aber ansonsten passt du haargenau ins Profil der vermissten Wanderinnen.« In ihrem Lachen gestern Nacht hatte er denselben lebendigen und wilden Geist in ihr erkannt, den auch die anderen Frauen gehabt hatten.

Aber erst in der Unterhaltung mit Robert war ihm die gefährliche Ähnlichkeit aufgefallen. Er hielt Anahera nicht für zierlich – dafür war ihre Präsenz zu stark. Aber rein körperlich war sie nur knapp 1,70 Meter groß und wog weniger, als sie sollte. Sie hatte außerdem die richtige Haut- und Haarfarbe. »Ich weiß, dass du zäh bist«, fügte er hinzu, »aber dieser Typ ist ein Psychopath.«

»Mach dir keine Sorgen, Cop«, sagte sie. »Ich bleibe bei Matilda und helfe ihr – im Moment erkläre ich dem *iwi*-Verbindungsbeamten, was ihr wichtig ist. Sie hat Steve rausgeworfen, der ist also kein Thema mehr.«

Will atmete leise aus und lehnte den Kopf gegen die Kopfstütze. »Soweit ich weiß, passt dieses Profil auf sonst niemanden in der Stadt.« Die meisten waren entweder größer oder schwerer. Diejenigen, die von der Größe und vom Gewicht her passten, hatten entweder auffällige Tätowierungen, rauchten oder trugen ihr Haar kurz geschnitten. Das waren Eigenschaften, die keine der drei Wanderinnen besessen hatte.

»Wenn dir jemand einfällt«, sagte er zu Anahera, »dann warne sie.« Will war es egal, dass er unautorisiert Informationen mit Zivilisten teilte; wenn es dazu diente, eine Frau am Leben zu erhalten, dann würde er die Strafe dafür gern auf sich nehmen.

»Matilda kennt hier alle. Ich bringe sie zum Reden, finde heraus, wen wir besser warnen sollten – sie fühlt sich bestimmt besser, wenn sie helfen kann.«

»Ich fahre nach Christchurch.« Zur forensischen Leichenhalle, in der Miriama lag. »Ich muss herausfinden, was Miriama uns zu sagen hat.«

Ihre Reaktion war … unerwartet. »Sei du auch vorsichtig. Es sieht so aus, als ob der Regen bald herunterkommen wird.«

»Das wird er«, sagte er und legte auf.

Es war lange her, dass es jemanden gekümmert hatte, wie es ihm ging. Er war sich nicht ganz sicher, was er damit anfangen sollte, aber ihre Sorge fühlte sich nicht wie eine Last oder ein Käfig an. Anahera, das wusste er, würde niemals klammern. Sie würde ihn vielleicht in ihr Innerstes einladen, aber die Wahl, hineinzugehen oder nicht, blieb ihm überlassen.

Er fuhr los, gerade als die ersten Tropfen auf seine Windschutzscheibe klatschten, und war erst ein paar Meter gefahren, als Tom Taufas Klempnerwagen auftauchte. Er fuhr in die umgekehrte Richtung, nach Golden Cove. Der bärtige Mann hob die Hand zum Gruß, als sie aneinander vorbeifuhren.

Will überlegte, was er über Toms Vergangenheit wusste, und rief Kim an. »Behalte ganz still und heimlich Tom Taufa, den Klempner, im Auge. Er sollte in den nächsten fünf Minuten im Café auftauchen.« Tom tat das immer, wenn er durch Golden Coves Hauptstraße fuhr.

»Soll ich dorthin gehen und ein bisschen mit ihm plaudern?«

»Ja.« Kim hatte die Gabe, mit absolut jedem zu reden. Sie

wirkte auf den ersten Blick etwas schwerfällig und stur, war aber gut darin, nonverbale Hinweise aufzuschnappen. »Sprich über die Leiche auf der Müllkippe und schau, wie er reagiert.«

»Ist er ein Verdächtiger?«

»Weiß ich nicht.« Es war die zeitliche Abfolge, die ihn zum Nachdenken brachte. Eines Sommers vor langer Zeit hatte eine junge Frau Tom beschämt und gedemütigt. Und im nächsten Sommer waren drei junge Frauen verschwunden. »Ruf mich an, wenn bei dir die Alarmglocken klingeln.«

»Bin dran.«

Er legte auf und begann die beinahe vier Stunden lange Fahrt auf den Spuren des Todes einer wunderschönen jungen Frau.

53

Anahera saß auf der überdachten Hintertreppe von Matildas Haus und beobachtete den Regen. Hin und wieder prallten Tropfen von den Wänden ab und klatschten ihr ins Gesicht. Sie hatte es endlich geschafft, die völlig abgekämpfte Matilda ins Bett zu bringen, indem sie ihr erklärt hatte, dass es völlig sinnlos war, so schnell wie möglich zu Miriama zu fahren, wenn sie dort vor lauter Erschöpfung zusammenbrach. Daher hatte Anahera jetzt Zeit, um über die Vergangenheit nachzudenken, und über den Schrecken, der Golden Cove gezeichnet hatte. Und doch hatte niemand je eingestanden, welche Dunkelheit hinter dem Sonnenschein lauerte.

Sie erinnerte sich an jenen Sommer, erinnerte sich an das helle Sonnenlicht und die Hitze, die in zarten, himmelblauen Schichten über der Stadt lag.

Ihre Clique war oft unten am Strand gewesen. Josie, Anahera, Vincent, Daniel, Nikau und Keira. Tom und Christine und Peter waren mal dabei gewesen, mal nicht, aber sie sechs waren der Kern der Clique gewesen.

»Ihr hängt ja zusammen wie Pech und Schwefel«, hatte Anaheras Mutter lachend gesagt. Sie waren einander nahe genug, um sich ins Wasser zu wagen, obwohl es nicht ganz sicher war, und die Grenze zwischen Sicherheit und Gefahr auszuloten. Sie waren einander nahe genug, um nach Einbruch der Dunkelheit Lagerfeuer am Strand zu entzünden.

Nahe genug, um unter den Sternen herumzuknutschen.

Sie musste lächeln. Sie hatte beinahe vergessen, dass sie Wahrheit oder Pflicht gespielt hatten und dann den errötenden Vincent küssen musste. Sie hatte Pflicht gewählt, und er war bis zu den Ohren rot geworden. Daniel hatte ihn endlos damit aufgezogen, aber damals lag keine Bosheit in seiner Neckerei, und all die Worte und geteilten Erinnerungen hatten die Bande ihrer Freundschaft nur noch enger gewebt.

Keiner von ihnen war boshaft gewesen. Sie waren nur Teenager, die langsam erwachsen wurden, verspielt und voller Träume. Es war scheußlich, das jetzt zu denken, aber selbst der Fund der Wasserflasche und eine vermisste Wanderin – damals waren es schon zwei vermisste Wanderinnen – hatten nicht wirklich etwas daran geändert.

Ja, sie hatten natürlich darüber gesprochen, und diejenigen, die schon einige Erfahrungen im Busch gesammelt hatten, hatten auch bei der Suche geholfen, aber es hatte sie dennoch nicht betroffen. Die Frauen waren nicht nur Fremde gewesen, sondern auch Erwachsene. Mitte bis Ende zwanzig, soweit sich Anahera erinnern konnte. Sie und die anderen hatten sich mit keiner von ihnen identifiziert und sich nie Sorgen gemacht, weil sie nichts von ihrer eigenen Jugend in ihren erwachsenen Gesichtern gesehen hatten.

Dann hatten Tom und Josie das Armband gefunden, als sie zum Knutschen in die Höhle schlichen.

Ihre Gruppe[i] hatte sich danach natürlich und unausweichlich aufgelöst – Daniel und Vincent waren auf ihre Internate gegangen; Josie hatte sich nicht mehr von Tom getrennt, der am Ende dieses Sommers offiziell ihr Freund war; Anahera sehnte sich so verzweifelt danach, aus Golden Cove herauszukommen, dass sie so viel lernte, wie Nikau es schon immer getan hatte, und jeden freien Moment am Klavier verbrachte; Keira flog zurück nach Auckland, weil sie bei ihrer Mutter zur Schule ging und die Ferien bei ihrem Vater verbrachte; und Nikau schrieb neben seinen komplexen Aufsätzen für die Schule, für die er Preise und Stipendien bekam, Briefe an Keira.

Peter … Anahera runzelte die Stirn. Sie konnte sich nicht erinnern, was Peter eigentlich in der Zeit gemacht hatte. Vermutlich, weil sie sich schon damals gewissermaßen von ihm ferngehalten hatte. Aber sie erinnerte sich vage daran, dass Christine die Fäuste ballte und ihr Gesicht ganz heiß und starr wurde, wenn Peters Name fiel. Es konnte also sein, dass die beiden in jenem Sommer zusammengekommen und danach ungut auseinandergegangen waren.

Rückblickend war das der letzte Sommer gewesen, in dem sie alle zusammen und Freunde gewesen waren. Danach war alles Stück für Stück auseinandergefallen, so langsam, dass Anahera es währenddessen kaum gemerkt hatte.

Das Telefon in ihrer Hand klingelte.

Sie sah Josies Namen auf dem Display und ging ran. Ihre Freundin hatte vom Fund auf der Müllkippe gehört. Es war nicht überraschend, dass sie von Miriama noch nichts wusste. Die Leute hatten sich auf die Müllkippe konzentriert, als das zweite Spurensicherungsteam ankam. Vermutlich gingen sie davon aus, dass es zur Verstärkung des ersten Teams gekommen war.

Niemand in Golden Cove erwartete so viel Tod an einem einzigen Tag.

»Sie sagen, Shane Hennessy hätte ein Skelett gefunden«, sagte Josie. »Hat dir Will etwas erzählt?«

Also war die Neuigkeit bereits herum, dass Wills SUV gestern Abend zu ihrer Hütte hinausgefahren und erst am Morgen wieder fortgefahren war.

Das war die Stadt, an die sich Anahera erinnerte, die Stadt, die sie beinahe erstickt hatte, die Stadt, in der es keine Geheimnisse gab – und viel zu viele versteckte Dinge.

»Davon nichts«, sagte sie. »Aber da gibt es noch etwas anderes, Josie, aber das darfst du wirklich nicht weitererzählen.«

Sie wusste, dass ihre beste Freundin Klatsch und Tratsch

liebte. Sie liebte genau die Dinge an Golden Cove, die Anaheras Lebensgeister zu ersticken gedroht hatten. Sie wusste außerdem, dass Josie sie niemals verraten würde.

»Du kennst mich, Ana«, sagte ihre Freundin. »Ich behalte deine Geheimnisse immer für mich.«

In diese Worte gehüllt war ein Geheimnis, das Anahera Josie vor fünfzehn Jahren anvertraut hatte. In ebenjenem verblassten Sommer. Ein Geheimnis, das nur sie beide kannten, weil Anaheras Mutter tot war, und mit ihr auch der Name des Mannes, den sie während ihrer Ehe geliebt hatte.

Haeata hatte ihn eines Tages aus Versehen ausgesprochen, als sie betrunken war – das kam so selten vor, dass sich Anahera nicht an ein weiteres Mal erinnern konnte –, und sie hatte so viel gesagt, dass Anahera die Hoffnung hatte, dass ihr Vater womöglich gar nicht ihr Vater war. Aber es war ein so trügerischer Traum gewesen; der Spiegel zeigte ihr viel zu viel Ähnlichkeit mit dem brutalen Kerl, den ihre Mutter geheiratet hatte.

»Ich weiß«, sagte sie zu ihrer besten Freundin. »Du enttäuschst mich nie.«

»Ich werde nie vergessen, wie du mir die Hand hieltst, als wir heimlich mit dem Bus fuhren, um« – sie senkte die Stimme – »du weißt schon, was zu kaufen.«

Anahera spürte, wie bei der Erinnerung an die heimliche Fahrt in die Stadt ein flüchtiges Lächeln über ihr Gesicht zog. Josie hatte beschlossen, mit Tom schlafen zu wollen. Es war immer Josie gewesen, die das Tempo in der Beziehung vorgegeben hatte. Tom war vielleicht groß und stark, aber er war wie Wachs in Josies Händen, schon immer. »Die Sache ist die«, fing Anahera an. »Die Überreste haben vielleicht etwas mit den vermissten Wanderinnen zu tun, die damals verschwanden, als wir noch Kinder waren.«

»Herr im Himmel. Stell dir das bloß mal vor, dass sie die ganze Zeit da draußen gelegen hat.«

Anahera wusste, das Josie noch nicht bereit war, alles zu verstehen. Sie dachte an die Karte, die in der Feuerwache an die Wand gehängt worden war, sie wusste, dass die Suchtrupps diese Gegend auf der Suche nach Miriama durchkämmt hatten. Und die Annahme, dass mehr als ein Jahrzehnt lang niemand mehr dort entlanggegangen war, war einfach nicht überzeugend. Die Gegend lag zu nah an der Müllkippe, zu nah an dem Lieblingspfad der Jäger.

Die Überreste waren extra dorthin gelegt worden, damit ein unglücklicher Wanderer sie fand.

Und wie seltsam, dass alle Kinder jenes Sommers wieder zurück in Golden Cove waren. Anahera, Nikau, Vincent, Josie und Tom, Daniel und Keira. Sogar Christine und Peter. Sie waren alle, ausgenommen Josie und Tom, durch die Welt gereist, hatten Städte gesehen, die schon uralt gewesen waren, als der Grundstein zu Golden Cove gelegt worden war, und doch waren sie wieder hier zu Hause, just als sich die Geister der Vergangenheit erhoben.

»Kennst du jemanden in Golden Cove, der mir ähnlich sieht?«, fragte sie Josie jetzt. »Gleiche Größe, Hautfarbe, Haare, solche Dinge.« Matilda war niemand eingefallen, den Anahera nicht schon angerufen und gewarnt hatte. Sie alle fielen vermutlich aus dem ein oder anderen Grund aus dem Beuteschema des Killers, aber Anahera hatte es extra weit ausgelegt. Für alle Fälle.

Diesmal sog Josie scharf den Atem ein. »Oh mein Gott. Jetzt erinnere ich mich. Diese Frauen, wie sie aussahen … du sahst später genauso aus.«

»Siehst du, deshalb frage ich. Ich habe schon ein paar Frauen angerufen.« Sie zählte die Namen auf.

»Okay«, sagte Josie, die jetzt ganz flach atmete, »lass mich mal nachdenken.« Sie schwieg eine Weile, dann sagte sie: »Das hat aber nichts mit Miriama zu tun, oder?« So viel Hoffnung lag in ihren Worten. »Ich meine, sie sieht dir gar nicht ähnlich.«

Es kam Anahera wie ein merkwürdiger Zufall vor, dass eine wunderschöne junge Frau in derselben Kleinstadt vermisst wurde, die das Jagdgebiet eines Killers war, und die beiden Fälle doch nichts miteinander zu tun hatten, aber tatsächlich passte hier nichts zueinander. Alle drei Wanderinnen waren jahrelang verschwunden gewesen. Miriama war gefunden worden. Und niemand konnte das Meer kontrollieren.

»Warte mal, ich muss eben eine Kundin bedienen.« Josie legte den Hörer für zwei Minuten beiseite. Als sie wieder dran war, zitterte ihre Stimme. »Es war Evelyn. Sie sagte, am Strand sei auch Polizei, und sie habe gesehen, wie sie etwas auf einer Trage in ein großes Auto geladen hätten.«

Anahera wusste, dass es nicht an ihr war, ihr die Neuigkeit zu sagen. Und Matilda war noch nicht bereit dazu, die Lawine des Mitleids über sich ergehen zu lassen, die unweigerlich folgen würde. »Er ist immer noch ein Cop, Josie«, sagte sie, statt die Frage zu beantworten, die in Josies Worten lag. »Er erzählt mir nicht alles.«

»Und ich dachte, du wärst jetzt meine neue Klatsch- und Tratsch-Quelle.« Josies Stimme zitterte immer noch.

»Atme tief durch«, sagte Anahera sanft. »Noch einmal. Und noch einmal.«

Als Josie endlich wieder mit normaler Stimme sprechen konnte, sagte sie: »Die gute Nachricht ist, dass mir sonst niemand in der Stadt einfällt, der auf das ... wie heißt das noch? ... Opferprofil passt. Die vielen Krimis, die ich in all den Jahren geschaut habe, waren doch zu etwas nütze.«

Anahera verfolgte mit dem Blick einen Fächerschwanz.

Das Vögelchen mit dem auffälligen Schwanz hüpfte von Zweig zu Zweig. »Das ist gut.«

»Nein«, rief Josie, »das ist gar nicht gut! Denn das bedeutet, dass du womöglich das nächste Opfer in Golden Cove bist!«

54

Will ging durch die vertrauten Flure, die zur Leichenhalle der Gerichtsmedizin führten. Hier war es immer kalt, als hätte sich der Tod in den Mauern festgesetzt.

Auf seinem Weg begegnete er niemandem – das war keine Überraschung, denn draußen wurde es bereits dunkel. Aber er wusste, dass Ankita wartete. Er atmete tief durch, stieß eine weitere Tür auf und ging auf den Saal zu, in dem seine Freundin und Kollegin vermutlich gerade Miriama auf einer kalten Metallplatte vor sich liegen hatte.

Die Tür öffnete sich von innen.

»Will.« Ankita trug noch immer ihren Kittel und die Haube, obwohl sie die Handschuhe und die Schürze bereits abgelegt hatte, und sie roch nach Tod und Verwesung. »Perfektes Timing – ich habe gerade die Obduktion beendet.« Das harte Neonlicht ließ sogar ihre dunkelbraune Haut bleich wirken. »Komm, wir unterhalten uns in meinem Büro.«

Will hatte keinerlei Bedürfnis, die aufgeschnittene Miriama zu sehen. Dieses lachende Mädchen, das ihm Kuchen gebracht und ihm gesagt hatte, sie würde in ein paar Tagen mit einem weiteren Stück vorbeikommen, um ihn in Versuchung zu führen.

Er folgte Ankita den Flur entlang.

Im Büro ging sie direkt zur Kaffeekanne, die auf einem Beistelltisch stand, und legte die Hand daran. »Ich muss einem bestimmten Gerichtsmediziner eine Gehaltserhöhung geben.« Sie goss zwei Becher voll. »Wir können auch rausgehen, wenn dich der Geruch stört.«

Der Geruch hatte sich bereits in Wills Nase festgesetzt,

all die Verwesung und all der Verlust. »Nein, lass uns hier sprechen.« Miriama verdiente Respekt, und Will hatte den Tod schon einmal gerochen und es überlebt. Zumindest roch es hier nicht nach verbranntem Fleisch.

Sein Magen hob sich.

Ankita stellte einen Becher auf seine Seite des Schreibtischs, ging um ihn herum und ließ sich in den abgeschabten schwarzen Lederstuhl sinken. Will zog sich die Jacke aus und setzte sich auf den Besucherstuhl.

Ankitas Schreibtisch war so akribisch ordentlich wie immer. Ihre fast zwanghafte Ordnungsliebe machte sie zu einer so guten Pathologin. Ankita glaubte nie etwas unbesehen. Bei ihr konnte Will sicher sein, dass jede verdächtige Wunde kritisch geprüft, jedem Hinweis auf eine chemische Substanz nachgegangen werden würde.

Sie würde Miriama Gerechtigkeit widerfahren lassen.

»Wie war die Fahrt?«

Will zuckte die Achseln. »Regen«, antwortete er. »Du weißt ja, was der mit ansonsten normalen Autofahrern macht.«

»Ja, ich habe ein bisschen davon auf meiner Fahrt hierher abbekommen.« Sie stellte den Becher ab, nachdem sie einen tiefen Schluck genommen hatte, und stützte sich mit den Unterarmen auf den Schreibtisch. »Du kennst ja das Problem mit Wasserleichen. Zusätzlich hat es ziemlich gedauert, bis ich sie auf meinem Obduktionstisch hatte.«

»Hast du denn etwas gefunden?«

»Das Wasser hat deinem Mädchen so viel Schaden zugefügt, dass ich nicht viel gefunden habe. Die blauen Flecken, die Schnitte, Abschürfungen, die Teile, die von ihrem Fleisch fehlen – das kann man alles damit erklären, dass die Leiche vermutlich von den Wellen gegen die Felsen geschleudert wurde. Und mit hungrigen Tieren.«

Will würde Miriamas Leiche am Strand niemals vergessen, wie das Meer ihr all ihre Schönheit genommen hatte – das Meer und derjenige, der sie dort hingelegt hatte. »Knochen?«

»Schlimm zerschmettert. Ihr Gesicht sieht aus wie eine zerbrochene Eierschale.« Ankita schob ihm eine Röntgenaufnahme zu, die von starker Gewalteinwirkung erzählte, als Will sie gegen das Licht hielt. »Es ist unmöglich zu sagen, ob das peri- oder post mortem passiert ist.« Sie legte den Kugelschreiber wieder hin, den sie genommen hatte, und lehnte sich in ihrem Stuhl zurück. »Aber da gibt es ein Muster von Brüchen auf ihrer linken Seite, das mir verdächtig vorkommt.«

»Als wäre sie gefallen oder gegen eine harte Oberfläche geschleudert worden?«

Ankita nickte. »Wenn sie jemand von den Klippen auf die Felsen darunter gestoßen hat und sie so gelandet ist« – die Pathologin benutzte die ausgestreckte Hand, um den Winkel zu demonstrieren –, »könnte das möglicherweise dieses Bruchmuster verursacht haben.«

Sie nahm einen Schluck Kaffee. »Ich würde dir gern mehr sagen können, aber da die Leiche so lange im Meer war, macht es die Sache schwierig. Ich schicke die Einzelheiten einem meiner Kollegen, der mehr Erfahrung mit Leichen aus dem Meer hat, um eine zweite Meinung einzuholen. Der Rest, den ich dir sagen kann, ist reine Spekulation, basierend auf einem Jahrzehnt Erfahrung und meinem Bauchgefühl.«

Will legte das Röntgenbild zurück auf den Schreibtisch. Plötzlich hatte er das Gefühl, dass sein Blut eiskalt wurde. »Sie ist ertrunken«, sagte er leise und hoffte immer noch, dass Ankita ihm sagen würde, dass er falschlag.

Aber sie nickte. »Ich mache noch einen Diatomeen-Test,

aber selbst wenn er positiv ausfällt, kann ich es immer noch nicht offiziell ›Tod durch Ertrinken‹ nennen. Aber mal abgesehen von all den zertrümmerten Knochen, glaube ich doch, dass sie auf diese Weise gestorben ist.«

»Sag mir, dass du noch etwas hast.« Denn sowohl ein Sturz als auch der Tod durch Ertrinken konnten mit dem Zufall erklärt werden. Aber Miriama hätte einen derartigen Fehler nicht gemacht, das wusste Will.

»Dein Opfer war schwanger. Drei Monate, mehr oder weniger.«

Will saß eine ganze Minute lang reglos da, dann schob er seinen Kaffee von sich. »Sicher?«

»Die Verwesung hat noch nicht den Uterus erreicht.« Ankita nahm wieder den Kugelschreiber zur Hand und klickte die Mine heraus und wieder herein. »Ich bin mir ganz sicher.«

»Hast du denn genug Material, um einen Vaterschaftstest zu machen?«

»Wenn du mir eine Zellprobe vom möglichen Vater oder den möglichen Vätern bringst, kann ich versuchen, das für dich zu testen. Aber keine Garantie.«

Will lehnte sich zurück und rechnete nach. *Drei Monate.* Damit befand sich Miriamas Schwangerschaft genau auf der Grenze zwischen ihren beiden Beziehungen. Er würde in ihrem Tagebuch nachschauen, an welchem Tag genau sie sich von Vincent getrennt hatte, und dann herausfinden, wann Dominic und sie zum ersten Mal intim geworden waren – keine Unterhaltung, auf die er sich besonders freute.

Es war natürlich möglich, dass Miriama zwischen ihren Beziehungen mit einem weiteren Mann geschlafen hatte, aber Will musste mit den bekannten Fakten beginnen. Nach Lage der Dinge hatten beide Männer durch ihre Schwangerschaft ein starkes Motiv.

Vincent hatte seine Liebe für Miriama beschworen, aber als es hart auf hart kam, hatte er sich für seine Ambitionen entschieden. Miriamas Schwangerschaft hätte das perfekte Leben ruiniert, das er über die Jahre mühsam aufgebaut hatte und das nur auf ein Ziel zuführte. Besonders, wenn sie es abgelehnt hätte, das Baby abzutreiben.

Wenn es, auf der anderen Seite, Dominics Baby gewesen war, hätte der junge Arzt keinen Grund gehabt, wütend auf Miriama zu sein. Ein bisschen erschrocken, vielleicht, aber letztlich hätte das Kind Miriama und ihn noch stärker zusammengeschweißt. Und nach dem, was im Tagebuch stand, hatte er ohnehin schon deutlich gemacht, dass er Vater werden wollte.

Aber was, wenn es *nicht* Dominics Baby gewesen war?

Will fand keine einfachen Antworten – denn Miriama hatte in ihrem Tagebuch nichts von einem Baby geschrieben. Nicht einmal darüber, wie sich ihre Schwangerschaft auf ihr Praktikum auswirken würde. Entweder hatte sie nichts davon gewusst … oder das war das Geheimnis, das sie an einer Stelle erwähnt hatte: *Ich bin so gut darin geworden, Geheimnisse zu bewahren. So sehr, dass ich einige Dinge nicht einmal hier aufschreibe, wo sie niemand sehen wird.*

Er stand auf. »Danke. Ich muss mit ein paar Leuten sprechen und diese Zellproben für dich besorgen.« Erst als er sich die Jacke wieder anzog, fühlte er die Beweismitteltüte darin. »Ich habe ihre Haarbürste für dich mitgebracht.« Es war egal, ob alle wussten, dass es sich bei der Toten um Miriama handelte – sie brauchten die offizielle Bestätigung. Und da ihre Leiche in derart schlechtem Zustand war, bedeutete das einen DNA-Test.

Ankita nahm die Tüte und begleitete ihn dann auf den Parkplatz.

Sie standen in der Dunkelheit, erleuchtet nur von gelben

Straßenlaternen, die kaum den beinahe nebligen Regen durchdrangen. Sie schaute zu ihm hoch. »Ich kann offiziell nicht entscheiden, ob es ein Unfall war oder Mord, aber ich vertraue deinen Instinkten. Ich hoffe, du findest den Scheißkerl, der ihr das angetan hat. Das ganze Potenzial, ein ganzes Leben – einfach ausgelöscht. Niemand hat das Recht, so etwas zu tun.«

»Ich rufe dich an, wenn wir etwas herausfinden«, sagte er und bemühte sich, seinen eigenen Zorn im Zaum zu halten. »Ihre Tante wird bald hier sein.« Er wusste das, ohne auf die Uhr schauen zu müssen. »Passt du so lange auf Miriama auf?«

Ankita nickte. »Das habe ich erwartet. Sie muss die Leiche nicht sehen, Will.« Müde, mitfühlende Augen. »Ich spreche mit ihr. Vielleicht kann sie sich auf weniger traumatische Weise von ihr verabschieden.«

»Danke, Ankita.« Sie schüttelten sich ein letztes Mal die Hände, und Will stieg in sein Auto. Er schaute Ankita hinterher, wie sie im Gebäude verschwand, und nahm dann sein Handy, um Anahera anzurufen. »Wie läufts?«

Er hörte Geräusche im Hintergrund, Leute, die sich unterhielten. Es war keine Überraschung, als sie sagte: »Die ganze Stadt hat sich in der Feuerwache versammelt. Matilda wollte, dass wir alle über Miriama sprechen, dass wir ihr Leben feiern. Sie gab mir die Erlaubnis, die Nachricht zu verbreiten, und bat mich, alle zusammenzurufen.« Sie atmete durch. »Der Verbindungsbeamte hat uns erlaubt, ein *karakia* am Strand abzuhalten, wo ich sie aus dem Wasser gezogen habe. Matilda ist kurz danach losgefahren.«

Gebete, das wusste Will, waren Matilda sehr wichtig. Eins an dieser Stelle des Strandes abzuhalten, hatte ihr vielleicht ein Ventil für ihre Trauer verschafft. »Wer ist bei ihr?«

»Ein paar ihrer engsten Freunde. Ich kümmere mich um die Versammlung. Danach gehe ich zu Josie.«

Will startete den Motor. »Ich bin auf dem Weg zurück. Wenn ihr fertig seid, bevor ich komme, dann sieh zu, dass du dich zu Josie begleiten lässt – Matthew, die Lees, die Duncans, deren Namen sind während der Ermittlungen nicht gefallen.« Er zögerte einen Moment. »Aber steig nicht in Toms Lieferwagen.«

Sie sog scharf den Atem ein. »Du kannst mir das doch nicht einfach so vor die Füße werfen wie eine Bombe und sonst nichts dazu sagen.«

»Ich habe etwas über seine Vergangenheit herausgefunden, was mir Sorgen macht, aber fürs Erste steht er nicht höher auf meiner Verdächtigenliste als die anderen. Und geh auch Peter Jacobs aus dem Weg.« Der Automechaniker hatte vielleicht ein Alibi für Miriamas Todeszeitpunkt, aber das Skelett war eine andere Sache – und Will hatte nicht vergessen, dass Peters Name während einer Ermittlung wegen Vergewaltigung in den USA aufkam.

»Ist Josie in Gefahr?«, fragte Anahera. »Ihr Sohn?«

»Nein.« Anaheras beste Freundin fiel aus dem Opferprofil. »Ich bin nur vorsichtig, Ana. Wenn ich falschliege, muss Josie nie etwas erfahren.«

»Gut«, sagte Anahera schließlich knapp. »Ich frage mich, ob ich noch irgendjemandem vertrauen kann, wenn das hier vorbei ist.«

Will schaute auf den tristen Parkplatz und dachte an zerschmetterte Knochen und fehlende Fleischstücke und eine Frau, die niemals mehr lächeln würde. »Geh nicht in die Hütte.«

»Sie müssen mir keine Anweisungen geben, Cop. Ich habe keinerlei Absicht, zum Opfer zu werden.«

Obwohl sie ihn nicht nach Miriama fragte, spürte er ihre

Fragen. Und er wusste, dass er vermutlich seine Schweige-pflicht brechen und ihr erzählen würde, was er erfahren hatte. Er konnte sich einreden, dass es für einen guten Zweck war – denn während er für viele immer noch ein Außenstehender war, gehörte Anahera hierher. Die Leute, die nicht unbedingt vollkommen ehrlich zu ihm waren, würden mit ihr freier sprechen.

Aber die Wahrheit war, dass er mit ihr sprach, weil er mit ihr sprechen wollte, weil er ihren Beitrag schätzte. Das war gefährlich für einen Mann, der so lange Abstand vom Le-ben gehalten hatte – besonders bei einer Frau, die emotio-nal mit mehreren Verdächtigen auf seiner Liste verbunden war. »Wir sprechen, wenn ich wieder zu Hause bin.«

Es klang immer noch knapp, als sie erwiderte: »Fahr vor-sichtig.«

Er legte auf und fuhr los. Er schob Tom Taufa und Peter Jacobs fürs Erste zur Seite und dachte über zwei andere Männer nach. Männer, die dieselbe Frau geliebt hatten.

Und er dachte über den Welpen nach, dem man mit ei-nem Stein den Schädel eingeschlagen hatte.

55

Anahera war bis zum *karakia* an Matildas Seite geblieben – dann war sie von einer älteren Frau weggescheucht worden, die aus einer weiter entfernten Stadt angereist war. Diese Frau hatte Matilda aufwachsen sehen, ebenso wie die anderen Freunde, die mitgekommen waren. Sie hatten sie als Kind mit aufgezogen, und jetzt wollten sie mit ihr trauern.

Matilda hatte geschwollene Lider und eine rote Nase, in ihr Gesicht hatten sich neue Linien gegraben, und sie flüsterte heiser, mit wunder Kehle vom Weinen: »Ich sehe sie jedes Mal, wenn ich die Augen schließe. Meine hübsche, liebe Miriama, die so viel *aroha* im Herzen hatte.«

Zwanzig Minuten später, als die ältere Freundin und deren Mann Matilda zu ihrem Auto führten, das dem Auto des Verbindungsbeamten folgen sollte, hatte sich Matilda noch einmal zu Anahera umgedreht. »Kommst du zurecht, Ana?«

Ganz betroffen von der Großzügigkeit dieser Frau, die den Verlust eines geliebten Kindes hatte erleiden müssen, hatte Anahera genickt und Matilda gesagt, dass sie bei Josie übernachten würde.

Jetzt, da die Letzten gingen, sah sie, dass Tom bereits nach Hause gefahren war. Sie fühlte sich, als hätte man ihr eine Last von den Schultern genommen. Immerhin musste sie sich jetzt keine Entschuldigung ausdenken, warum sie nicht mit ihm fahren wollte.

Sie hatte Magenschmerzen dabei, Josies Mann zu misstrauen, aber es gab keinen Grund dafür zu glauben, dass sie im Haus der Familie in Gefahr war – und sie konnte gleichzeitig beobachten, wie Josie und Tom miteinander umgingen.

»Soll ich dich mitnehmen, Ana, meine Liebe?«, fragte eine bedrückte Evelyn Triskell, die den Rollstuhl ihres Mannes schob.

»Alles okay, danke schön«, sagte sie. »Nikau hat seinen Truck mitgebracht – ich fahre mit ihm nach Hause.« Sie war nicht mit ihrem Jeep gekommen, weil Raewyn sie zum Strand und dann zur Feuerwache gefahren hatte.

Die Triskells nickten und gingen zu ihrem Auto. Anahera beschloss, ihre Hütte morgen besser zu sichern, damit sie wieder nach Hause konnte. Sie wollte nicht leichtsinnig sein, aber sich auch nicht von ihrer Angst leiten lassen.

»Nik?«, sagte sie und trat zu ihm. »Könntest du mich zu Josie fahren?« Ihre beste Freundin war bei der Versammlung nicht dabei gewesen; ihre Schwangerschaft war schon zu weit fortgeschritten, als dass sie sich so viel Stress und Kummer hätte zumuten können. Anahera hätte sie selbst wieder nach Hause geschickt, wenn sie aufgetaucht wäre.

Nikau hatte einen starken Bartschatten im Gesicht, der sich inzwischen langsam in einen Bart verwandelte. Er nickte. Erst als sie in seinem Truck saßen, fragte er: »Wann kommt denn dein Cop wieder?«

Anahera warf ihm einen strengen Blick zu. »Was zum Teufel ist mit dir los?« Es war nicht das erste Mal, dass er heute eine solch gereizte Bemerkung über sie und Will gemacht hatte. »Ich weiß, dass du nicht eifersüchtig bist.«

Die ganze Fahrt über sagte er kein einziges Wort mehr, bis er schließlich vor Josies und Toms Haus anhielt. Jetzt, da sie mit ihm im Auto saß und spürte, wie dunkel und aufgewühlt seine Stimmung war, merkte Anahera, dass sie womöglich doch einen dummen Fehler gemacht hatte. Denn dieser Nikau war nicht mehr der Mann, den sie einst gekannt hatte. Er war wütend auf eine Weise, die schon beängstigend war. Es kam ihr nicht mehr weit hergeholt vor, dass er seinen Zorn an einer verletzlichen Frau auslassen könnte. Dass er sie bestrafen könnte anstelle von …

Oh Gott.

Sie, Josie, Matilda – sie hatten alle einen Fehler gemacht: Anahera war *keinesfalls* die einzige Frau, die dem Beuteschema des Sommerkillers entsprach. Keira hatte ihr Haar hellbraun mit blonden Strähnen gefärbt, seit sie achtzehn war, und trug oft graue oder grüne Kontaktlinsen. Wenn man diese Veränderungen außer Acht ließ, war sie immer noch braunäugig, schwarzhaarig und von einer Hautfarbe und einer Knochenstruktur wie Anahera.

Ihr Mund war plötzlich ganz trocken.

»Es hat nichts mit dir oder mit Will zu tun«, sagte Nikau plötzlich. »Ich bin nur so beschissen drauf, weil Keira schwanger ist.« Er spuckte das letzte Wort aus. »Sie wird ein Baby von diesem Arschloch bekommen.«

»Wer hat dir das erzählt?«

Sie erwartete, dass es der hämische Daniel gewesen war.

»Keira.« Sein Schmerz war zu groß für den Truck, er erstickte sie fast. »Sie hat mich besucht und mir gesagt, dass sie diesen Zorn zwischen uns während ihrer Schwangerschaft nicht wolle. Sie bat mich, mich abzuregen. Sagte, wir sollen Freunde sein.«

Anahera konzentrierte sich darauf, ungeschoren aus dieser Situation herauszukommen, und sagte lieber nicht, was sie dachte. Zumindest nicht, bis sie den Gurt gelöst und die Tür geöffnet hatte. »Hör mal«, sagte sie dann, »es ist nicht gut für dich, ständig in ihrer Nähe zu sein.« Sie stieg aus, schloss die Tür hinter sich, drehte sich dann aber noch einmal um, um durch das offene Fenster mit ihm zu sprechen. »Geh raus aus dieser Stadt und mach mit deinem Leben weiter, entdecke die Welt und mach Karriere. Du bist ein toller Typ, Nik. So viele Frauen wären überglücklich, mit dir zusammen sein zu können.«

Nikau warf ihr einen so kalten, bösen Blick zu, dass sie sich vom Fenster zurückzog. »Ich bringe sie dazu, dass sie mich wieder liebt.«

Anahera beschloss, darauf lieber nichts zu sagen. Wenn Nikau innerlich ein Ungeheuer war, brachte sie Keira sonst womöglich unbeabsichtigt in sein Fadenkreuz. Also bedankte sie sich stattdessen fürs Mitnehmen und ging Josies Einfahrt hinauf.

Nikaus Truck bewegte sich nicht.

Eine Sekunde, zwei, drei …

Josie öffnete die Tür. Der Umriss ihres schwangeren Körpers zeichnete sich schwarz gegen das Licht ab, und endlich hörte Anahera, wie Nikaus Truck losfuhr und einen Freund mit sich nahm, der sich in einen Fremden verwandelt hatte.

56

Die Dunkelheit umhüllte die Straße, die nach Golden Cove führte. Die Bäume schienen sich vorzubeugen, um die Nacht aufzunehmen. Wills Scheinwerfer waren das einzig Helle in der stockdunklen Landschaft. Wenn man die Straßenmarkierungen fortnahm und den Zugang zur Außenwelt abschnitt, würde das Land alles verschlucken, bis nichts mehr übrig blieb.

Bis nur noch Knochen übrig blieben.

Robert hatte ihn vor einer Stunde angerufen, um ihm zu sagen, dass er versuchte, neue Kopien der medizinischen und zahnmedizinischen Akten der vermissten Wanderinnen zu bekommen, denn die Originalakten waren nicht mehr im besten Zustand. »Wir wollen die Dinge für die forensischen Anthropologen ein bisschen einfacher machen«, hatte Robert gesagt. »Jeder soll einen Namen haben.«

Ja. Niemand sollte in einem Grab ohne Namen beerdigt werden müssen.

Wills Blick glitt auf die Anzeige der Uhr in seinem Armaturenbrett. Es war schon weit nach elf Uhr. Er sollte Anahera lieber schlafen lassen. Aber nach all dem Tod heute sehnte er sich danach, sie lebendig und wach zu sehen, selbst wenn sie wütend auf ihn war, weil er Toms Rolle als treu sorgender Familienvater anzweifelte.

Das große Firmenschild des Supermarkts leuchtete gegen die Nacht an, aber wie immer um diese Zeit war der Laden geschlossen – ebenso wie fast alle anderen Unternehmen in Golden Cove. Nur der Pub war noch geöffnet, und er sah, wie sich die Stammkunden und die Mitarbeiter hinter den Fenstern bewegten.

Er wollte gerade vor der Polizeiwache anhalten, um Anahera anzurufen, als er etwas am Horizont entdeckte, das seine Aufmerksamkeit erregte. Es bewegte sich wie Nebel vor dem Hintergrund des blauschwarzen Nachthimmels, aber das ergab keinen Sinn. Es gab in der Nähe keinen Nebel, und das, was er da sah, stieg zu schnell auf.

Rauch.

Will stieg aus seinem Auto in die Kälte aus. Der nasse Asphalt glänzte im Strahl der Scheinwerfer, aber es regnete nicht. Er roch keinen Rauch, aber er hatte keinerlei Zweifel daran, dass dahinten Rauch am Horizont war.

Und er zog vom Strand hinauf.

Normalerweise wäre das eher beruhigend. Alles war zu nass, als dass es hätte Feuer fangen können. Aber der Rauch war nicht nur zu stark und stieg zu hoch, er kam auch noch aus der Richtung von Anaheras Hütte.

Er stieg zurück in sein Auto und raste zur Feuerwache, sprang heraus und benutzte seinen Notschlüssel, um ins Gebäude zu gelangen. Golden Coves Bevölkerung war zu klein, als dass sie sich eine ständige Freiwillige Feuerwehr hätte leisten können, daher hatte sich die Stadt ein anderes System zugelegt.

Eine Sekunde, nachdem er die Feuerwache betreten hatte, drückte er den Knopf, der eine ohrenbetäubende Sirene in Gang setzte. Dann benutzte er seinen Code, um eine Notbotschaft an die Pager zu senden, die die freiwilligen Feuerwehrmänner trugen. Er schloss das Gebäude wieder ab, um die Ausrüstung darin zu schützen – alle Freiwilligen hatten Schlüssel –, und saß schon wieder im SUV, bevor sich auch nur einer der Angefunkten meldete.

Er wusste, dass es nicht lange dauern würde. Die Feuerwehrleute reagierten normalerweise innerhalb von Minuten – Will hatte bei der letzten Übung die Zeit gestoppt.

Er aktivierte die Freihändigkeitsfunktion des Autos auf dem Weg zu Anaheras Hütte, um den Zugführer der Freiwilligen Feuerwehr direkt anrufen zu können. »Ich bin's, Will«, sagte er. »Ich bin mir ziemlich sicher, dass Anaheras Hütte brennt. Ich fahre zu ihr, um nachzusehen.«

Der andere Mann verschwendete keine Zeit mit unwichtigen Fragen. »Ich bin schon an der Feuerwache. Sollen wir warten oder direkt ausrücken?«

Will sah jetzt noch mehr Rauch. Dichte graue Säulen stiegen in den nächtlichen Himmel. »Die Leute sollen so schnell wie möglich zur Hütte kommen.«

Er bog mit quietschenden Reifen in den Weg ein, der auf Anaheras Hütte zuführte.

Die roten Flammen knisterten heiß vor den dunklen Silhouetten der Bäume, und eine Sekunde nachdem er sein Auto neben der Schotterpiste abgestellt hatte, damit die Feuerwehrleute hindurchkonnten, krachte das Dach in einem Funkenregen zusammen.

Er stieg aus und wappnete sich. Die Hitze schlug ihm pulsierend ins Gesicht, der Rauch drang in seine Nase, seine Kehle, in seine Kleidung. Es war ein wahr gewordener Albtraum, der ihn in den Abgrund zu reißen drohte, aber Will war verdammt noch mal noch längst nicht fertig. Wenn Anahera in diesem Haus war, dann würde er sie zum Teufel noch mal da rausholen.

Koste es, was es wolle.

Er nahm sein Handy und rief sie an.

Es klingelte und klingelte und klingelte – »Will?«

Er taumelte gegen die Fahrertür seines SUV. In diesem Moment bog das Feuerwehrauto unter Sirenengeheul in den Schotterweg. »Es geht dir gut!«, schrie er. Er konnte sich kaum hören. »Besteht die Möglichkeit, dass irgendwer sonst heute in deiner Hütte ist?«

»Nein, ich habe abgeschlossen, als ich ging«, sagte sie. »Bist du beim Feuer? Tom ist gegangen, um ... oh mein Gott, ist es meine Hütte?«

»Es tut mir leid, Anahera.«

Aber sie hatte schon aufgelegt, und er wusste, dass sie auf dem Weg war. Ein paar andere kamen vor ihr an, vermutlich die Leute, die im Pub gewesen waren oder nah am Stadtzentrum wohnten. Aber sie ließen Anahera sofort durch, voller Mitleid und Trauer, abgesehen von zwei Betrunkenen, die stumpf in die Flammen starrten und in deren Augen sich die gierigen gelb-roten Zungen spiegelten.

Anahera sagte kein Wort, als sie Will erreichte. Die beiden standen ein Stück entfernt da, während die Feuerwehrmänner versuchten, den Brand unter Kontrolle zu bekommen. Will spürte, wie angespannt ihre Muskeln waren, aber er sah auch, dass Tränen in ihren Augen schimmerten. Und er erinnerte sich daran, dass dies das Zuhause ihrer Mutter gewesen war. Es war der sichere Hafen, den Anahera angesteuert hatte, um ihre eigenen Wunden zu lecken und zu heilen.

Er hatte keine Worte, um sie zu trösten, also legte er nur den Arm um sie und zog sie an sich. Sie widerstrebte – ihre Hände waren zu Fäusten geballt, ihr Kiefer war eine harte Linie. »Ich hatte kein Gas mehr«, sagte sie. »Meine Gasflasche ist gestern leer geworden, als ich den Eintopf aufwärmen wollte. Ich hatte noch keine Gelegenheit, die alte gegen eine neue auszutauschen. Und du hast gesehen, dass ich den Hauptschalter für den Strom ausgeschaltet habe.«

»Ja.« Sie hatte den Kasten an der Veranda geöffnet und den Schalter betätigt, bevor sie zu Matilda gefahren waren. Es kam ihm jetzt vor wie vor einer Ewigkeit.

»Meine Mutter hat mir beigebracht, das immer zu tun, wenn ich vielleicht woanders übernachte, weil die Hütte hier draußen so einsam liegt. Sie hatte immer Angst vor Kurzschlüssen.«

Will hörte, wie die Feuerwehrmänner einander Kommandos zuriefen. Ihre Gesichter waren hochrot und schweißnass. »Ich glaube nicht, dass das hier ein Unfall war«, sagte er. »Bei allem, was sonst noch hier vorgeht, wäre das einfach ein viel zu großer Zufall.«

Ein lautes Krachen, als eine Mauer in sich zusammenfiel.

»Bist du heute Abend zufällig mit irgendjemandem aneinandergeraten?«

Sie dachte kurz nach und schüttelte dann den Kopf. »Nein.«

»Du kannst deine Freunde jetzt nicht mehr beschützen.«

»Nikau hat sich komisch benommen, aber nur, weil er gehört hat, dass Keira schwanger ist.« Sie atmete aus. »Sie sieht aus wie ich. Unter dem gefärbten Haar und den farbigen Kontaktlinsen.«

Will dachte an Nikaus Alibi für den Zeitpunkt von Miriamas Verschwinden. Dann dachte er an die drei Wanderinnen und daran, wie gut Anahera in die Reihe passen würde. »Ich finde heraus, wo er heute war.« Das Feuer konnte vor einer Stunde oder länger gelegt worden sein. Vielleicht war es zunächst nur ein Flämmchen gewesen, das sich langsam durch die Hütte gefressen hatte.

»Da ist noch etwas anderes.« Anahera warf ihm einen Blick zu, bevor sie ihn wieder auf ihre Hütte richtete. »Es ist in der Stadt herumgegangen, dass du die Nacht bei mir verbracht hast. Und es ist viel leichter, meine Hütte in Brand zu setzen als dein Haus.«

Sie hatte recht. Wills Haus stand mitten zwischen anderen, und die neugierige Evelyn Triskell wohnte nur drei Häuser weiter. »Du wurdest angegriffen, weil man mir eine Botschaft zukommen lassen wollte.« Er hatte an einigen

Käfigen gerüttelt, Fragen gestellt, während Anahera als Einheimische eigentlich in Sicherheit hätte sein sollen. Ihre Vermutung war wahrscheinlicher, als dass ein Serienkiller plötzlich seine Vorgehensweise änderte.

Anahera schloss ihre Hand um seinen Unterarm, den er über ihre Brust gelegt hatte. »Ich wurde angegriffen, weil dieser Mensch ein Feigling ist. Lass dich nicht irremachen, Cop.«

Will zwang sich, den angespannten Kiefer wieder zu lockern. »Ich weiß, dass dir die Hütte eine Menge bedeutet«, sagte er, »aber hast du noch etwas Wichtiges verloren?«

»Meine beiden Laptops und meinen Pass«, antwortete sie. »Aber den Pass kann ich ersetzen, und meine Arbeit ist in der Cloud gespeichert, also ist das alles nicht schlimm.« Sie hob die Hand zum Hals, zu dem geschnitzten *pounamu,* ohne den er sie noch nie gesehen hatte. »Das hier ist in Sicherheit.« Starke Finger strichen über den Grünstein, und ihr Körper gab ein wenig nach. »Ich habe immer noch Fotos von meiner Mutter, die ich alle in dreifacher Ausfertigung besitze, außerdem noch welche auf Josies Computer. Das ist das Allerwichtigste.«

»Gut.« Will überlegte, ob er wohl einen Brandermittler hierher bekommen würde. Das war eher unwahrscheinlich, zumal niemand umgekommen war und nur eine alte Hütte mit vermutlich laienhaft verlegten Leitungen dabei zerstört wurde. Aber Will war schon sehr lange bei der Polizei. Er würde jemanden um einen Gefallen bitten.

»Du bist bei einem Brand verletzt worden.« Anahera stand noch immer mit dem Rücken gegen seine Brust geschmiegt, den Blick auf die Hütte gerichtet. »Das hier erinnert dich bestimmt daran.«

Alles in Will wehrte sich gegen die Erinnerungen, aber er schüttelte den Kopf. »Nein, denn du warst ja nicht da drin.« Er hätte es dabei belassen können, beschloss aber, ihr die gesamte hässliche Wahrheit zu erzählen. »Der Vergewaltiger-Ehemann tötete seine Frau und sein Kind, indem er unser Safe House in Brand setzte.«

»Du hast versucht, sie zu retten.«

»Der Scheißkerl hatte das gesamte Haus mit Petroleum getränkt. Es ging auf wie Zunder. Ein Teil der Mauer stürzte auf mich.« Er brach sich nichts, das Feuer versengte nur seine Haut, und er saß in der Falle, bis er vom Rauch ohnmächtig wurde.

Er hatte überlebt, weil die Feuerwehrmänner, die er gerufen hatte, bevor er ins Haus ging, ihn gerade noch rechtzeitig herauszerren konnten. »Der Pathologe bestätigte später, dass beide Leichen in ihren Betten lagen. Ich stelle mir gern vor, dass sie gar nicht mehr aufgewacht sind, dass sie keine Angst hatten, dass der Rauch sie vor den Flammen umgebracht hat.« Aber er wusste es nicht sicher.

Manchmal hatte er Albträume. Dann hörte er den drei Jahre alten Alfie schreien und schreien, weil das Feuer sich in sein Fleisch fraß.

Anahera stellte sich neben ihn, schlang den Arm um seine Taille und zog ihn an sich. »Dann«, sagte sie, »ist es kein Zufall, wenn jemand Feuer gegen dich verwendet, oder?«

Ja, es war gleichzeitig clever und böse. »Ich würde am liebsten mit dem Finger auf Kyle zeigen. Er ist rachsüchtig genug, um so etwas zu tun – aber er ist nicht der Einzige, dem ich in letzter Zeit auf die Füße getreten bin.« Die Tatsache, dass Kyle Baker ein Psychopath war, musste nicht gleichzeitig bedeuten, dass er auch ein Brandstifter war.

»Was ist mit Vincent?«

»Er kommt mir zu kontrolliert vor.« Alles und *jeder* war bei ihm an seinem Platz, seine Frau und seine Geliebte eingeschlossen. Beides Marionetten, die Vincent so lange manipuliert hatte, bis sie nach seiner Pfeife tanzten.

»Vermutlich hast du recht.« Anahera hatte den Blick immer noch auf die Hütte gerichtet, aber ihr Tonfall sagte ihm, dass sie an etwas anderes dachte. »Es ist nur … ich erinnere mich daran, dass es immer Vincent war, der die Lagerfeuer anfachte, als wir noch Jugendliche waren. Er war einfach so gut darin. Wir machten immer Witze darüber, dass er bestimmt ein Pfadfinderabzeichen fürs Feuermachen habe.«

Wills Nackenhärchen stellten sich auf. »Hat er je Feuer gelegt, abgesehen von den Lagerfeuern?«

»Nicht, dass ich wüsste«, gab Anahera zu. »Wir wurden alle dazu erzogen, ganz vorsichtig mit Feuer umzugehen, wegen des Waldbrandrisikos im Sommer. Nur am Strand war es sicher, ein Lagerfeuer zu machen. Und Nikau, Daniel, sogar ich fanden es genauso toll wie Vincent.«

Ihre Finger krallten sich in seine Jacke. »Die Wahrheit ist, dass ich eigentlich keinen richtigen Grund habe, Vincent zu verdächtigen. Es ist nur so, dass ich ihn nicht mehr richtig mag, seit ich mit Jemima gesprochen habe.«

Die Leute hinter ihnen begannen, sich zu rühren, als die Flammen eine nach der anderen erstarben.

Das Spektakel war vorbei.

»Ich habe das Gefühl, dass er sich seine Frau wie aus dem Katalog bestellt hat«, fügte Anahera hinzu. »Jemima hat die richtige Herkunft, die richtige Art von Schönheit, sogar die richtige Persönlichkeit – sie wird Vincent nie verlassen, egal, was er tut.«

»Glaubst du, dass sie ihm dabei helfen würde, wenn er beschlösse, eine unbequeme Frau loszuwerden?« Denn – gesetzt den Fall, dass das Baby Vincents war – genau das wäre Miriama in seinen Augen in dem Moment geworden, in dem sie schwanger wurde.

»Ich weiß es nicht, aber wenn er es getan hat und Jemima

es weiß, wird sie es niemals sagen. Sie liebt ihn zu sehr, um ihn jemals anzuzeigen.«

»Es könnte auch andersherum funktionieren«, sagte Will leise. »Jemima, die ihre Konkurrenz loswird.«

Anahera sog scharf den Atem ein und sagte: »Ich habe irgendwie das Gefühl, dass sie zu passiv dafür ist ... aber Jemima *liebt* Vincent auch. Verzweifelt.«

Ihre Worte hingen in der verstörenden Stille.

Vor ihnen erstickten die Feuerwehrleute die letzten Funken. Es war gut, dass die Hütte noch nass vom Regen gewesen war, und obwohl sie kurz sehr stark gebrannt hatte, war nicht genug Brandbeschleuniger da gewesen, um es am Leben zu halten, als die Feuerwehr ihren Löschschaum daraufgesprüht hatte. Nun stand sie da, eine zerstörte Ruine voll weißen Schaumes.

57

Anahera schlief in dieser Nacht nicht, und im Morgengrauen verließ sie Wills Bett, ohne ihn zu wecken. Sie musste dabei sehr vorsichtig sein, aber er brauchte seinen Schlaf nach der langen Fahrt vom Vortag und den Stunden, die er bei der niedergebrannten Hütte verbracht hatte – er hatte dort noch einen Bericht schreiben und mehrere Leute anrufen und damit aufwecken müssen.

Einer dieser Anrufe hatte ihn schließlich zu einem Brandermittler geführt. Der Mann hatte versprochen, heute nach Golden Cove hinauszukommen, um nachzuprüfen, ob er ihren Verdacht auf Brandstiftung bestätigen konnte.

Anahera musste sich erst von ihrem Zuhause und ihrer Mutter verabschieden.

Ihre Kehle war wie zugeschnürt. Sie zog dieselbe Kleidung wie am Tag zuvor wieder an, dann stieg sie in ihre Stiefel und ging aus dem Haus. Sie wollte nicht in den Polizei-SUV steigen – ein Spaziergang würde ihr guttun. Der Dunst kringelte sich um ihre Füße, und eine kühle Morgenbrise flüsterte an ihren Wangen, als sie die Straße zum Strand entlangging.

Als sie einen Automotor hinter sich hörte, schaute sie sich um – und wünschte sich sofort, sie hätte es nicht getan.

Jason Rawiri blieb mit seinem Truck neben ihr stehen. »Hab von der Hütte gehört«, sagte er. Auf seinen Wangen waren graue Bartstoppeln zu sehen, aber sein Haar war noch ganz schwarz. »Wollte dorthin fahren, um es mir anzusehen.«

Es lag eine unausgesprochene Einladung in seinen Worten.

Anahera wollte nichts von ihm, aber sie konnte es auch nicht zulassen, dass er allein dorthin ging, nicht nach allem, was er getan hatte. Sie ging an der Beifahrertür vorbei und schwang sich auf die Ladefläche des Trucks hinauf. Sie saß mit dem Rücken zu ihrem Vater, und er fuhr durch den Nebel.

Zum Glück war die Fahrt recht kurz.

Kaum waren sie da, sprang Anahera vom Truck und ging zu den Überresten des kleinen Hauses, in dem ihre Mutter so glücklich gewesen war. Sie machte keinen Versuch, in die Trümmer zu gehen – sie wollte keine Beweise zerstören, die der Brandermittler vielleicht finden würde. Und sie musste nicht hineingehen, um zu sehen, dass alles fort war.

Bis aufs Fundament abgebrannt.

Der letzte Ort auf der Welt, an dem Anahera das Echo der Schritte ihrer Mutter hören konnte, war fort. Es gab kein Grab; Haeata hatte immer gesagt, dass sie verbrannt werden wolle, wenn sie gestorben sei, und ihre Asche solle im Meer verstreut werden.

Anahera hatte den letzten Wunsch ihrer Mutter erfüllt.

Sie legte den Strauß Wildblumen, den sie gepflückt hatte, an eine Ecke des Fundaments. Dann atmete sie tief durch und sang ein *waiata*. Sie sang zum ersten Mal wieder in der Sprache ihres Volkes, seit sie die Leiche ihrer Mutter gefunden hatte … und der harte, narbige Panzer um ihre Seele brach auf. Und weil sie wusste, dass ihre Mutter jetzt an einem besseren Ort war, sang sie das *waiata* nicht als Klagelied, sondern voller Hoffnung, und sie sang weiter, als ihre Augen schon brannten und ihre Brust schmerzte.

Erst als das letzte Echo verklungen war, drehte sie sich um und sah in die Augen des Mannes, der ihre Mutter so lange misshandelt hatte, bis sogar Haeatas sanfte und warme Natur es nicht mehr ertragen hatte. »Ich will nichts mit dir zu tun haben«, sagte sie ganz ruhig auf Māori. »Ich habe keinerlei Vergebung für dich in meinem Herzen, und ich werde sie niemals haben. Vergiss, dass du eine Tochter hattest.«

Er war jetzt alt, ihr Vater. So viele Linien in seinem Gesicht, so viele geplatzte Äderchen aus seiner Zeit als Trinker. Die Knochen traten unter der sehnig braunen Haut hervor. Früher war er größer gewesen, hatte einen dicken Hals und noch dickere Arme gehabt, er war ein körperlich starker Mann gewesen, der nach seinem Abendessen brüllte, brüllte, damit Anahera den Mund hielt, nach seiner Frau brüllte, damit sie ihm ein Bier brachte, sonst würde er ihr eins aufs Maul hauen. Jetzt war er kleiner, grauer, jämmerlicher, aber Anahera würde niemals vergessen, was er damals gewesen war.

»Deine Mutter würde das nicht wollen«, sagte er.

»Nein, du hast kein Recht, sie überhaupt zu erwähnen. Du hast alle Rechte auf sie verloren, als du sie zum ersten Mal geschlagen, als du sie zum ersten Mal getreten, als du sie zum ersten Mal erniedrigt hast.« Sie sah, wie er bei ihren schonungslosen Worten zusammenzuckte, aber sie würde sich nicht zurückhalten.

Er hatte sich auch nie zurückgehalten, weder seine Fäuste noch seine Tritte oder seine Worte. »Du bist der Grund, dass sie allein in dieser Hütte lebte, so weit entfernt von der Stadt. Selbst wenn du sie nicht gestoßen hast, bist du der Grund dafür, dass sie drei lange Tage lang am Fuß der Leiter lag, bis ich sie gefunden habe.«

Anahera hatte damals studiert; sie hätte an dem Tag gar nicht in Golden Cove sein sollen. Aber sie hatte Heimweh und beschlossen, ihre Mutter zu überraschen. Wie immer, wenn sie durch die Tür trat, war ein Teil von ihr darauf vorbereitet, dass ihr Vater ihre Mutter schließlich totgeschlagen hatte.

Was sie gefunden hatte, war noch weit schlimmer gewesen.

Haeata lag als Häuflein Mensch am Fuß einer Leiter in einer getrockneten Blutpfütze auf dem Holzboden, neben sich ein zerbrochenes gerahmtes Bild von ihr und Anahera. All diese Träume vom Glück fort. Einfach so.

Später hatten ihr die Behörden erklärt, dass das Herz ihrer Mutter versagt habe, aber sie hatten ihr nicht in die Augen schauen können, als sie fragte, ob das nach dem Sturz oder vorher passiert war. Sie wollten, dass sie glaubte, dass Haeata schnell und schmerzlos gestorben war, aber es war ebenso möglich, dass sie lange dort gelegen hatte, in vollem Bewusstsein und unter Schmerzen, aber zu verletzt, um Hilfe zu holen.

Das Herz ihrer Mutter war nicht immer schwach gewesen. Es war vom Stress zerstört worden, von der Angst, von der ständigen Qual, mit einem Mann zu leben, der sie schlechter behandelte als einen streunenden *kurī*. »Ich möchte gern, dass du meinen Besitz verlässt.« Sie löste den Blick nicht von ihm. »Und komm ja nicht zurück, sonst klage ich dich wegen widerrechtlichen Betretens an.«

Ein Aufblitzen im Gesicht ihres Vaters. Er ballte die Fäuste.

»Ja«, fügte sie leise auf Englisch hinzu. »Du kannst eben nicht aus deiner Haut.«

Rot vor Wut unter seiner dunklen Haut, sprang Jason hinter das Steuerrad seines Trucks und wendete mit quietschenden Reifen.

Erst als sie sicher war, dass er nicht zurückkommen würde, wandte sich Anahera wieder zu der Ruine und ließ ihre Tränen zu. Diese Tränen waren für ihre Mutter, für all die Träume, die Haeata nicht hatte verwirklichen können, für all den Schmerz, den sie in den einundvierzig Jahren ihres

Lebens ertragen musste. Und für all die großen Hoffnungen, die sie für ihre Tochter gehabt hatte.

»Auē, aroha mai, māmā, aroha mai«, sagte Anahera. Ihre Entschuldigung klang rau, der Geruch von verbranntem Holz lag in ihrer Kehle. »Es tut mir so leid, dass ich beinahe mein Leben aufgegeben hätte. Ich verspreche dir, dass ich das nie wieder tun werde. Ich werde wieder fliegen, werde diese verdammte Stadt verlassen.« Sie rieb sich die Tränen aus den Augen, ging zum Rand der Klippe und schaute zu, wie Welle um Welle auf den Sand brach, eine natürliche Symphonie, die ebenso ergreifend war wie die, die sie in den großen Konzerthallen Europas gehört hatte.

Sie hörte Schritte auf dem Schotter und drehte sich um in der Erwartung, Will zu sehen. Er hatte noch tief geschlafen, als sie ging, aber sie wusste, dass er kein Mann war, der viel schlief. Aber es war nicht Will, der auf sie zukam. »Vincent«, sagte sie und versuchte, nicht an die Lagerfeuer am Strand zu denken und daran, wie eifrig er damals gezündelt hatte. »Was machst du denn hier?« Gleichzeitig fiel ihr auf, dass sie gar kein Motorengeräusch gehört hatte.

»Hab beschlossen, ein bisschen laufen zu gehen, vor den ganzen Telefonkonferenzen.«

Seine Kleidung schien das zu bestätigen: Er trug schwarze Laufhosen, die eng an den Beinen anlagen, und ein schmales dunkelgraues Kapuzenshirt mit schwarzen Streifen an der Seite, dazu Handschuhe gegen die Kälte. Seine Schuhe waren schlammig, und Schlammspritzer waren bis hoch zu seinen Waden auf der Hose zu sehen.

»Hab den Buschpfad von meinem Haus aus genommen«, sagte er, weil er ihren Blick bemerkte. »Ich habe von der Hütte gehört, wollte nachschauen, wie schlimm es ist.« Er schob die Kapuze zurück, sodass Anahera sein goldenes Haar und seine gelbbraunen Augen sehen konnte, die sich nach einem schnellen Blick auf die Ruine jetzt auf sie richteten. »Es tut mir leid. Ich weiß, wie viel sie dir bedeutet hat.«

»Ich bin nur froh, dass ich nicht darin war.« Sie tat so, als wollte sie den Schaden genauer betrachten, und machte einige Schritte vom Rand der Klippe weg. Paranoia oder nicht – sie fühlte sich verdammt viel sicherer, jetzt, da sie nicht mehr in der Nähe einer Kante stand, über die man sie stoßen konnte. »Erinnerst du dich an den Sommer, als meine Mum und ich einzogen und wir alle ein Picknick im Garten machten?«

Vincent neigte seinen Kopf ein wenig. Sein Atem bildete Wölkchen in der Luft. »Ich war nicht dabei, erinnerst du dich?«

Anahera runzelte die Stirn und versuchte, sich an die Zeit zu erinnern. Die Vergangenheit war wie eine Reihe von verblassten Polaroidfotos. »Nein«, sagte sie langsam, »das warst du nicht. Ich glaube, ich bin so daran gewöhnt, dass du zu meiner Kindheit gehörst, dass ich dich sogar in Erinnerungen einfüge, in denen du gar nicht warst.« Er war so lange einer ihrer engsten Freunde gewesen, bevor das Leben sie zu Scherben zerbrach, die alle in unterschiedliche Richtungen flogen.

Bevor sie alle ihre Entscheidungen trafen.

Vincent lächelte sein argloses, süßes Lächeln, das ihr im Herzen wehtat. »Das ist lustig«, sagte er. »Ich mache das auch. Wir hatten wirklich tolle Zeiten, oder?«

Anahera nickte. Sie war jetzt weit genug von der Klippenkante entfernt, dass sie sich nicht mehr unwohl fühlte. »Wie schade, dass wir keine Kinder bleiben konnten«, murmelte sie. »Andererseits war ich eigentlich nicht gern Kind.« Mit ihren Freunden zu spielen, war das eine gewesen, aber ihre Hilflosigkeit hatte sie gequält. Sie wollte unbedingt größer werden, um gegen ihren Vater ankämpfen zu können, wenn er ihre Mutter schlug.

»Ich auch nicht.« Vincents Lächeln verblasste. »Meine Eltern haben mir ständig eingebläut, wie ich werden sollte, was für ein Mann ich sein musste.« Er öffnete und schloss die Hände. »Manchmal kam ich mir vor wie ein preisgekrönter Rassepudel, den man dressierte und tätschelte, wenn er etwas richtig macht.«

Es war merkwürdig, dachte Anahera, wie gründlich er seine Wut als Kind und Jugendlicher hatte verbergen können. Vincent hatte ihnen leidgetan, aber ihm ging es augenscheinlich gut dabei, und er schien mit den Forderungen seiner Eltern zurechtzukommen. »Deine Eltern waren wirklich ungeheuer ehrgeizig«, sagte sie laut. »Aber du hast deinen eigenen Weg gefunden und deine eigenen Träume erfüllt.« Das stimmte nicht ganz, aber sie war nicht so herzlos, ihn darauf hinzuweisen, dass er haargenau das Muster verfolgte, das die Baker-Eltern für sein Leben vorgesehen hatten.

»Ich habe sie geliebt, weißt du.« Ein leises Geständnis von einem gut aussehenden Mann, dessen Haar das Morgenlicht vergoldete. »Sie war das Erste, was ich in meinem Leben liebte, das ganz mir gehörte. Niemand hatte mir beigebracht, sie zu lieben, sie zu mögen.«

Anahera erstarrte. »Du sprichst nicht von Jemima, oder?«

»Tu nicht so, Anahera«, sagte er und senkte den Kopf. »Du schläfst doch mit diesem Cop. Ich bin mir ziemlich sicher, dass er es dir gesagt hat.«

Anahera sagte nichts. Sie wartete nur.

58

Miriama war die schönste Frau, die ich je gesehen hatte«, murmelte Vincent, den Blick aufs Meer in der Ferne gerichtet. »Wie eine Tänzerin, selbst wenn sie stillstand. Ich hätte sie am liebsten eingewickelt und eingefroren, damit sie nichts zerstören oder beschmutzen konnte. Und gleichzeitig wollte ich sie an alle schönen Winkel der Erde bringen und der Welt zeigen, dass sie mir gehörte.« Er atmete rau aus. »Ich habe uns einen Überraschungstrip nach Venedig gebucht. Er sollte diesen Monat stattfinden.«

»Sie hat dich sicher auch geliebt.« Anahera musste nicht lügen. »Immerhin hat sie für dich die Regeln gebrochen, mit denen sie erzogen wurde. Ich erinnere mich, wie sie und Matilda sonntags immer in die Kirche gingen, egal, bei welchem Wetter.« Matilda in ihrem besten Rock mit passendem Oberteil, Miriama in ihrem weißen Sonntagskleidchen mit einem Band im Haar.

Vincent hielt ihren Blick. Seine Augen füllten sich mit Kummer. »Zuerst wollte sie nicht, aber ich habe es immer wieder versucht, sie richtig hofiert.« Ein schwaches Lächeln. »Das ist ein so altmodisches Wort, oder? Aber genau das tat ich mit ihr. Weil sie so war. Man musste sie umsichtig behandeln.«

Vincent, das merkte Anahera jetzt, hatte Miriama auf ein Podest gestellt. Und sie hatte ihn verlassen. Hatte ihn diese Zurückweisung durchdrehen lassen, so zornig, dass er genau das zerstören wollte, was er zu lieben behauptete? Männer taten so etwas. Anaheras Wissen stammte aus tausend dunklen Erinnerungen an Schreie, an das Geräusch, wenn eine Faust auf Fleisch trifft, auf kehliges, betrunkenes Fluchen, das einen Menschen in ein Ding verwandelte.

»Hast du ihr wehgetan?«, fragte sie, denn die Frage war wie eine tickende Bombe zwischen ihnen.

Vincent lächelte schief. »Gott sei Dank fragst du – es ist so dumm, immer darüber wegzugehen, oder? Nein, ich habe meiner Miriama nicht wehgetan.« Er schluckte, und sein Adamsapfel hüpfte dabei. »Wenn ich jemanden umbringen würde, dann wäre es Jemima.«

Er sagte es so tonlos, dass Anahera sehr dankbar war, Abstand zwischen sie gelegt zu haben. »Das meinst du nicht ernst«, sagte sie und musste an Jemimas Freude denken und an den anderen Vincent im Vergleich zu dem, der jetzt hier vor Anahera stand. »Sie liebt dich innig.«

»Ich habe ja nicht gesagt, dass ich es tun würde.« Noch ein Lächeln, als unterhielten sie sich wieder übers Wetter oder alte Erinnerungen. »Ich sage nur, dass das einleuchtender wäre. Jemima ist die Falle, Miriama dagegen war meine Freiheit. Mit ihr konnte ich der Mann sein, der ich gewesen wäre, wenn meine Eltern nicht beschlossen hätten, mich zu ihrer Vorstellung von einem perfekten Sohn zu formen. Wenn Miriama nur noch ein bisschen mehr Geduld gehabt hätte, dann hätte ich es hingekriegt.«

Mit jedem Atemzug sog sie die Erinnerung an Feuer ein, bis es in ihrem Haar, ihrer Haut, ihrem Mund war. Und sie erinnerte sich an ein anderes Feuer. An ein Feuer, das zwei Menschen den Tod und Vincent die Freiheit brachte. »Hast du darüber nachgedacht, dich von Jemima scheiden zu lassen und Miriama zu heiraten?«, fragte sie. Sie ließ sich absichtlich auf seine Selbsttäuschung ein, bereit gewesen zu sein, sein perfektes Leben für ein Mädchen mit der falschen Herkunft hinter sich zu lassen.

»Ich hatte schon einen Ring gekauft«, sagte er mit so leiser Stimme, dass sie beinahe vom Wind davongetragen wurde. »Ich wollte nur, dass sie wartet, bis meine Kinder ein bisschen größer sind, aber das konnte sie nicht. Und jetzt ist sie tot.«

Anaheras Herz begann zu hämmern. Ihre Haut brannte. Vielleicht war es die Trauer, die Vincents Geständnis so seltsam flach wirken ließ – vielleicht war es auch kühle Berechnung. Das Lächeln, die Trauer – was davon war real, was nicht? Was für ein Mann konnte so ohne jede Emotion davon sprechen, seine eigene Frau umzubringen?

»Jemima hat mir gesagt, dass du sie besucht hast«, sagte er ohne jede Vorwarnung. »Sie freut sich sehr, endlich eine Freundin in der Stadt zu haben.«

Oh, Jemima. Kontrollsüchtige Männer wie Vincent mochten es nicht, wenn ihre Frauen Freundinnen hatten. »Ich weiß, wie es ist, wenn man in eine eng miteinander verbundene Gemeinschaft kommt«, sagte sie in dem Versuch, die Situation aufzulockern. »Für mich war es genauso, als ich nach London zog. Die Leute, die ich kennenlernte, waren alles nur Freunde von Edward. Es war schwierig, eigene Freundschaften aufzubauen.«

Vincents forschender Blick wurde etwas sanfter. »Ihr beide habt eigentlich nicht allzu viel miteinander gemein.«

»Ich weiß.« Sie sagte, was er hören wollte, was er hören musste – hier oben allein auf einer windigen Klippe war nicht die richtige Situation, einem Mann zu widersprechen, der ganz beiläufig davon sprach, das Leben seiner Frau zu beenden. »Ich glaube auch nicht, dass wir beste Freundinnen werden. Aber ich bin immer noch so sehr ein Mädchen aus Golden Cove, dass ich einen Besucher immer willkommen heißen würde.«

Er kicherte. »Jemima hätte es in Südafrika leichter gehabt, aber sie war einfach nicht klug genug, um das Famili-

392

enunternehmen zu übernehmen. Meine Frau zu sein, zusammen mit der Nanny auf meine Kinder aufzupassen, auf Fotos gut auszusehen – das sind so ihre Stärken. In der echten Welt da draußen würde sie nach zwei Minuten untergehen.«

Anahera sah sein Profil an, als er sich umdrehte, um aufs Meer zu schauen; er machte sich nicht einmal die Mühe, sich vorsichtig auszudrücken. Oder war er so sehr daran gewöhnt, Jemima kleinzumachen, dass ihm das ganz normal erschien? Vielleicht hatte Anahera einfach nie lange genug mit ihm über dieses Thema gesprochen, um es zu sehen?

Es gab noch eine andere, gefährlichere Möglichkeit: Vincent war es gleichgültig, ihr sein wahres Gesicht zu zeigen, weil er nicht davon ausging, dass sie die Gelegenheit haben würde, irgendjemandem davon zu erzählen.

»Glaubst du denn, dass ihr wieder glücklich werden könnt?« Sie musste ihre gesamte Willenskraft aufbringen, um ihren Ton freundlich zu halten. »Kannst du über deine Gefühle für Miriama hinwegkommen?«

»Ja, ganz sicher.« Vincents Tonfall klang jetzt beinahe, als beichtete er etwas. »Miriama hat mich von dem Moment an glücklich gemacht, in dem ich sie als Frau gesehen habe, aber ich hatte immer noch etwas anderes, das mir Freude macht. Und ich habe beschlossen, dieses alte Hobby wieder aufzunehmen.«

Anahera tat einen Schritt rückwärts, den Körper zur Flucht angespannt ... Aber sie war zu spät. Vincent hatte den Taser in der Hand, bevor sie außerhalb seiner Reichweite war. »Es ist so schwierig, hierzulande eine nicht registrierte Waffe zu bekommen«, sagte er, »besonders, wenn man bekannt ist und die Leute etwas gegen einen in der Hand haben wollen. Selbst das hier zu beschaffen, war ein ziemlicher Akt – aber es hat sich herausgestellt, dass es sich gut für meine Bedürfnisse eignet.«

Anahera hielt die Hände hoch. »Was tust du da?« Sie dachte an das Handy, das sie in ihre Hosentasche gesteckt hatte, aber sie würde es nicht schaffen, es herauszuholen, bevor er sie mit dem Elektroschocker bewegungsunfähig machte.

»Hast du es noch nicht begriffen, süße kleine Ana?« Dasselbe engelsgleiche Lächeln, das er ihr in all den Jahren so oft geschenkt hatte. »Schlank, dunkelhaarig, voller *Leben* – mein Vater hielt sie in Auckland und stellte sie mir an meinem dreizehnten Geburtstag vor, als es Zeit für mich wurde, ein Mann zu werden.«

Sein Gesicht verzog sich. »Sei ein Mann, Vincent! Fick sie ernsthaft! Schlage und würge die Schlampe, bis sie tut, was du willst! Die Baker-Männer sind keine Weicheier!« Die Hässlichkeit verschwand aus seinem Gesicht, stattdessen erschien wieder das engelsgleiche Lächeln. »Ich steh auf einen bestimmten Frauentyp.«

Anaheras Kehle zog sich zu. »Das ist unverzeihlich. Du warst ein Kind.«

»Du bist ein guter Mensch, Ana.« Die Hand mit der Waffe senkte sich nicht. »Es ist *wirklich* ein bisschen traurig, dass mein Geschmack so vorhersehbar ist, aber oh ja, es macht mich nun mal so glücklich.« Er kicherte, als hätte er einen Witz gemacht. »Und die Knochen dieses Scheißkerls sind Futter für die Würmer, daher kann er nicht triumphieren.«

Anaheras Atem ging jetzt ganz flach. »Die Morde«, sagte sie. »Die Wanderinnen.«

»Applaus, Applaus.« Seine Stimme klang ganz weich und warm. »Während ich mit meiner Miriama zusammen war, hatte ich nicht den Drang, mein Hobby zu genießen.

Aber jetzt, da sie tot ist, muss ich mir wieder ein bisschen Glück im Leben verschaffen.«

»Was war denn in all den Jahren nach den drei Wanderinnen?« Anahera bemühte sich, ihn weiterreden zu lassen. »Du und Miriama seid doch erst zusammengekommen, als sie achtzehn war.«

»Ja, darin unterscheide ich mich von meinem Vater – ich mag keine Kinder.« Ein Achselzucken. »Ich reise viel. Neuseeland ist ein unangenehm kleines Ländchen für einen Mann mit meinen Bedürfnissen.« Er seufzte. »Die Leute hier *vermissen* die Frauen.«

Anahera hatte das Gefühl, einen Stein in ihrem Magen zu haben. Wenn er ihr offen von seiner Mörderkarriere erzählte, würde sie hier nicht mehr herauskommen. Aber je länger sie ihn reden ließ, desto mehr Zeit zum Nachdenken verschaffte ihr es.

Ihre einzige Chance war, dass er offenbar reden *wollte*, er wollte mit seinen Taten angeben. »Du hast Miriama umgebracht, weil sie dich verlassen hat?«

Jetzt erschienen rote Flecken in seinem Gesicht, und seine Augen funkelten. »Ich hätte sie zurückgewonnen! Dieser degenerierte Loser von einem Arzt hat nichts, was ich ihr nicht auch hätte geben können.« Seine kalten Worte bebten. »Ich habe Miriama kein Haar gekrümmt. Ich habe sie nur geliebt.«

Anahera ging hastig ihre Möglichkeiten durch. Sie konnte nach rechts laufen, auf den Busch zu, oder nach links, zu den Klippen. Sie hatte keine Ahnung, wie weit ein Taser reichte, aber sie wusste, dass Vincent ein schneller Läufer war. In der Highschool war er Kurzstreckenläufer gewesen. Außerdem trug er Laufschuhe, während sie ihre Alltagsstiefel angezogen hatte.

Hier draußen würde er sie sofort wieder einfangen. Ihre

einzige Chance war, in den Busch zu laufen und sich irgendwo im dichten dunklen Grün zu verstecken.

Schweiß rann ihr den Rücken hinab. »Da wir hier unter uns sind«, sagte sie und senkte langsam die Hände, »darf ich dir da noch ein paar Fragen stellen, bevor du mich umbringst?«

Er zog eine Augenbraue hoch. »Hoffst du darauf, dass dein abgewrackter Cop kommt und dich rettet?«

»Ich erwarte überhaupt nicht, dass mich irgendein Mann rettet.«

Vincents Gesichtsausdruck war jetzt beinahe zärtlich. Er sagte: »Dein Vater ist ein feiges Stück Scheiße. Wenn du willst, dass ich ihn umbringe, tue ich dir diesen besonderen Gefallen.«

»Nein, ich will, dass er in seiner eigenen Reue schmort.« Sie spannte die Muskeln so sehr an, wie sie konnte, um sich auf ihre Flucht in die Wildnis vorzubereiten. »Was die Fragen angeht, nenn es ruhig Neugier. Es kommt ja nicht jeden Tag vor, dass ich herausfinde, dass mein Freund ein Serienkiller ist.«

Sein Lachen war wie goldener Sonnenschein. »Diese neunmalklugen Dinge, die du manchmal sagst, habe ich immer gemocht.« So viel Zuneigung in seiner Stimme, und doch wollte er sie erst misshandeln und dann töten. »Es ist doch alles für einen guten Zweck, Ana. Du solltest stolz darauf sein, eine meiner Frauen zu sein.«

»Merkwürdig, aber Stolz ist gerade nicht mein vorherrschendes Gefühl.«

Mehr Gelächter, äußerstes Vergnügen in jeder seiner Fasern. »Na gut, schieß los«, sagte er, nachdem er sich die Tränen aus den Augen gewischt hatte. »Wir haben viel Zeit, und ich höre es, wenn jemand die Straße heraufkommt. Wenn der Cop misstrauisch wird, wird dieses jämmerliche

Wesen, das ich geheiratet habe, exakt das sagen, was ich ihr gesagt habe.«

Anahera wusste, dass Vincent ihre Angst genoss, aber sie konnte nichts dagegen tun, dass ihr Herz immer heftiger schlug, ihr Blut schneller und schneller durch ihre Adern gepumpt wurde. »Wann hast du gemerkt, dass du gern mordest?«

»Zufällig«, sagte er im Plauderton. »Ich war im Busch spazieren, genervt von diesem rückgratlosen Nichts von einer Mutter, als ich eine dunkeläugige italienische Wanderin traf, die mich an die Hure meines Vaters erinnerte und daran, wie viel Spaß ich hatte, als ich sie verprügeln konnte.«

Sein Lächeln erreichte jetzt die Augen. »All dieser unterdrückte Zorn, weißt du? Gott, es war so ein Spaß, den endlich rauslassen zu können. Das schönste Geschenk, das mir dieser Mistkerl je gemacht hat.« Zuneigung in seiner Stimme, so echt, dass sie es geglaubt hätte, wenn sie nicht inzwischen begriffen hätte, dass Vincent Gefühle überzog wie andere Leute Kleider. »Die Wanderin war echt süß, lächelte die ganze Zeit und sagte Hallo mit diesem Akzent, und ich hatte einen Stein in der Hand und schlug ihr damit einfach den Schädel ein.«

59

Anahera zuckte zusammen.

Aber Vincent war noch nicht fertig. »Sie starb nicht, nicht sofort. Sie versuchte die ganze Zeit zu reden, obwohl ich ihr beinahe ein Auge ausgeschlagen hatte und sie nur den halben Mund bewegen konnte. Ich saß lange neben ihr, streichelte ihr Haar und sagte ihr, dass alles wieder gut werden würde. Meine Mutter streichelte mir immer übers Haar und sagte mir, dass alles wieder gut werden würde.« Sein Blick wurde träumerisch. »Danach.«

»Wonach?«

Ein listiges Lächeln. »Nachdem mein Vater mich wie ein guter Papa ins Bett gebracht hatte. Wie ein Bilderbuch-Papa.«

Anahera war übel. »Hat er ...«

»Es ist langweilig, über sie zu reden.« Sein Lächeln wirkte jetzt wie aus Plastik, der Taser war immer noch auf sie gerichtet. »Mir geht es mehr um die interessanten Dinge. Als die Wanderin anfing, Blut zu spucken, nahm ich den Stein und schlug und schlug und schlug auf sie ein, bis ihr Gesicht nur noch Matsch war.« Er zuckte die Achseln. »Ich weiß, das war nicht besonders feinsinnig, aber zu meiner Verteidigung muss ich anführen, dass ich erst vierzehn war.«

»Warum warst du denn an diesem Tag so wütend auf deine Mutter?«, flüsterte Anahera, die begriff, dass sein Zorn eine ganz andere Quelle haben musste als die Opfer, die ihn an seine schreckliche erste sexuelle Erfahrung mit einer Frau erinnerten. »Was hat sie getan?« Oder was hat sie *nicht* getan.

»Ich erinnere mich nicht. Und ich habe dir ja gesagt« – er schaute sie mit leerem Blick an –, »über diesen Scheißkerl und seine Schlampe zu reden, ist langweilig.«

Anahera versuchte es anders. »Was ist mit der Leiche der Wanderin passiert?«

»Ich hatte plötzlich kapiert, dass ich ein Trottel gewesen war.« Vincent verzog das Gesicht. »Ich hatte keinerlei Vorkehrungen getroffen oder Pläne gemacht. Eine dumme Impulshandlung.« Er lächelte, eine Aufforderung, mit ihm zu lächeln. »Schließlich zerrte ich sie vom Weg herunter und bedeckte sie mit Laub. Ich dachte, sie würde gefunden werden, aber mein hübsches, lächelndes Mädchen hatte niemandem gesagt, welche Strecke sie wandern wollte, und war am nächsten Tag noch da, als ich mit einer Schaufel und einer Axt und einer Plane zurückkam. Weißt du eigentlich, wie schwierig es ist, eine Leiche zu zerhacken? Blut und Eingeweide überall.«

»Das hast du nicht gemacht.« Ein raues Flüstern.

»Pfadfinderehrenwort.« Vincent grinste. »Ich zog all meine Kleider aus, bevor ich damit anfing, und legte sie in eine Plastiktüte; und ich hatte Wasser mitgebracht, um mich waschen zu können. Ich brauchte Stunden, um die ganzen Stücke in meinem Rucksack wegzutragen.«

»Wo ist sie jetzt?«

»Im Busch hinter dem Haus vergraben. Die Leichenspürhunde kamen nicht mal in die Nähe, als sie endlich nach ihr zu suchen begannen.«

»Hast du dich deshalb dazu entschlossen, noch mehr Wanderinnen zu töten? Weil es länger dauerte, bis sie als vermisst gemeldet wurden?«

Er nickte. »Die zweite habe ich auf dem Wanderweg getroffen. Sie kam mit mir, als ich ihr sagte, ich könne ihr einen geheimen Wasserfall zeigen. So war sie nah genug an meinem Begräbnisplatz, dass ich sie im Ganzen entsorgen konnte. Und bei ihr benutzte ich keinen Stein. Keine gebrochenen Knochen.«

Und Anahera wusste es plötzlich. »Das Skelett, das Shane gefunden hat.«

»Ich begrub sie, als meine lieben verschiedenen Eltern nicht in der Nähe waren, um mir hinterherzuspionieren. Es hat Wochen gedauert, ihre Knochen sauber zu bekommen. Das habe ich in meiner Werkstatt im Keller gemacht. Jemima weiß, dass sie da nicht reindarf.« Wieder dieses schiefe Grinsen. »Aber in diesem ersten Sommer war ich noch ein Kind. Ich brachte die dritte Wanderin zu schnell in dieselbe Gegend. Ich sah, wie die Cops dort massenweise auftauchten, daher wusste ich, dass ich es das nächste Mal schlauer angehen musste. Ich durfte nicht so nah in meiner Gegend jagen.«

Anahera runzelte die Stirn. »Hast du das Armband absichtlich in unsere Höhle gelegt?«

»Ja. Ein bisschen angeben vor meinen Freunden.« Sein Lächeln verschwand. »Später tat es mir leid, weil keiner von euch mehr dorthin wollte.« Seine Stimme war leise und voller Traurigkeit. »Ich war glücklich in dieser Höhle.«

»Eins verstehe ich nicht«, sagte Anahera, die sich fragte, ob sie sich die Bewegung zwischen den Bäumen hinter Vincent eingebildet hatte.

»Was denn?«

»Du musst doch noch andere Opfer gehabt haben zwischen diesem Sommer und deiner ersten Auslandsreise.« Nach drei Morden in einem einzigen Sommer konnte Vincent nicht so lange abstinent gewesen sein, bis er auf internationale Dienstreise zu gehen begann. »Und du hast es ja selbst betont – wir leben in einem kleinen Land. Warum hat keiner die Verbindung zwischen den Opfern gesehen?«

»Ich war nie dumm, Ana, das weißt du.« Es klang wie ein Tadel. »Ich habe mich hingesetzt und darüber nachgedacht, was mich glücklich macht, und begriffen, dass mich die ethnischen Zugehörigkeiten eigentlich nicht interessieren. Māori, tongaisch, italienisch, indisch – ich fand Bilder von Frauen mit dem richtigen Aussehen und stellte mir vor, wie ich … mit ihnen spiele. Die Freude, die Entspannung, die ich dabei fühlte, war immer gleich.«

Anahera ballte die Fäuste und zog die Füße hoch.

»Ich ziehe die netteren Mädchen vor, mit denen verbringe ich auch die meiste Zeit« – Vincents Blick glitt mit einer beängstigenden Wärme über ihren Körper –, »aber Huren können die Lücken füllen, besonders, wenn sie jung und noch ziemlich unverdorben sind.« Seine Stimme klang hart, aber dann wurde sie wieder kontrolliert und weich. »Altersmäßig dürfen sie von neunzehn bis circa fünfunddreißig sein, wenn sie jünger wirken. Ich habe auch schon Jugendliche umgebracht, aber da war ich selbst noch ein Kind. Du wärst überrascht, wie viele nette Mädchen einen gut aussehenden reichen Jungen auf ein geheimes Date begleiten.«

Er zuckte die Achseln. »Als ich all das begriffen hatte, war es ziemlich einfach, alles so einzurichten, dass ich zwar meine Befriedigung hatte, aber niemand ein Muster erkennen würde. Man nimmt einfach ein gutes Mädchen, das regelmäßig in die Kirche geht, dann eine fremdgehende Fußballmutti in einer anderen Stadt, dazwischen eine rebellische Ausreißerin – kein Muster, nichts zu erkennen.«

»Abgesehen von dir«, sagte Anahera. »Irgendwer muss doch bemerkt haben, dass dieser eine Junge immer wieder auftauchte.«

»Ich hab dir ja gesagt, dass ich das ziemlich schlau eingefädelt habe«, erwiderte er. »Vor jedem Mord habe ich recherchiert. Ich hatte immer einen Ort, an dem ich die Leiche entsorgen konnte.« Jetzt schimmerte echter Stolz unter dem goldenen Lächeln. »Das gute Mädchen, das regelmäßig in die Kirche ging, endete in einer abgesperrten heißen Quelle, die so heiß ist, dass sie vermutlich inzwischen zu Matsch geworden ist. Den SUV der Fußballmutti habe ich in einen See gefahren – er wurde jahrelang nicht wiedergefunden. Die Ausreißerin ist im Wald auf der Farm eines Freundes vergraben. Wir trafen uns in der Stadt, und ich konnte sie dazu überreden, Gras zusammen zu rauchen, wenn sie in der Dunkelheit zu mir in die Scheune käme.«

Vincent war wirklich schlau, sogar beängstigend schlau. Kein Muster, kein Versuch, mit der Polizei zu spielen. Für ihn war die Jagd nichts, was man in blindem Zorn tat. Ebenso wenig die Entsorgung der Leichen. Nein, der Zorn kam erst, wenn er die Frauen in seiner Gewalt hatte.

Ein Mann wie er konnte jahrzehntelang seine Verbrechen verbergen.

Aber seine klugen Entscheidungen verhinderten, dass er der Welt von seinen Erfolgen erzählen konnte. Anahera war dagegen eine unfreiwillige Zuhörerin, die er erst später zum Schweigen bringen musste.

Scheißkerl.

Sie würde seine Arroganz nutzen, um sich zu retten. Der Arm, mit dem er den Elektroschocker hielt, musste irgendwann erlahmen. Sie brauchte nur eine unaufmerksame Sekunde, in der er seine Haltung veränderte, dann würde sie es riskieren. Es war schwieriger, ein bewegliches Ziel zu treffen als ein unbewegliches, besonders, wenn sich dieses Ziel unvorhersehbar bewegte.

»Wie viele?«, fragte sie und schaute absichtlich nicht in die Richtung, in der sie eine Bewegung gesehen hatte.

Wenn dort *tatsächlich* jemand war, würde sie Vincent nicht auf ihn aufmerksam machen.

»Weißt du«, sagte er nach einer langen Pause, »ich habe nie gezählt, aber ich glaube, es müssten so um die siebenundzwanzig sein.«

Er log.

Ob es nun die viel zu niedrige Zahl für einen Mann war, der allein in einem einzigen glühend heißen Sommer drei Mal getötet hatte, oder die Aussage, er hätte nicht gezählt – irgendwo darin war eine Lüge. Andererseits war Vincent ein Psychopath, der sein ganzes Leben lang Menschen an der Nase herumgeführt hatte. Lügen war ein Teil seiner Natur.

»Hör auf, mich zu veräppeln, Vincent.« Sein Arm musste bald zu zittern beginnen. »Du warst doch der Beste darin, den Überblick zu behalten. Deswegen haben wir dich doch immer gebeten, den Schiedsrichter zu spielen.«

Keinerlei Bösartigkeit lag in seinem Lächeln, als er den Taser so schnell von einer Hand in die andere legte, dass sie keine Zeit hatte zu reagieren.

Lass ihn weiterreden, sagte sie sich, um nicht in Panik zu geraten. *Du brauchst Zeit zum Nachdenken.* Es war nicht schwierig, dieses Kommando zu befolgen – denn obwohl sie ihm gegenüberstand und er sie bedrohte, fand sie es immer noch schwierig zu glauben, dass sich der Junge, mit dem sie früher am Strand um die Wette gelaufen war, in ein Ungeheuer verwandelt hatte.

Sie hatte unendlich viele Fragen.

»Reingelegt«, sagte er und lachte laut. »Aber die Zahl ist mein ganz besonderes Geheimnis. Niemand wird je erfahren, was ich getan habe. Nicht alles.«

»Warst du schon immer so?« Die Frage kam aus ihrem tiefsten Inneren. »Als wir als Kinder zusammen gespielt haben, bist du da nach Hause gegangen und hast Tiere gequält?«

Er neigte den Kopf ein wenig zur Seite. »Kann sein, dass ich schon so auf die Welt gekommen bin«, sagte er mit lachenden Augen. Seine Heiterkeit war unerklärlich und aalglatt. »Oder es war das dritte oder dreißigste Mal Ins-Bett-Bringen, das es ausgelöst hat.« Er zuckte erneut die Achseln. »Ich persönlich glaube ja eher an Erziehung als an Vererbung – mein kleiner Bruder hat in letzter Zeit so seine Schwierigkeiten, seinen Irrsinn zu verbergen. Ich habe keine Ahnung, was zum Teufel mit ihm los ist. Ich habe das Problem schließlich schon vor langer Zeit gelöst, oder?«

Es fühlte sich an, als legten sich kalte Finger auf Anaheras Nacken. »Wo ist Kyle, Vincent?«

60

E r hat deine Hütte niedergebrannt, Ana. Tut mir leid.«
Rote Flecken auf seinen Wangenknochen, sein Tonfall
war verlegen. »So ein kleinlicher, rachsüchtiger kleiner
Scheißer – und nicht einmal schlau genug, seine petroleum-
getränkte Jeans auszuziehen, bevor er nach Hause kam. Ich
hab doch nicht all die Jahre all meine Entscheidungen
durchdacht, nur um von einem verwöhnten Balg zu Fall
gebracht zu werden, der sich für den großen Bösewicht der
Familie hält.«

»Hast du ihm ins Gesicht gesehen, als du ihn getötet
hast?«

»Nein.« Ein paar goldene Strähnen von Vincents Haar
hoben sich in der leichten Brise und legten sich wieder.
»Hältst du mich für ein Ungeheuer? Er war mein kleiner
Bruder. Und wenn er ein guter kleiner Psychopath geblieben wäre und sein Wesen vor den Leuten verborgen hätte,
wäre ich stolz auf ihn gewesen. Aber nein, er musste ja
dämliche Ego-Spielchen spielen.«

Kein Zweifel, dass Vincent Kyles Verschwinden damit
erklären würde, dass er ins Ausland gegangen wäre. Es wäre
auch nichts Merkwürdiges daran, wenn Kyle sich im Ausland niederlassen würde.

Nein, Vincent war nicht dumm.

Anahera hatte keine Bewegung mehr entdecken können
und akzeptiert, dass sie sich in ihrer Verzweiflung etwas
vorgemacht hatte. »Also«, sagte sie, »was willst du jetzt mit
mir machen?«

»Mein Geschmack hat sich ziemlich verfeinert seit meiner ersten ... Liebhaberin.« Es lag etwas Weiches in seinem

Blick, die Erinnerungen an Mord und Genuss. »Es macht keinen Spaß, einer Frau einfach das Gesicht einzuschlagen. Es ist der Unterschied zwischen einem heruntergekippten Becher billigen Biers und dem Genuss eines feinen Weins. Heutzutage lasse ich mir lieber Zeit.«

»Man wird mich vermissen«, warnte Anahera. »Genau wie Miriama.«

»Ich hab dir doch schon *gesagt*, dass ich mit ihrem Tod nichts zu tun hatte!«, schrie er. Zum ersten Mal verlor er die Beherrschung. Seine Hand mit dem Taser zitterte.

Im selben Augenblick zerriss ein lautes Geräusch in den Bäumen die Stille.

Vincent wirbelte instinktiv herum – und Anahera ergriff die Gelegenheit zu fliehen.

»Ana!«, rief er hinter ihr, aber sie lief immer weiter, schlug Haken, ihre Lunge drohte zu zerspringen.

»Lass das fallen.« Die Worte kamen ganz kühl und ruhig – und dann erklang das Klicken einer Pistolensicherung.

Anahera kam rutschend zum Stehen, schaute sich um und sah, dass Will weniger als zwei Meter hinter Vincent stand, ein Gewehr auf Vincents Kopf gerichtet. »Du bist zu schlau, um das zu riskieren«, sagte er, als Vincent den Taser nicht fallen ließ.

»Du bist nicht autorisiert, eine Waffe zu tragen.« Die Worte kamen zornig. »Ich habe das nachprüfen lassen. Die Genehmigung ist noch nicht durch.«

»Und du darfst keinen Elektroschocker tragen«, erwiderte Will in seinem milden Tonfall, der nichts preisgab. »Aus dieser Entfernung werde ich auf jeden Fall treffen. Für den Fall, dass du die Hoffnung hegst, dass ich dir das Gehirn wegpuste, sodass du mit Glanz und Gloria untergehen kannst, solltest du wissen, dass ich dich ins Rückgrat zu schießen beabsichtige. Sicher wird das Krankenhauspersonal dich regelmäßig wenden, damit du dich nicht wund liegst, und deinen Katheter vorsichtig auswechseln.«

Anahera konnte Vincents Gesicht nicht sehen, aber sie konnte sich seinen Gesichtsausdruck vorstellen. Für einen Mann, der ein Prinz gewesen war, dann ein König, musste die Vorstellung grauenvoll sein, anderen Menschen hilflos ausgeliefert zu sein. Und letztlich war Vincent Baker ein Feigling.

Daher war sie keineswegs überrascht, als er seinen Taser fallen ließ.

»Dreh dich um«, befahl Will. »Hände hinter den Kopf.«

Vincent gehorchte. Sein Blick traf Anaheras. Will stand jetzt direkt hinter ihm. »Ich fürchte, unser Date wird warten müssen«, sagte Vincent mit diesem perfekten, unschuldigen Lächeln im Gesicht. »Wir hätten so viel Spaß gehabt.«

61

Vincents Verhaftung ging wie eine Schockwelle durch Golden Cove, besonders, als herauskam, dass das Geständnis seiner grausigen Verbrechen aufgenommen worden war. Will hatte die Aufnahmefunktion seines Handys während eines Teils des Gespräches zwischen Anahera und Vincent eingeschaltet gehabt, und das Gerät hatte beide Stimmen aufgenommen. Nicht alles, aber genug.

»Gott sei Dank«, sagte Anahera vier Tage später zu Will, als sie endlich die Gelegenheit hatten, zusammen zu sein.

Will war mit den Formalitäten beschäftigt gewesen, die sicherstellen sollten, dass Vincent nie wieder frei herumlaufen durfte. Das Einzige, was er im Zuge dessen nicht erklären musste, war seine illegale Benutzung einer Feuerwaffe. Denn das Gewehr, das er benutzt hatte, um Vincent zu entwaffnen, war eins der ausrangierten Stücke gewesen, die über dem Kamin in seiner Mietwohnung hingen; damit hätte er nicht einen einzigen Schuss abgeben können.

Will hatte das Gewehr mitgenommen, weil er zufällig Evelyn Triskell getroffen hatte, als er gerade das Haus verlassen wollte. Sie hatte im Auto gesessen, neben ihm angehalten und »Juhu!« gerufen.

Es hatte sich herausgestellt, dass sie am Morgen schnell zu Josie gelaufen war, um einen Kaffee und ein Croissant zu kaufen. Dabei hatte sie eine Gestalt im Kapuzenpullover gesehen, die die Straße überquerte und von dem Wildpfad am Hügel zu einem Pfad lief, von dem Will wusste, dass er zu den Klippen führte.

»Der Weg, aus dem er kam, muss im Moment ziemlich schlammig sein«, hatte Evelyn gesagt. »Der Regen verwandelt ihn immer in einen Sumpf, und normalerweise gibt es dann dort auch einen Steinschlag oder sogar mehrere.« Sie schürzte die Lippen. »Vielleicht ist es nur einer der Jungs aus der Stadt, der die Herausforderung sucht, aber Sie sollten den Weg wirklich sperren, solange er so unsicher ist.«

Sofort waren Wills Instinkte wach geworden.

»Ich hatte mir die Wanderwege während der Suche nach Miriama gemerkt«, hatte er später gesagt, und seine Augen waren dabei so dunkel wie Schiefer gewesen. »Ich wusste, dass der Weg, über den sich Evelyn beschwerte, am Anwesen der Bakers beginnt. Ich dachte, bei der Gestalt müsse es sich um Kyle handeln. Ich konnte mir vorstellen, dass er das Feuer gelegt hatte, um sich an mir zu rächen – und ich wusste, dass das der Weg sein musste, den er genommen hatte.«

»Ich dachte, ich wäre am helllichten Tag in Sicherheit.«

Will hatte genickt. »Nur weil Evelyn die Gestalt gesehen hatte, habe ich an der Straße geparkt und bin durch die Bäume gegangen. Ich wollte nicht, dass meine Anwesenheit dieses Arschloch zu etwas Dummem verleiten würde, wenn er nur gekommen war, um sein Werk zu bewundern.«

Er hatte das Gewehr mitgenommen, weil er wusste, dass sowohl Vincent als auch Kyle einen Waffenschein hatten. Evelyn hatte ihm nicht sagen können, ob der Jogger, den sie gesehen hatte, etwas bei sich trug.

Anahera verdankte dem kleinstädtischen Tratsch ihr Leben, zumindest teilweise.

Auch Anahera hatte sich endlosen polizeilichen Befragungen unterziehen müssen. Sie hatte geduldig mitgemacht, sogar als man sie bat, gefühlt zum tausendsten Mal die Einzelheiten zu wiederholen. Sie war entschlossen, alles zu tun, um die Welt vor Vincent zu schützen.

Jetzt endlich saßen sie beide nackt in Wills Bett. Kaum

hatten sie die Schwelle überschritten, hatten sie einander auch schon die Kleider vom Leib gerissen. Anahera musste keine Psychologin sein, um zu wissen, dass es das Bedürfnis war, das Leben zu feiern, das ihnen den wildesten Sex beschert hatte, den sie je erlebt hatte.

Danach saß sie mit schweren Gliedern im Bett, die Decke bis über die Brust gezogen, und biss dicke Stücke von einer Familienpackung Schokolade ab, die sie in Wills Vorratskammer gefunden hatte. Er hatte sie offenbar von einer älteren Dame aus der Stadt geschenkt bekommen, die ihn für zu mager hielt. Er dagegen hatte einen Becher Kaffee schon halb ausgetrunken, der so schwarz war, dass sie befürchtet hätte, dass er die ganze Nacht wach liegen würde, wenn sie nicht beide so erschöpft gewesen wären, dass der Schlaf sie jederzeit übermannen würde, ob sie wollten oder nicht.

»Ich habe es wirklich nicht hinausgezögert, dir zu helfen, nur um noch mehr Beweismaterial zu haben«, beteuerte Will.

»Ich weiß.« So war er nicht gemacht. »Ich würde dir trotzdem danken, auch wenn es so gewesen wäre. Vincent muss für immer eingesperrt bleiben.«

Will legte seine freie Hand auf ihren Oberschenkel unter der Decke. »Er war so ruhig. Ich musste abwarten, bis er so unruhig wurde, dass er auf ein Geräusch im Busch reagierte und du Zeit hattest, aus der Schusslinie zu kommen – und dann sagtest du, dass Miriama vermisst werde.«

»Ich glaube, mit seiner Ruhe während all dessen komme ich am schwersten zurecht.« Sie legte ihre Hand auf seine und strich mit dem Daumen über seine Fingerknöchel. »Es ist ein bisschen so, als beeindruckten ihn seine Verbrechen überhaupt nicht.«

»Die Gefängnispsychologen werden jedenfalls viel Spaß

mit ihm haben.« Will streichelte abwesend ihren Schenkel. »Sie haben Kyles Leiche im Kofferraum von Kyles eigenem Wagen gefunden – Vincent hat gesagt, dass er seinen Bruder weit weg von Golden Cove in einem besonders isolierten Gebiet der Wildnis begraben wollte.«

»Beharrt er noch immer darauf, nichts mit Miriamas Tod zu tun gehabt zu haben?«

Will nickte und sagte: »Die Psychologen sind überzeugt davon, dass er sich selbst belügt, weil er die Frau getötet hat, die er liebte – soweit so jemand wie Vincent überhaupt lieben kann.«

»Glaubst du das nicht?« Anahera legte den Rest der Schokolade auf den Nachttisch.

»Ich weiß nicht.« Er verschränkte die Arme hinter seinem Kopf und starrte an die gegenüberliegende Wand. »Er spricht ganz offen über seine anderen Verbrechen, er protzt beinahe damit. Er hat nicht einmal mit der Wimper gezuckt, als er mir genau erklärte, wie er seine Eltern umbrachte – oder wie er Kyle die Kehle durchschnitt. Aber er wird furchtbar wütend, wenn ich Miriama im Zusammenhang mit seinen anderen Morden erwähne. Er ist nicht einmal von seiner Behauptung abgewichen, er hätte ihr nie etwas angetan.«

Anahera atmete aus. »Gibt es irgendetwas, was du tun kannst, um herauszufinden, ob er lügt oder nicht?«

Will starrte ins Leere, aber er war immer noch ganz da, er dachte nur nach. »Ja«, sagte er schließlich und drehte sich zu ihr um. »Aber du musst mir vertrauen, wenn ich dich um etwas bitte.«

»Was hast du vor?«

62

Will machte den ersten Schritt, während Anahera noch im Badezimmer stand und sich kaltes Wasser ins Gesicht schöpfte, um wach zu werden für ihren Ausflug. Er wollte sie aus der Gefahrenzone heraushalten, bis er eine Antwort hatte, wie auch immer sie lauten mochte.

Er nahm sein Handy und tippte die Nummer ein. »Evelyn«, sagte er, als sie ranging. »Tut mir leid, dass ich so spät noch anrufe, aber ich bin gerade dabei, Miriamas Akte fertig zu machen, und ich wollte Matilda oder Dominic nicht stören.« Das war keine Lüge. »Ich dachte, Sie könnten mir vielleicht mit einigen Einzelheiten helfen.«

»Oh, aber natürlich«, sagte die klatschsüchtige, aber letztlich gutherzige Frau. »Mattie ist wirklich nicht in der Lage, mit irgendwem zu sprechen, und dieser arme junge Arzt ist vollkommen am Boden zerstört. Was brauchen Sie denn?«

»Es wäre nützlich, wenn ich die aktuellen Röntgenbilder von Miriama auftreiben könnte. Ich nehme an, Dominic war nicht mehr ihr Arzt.«

»Oh, das ist *leicht*. Ich habe sie mal zufällig getroffen, als sie zum Bus ging, um sich ein Rezept gegen Heuschnupfen zu besorgen, ja, ich glaube, das war es. Und ich fragte sie, warum Dominic ihr nicht einfach ein Rezept ausstellt, und sie sagte, es gäbe die Regel, dass Ärzte nicht mit ihren Patienten ausgehen dürfen.« Ein schneller Atemzug. »Jedenfalls sagte sie mir, zu welchem Arzt sie wollte, und ich habe mich für sie gefreut. Dr. Symon ist ein sehr netter Mann, hat meine Cousine behandelt, als sie schlimme Gürtelrose hatte.«

»Haben Sie seinen vollen Namen?«

»Roger, glaube ich … nein, warten Sie, er heißt Richard. Richard Symon.«

Das würde die Beweiskette vervollständigen – sofern Evelyns Information richtig war. Wenn nicht, würde er doch noch Matilda fragen müssen. Und dann würde er ihr erneut das Herz brechen müssen – denn sie würde wissen wollen, warum er diese Frage stellte, obwohl Vincent längst verhaftet war.

»Danke«, sagte er und legte auf, bevor Evelyn ihre eigenen Fragen stellen konnte.

Nun musste er den Namen bestätigen, ohne sich zu verraten oder Matilda neuen Kummer zu bereiten.

»Fertig?« Anahera kam aus dem Badezimmer.

Will nickte. »Komm, wir gehen.«

Sie gingen zu ihrem Ziel: der Arztpraxis von Golden Cove.

In der Nacht dort einzubrechen, war nicht gerade der große Eisenbahnraub. Der einzige Grund dafür, dass die Praxis nicht ständig verwüstet wurde, war vermutlich, dass Dominic seine Medikamente in einem uralten Ablageschrank aus Metall aufbewahrte, der so schwer war, dass man einen Kran brauchte, um ihn anzuheben. Das Schloss daran war unmöglich aufzubrechen.

Von der Eingangstür konnte man das allerdings keineswegs behaupten.

Anahera stand Schmiere, und Will machte kurzen Prozess mit dem Schloss und ging hinein.

Er ging direkt zu dem alten Computer, in dem die Patientenakten gespeichert waren.

Hier konnte es schwierig werden, aber als er ihn hochfuhr, kam er direkt auf die Hauptseite, ohne jedes Passwort. Wieder diese Kleinstadtmentalität. Aber diesmal kam sie ihm zupass.

Er rief schnell die Akte auf, die er suchte, und sah die Worte, die er erwartet hatte: *Patientenakte geschlossen.*

Darunter stand eine Notiz zur Erklärung:

Miriäma Hinewai Tutaia wechselt zu einem anderen Hausarzt, da sie sich in einer persönlichen Beziehung mit mir befindet, dem verantwortlichen Hausarzt von Golden Cove. Sie war nie meine Patientin, und als wir uns kennenlernten, wusste ich nicht, dass sie Patientin der Praxis war. Wie es scheint, wurde sie hier als Kind behandelt, aber in den letzten drei Jahren wurde sie hier nicht vorstellig.
Um die ethischen Grenzen zu wahren und ihr den Zugang zu einem Hausarzt zu gewähren, der sich um ihre Gesundheit kümmern kann, überweise ich sie zum Hausarzt in der nächsten Stadt. Die Überweisung liegt der Akte bei.

Die Überweisung war an Dr. Richard Symon adressiert.

Er fuhr den Computer wieder herunter, sorgte dafür, dass alles wieder so aussah wie vorher, ging aus der Praxis und ließ das Schloss leise hinter sich zuschnappen.

»Hast du ihn?« Das Oval von Anaheras Gesicht sah ihn unter ihrer schwarzen Strickmütze an.

Er nickte. »Komm, wir gehen weg von hier.«

Erst als sie wieder bei Will zu Hause waren und sich etwas zu essen machten, sagte Will: »Ich muss morgen raus aus der Stadt. Ich fahre schon vor dem Morgengrauen los, damit ich am Vormittag wieder da sein kann.«

Anahera nickte. »Wenn es dir nichts ausmacht, würde ich deinen Computer benutzen, um einen neuen Pass zu beantragen.« Sie rührte Zucker in ihren heißen Kakao. »Vielleicht fahre ich auch noch einmal an der Hütte vorbei.«

Um sie wieder für sich zu beanspruchen, um die Erinnerung an Vincents Gewalttaten durch friedliche Gedanken zu ersetzen. »Es wäre mir lieber, wenn du warten könntest, bis ich wieder zurück bin«, sagte Will. »Wenn du unbedingt allein sein willst, dann warte lieber noch vierundzwanzig Stunden.«

Der Blick aus ihren dunklen Augen traf seinen. »Du glaubst, dass Vincent die Wahrheit sagt.«

»Das werde ich nach meinem Besuch morgen früh wissen.« Plötzlich spürte er eine Kälte, die ihm bis in die Knochen drang. »Komm mit mir.«

Er wusste, dass sie eine Frau war, die ihre Freiheit schätzte, aber sie sah ihn an und sagte: »Ich muss sowieso noch ein paar Kleider und einen neuen Laptop kaufen. Kann ich das dort, wo du hinfährst?«

Will atmete leise aus. »Da kenne ich ein paar Geschäfte.«

Sie fuhren im neblig grauen Morgen vor der Dämmerung los.

Anahera sagte nur »Viel Glück«, als er sie in dem kleinen Einkaufszentrum absetzte.

Das Center war noch nicht geöffnet, aber im Café davor herrschte bereits reges Treiben.

Will wartete, bis sie im Café war, und fuhr dann weiter. Der Besucherparkplatz war zu dieser frühen Stunde noch leer, aber er entdeckte ein paar Autos auf dem kleinen Mitarbeiterparkplatz.

Er klingelte.

Die Tür wurde von einer fröhlichen Inderin mit kleinen Gänseblümchen-Ohrsteckern geöffnet. »Tut mir leid, Dr. Symon beginnt erst in einer Viertelstunde«, sagte sie. »Haben Sie einen Termin? Sie können gern drinnen warten, da ist es warm.«

Will zeigte ihr seinen Dienstausweis. »Ich würde gern mit Dr. Symon sprechen. Es dauert sicher nicht lang.«

Die Frau riss die Augen auf, entgegnete aber in professionellem Ton: »Kommen Sie rein. Ich hole ihn.«

Ein schlanker Mann mit ergrauendem braunem Haar tauchte weniger als eine Minute später aus einem Hinterzimmer auf. Er hatte noch Toastkrümel auf seinem Schlips. »Detective«, sagte er und streckte ihm die Hand hin. »Wie kann ich Ihnen helfen?«

»Vielleicht könnten wir in Ihrem Büro sprechen«, schlug Will vor.

»Natürlich.« Der Mann hob seinen Kaffeebecher. »Möchten Sie auch einen?«

»Wenn es Ihnen nichts ausmacht.«

Sie setzten sich ins Büro, und der Arzt schloss die Tür hinter ihnen. »Ich möchte Sie zu einer Patientin befragen«, begann Will, nachdem er einen großen Schluck von der heißen Flüssigkeit genommen hatte.

»Sie wissen sicher von der ärztlichen Schweigepflicht«, sagte Dr. Symon.

»Die Patientin ist tot. Ermordet.«

Richard Symon stellte seinen Becher mit einem dumpfen Geräusch ab. Sein Blick glitt nach oben und nach rechts, dann sah er Will an.

Will rührte sich nicht; genau *deshalb* hatte er nicht vorher angerufen. »Sie wissen genau, von wem ich spreche.«

Der andere Mann versuchte, sich zu fangen. »Es konnte mir kaum entgehen, zumal ihr Tod mit einem Serienkiller in Verbindung gebracht wird. Die Medien berichten ununterbrochen darüber.«

Will stellte seinen Becher auf einen freien Platz auf dem Schreibtisch des Arztes. »Sie und ich wissen beide, dass Sie schon lange davor von ihrem Tod wussten. Ist Dominic de Souza ein guter Freund von Ihnen?«

»Ein Kollege.« Dr. Symon zupfte an seinem Schlips.

»Wir – die Ärzte, die an der Westküste leben – versuchen, den Kontakt zu halten und einander zu helfen, wenn es geht.«

»Er hat Miriama Tutaia an Sie überwiesen.«

»Es ist wohl kein Problem, das zu bestätigen. Ich bin immerhin ihr Hausarzt.« Eine kurze Pause. »Brauchen Sie medizinische Daten, um ihre Identität zu bestätigen, geht es darum?« Er lächelte zittrig. »So einen Fall hatte ich noch nie, aber ich sehe kein Problem darin.«

Will sah Dr. Symon direkt an. »Was ich Sie jetzt frage, hat direkt mit dem Mord an Miriama zu tun. Bitte denken Sie genau nach, bevor Sie antworten.«

63

Anahera bat Will, sie an ihrem Jeep abzusetzen, als sie wieder in Golden Cove ankamen. Er stand immer noch vor Matildas Haus. »Immerhin ist er nicht auch noch in Flammen aufgegangen«, sagte sie, als sie ihre Einkäufe darin verstauten.

»Fährst du zum Café?«, fragte der Polizist, der inzwischen weit mehr für sie geworden war. »Passantrag?«

»Nein, das habe ich im Einkaufszentrum erledigen können.« Sie hatte ihren neu gekauften Laptop eingerichtet und ihren Handy-Hotspot benutzt, um den Antrag für die neuen Reisedokumente auszufüllen; es war hilfreich gewesen, dass sie noch in London alle notwendigen Dokumente gescannt und in der Cloud gespeichert hatte. »Ich wollte Jemima anrufen und fragen, ob sie sich mit mir treffen will.«

Die Polizei hatte das Anwesen der Bakers als Tatort abgesperrt. Jemima und ihre Kinder wohnten zurzeit im Gästehaus auf Daniels Grundstück. Daniel und Keira waren gerade nicht dort. Sie hatten am Tag nach Vincents Verhaftung das Land verlassen, weil Keiras Großmutter in Canberra einen schlimmen Schlaganfall hatte und auf der Intensivstation lag.

Jemima hielt das Tor verschlossen und ging nicht ans Telefon. Die Polizei war zu ihr gekommen, um sie zu verhören, statt sie zur Polizeiwache zu bringen – vermutlich, weil sie den Aufruhr fürchteten, wenn sie das Anwesen der Mays verließ.

Man hätte denken können, dass Golden Coves abgelegene Lage Vincents Familie vor dem Medieninteresse schützte, aber die Presse kampierte direkt vor den Toren des Anwesens. Hätte die Polizei nicht einen Streifenwagen dort abgestellt und deutlich gemacht, dass jeder, der den privaten Grund und Boden betrat, verhaftet werden würde, wären einige von den Medienleuten zweifellos über den Zaun geklettert.

Genug von ihnen hätten eine Anklage wegen unbefugten Betretens sicher achselzuckend in Kauf genommen, um exklusive Aufnahmen zu bekommen, aber die Blutsauger waren doch schlau genug, sich nicht mit den aggressiven Hunden anzulegen, die auf dem Gelände herumliefen. Matthew Teka hatte Jemima die Hunde angeboten, als einer der Reporter plötzlich vor ihrer Eingangstür stand, und sie hatte sie gern angenommen.

Das war das einzige Lebenszeichen, das man seit der Verhaftung von ihr gehört hatte.

»Sei vorsichtig.« Wills graue Augen hielten ihren Blick. »Matthews Hunde haben gestern ein Stück aus dem Bein eines Kameramanns gebissen.«

»Er hätte eben nicht versuchen sollen, zum Haus zu schleichen.« Anahera hatte keinerlei Mitleid für Leute, die sich den Kummer und das gebrochene Herz einer Frau für ihre eigenen Zwecke zunutze machten, schon erst recht nicht, weil sie nichts mit den schrecklichen Verbrechen ihres Mannes zu tun hatte.

»Wenn sie mich nicht dahaben will, dann gehe ich nicht.« So einfach war das.

»Du weißt schon, dass sie dir für das die Schuld geben könnte, was mit Vincent passiert ist?«

»Ja.« Sie berührte sanft seinen Kiefer. »Geh und sei ein Cop, Will. Ich werde eine Freundin sein, wenn sie eine will.«

Er gab ihr zum Abschied einen leidenschaftlichen Kuss

und einen warnenden Blick, dessen Botschaft glasklar war: *Sei auf der Hut. Jemima ist vielleicht nicht so unschuldig, wie sie aussieht.*

Das behaupteten die Raubtiere von den Medien. Sie wollten Jemima anschreien, sie fragen, ob sie etwas gewusst hatte. Wenn sie Nein sagte, würden sie sie fragen, wie um alles in der Welt sie *nicht* davon gewusst haben konnte.

Anahera war nicht naiv. Sie glaubte nicht, dass Jemima vollkommen unschuldig war. Die Frau hatte immerhin von Vincents Affäre gewusst, aber ihm dennoch dabei geholfen, das Bild eines perfekten Familienvaters aufrechtzuerhalten. Aber Jemima hatte nichts mit den Morden zu tun, da war sie sich sicher. Vincent hatte seine Frau gar nicht genug geschätzt, um sie in seinen psychopathischen Tagträumen eine Rolle spielen zu lassen.

Anahera legte ihre neue Laptoptasche auf den Beifahrersitz ihres Jeeps, rief Jemimas Nummer auf und rief sie an. Sie hatte es bereits einmal versucht, aber Jemima war nicht rangegangen. Weil sie sie in ihrem Albtraum nicht noch weiter bedrängen wollte, hatte sie es dabei belassen, zumal sie sicher war, dass Jemimas wohlhabende Familie kommen und sie retten würde. Aber entweder bestand die nur aus Arschlöchern, oder Jemima hatte auch zu ihnen keinen Kontakt mehr, denn abgesehen von den Reportern, waren keine Fremden nach Golden Cove gekommen.

Wieder klingelte das Telefon und klingelte. Sie wollte gerade auflegen, als Jemima doch noch ranging. »Ana?«

»Ja, ich bin's«, sagte sie. »Möchtest du Gesellschaft? Ich könnte Kaffee mitbringen.«

Es entstand eine kleine Pause, dann sagte Jemima: »Könntest du auch heiße Schokolade für die Kinder mitbringen? Mit mehr Milch als Schokolade? Sie haben schon einen Lagerkoller, weil sie die ganze Zeit im Haus sind.«

»Wird gemacht. Soll ich auf den Summer am Tor drücken, wenn ich komme?«

»Nein, ruf mich an. Die Reporter haben ständig auf den Summer gedrückt, also habe ich ihn ausgeschaltet. Außerdem hat jemand die Sicherheitskamera eingeschlagen, daher kann ich nicht sehen, wer am Tor ist.«

Vermutlich ein skrupelloser Reporter, der sich ungesehen anschleichen wollte. »Ich bin in ungefähr zwanzig Minuten wieder da.«

Im Café bestellte Anahera die Getränke bei der Aushilfs-Barista, die Josie angestellt hatte – eins von Shane Hennessys Groupies. Es hatte sich herausgestellt, dass das Mädchen schon in Wellington in einem Café gearbeitet hatte, bevor es nach Golden Cove kam. Und sie war gut. Aber es war dennoch verstörend, ein weiteres wunderschönes, flinkes Mädchen hinter dem Tresen zu sehen.

»Wie läuft es denn mit dem Job?«, zwang sich Anahera zu fragen.

Dunkle Augen sahen sie an. »Es ist ein bisschen merkwürdig. Die Leute fragen mich ständig nach dem Mädchen, das gestorben ist, aber ich kannte sie gar nicht. Aber meistens ist es gut. Wahnsinnig viel zu tun wegen all der Leute von außerhalb – ich bin froh, dass ich das nicht alles alleine machen muss.«

»Tania ist eine gute Kollegin.« Josie hatte neben der neuen Barista auch Tania Meikle gebeten, sich um die Tische zu kümmern; Josie selbst war praktisch außer Dienst. Ihre Füße waren ganz angeschwollen. Anahera hatte das schon gestern gesehen, als sie bei ihr vorbeischaute, bevor sie zu Will fuhr.

»Ja, das ist sie. Sie ist gerade losgegangen, um eine Bestellung zum Bed and Breakfast zu bringen.« Schaumige Milch floss auf ein wenig heiße Schokolade.

»Hat sie denn die Babysitterfrage geklärt?«

»Die Mutter ihres Mannes – die Dame ist ein bisschen miesepetrig, aber Tans sagt, dass sie lieb mit dem Baby umgeht.« Sie drückte die Deckel auf die Getränke für die Kinder und begann dann, den Kaffee zu machen. »Wollen Sie auch Kuchen?«

Die Erinnerung kam wie ein Keulenschlag. Ein anderes Mädchen und ein anderes Stück Kuchen.

»Ja«, antwortete sie. »Pack mir mal sechs Muffins ein.« Die Kinder würden sie genießen, und vielleicht konnte ja auch Jemima ein bisschen Zucker und Trost gebrauchen.

Sie schaffte es nur, alles mit nur einem Gang zum Jeep zu bringen, weil ihr die Barista ein Papptablett mitgab, das tatsächlich stabil war. Sie stellte es auf den Beifahrersitz und sicherte es mit der Kuchenbox auf der einen Seite und mit ihrer Laptoptasche auf der anderen und fuhr so vorsichtig auf die Straße.

Sie hatte alle Fenster hochgefahren und die Türen verriegelt, als sie in die Auffahrt des May-Anwesens bog. Auf halbem Weg kam sie nur noch im Schritttempo voran; an den Seiten der kleinen Straße standen Fernseh-Übertragungswagen nationaler und internationaler TV-Sender, große SUVs mit den Logos von Radiosendern darauf und Satellitenschüsseln auf dem Dach, sogar ein kleiner Bus.

Vincents Verhaftung hatte auf der ganzen Welt Schlagzeilen gemacht. Er war viel herumgekommen, und in allen Städten und Gemeinden, in denen er gewesen war, ging man jetzt die Akten der vermissten Personen durch und suchte nach Frauen und Mädchen, die ins Profil von Vincents Opfern passten. Bisher hatte die Polizei fünf mögliche Fälle identifiziert.

Jedes einzelne Gesicht hatte Anahera einen Schauer über den Rücken gejagt.

All diese Gesichter, all diese Frauen hätten ihre Schwestern sein können. Unterschiedliche ethnische Zugehörigkeiten, unterschiedliche Kulturen, aber sie hatten allesamt *irgendetwas* auf gruselige Weise Ähnliches, das sie verband.

Von hier aus konnte sie die Gruppe der Reporter oben sehen, aber sie konzentrierte sich auf ihr Ziel. Die Geier schwärmten um sie herum, kaum dass sie in ihre Reichweite kam. Sie hupte und fuhr vorsichtig weiter. Sobald sie stehen blieb, würde der tollwütige Mob es als Erlaubnis auffassen, sie so lange festzusetzen, bis sie ihnen Futter lieferte.

Das hatten sie auch nach Edwards Tod getan. Es war natürlich nicht ganz so schlimm gewesen. Es hatte keine Fragen über die Art seines Hinscheidens gegeben, aber die Medien hatten dennoch ein Zitat der »trauernden Witwe« eines »dramaturgischen Genies« gewollt, das »lange vor seiner Zeit von uns genommen« worden war.

Anahera hatte ihnen damals nichts gegeben, und diesmal würde sie das ebenfalls nicht tun.

Durch die Windschutzscheibe sah sie Lichter blitzen. Die Presseleute fotografierten sie in der Hoffnung, diese Bilder irgendwie nutzen zu können. Sicher würde sie irgendwer irgendwann identifizieren, aber das machte im Großen und Ganzen nichts aus. Das hier war nicht London, die Stadt, die sie erst als Edwards »mädchenhafte Braut« bewohnt hatte, als die »unverdorbene« junge Frau, die sein Herz direkt unter den Nasen der Society-Schönheiten gestohlen hatte.

Alle hatten sie kennenlernen wollen.

Anahera hatte sich in dieser Rolle nie wohlgefühlt, aber der Glamour und die Aufmerksamkeit hatten Edward glücklich gemacht, also hatte sie sich damit abgefunden. Es war ein kleines Opfer, dachte sie, wenn er sich so darüber freute. Dann erregte ihre Musik unerwartet die Aufmerksamkeit eines Plattenmanagers, und ihre Identität wurde neu geformt – jetzt war sie kein naives Mädchen mehr, sondern eine »talentierte Pianistin«. Edward hatte es genossen, dass sie jetzt eines von Londons »wichtigsten kreativen Paaren« waren.

Er war auf ihre Fähigkeiten stolz gewesen und hatte an Sonntagen stundenlang auf dem Sofa gelegen und ihrem Spiel zugehört.

Das war keine Illusion gewesen.

Und jetzt, als sie mit den Leuten von den Medien kämpfte, war sie plötzlich froh, dass er diese Augenblicke in der Sonne gehabt hatte, ihr fehlerhafter, talentierter, lügender, liebender Ehemann.

Die Kameracrew versuchte, sich Platz zu verschaffen und Anaheras Gesicht besser aufnehmen zu können. Sie versuchte gar nicht, es zu verstecken – sie würde sowieso früher oder später als Zeugin vor Gericht erscheinen müssen.

Schließlich hielt sie an, die Stoßstange nur einen Zentimeter vom automatischen Tor entfernt, und wartete, bis einer der Polizisten kam. Dann ließ sie ihr Fenster herunter. »Mrs Baker erwartet mich«, sagte Anahera. »Sie wird das Tor öffnen, wenn ich sie anrufe.«

Der Polizist sagte etwas ins Funkgerät an seiner Schulter und lauschte auf die Antwort. »Geben Sie uns zwei Minuten, um die Horde vom Tor zu verscheuchen. Und passen Sie auf die Hunde auf – sie kommen sofort angerannt, sobald sich die Tore bewegen.«

Die Polizisten machten ihre Arbeit. Die Reporter leisteten nicht allzu viel Widerstand – vermutlich, weil sie den von den Hunden gebissenen Kameramann noch gut in Erinnerung hatten. Ana rief an, nachdem ihr der Polizist zugenickt hatte. »Jemima, ich stehe vorm Tor.«

Es begann beinahe sofort, auseinanderzugleiten.

Sie wartete, bis es gerade genug geöffnet war, schlüpfte hindurch und sagte Jemima dann, sie könne es wieder schließen. Vier riesige schwarze Hunde schossen zwischen den Bäumen hervor, bellend und mit gefletschten Zähnen. Sie rannten direkt auf ihren Jeep zu.

64

Herrgott, Jemima.«

»Fahr weiter«, befahl sie. »Sie haben es auf die Leute hinter dem Tor abgesehen. Matthew hat mir versichert, dass sie darauf trainiert sind, diese Grenze nicht zu überschreiten.«

Anahera war sich da nicht so sicher, aber sie fuhr weiter, während sich das Tor hinter ihr wieder schloss. Gerade noch rechtzeitig. Einer der Hunde krachte mit weit geöffnetem Maul dagegen. Kein Wunder, dass Jemima ihre Kinder nicht rausließ.

Sie parkte den Jeep direkt vor der Eingangstür des Gasthauses, das aus Glas und Holz gezimmert war. Sie konnte die Hunde von hier aus nicht hören, bewegte sich jedoch so schnell wie überhaupt menschenmöglich, um die Getränke und die Kuchen zu nehmen und auszusteigen. Jemima wartete schon in der Tür auf sie. Ihre meergrünen Augen leuchteten in ihrem porzellanblassen Gesicht.

»Hier, ich nehme das«, sagte sie mit einer Liebenswürdigkeit, die routiniert wirkte.

»Diese Hunde, Jem.« Anahera schloss die Tür hinter sich und nahm Jemima die Getränke wieder ab. »Ich sehe auch, dass sie ihre Aufgabe erfüllen, aber sie sind wirklich bösartig.«

»Matthew holt sie morgen wieder ab«, sagte Jemima und führte sie in ein großes Wohnzimmer, in dem gemütlich und warm ein Feuer knisterte.

Ihr Gesicht hatte sich verändert, als sie eintrat, es wirkte jetzt heller und glücklicher. »Ihr Süßen, schaut mal, was meine Freundin Anahera uns mitgebracht hat! Etwas Leckeres!«

Die beiden Kinder sprangen von ihren Legosteinen auf dem Boden auf. Sie standen zappelig und mit glühenden Gesichtchen vor ihr, sagten aber trotzdem noch »Danke!« zu Anahera, bevor sich jedes von ihnen einen Muffin aus der Schachtel nahm, die ihre Mutter ihnen offen hinhielt.

»Ich stelle eure Getränke hierhin«, sagte Jemima zu den Kindern und stellte sie auf einen Beistelltisch in der Nähe ihrer Spielsachen. »Ihr wisst ja, dass ihr euch an diesen Tisch setzen müsst, wenn ihr essen und trinken wollt.«

Die beiden nickten fröhlich, die Gesichter schon mit rosa- und lilafarbener Glasur verschmiert.

Jemima legte die übrig geblieben Kuchen auf den Esstisch ganz rechts in dem offenen Raum, und Anahera folgte ihr mit den Kaffees. Jemima lächelte ihre Kinder an. Die Kraft, mit der sie ihre Trauer und ihren Kummer in ihrer Gegenwart zurückhielt, war unglaublich. »Wenn ich die Kuchen bei ihnen liegen lasse, können sie nicht widerstehen, und in ihre kleinen Bäuchlein passt nicht allzu viel hinein.«

Anahera zog sich den Anorak aus und hängte ihn über die Stuhllehne, dann setzte sie sich Jemima gegenüber. »Es sind süße Kinder.« Gut erzogen, keine höflichen Roboter, die Angst hatten, einen falschen Schritt zu tun. Jetzt malten sie sich mit der Glasur ihrer Kuchen gegenseitig Schnurrbärte ins Gesicht und kicherten.

Jemimas Gesicht fiel eine Sekunde lang in sich zusammen, dann setzte sie wieder ihre fröhliche Maske auf. »Ich weiß nicht, was das mit ihnen macht«, sagte sie so leise, dass Jasper und Chloe es nicht hören konnten. »Aufzuwachsen als Kinder eines Serienmörders?« Ihre Qual war wie eine offene Wunde. »Daniel kommt morgen zurück ins Land, um sich um ein paar dringende Business-Angelegenheiten zu kümmern. Er hat gesagt, dass er uns rausfliegen kann. Immerhin kann ich meine Babys hier rausbringen.«

»Gut. Du brauchst all diese Hässlichkeit wirklich nicht vor deiner Tür.« Diese Geier würden so schnell nicht fortgehen. »Es ist nett von Daniel anzubieten, euch fortzufliegen.« Die Nachrichtenhubschrauber zogen hin und wieder über das Haus, aber sie konzentrierten sich eher auf das Anwesen der Bakers und den Tatort im Busch dahinter – Vincents Privatfriedhof. Wenn Daniel den richtigen Zeitpunkt erwischte, konnte er in der Luft und fort sein, bevor irgendwer begriff, dass er nicht allein im Hubschrauber saß.

»Vincent hatte nie ein gutes Wort für Daniel übrig. Als die Polizei kam und sagte, wir könnten nicht weiter im Haus bleiben, wusste ich nicht, was ich tun sollte, aber Daniel und Keira waren sofort zur Stelle.«

Anahera nahm an, dass Daniel einen Tipp von der Polizei bekommen hatte – und sie glaubte, den Namen dieses Polizeikontakts zu kennen. »Daniel ist kein schlechter Kerl.« Arrogant, ja, aber wenn es darauf ankam, war er da.

Jemima drückte ihren Pappbecher, bis er eingedellt war. »Meine Familie wollte herfliegen, als sie davon hörten, aber ich wollte, dass sie wegbleiben. Sie kamen aber trotzdem und warten jetzt in Christchurch.« Sie schluckte. »Ich musste mir erst über einiges klar werden. Ich hätte es nicht ertragen, wenn mein Vater mir gesagt hätte, was ich tun soll, während meine Schwestern mein Leben organisierten.«

Anahera lehnte sich zurück und ließ Jemima reden, und sie erfuhr, dass Vincent die sanfteste und nachgiebigste der vier Schwestern gewählt hatte, die Frau, die am wenigsten dazu neigte, seine Handlungen zu hinterfragen.

»Ich habe alles mitgemacht«, flüsterte Jemima. »Die Nächte, in denen er einfach verschwand, die Tage, an denen er die Kellertür verschloss und mich und die Kinder einfach ignorierte, dass er so kalt zu mir war, wenn wir allein waren, und so warm und voller Zuneigung, wenn wir in der Öffentlichkeit waren – ich redete mir ein, dass das der wahre Vincent sei. Denn das war der Vincent, der sich um mich bemüht hatte. Der mich geheiratet hatte.«

Anahera nickte. »Ich verstehe.«

Das Gesicht der anderen Frau verzog sich, ihre Lippen zitterten. »Du bist der erste Mensch, der das sagt, von dem ich weiß, dass er es wirklich versteht. Danke, dass du dein Geheimnis mit mir geteilt hast. Ich werde es niemandem erzählen.«

Es war so ehrlich, so ohne jede Verstellung. »Und alles, was du mir erzählst«, erwiderte Anahera, »bleibt zwischen uns. Egal, was passiert.«

»Du bist mit diesem Cop zusammen.«

»Ich bin vor allem eine eigenständige Persönlichkeit.« Sie verstand die hässliche Wahrheit, dass Langzeit-Missbrauch eine heimtückische Wirkung auf die Psyche hatte; niemand, der nicht in Jemimas Situation gewesen war, hatte das Recht, über sie zu urteilen. »Mein Vater schlug meine Mutter die meiste Zeit. Und sie blieb. Sie verteidigte ihn sogar gegen die Leute, die ihn einen Schläger nannten. Sie sagte ihnen, er sei ein wunderbarer Ehemann und Vater.«

Jemima starrte Anahera an. »Hat sie es von ihm weg geschafft?«

»Fünf Jahre vor ihrem Tod. Als er mich zum ersten Mal schlug.« Anahera konnte immer noch fühlen, wie ihr Kopf hart zurückgerissen wurde und ihr Körper in die Ecke flog. »Ich bin zwischen sie gegangen, und dann hat er auf mich eingeprügelt. Davor hatte ich mich schon gewundert, dass er mich selbst im heftigsten Zorn nie anrührte. Es war die absolute Grenze meiner Mutter.« Das, was Haeata nicht verzieh.

Jemima wischte sich hektisch die Tränen aus dem Gesicht. Mit einem schnellen Seitenblick vergewisserte sie sich, dass die Kinder nichts gesehen hatten. »Ich war kurz davor«, flüsterte sie. »Er hatte begonnen, die Kinder immer mehr zu ignorieren – es sei denn, er brauchte sie für einen Fototermin. Sie rannten dann zu ihm, um ihn zu umarmen, und …« Sie starrte lange ins Nichts. »Vincent schrie nie, aber er war so kalt, als wären unsere Babys streunende Tiere, die nichts mit ihm zu tun hatten.« Ihre Finger umfassten den Pappbecher fester. »In der Nacht, im Dunkeln, liege ich wach und frage mich, ob ich ihn irgendwann verlassen hätte. Oder ob ich geblieben wäre, obwohl meine Kinder litten.«

Anahera schaute zu den beiden mit bunter Glasur beschmierten Kindern herüber, die die Ellbogen auf den Beistelltisch gestützt hatten und ihre heiße Schokolade tranken. Sie sagte: »Soweit ich das beurteilen kann, sind sie glücklich und ausgeglichen. Was auch immer Vincent ihnen versagte, hast du ihnen reichlich gegeben.«

Ein zitterndes Lächeln. »Glaubst du?«

»Ich habe dich noch nie angelogen.«

Das Lächeln vertiefte sich und verschwand dann. »Ich wusste es nicht«, sagte Jemima mit hohler Stimme. »In jenen Nächten, in denen er verschwand, glaubte ich, er ginge aus und schliefe mit anderen Frauen. Vielleicht mit Prostituierten. Das war das Schlimmste, was ich mir vorstellen konnte.«

»Ich glaube nicht, dass jede Frau sofort an Mord denkt, wenn ihr Ehemann über Nacht fortbleibt.« Anahera beugte sich vor. »Die Medien werden dich jagen. Wenn du ein Interview geben willst, pass auf, dass du die Kontrolle darüber behältst.«

»Ich werde nicht mit Reportern sprechen«, murmelte Jemima. »Meine älteste Schwester Catherine ist Rechtsanwältin. Sie war schon immer die Stärkste von uns, und ich gehe ihr eigentlich aus dem Weg, aber jetzt habe ich sie angerufen und sie gefragt, ob die Kinder und ich verschwinden können.«

Sie atmete lang aus. Als sie weitersprach, hörte man ihren südafrikanischen Akzent wieder heraus. »Catherine sagte, in so einem kleinen Land sei das fast unmöglich. Jeder Nachrichtenkanal wird diese Geschichte monatelang breittreten, vielleicht sogar jahrelang, zusammen mit Fotos von Vincent und mir. Immerhin waren sie bisher anständig genug, die Kinder aus der Sache herauszuhalten.«

Sie nahm einen Schluck vom lauwarmen Kaffee. »In Südafrika ist die Geschichte auch ganz groß, wegen der Stellung meiner Familie dort.« Der Akzent wurde immer stärker, die Risse in der perfekten Fassade, die Vincent gefordert hatte, wurden immer größer. »Mein Gesicht ist offenbar überall.«

»Du musst irgendwohin, wo du ganz von vorn beginnen kannst.« Manche würden das vielleicht Weglaufen nennen, aber diese scheinheiligen Idioten konnten ihr egal sein. Sie hatten keine Ahnung von diesem Horror. »Europa?«

»Ja, das habe ich auch gedacht. Vincent ist in London bekannt, auch in ein paar Städten wie Paris und Mailand, aber die meisten Business-Kontakte hat er in den USA und in China. Catherine sagt, die Geschichte ist in Europa über London kaum hinausgekommen.«

Jemima befeuchtete sich die Lippen und fuhr dann fort: »Ich war während der Highschool als Austauschschülerin in Deutschland. Ich spreche die Sprache und weiß, wie es dort zugeht. Dort leben über 80 000 000 Menschen. Wir könnten zwischen ihnen verschwinden, noch drei blonde Köpfe in der Masse.«

Anahera streckte die Hand aus und schloss sie um Jemimas Handgelenk. »Tu das«, flüsterte sie. »Kümmere dich um dich und deine Kinder. Sei egoistisch.«

»Die Polizei hat mir nicht verboten zu gehen, aber sie haben mir empfohlen, im Land zu bleiben. Sie wollen, dass ich zu den Nächten Aussagen mache, in denen Vincent im Laufe der Jahre verschwunden war.« Ein gehetzter Blick. »Ich habe Tagebuch geführt.« Sie presste verzweifelt die Lippen aufeinander und kniff die Augen zusammen.

»Hast du es der Polizei gegeben?«, fragte Anahera, als sie sicher war, dass Jemima wieder sprechen konnte.

»Beim zweiten Verhör«, antwortete sie leise. »Als ich mir nicht länger etwas vormachen konnte, nachdem sie mir das Band vorgespielt hatten, auf dem Vincent die schrecklichsten, schlimmsten Dinge gesteht.«

»Dann hast du schon mehr als genug getan. Vincent spricht darauf fröhlich alles aus – er wird nie wieder freikommen, ob du nun aussagst oder nicht.« Anahera wusste, wenn Jemima jetzt nicht ging, würde sie in Vincents endlosen Verhandlungen und Einsprüchen und Spielchen verloren gehen.

»Er hat mich angerufen.« Jemimas Finger, die den Pappbecher hielten, zitterten jetzt. »Aus dem Gefängnis. Und er war wieder mein Vincent. Oh Gott, Ana, wenn ich hierbleibe … ich habe solche Angst, mich dann nie befreien zu können.« Ein raues Flüstern. »Dann lässt er mich nie los.«

»Ich werde dir helfen, wie ich kann.« Auf keinen Fall würde Anahera Vincent erlauben, noch ein Opfer für sich zu beanspruchen. »Wenn die Polizei dein Vermögen eingefroren hat, gebe ich dir die Karte von meinem Londoner Konto.« Es lag eine Menge Geld darauf, mehr als genug, um einer Frau auf die Beine zu helfen. »Du kannst von überall in Europa darauf zugreifen, und keiner wird die Spur je zu dir zurückverfolgen können.«

Jemima warf einen Blick zu ihren Kindern hinüber, sah dann wieder Anahera an. »Was … was, wenn ich etwas wusste? Was, wenn ich im dunkelsten Teil der Nacht etwas geahnt habe? Was, wenn ich einen Blutfleck auf Vincents Poloshirt gesehen habe, als er nach Hause kam?«

Anahera sah direkt in Jemimas meergrüne Augen, deren Pupillen ganz geweitet waren, und sagte leise: »Was hat er dir angetan, wenn er in jenen Nächten nach Hause kam?«

Jemimas Hand flog zu ihrem Mund, und sie unterdrückte einen Aufschrei. »Woher wusstest du das?«, flüsterte sie durch ihre Finger hindurch.

Sie wusste es, weil sie einem Freund ins Gesicht gesehen und ein Ungeheuer voller sexueller Erregung gesehen hatte. Tod, Angst, all das war für Vincent erotisch gewesen. »Er trägt Masken, Jemima. Ehemann, Freund, ein verlässliches Mitglied der Gesellschaft. Aber darunter ist er zutiefst gestört.«

Tränen schimmerten in Jemimas Augen. Sie ließ die Hand fallen und sagte: »Glaubst du, dass es an dem liegt, was sein Vater getan hat?«

»Ich weiß es nicht.« Die Baker-Eltern waren nicht mehr da, sie konnten sich nicht mehr verteidigen. »Aber zwei Söhne zu haben, die sich so ... falsch entwickelt haben. Das kann eigentlich kein Zufall sein.«

»Ich weiß, dass es schrecklich ist, das zu sagen, aber ich wünschte, die Missbrauchsgeschichte wäre wahr.« Jemima warf einen verzweifelten Blick in Richtung Jasper und Chloe, die lebhaft über den Bau eines Lego-Schlosses diskutierten. »Dann können meine Kinder frei sein. Sie müssen sich dann nie Sorgen darüber machen, ob sie vielleicht mit dem Bösen in sich geboren wurden.«

»Ich erinnere mich daran, wie ich einmal mit Vincent am Strand spielte, als wir vielleicht sechs Jahre alt waren. Er machte so eklige Schmatzgeräusche mit den Achseln, lachte darüber, wie sich die Möwen zankten, und machte mich ganz verrückt, indem er mir Sand hinten ins T-Shirt steckte und dann wie der Teufel wegrannte. Das waren alles normale Kleine-Jungs-Sachen.« Anahera hatte diesen Sommer ihrer Kindheit schon fast vergessen.

Jetzt schmerzte es, sich daran zu erinnern, sich an den Jungen mit den leuchtenden Augen zu erinnern, der vielleicht nicht als Ungeheuer auf die Welt gekommen war. »Er wurde dann immer stiller. Ich habe mir darüber nie Gedanken gemacht, es ging so langsam, aber er wurde ein ganz anderer als der kleine Junge, der Muscheln für unsere Sandburg sammelte und die Einsiedlerkrebse nur beobachtete, sie aber nicht fing.«

»Danke«, flüsterte Jemima und nahm Anaheras Hand. »*Danke.*«

Sie schauten ein paar lange Minuten den Kindern zu.

»Es war keine Vergewaltigung«, sagte Jemima so leise, dass es kaum hörbar war. »Es konnte keine Vergewaltigung sein. Ich habe ihn geliebt.«

Aber in Jemimas Gesicht sah Anahera, dass sie ihren eigenen Worten nicht glaubte. »Versprich mir eins«, sagte sie. »Du sprichst mit jemandem über all das, sobald du in Sicherheit bist. Mit einem Therapeuten, einem Priester, mit irgendwem.«

»Wirst du ... wirst du dich melden?« Ein gehetzter, ausweichender Blick.

»Versuch, mich loszuwerden.« Anahera blickte ihr direkt in die Augen. »*Kia kaha*, Jemima. Du hast das Böse überlebt, das dich zerstören wollte. Du wirst es schaffen.«

65

Will ging direkt in Dominic de Souzas Praxis, nachdem er sich von Anahera getrennt hatte. Das »Geschlossen«-Schild hing an der Tür, aber als er zu Dominics Haus ging, reagierte niemand auf sein Klopfen.

»Er ist vor einer Weile gegangen«, rief eine Nachbarin Will zu. »Armer Kerl. Er läuft die ganze Zeit immer mit gebeugten Schultern.«

»Haben Sie gesehen, in welche Richtung er gegangen ist?«

Natürlich zeigte sie in Richtung Meer.

Dort hatte das hier begonnen. Und dort würde es auch enden.

Will ging zu dem Teil des Strandes, wo Anahera Miriamas Leiche an Land gezogen hatte. Dort lagen jetzt Blumen, die Freunde und Familienmitglieder dort abgelegt hatten. Schon in der ersten Nacht war das Absperrband weggeweht, aber nichts konnte auslöschen, was hier geschehen war, obwohl sowohl Pastor Mark als auch der hiesige *kaumātua* gekommen waren, um diesen Ort zu segnen.

Dominic kniete neben den Blumen, er schluchzte, und seine Schultern zuckten. Will versuchte gar nicht, leise zu gehen, und der Sand dämpfte ohnehin jedes Geräusch. Also ging er in einem weiten Kreis um ihn herum, aber der Arzt bemerkte ihn immer noch nicht.

Er reagierte nicht einmal, als sich Will neben ihn in den Sand setzte. Mit den Blicken hatte er ihn bereits nach Waffen abgetastet. Dominic trug nur ein dünnes weißes Hemd und dunkelbraune Hosen, die aussahen, als gehörten sie zu einer Anzugjacke. Der Wind schmiegte den Stoff gegen seinen Körper. Es war eindeutig, dass er nichts unter seiner Kleidung verbarg. In der Hand hielt er nur ein Armband.

Es glitzerte silbern und bronzefarben in der Sonne.

»Gehörte das Miriama?« Will hatte es mehr als einmal an ihrem Handgelenk glitzern sehen.

Dominic nickte heftig, hob das Armband dann an seine Lippen und drückte einen Kuss darauf. Tränen flossen ihm über das Gesicht. »Ihr Lieblingsarmband«, sagte er. »Sie hat es bei mir vergessen, als sie das letzte Mal bei mir schlief.«

Er ließ die Hände auf die Schenkel fallen und schaute aufs Wasser hinaus. »Ich kann immer noch nicht glauben, dass sie tot ist. Sie war so lebendig, so sprühend. Mein Sonnenschein.«

Will hatte sich so hingesetzt, dass er Dominics Gesicht sehen konnte. Jetzt erkannte er, dass seine Trauer echt war. »Ich komme gerade von einem Gespräch mit Dr. Symon.«

Daniel wirkte geradezu erleichtert. »Oh«, sagte er und starrte auf das Armband in seiner Hand. »Ich wusste, dass das irgendwer irgendwann tun würde.«

»Wir dachten alle, Sie wären Miriamas Arzt«, sagte Will, »es ist ja eine Kleinstadt.«

»Man hätte mir meine Zulassung entziehen können, wenn jemand hätte Ärger machen wollen und behauptet hätte, ich hätte eine Patientin verführt.« Dominic schluckte hart. »Sie hatte keinen Grund, in meine Praxis zu kommen, seit ich sie von Dr. Wong übernommen hatte. Als wir zusammenkamen und ich sah, dass sie in meiner Kartei war, überwies ich sie an Dr. Symon. Um die ethischen Grenzen nicht zu überschreiten, wissen Sie.«

Will nickte. »Das war gut«, sagte er. »Sie hätten es dabei belassen sollen.«

Wieder brach Dominic in Schluchzen aus, sein ganzes Gesicht verzerrte sich dabei. Er ließ sich zurückfallen, saß jetzt mit aufgestellten Füßen im Sand und schlug sich das Armband gegen die Stirn. »Ich habe mir solche Sorgen gemacht«, sagte er nach langer Zeit, jetzt mit rauer Stimme. »Sie ging immer öfter zum Arzt. Als ich sie deswegen fragte, sagte sie: ›*Kāore he raru.* Mach dir keine Sorgen, Liebster.‹ Sie fühle sich nur ein wenig komisch und wolle ihr Blut auf Eisenmangel untersuchen lassen, weil sie darunter schon als Kind gelitten habe.«

Er hob den Kopf und starrte wieder hinaus aufs Meer. »Ich glaubte ihr nicht richtig, beließ es aber dabei. Ich dachte, das sei vielleicht etwas, was eine Frau peinlich fand – es ist merkwürdig, wie die Leute manchmal sind, sogar beim Arzt. Ich wollte nicht, dass sie sich bei mir irgendwie gehemmt fühlt.«

»Wann haben Sie es herausgefunden?«, fragte Will.

»Wir waren knapp drei Monate zusammen, als sie ganz aufgeregt zu mir kam und sagte, es tue ihr leid, aber sie glaube, ihre Verhütung habe versagt. Sie sei schwanger, ob es mir etwas ausmache?«

Er lachte unter Tränen. »Ob es mir etwas ausmachte? Ich war außer mir vor Freude. Ich dachte, das bedeute, dass sie jetzt zu mir gehöre. Ich versprach ihr, sie zu heiraten, noch bevor man es sah, damit sie nicht unter dem Klatsch leiden müsste. Ich sagte, ich wolle ihr einen richtigen Heiratsantrag machen, damit sie sich um nichts betrogen fühlte. Ich hatte ohnehin schon den Ring, ich wollte sie sowieso fragen.« In seiner Stimme war immer noch das Echo seines Glücks zu hören.

Will unterbrach ihn nicht. Manchmal war es am besten, jemanden einfach reden zu lassen. Und es wirkte, als hätte Dominic de Souza lange darauf gewartet, reden zu können. Aber im Gegensatz zu Vincent prahlte er nicht. Für ihn war das Reden eine verzweifelte Katharsis.

»Ich war so begeistert, dass wir zusammen dieses Geheimnis hatten. Ich hatte das Gefühl, platzen zu müssen, es jemandem sagen zu müssen, aber ich konnte nur mit Dr. Symon darüber sprechen.« Er spielte wie unter Zwang mit dem Armband. »Eine Woche lang konnte ich widerstehen, dann nahm ich das Telefon. Er gratulierte mir, nachdem ich ihm erzählt hatte, dass Miriama mir die Neuigkeit gesagt habe. Wollte ihn nicht in eine schwierige Situation bringen, wollte, dass er wusste, dass ich es bereits erfahren hatte.«

Will nickte, obwohl das bedeutete, dass sie die ärztlichen Verschwiegenheitsregeln ein wenig gebeugt hatten. Hätte es an dieser Stelle geendet, wäre alles in Ordnung gewesen, Miriama hätte nicht sterben müssen.

»Ich habe noch Witze darüber gemacht, dass ich mich genauso verhalte wie die anderen werdenden Väter, über die wir in der Hochschule Scherze gemacht hatten. Ich hatte dieselben Ängste und Sorgen, obwohl ich wusste, dass Miriama jung und fit und vermutlich im bestmöglichen gesundheitlichen Zustand für eine Schwangerschaft war.«

»Sie waren glücklich.«

Dominic lächelte schief. »Das war ich. Es dauerte eine Weile, bis ich die volle Bedeutung begriff, als mir Dr. Symon sagte, dass Miriama schon nach unserem ersten Zusammensein schwanger geworden sein müsse. Sie war schon im dritten Monat.« Er starrte auf das Armband. »Er sagte es so kumpelhaft, so verschwörerisch, wie es Kerle untereinander tun, und gratulierte mir dazu. Und er war so sehr damit beschäftigt, dass er gar nicht merkte, dass ich verstummt war.«

Er ließ den Kopf sinken und sagte ein paar lange Minuten gar nichts. Als er wieder hochsah, strömten ihm stille, heiße Tränen die Wangen herunter. »Ich habe bald danach aufgelegt, dann habe ich mir all unsere gemeinsamen Fotos angeschaut, nur um sicherzugehen, dass ich nicht falschlag. Ich wusste, dass ich recht hatte. Aber ich musste sicher sein, wissen Sie, absolut sicher.«

Er atmete jetzt unregelmäßig. »Ich habe bei unseren Verabredungen immer Fotos gemacht. Und ich habe ein Foto an dem Abend gemacht, als Miriama und ich zum ersten Mal … als wir zum ersten Mal auf diese Weise zusammen waren. Wir saßen beide am Strand, der Wind wehte ihr das Haar zurück, und ich hatte diesen trotteligen Gesichtsausdruck. Kurz nachdem ich dieses Foto gemacht hatte, schlang sie mir die Arme um den Hals, küsste mich und sagte: ›Komm, wir gehen zu dir.‹«

Er hatte eine Hand im Sand vergraben und ballte sie. »Ich hatte darauf gehofft, aber nie gedrängt, weil ich wusste, wie viel ihr Glaube ihr bedeutete. Aber an diesem Tag, am selben Tag, an dem sie von ihrem Termin bei Dr. Symon zurückkam, sagte sie Ja. Und ich hatte keine Ahnung, wie hirnlos ich war, keine Ahnung, dass sie mich nur benutzte. Ich war glücklich.«

»Warum?«, fragte Will, damit Dominic de Souza sich nicht mehr selbst belügen konnte.

»Weil sie schon wusste, dass sie schwanger war«, erwiderte er. »Bevor wir überhaupt miteinander schliefen. Ich frage mich, was sie mir gesagt hätte, wenn das Baby zwei Monate zu früh gekommen wäre. Hat sie geglaubt, ich hätte ihr eine Frühchen-Geschichte abgekauft? Ich bin verdammt noch mal Arzt.«

»In ihrem Tagebuch«, sagte Will, »stand, dass sie Sie für einen guten Mann hielt, einen Mann, mit dem sie eine Zukunft haben konnte, den sie zu lieben begann. Ich glaube, sie hätte Ihnen die Wahrheit gesagt, wenn Sie ihr die Chance gegeben hätten.«

Dominics Blick war verrückt vor Trauer, als er ihn ansah. »Bitte sagen Sie das nicht. Bitte *sagen Sie das nicht.*«

»Sagen Sie mir, was Sie getan haben, Dominic.« Es war an der Zeit. »Miriama verdient das. Sie vertraute Ihnen nicht nur sich selbst, sondern auch ihr Kind an.«

Dominics gesamtes Selbst fiel in sich zusammen. »Nachdem ich mit Dr. Symon gesprochen hatte, wusste ich nicht, was ich tun sollte. Ich dachte darüber nach, mit ihr Schluss zu machen, aber wie hätte ich sie gehen lassen können? Sie war mein. Die schönste Frau, die ich je gesehen hatte, und sie war mein.«

Vielleicht hatte er Miriama geliebt, dachte Will, aber es ging ihm auch darum, sie zu besitzen. Genau wie Vincent hatte Dominic ein wunderschönes, kostbares Wesen einfangen und ihm seinen Stempel aufdrücken wollen.

»Sie fragte mich immer wieder, was los sei, und ich sagte nichts. Ich versuchte, alles so zu tun wie in der Zeit, als ich es noch nicht wusste. Mehr als eine Woche verging, und es war in Ordnung. Der Tag ...« Er rang nach Luft. »Ich habe an dem letzten Tag ein Picknick gemacht, und wir lachten zusammen, und ich dachte, alles würde gut werden.«

Er atmete aus. »Aber sobald wir uns trennten, konnte ich nur noch daran denken, wie sie mich jede einzelne Minute unseres Zusammenseins angelogen hatte. Der Schrei in mir wurde immer lauter, bis ich es nicht mehr ertragen konnte. Ich ging zu den Klippen. Ich wollte sie anrufen und bitten, sich dort mit mir zu treffen ... und dann war sie plötzlich da und rannte auf mich zu.« Ein krankes Lächeln. »Es war fast, als wäre es vorherbestimmt gewesen. Sie lächelte, als sie mich erkannte.«

»Sie hatten ein Alibi.« Es war aber nicht perfekt gewesen; schwierig, aber nicht unmöglich.

»Sie musste den letzten Teil zu den Klippen gesprintet

sein. Das tat sie manchmal. Sie war außer Atem, als sie ankam … und mein Auto stand direkt dort.«

Zwei, drei Minuten extra. Der Preis eines Lebens.

»Sind Sie direkt zu dem Strudel gegangen?« Jener schwarze Wasserschlund war der einzig mögliche Tatort, wenn man den Zeitrahmen in Betracht zog.

»Nein. Wir sind den Waldpfad entlanggegangen, der parallel zu den Klippen verläuft. Da gibt es diese Stelle, an der er sich etwas öffnet und man direkt am Strudel steht. Nicht an der Kante«, Daniel flüsterte jetzt, »sondern bei den Bäumen, in Sicherheit.«

Will hatte unter diesen Bäumen nachgesehen, aber die vielen vom Wind abgerissenen Blätter hatten es unmöglich gemacht, irgendwelche Veränderungen des Bodens zu erkennen.

»Miriama hörte auf zu lächeln, als ich ihr vorwarf, sie habe mich hereingelegt.« Dominic wischte sich mit dem Handrücken die Tränen aus dem Gesicht. »Sie flehte mich an, ihr zuzuhören, sagte, sie habe mich nie ausnutzen wollen. Sagte, ich sei der beste Mann, der je in ihrem Leben gewesen sei. Ich konnte ihr nicht zuhören, ich war *so* wütend. Ich sagte ihr, sie müsse wählen – das Baby oder ich. Ich sagte ihr, sie müsse abtreiben, dass ich auf keinen Fall den Bastard eines anderen Mannes großziehen würde. Sie war *mein*.«

Will sah die Szene vor seinem inneren Auge, die lebensprühende Miriama an der Kante der Klippe, die aufgebracht mit diesem Mann stritt, der geglaubt hatte, einen Stern vom Himmel gepflückt zu haben, und der ihn mit Leib und Seele besitzen wollte. »Was ist dann passiert?«

»Wie sie mich ansah, als ich das sagte«, flüsterte Dominic, »wie sie die Arme vor der Brust verschränkte und mich einfach nur ansah. Als wäre ich ein Ungeheuer. Und dann wurde alles ganz rot vor meinen Augen, und ich erinnere mich nicht mehr, was dann passierte. Woran ich mich erinnere, ist, dass Miriama tot in meinen Armen lag, als sich der rote Schleier hob. Da waren Abdrücke um ihren Hals, die eine Seite ihres Gesichts war zerschmettert, als hätte ich sie mit aller Kraft geschlagen, der Rest ihres Gesichts war angeschwollen. Ihre Augen waren ganz blutunterlaufen.«

Will kaufte ihm den Gedächtnisverlust in äußerster Wut nicht ab. Oh, da war definitiv Wut gewesen, dessen war er sich sicher. Dominic hatte sicher nicht geplant, Miriama umzubringen. Er hatte es in einem Wutanfall getan. Paradoxerweise war es genau dieser Mangel an Planung, der ihn beinahe hätte davonkommen lassen – er hatte keine Anrufe gemacht, keine Pläne geändert, keine Waffen gekauft.

Und er war hinterher ehrlich am Boden zerstört gewesen.

Aber es war nicht leicht, eine Frau mit bloßen Händen zu erwürgen; das dauerte keine Sekunden, sondern lange Minuten. Dominic erinnerte sich an das, was er getan hatte, selbst wenn er zu feige war, in die Vergangenheit zu blicken und seinen eigenen Schrecken zu sehen.

Aber der Schlag ... er erklärte, warum Dominic keine Kratzer im Gesicht oder an den Armen gehabt hatte, warum es keine Kampfspuren gab. Will würde es niemals genau erfahren, aber er hatte den Verdacht, dass Dominics Faustschlag Miriama bewusstlos geschlagen hatte. Leichte Beute für einen Mann, der entschlossen war, sie zu erwürgen. »War da Blut?«

»Ich weiß es nicht.« Dominic schluckte hart. »Aber ich habe immer etwas zum Umziehen im Auto, falls sich ein Patient auf mich übergibt oder Ähnliches, wenn ich draußen auf den Farmen bin. Ich habe mich an einer einsamen Stelle auf der Straße umgezogen und habe die alten Kleider in einen Container geworfen, den die Stadt für die Camper aufgestellt hat.«

Niemand, das begriff Will jetzt, hatte das bemerkt, weil Dominic immer weiße oder helle Hemden und dunkle Hosen trug.

»Ich habe sie hochgehoben und in den Strudel geworden«, flüsterte Dominic. »Ich habe meine wunderschöne Miriama in den Strudel geworfen und bin dann zu meinem Auto zurückgerannt. Ich musste sie nur ein paar Meter tragen. Sie war groß, aber sie war nicht schwer. Ich habe meine Miriama ins schwarze Wasser geworfen.«

»Sie ist ertrunken.«

Dominic schrie und schrie und schrie. »Ich bin Arzt! Ich habe ihren Puls überprüft!«

Und doch glaubte Will Ankita. Miriama war ertrunken. Vielleicht hatte Dominic unter Schock einen Fehler gemacht … und vielleicht hatte er auch die kaltblütige Entscheidung getroffen, mit der er für den Rest seines Lebens würde leben müssen.

Dominic schrie immer weiter, bis sein Hals wund war, und dann herrschten eine halbe Stunde lang nur noch Stille und das Geräusch des Windes.

»Kann ich mich von ihr verabschieden, bevor Sie mich festnehmen?« Dominics Stimme war jetzt so heiser, dass er nur noch krächzte.

Will nickte. Der junge Arzt nahm das Armband und einen Blumenstrauß, den er mitgebracht haben musste, und ging damit ans Ufer. Will war eine Sekunde später schon auf den Beinen, als Dominic de Souza versuchte, ins aufgewühlte Meer zu rennen.

Will zerrte den Mann aus dem Wasser, das sie einzusaugen versuchte, und warf ihn zu Boden. »So leicht kommen Sie nicht davon«, sagte er. »Sie werden sich für Ihr Verbrechen vor Gericht rechtfertigen, und Sie werden Matilda ins Gesicht sehen, während Sie erzählen, was Sie Miriama angetan haben.«

Dominic de Souza schluchzte im Sand. Er hielt das Armband umklammert, und sein Mund formte ein einziges Wort. »Sonnenschein.«

Epilog

Zwei Monate und eine ganze Ewigkeit, nachdem sie Miriama zur letzten Ruhe gebettet hatten, stand Anahera auf den Klippen und schaute hinaus aufs Wasser, das unter ihr ans Ufer schlug. Der Wind spielte mit ihrem Haar. »Ich kann hier nicht bleiben«, sagte sie zu dem Mann, der neben ihr stand. »Ich bin hergekommen, um mich hier zu verstecken, aber meine Mutter hätte das nicht gewollt.«

»Wo möchtest du denn hin?« Will hatte seine Hand um ihre kalten Finger geschlossen.

Anahera schüttelte den Kopf. »Ich weiß es nicht.«

»Wie wäre es denn mit San Diego für den Anfang?«

Sie wandte sich zu ihm um und fragte: »Da ist doch etwas, was du mir nicht sagst?«

»Ich hatte Anfragen von Kommissariaten auf der ganzen Welt. Da er offenbar ständig nach mir fragt, halten sie mich für den Vincent-Baker-Experten – und da gibt es noch eine Menge ungelöster Fälle, die darauf warten, gelöst zu werden.«

»Was ist denn mit deiner Arbeit hier?«

»Ich glaube, ich habe mich auch genug versteckt.« Graue Augen, die sie einluden, in ihn hineinzusehen, den Mann dahinter zu erkennen. »Das würde eine Menge Reiserei bedeuten – ich muss ja immer noch mit Vincent sprechen und zusehen, dass wir die Leichen seiner anderen Opfer finden.«

»Sagt er denn etwas?«

»Er will vor allem Anerkennung.« Regen flüsterte in der Luft und befeuchtete Wills Wangen. »Er wird Spielchen spielen, wird uns nur häppchenweise mit Informationen versorgen, aber er weiß, dass er nur so im Scheinwerferlicht bleiben kann. Ich werde die Überreste seiner Opfer finden, Stück für Stück.«

Unnachgiebig, wie Wasser, das den Stein aushöhlte, das war Will.

»Mit San Diego kann ich arbeiten.« Sie fühlte den Regen nass im Gesicht, und gleichzeitig spürte sie, wie sich in ihrem Inneren ihre Flügel ausbreiteten, und mit den kalten Tropfen stieg eine Melodie auf, die sich rein zu einem Crescendo erhob.

Ihre Kunst war nie aus Sonnenschein entstanden.

Dank

Als ich dieses Buch zu schreiben begann, erkannte ich erst, wie viel ich nicht wusste.

Meine erste Anlaufstelle war das New Zealand Police Media Team. Sie beantworteten sehr hilfsbereit meine allgemeinen Fragen zu Polizeiwachen mit nur einem verantwortlichen Beamten und ähnlichen Themen. Gleichzeitig stellte ich online Anfragen an das Team, das den Christchurch City Libraries/Ngā Kete Wānanga o Ōtautahi-Twitter-Account betreut, um etwas Wissen zu der Gegend zu sammeln. Donna antwortete mir fröhlich und stets sehr hilfreich.

Das Leben brachte dann jemanden in mein Umfeld, der in der Lage war, mir meine Fragen zu gerichtsmedizinischen Themen zu beantworten, und der mir extrem viel Zeit widmete.

Ich brauchte außerdem Hilfe bei Te Reo Māori. Meine Freundin Mihiteria King beantwortete mir großzügig und geduldig eine lange Liste von Fragen, dann half mir Fern Whitau mit ihrer ganzen Freundlichkeit und Geduld dabei, tiefer in die Sprache einzudringen, besonders in den Ngāi Tahu/Kāi Tahu-Dialekt. Eine weitere Freundin, EV Lind, half mir dabei, den richtigen Ansprechpartner für eine spezifische Information zu finden, die ich brauchte.

Einen besonderen Dank möchte ich Alison Shucksmith aussprechen, die eine frühere Version dieses Buches las und einen Fehler entdeckte, den ich sehr bedauert hätte, wenn er gedruckt worden wäre.

Ich danke jedem und jeder Einzelnen von Euch. Ich schätze sehr, dass Ihr mir Eure Zeit und Geduld gewidmet und Euer Wissen mit mir geteilt habt. Wenn es in diesem Buch Fehler gibt, sind es ausschließlich meine. Dasselbe gilt für die künstlerische Freiheit, die ich mir genommen habe.

Ich danke Cindy, Nephele, Erin, Elaine, Bridget, Rita und Jessica, außerdem den unglaublichen Menschen hinter den Kulissen in der Berkley Publishing Group und in The Knight Agency, Ihr seid unglaublich, und ich habe solches Glück, mit Euch arbeiten zu dürfen.

Ich danke meinen Schriftstellerfreunden. Danke, dass Ihr Euch von Anfang an so sehr für dieses Projekt begeistert habt.

Und meiner Familie – vielen Dank. Für so vieles.

Zu guter Letzt danke ich *Ihnen*, liebe Leser, dass Sie dieses Buch ausgewählt haben, das im abgelegenen Teil eines für die meisten von Ihnen weit entfernten Landes liegt. Besuchen Sie es. Es ist sehenswert und gefährlich und wunderschön.

Nalini